感謝我的先生側衛

喜相逢

THE FAREWELL TO FURTHER LAND

下册

周遊　著

1 Plus Books

壹嘉出版

1 Plus Books

http://1plusbooks.com

作者/Author：周遊/You Zhou

書名/Title：喜相逢（上）/ The Farewell to Furtherland （Vol 1）

Copyright © 2024 by 周遊/You Zhou

2024 1 Plus Books® 壹嘉出版®

Hardback Edition 精裝版

Published and Printed in the United States of America

ISBN: 978-1-949736-93-9

Library of Congress Control Number: 2024920140

出版人：刘雁

定价：US$27.99

San Francisco, USA , 2024

https://1plusbooks.com

email: 1plus@1plusbooks.com

目　錄

上　冊

下　冊

上

卷

第一章 那一天（引子）

房間很小，卻開了一扇大窗。

窗外風景，看了十來年。

盛夏流火，山城重慶正是最難捱的時候。好在校園綠樹成蔭，加上學生放假，總算不那麼嘈雜。

午後，人聲漸歇，窗前一面圓鏡里映出一張年輕的臉來。

雙城十八歲，還不太會化妝，她有一支地攤上買來的眉筆，毛線釺子那麼細，一頭黑色，一頭褐色，稍不留意筆尖就會在眉骨上碎成粉。另外有一管散發著膏藥味的口紅，還有一小盒用來遮蓋青春痘的「永芳」珍珠膏，僅此而已。可當那些廉價的色彩被指尖輕輕塗抹開，鏡中的臉龐便如花朵一般悄然綻放。

那臉比鵝蛋稍尖，較瓜子略圓，鼻梁高挺，嘴唇豐潤，一雙杏子眼清澈靈動，比尋常的美更添了一種攝人的神采。如此鮮明的五官擁擠在小巧的臉上，乍看有些突兀，彷彿哪裡失了和諧……可正因為那點小小的衝突，又生出一種分明不讓的艷來。

雙城的出挑，倒不在美，歸根結底，是一臉的聰明做了底子。

小樓建在高岡上，臨著懸崖。目光和窗外風景之間，隔著一棵龐然的大樹。樹冠覆過了樓頂，透過枝丫，望出去便是浩蕩的嘉陵江。這個季節，江水磅礴而渾濁，常常是在上游的洪澇之後，夾著泥沙和漩渦，匆匆奔流而過。隔江對岸，是蔓坡而上的農田，晴朗的時候，能看見菜農在阡陌間耕耘、行走。

三樓朝北的這個房間，約莫七八平米。滿滿當當地塞進了單人床、五斗櫥、書架和桌椅。多年沒有粉刷過的牆面早已斑駁，但水門汀的地面卻被擦洗到發亮。窗戶敞開著，兩扇窗之間拉了根細繩，墨綠色的布簾就搭在繩上，通風，透亮，多少有些遮擋。

　　擺設都很陳舊，台燈也是家家戶戶俱有的式樣。倒是桌邊牆上，貼著幾張微微褪色的風景攝影：有綠野木屋的農場，有繁花掩映的別墅……正中間那張是一排漂亮的洋房：粉紅、淺黃、淡紫……精緻得如同積木，屋前草坪青翠，背景則是一座摩登的西洋都市。

　　這是雙城最愛的一幅，從過期日曆上小心剪裁下來，一直就貼在書桌對面。她在心裡為自己挑選了其中一間藍色的閣樓，然後每晚對著那美麗的窗口，幻想身在其中的種種生活。這一秘密的的娛樂，消磨了她無數的光陰。

　　一塊抹布就能將這七八平米的天地擦洗乾淨，然後剪開兩個塑料的可樂瓶，拿下半截蓄了清水，插上早間從菜市場買來的鮮花，總不過是太陽菊、蝴蝶草之類，被賣菜的農民從歌樂山上隨手採來，別在籮筐邊，順便賣個五毛錢。兩瓶花都靠窗擺著，在炎熱的空氣中，浮過幾縷幽香，小屋裡便似偷得一分清涼。

　　對著鏡子展顏一笑，算是定了妝。雙城站起身來，一邊用圓柄刷梳著如瀑的長髮，一邊往門後掛鉤上取過一件簇新的連衣裙。「虞美人花那種紅。」她總愛這麼形容。得像紗、像花瓣、像蟬翼一樣輕薄透亮的紅色，穿起來才不會笨拙……所以當她跟小姐妹在百貨商店一眼看到這段紅色喬其紗的料子，就立刻抓了過來。其實沒人會跟她搶，那樣的紅色，在別的女孩看來，是嫌太扎眼也太俗氣，大夏天的，烈日底下瞧著，就跟失火一樣。但雙城不怕，這正是屬於她的顏色。大人們說，襁褓中的她，看見紅色的物件，就會笑起來，這喜好恐怕是天生的。

　　那個時候，重慶街面上的流行總是比電影和雜誌慢了半拍，雙城恨鐵不成鋼，常自己在紙上前前後後畫了樣子，找相熟的裁縫做出來趕著穿個時髦。但畢竟是街坊土裁縫，等衣服穿到身上，往往荒腔走調貨不對版，難得這次因為暑天生意不好，師傅得閒用了心，剪裁妥帖，針腳細密，拿到手一瞧，竟比那商場里掛的還要精緻幾分。帶褶的V字領，貼身地裹住了挺秀的胸脯，袒露著清瘦的臂膀，兩指寬的絲帶束起纖細的腰肢，裙擺疊成波浪的同時，恰到好處地及膝而止，露出一對修長的雙腿……雙城的身材要比她的臉蛋生得更加無可挑剔。這條謀劃已久的連衣裙，凸顯了她身體的每處優勢，對一個高中

畢業生來說，雖顯得張揚了些，但對一個好不容易熬過高考的准大學生來講，這點獎勵，實在不算出格。

念書並不是雙城的強項，好歹憑最後一年的復習，跌跌撞撞擠進了專科線，加上是本校教師子女，托了招生辦的熟人，才勉強被塞進一個新開的外貿專業裡。父母覺得這結果並不爭光，雙城卻是滿天神佛謝了個遍。她心裡有數，這回數學好歹及了格，沒有把她拽下基本線，已是大幸。專科就專科吧，好歹也是大學生，何況就算本科生，畢業以後又有哪個不是自尋出路？放榜後的這個暑假，她鬆弛下來便蒙頭大睡，轉眼假期已經過半。這兩天樓上鄰居家的兒子跟人合伙弄了個校園攝影室，看雙城漂亮，便攛掇她去做模特兒。

做模特兒這種事，對有幾分姿色的女性來說，是人生必不可少的經歷。一幅放大後掛在公共櫥窗裡的照片，猶如一張美貌的文憑，有著可以終生回味的甜蜜。這樣的趣事，雙城自然不會拒絕，但男女單獨外出拍照，多少帶有些戀愛的意味，況且鄰居家的兒子，她是從小沒放進眼裡的，便打定主意約了小姐妹靜融同去，說是拍幾張高中畢業的紀念照。事實上，雙城無論做什麼事，都是有靜融作陪的，她倆形影不離的時間，算起來跟兩人的年紀相差不遠。

這個時候，靜融正在來的路上。她父母工作的制藥廠就建在嘉陵江旁，比鄰的還有玻璃廠、造紙廠和縫紉機廠，一字排開，佔據了懸崖下的地盤。從她住的工廠宿舍走到懸崖頂上的雙城家，得經過一段叫十八梯的坡坎。不知道為什麼，重慶這地方，把凡是從江邊走到上城的梯坎路都叫作「十八梯」，誰也不知道整座山城到底有多少十八梯。這些十八梯蜿蜒無盡，世世代代分割開了下半城的雜亂和上半城的端莊。

靜融每日走的這段十八梯便是如此。盤旋而上的階梯旁，一段是廠裡那些破落戶低矮失修的平房，另一段乾脆就是篾條竹席搭建的工棚。梯坎上污水橫流不說，工棚裡骯髒的被褥和汗流浹背的人體散發出熱烘烘的臭氣，熏得她路過時只好屏住呼吸。很多次，只要稍稍放慢腳步，工棚裡就會傳出不懷好意的口哨聲，她是瞧也不敢往裡瞧，趕緊向前一路小跑。

　　怎麼也得有好幾百步梯坎的這段路，靜融總是不歇腳，一口氣爬到頭，再穿過一條窄窄的小巷，登上最後幾步台階，眼中突然綠意清爽，屋舍儼然，彷彿另一個世界呈現在她面前……對於這座被周圍工廠高高托舉起來的校園，她和雙城一樣熟悉，每個角落都有她們兒時玩耍的足跡，但在心底，她卻從未真正屬於這裡。從自己家到雙城家這十五分鐘的距離，似乎把她和她的好朋友劃定在了兩個不同的圈子裡。

　　小的時候，這並不是問題，只不過黑咕隆咚的冬天清早，或者烈日當空的夏日午後，她得提早一刻鐘出發，順路叫上雙城一起去學校……但隨著兩個人漸漸長大，她開始越來越討厭站在雙城樓下，大聲地喊她。有次中午，她剛喊了一聲，樓裡某扇窗戶背後便有個女人用普通話嚷嚷道：「中午大伙兒都要休息，這誰啊？天天喊！年年叫！太不懂事了！」

　　沒有人再出聲，也沒有人探出頭來看熱鬧，連雙城也沒有。靜融孤零零地站在樓下，突然覺得無地自容……從那以後，她便只是準時到樓下等雙城……再後來，雙城若是太磨蹭，等上幾分鐘，她就走，雙城會在半路追上來，渾然不覺的樣子，仍是一路說笑。「她才不在乎呢。」靜融有時這麼想，但她什麼也沒說。

　　靜融高考落榜了，這是意料中的事。她本可以上技校，然後進廠找一份工作。附近工廠裡大部分的孩子都是這樣，但靜融不要，爬了這麼多年的十八梯去上學，她不想自己的人生又變回下半城的模樣。可是，下一步該往哪裡走，她也不知道。雖說雙城正陪她一起研究各個夜大招生的簡章，但家裡人對她繼續念書卻不抱什麼希望……那麼以後，不用再等雙城一起上學了，她們同窗的生涯將到此結束，雙城會在大學裡認識新的朋友。想到這些，靜融感覺一陣難過。

　　兩點整。她像平時一樣，停在樓前那棵大樹下，胸口喘息不定，鼻尖上覆著一層細密的汗珠。一抬頭，雙城正在三樓上朝她揮手，整個人艷得，像一朵虞美人開在窗口。

　　校園大到幾千畝，在雙城看來，都是她的領地。從前這裡幾乎沒有一處空闊，全都被樹叢、竹林、池塘和草坡覆蓋著。很多地方派不上用場，就籬笆一圍，任由荒草野藤瘋長，成為萬物的天堂。孩子

們穿梭其中，編織著各種各樣奇幻的想象，花果山稱大王，追逐、嬉鬧，從兒童變成了少年。

北面的樓房都是二十世紀三十年代的民國建築，雕梁畫棟頗具園林之風。雙城九歲開始讀《紅樓夢》，暗暗將校園各處照大觀園中的景致命名起來，自得其樂。暑假裡學生散去，偌大的校園空寂下來，雙城徜徉其間，幻想自己是領了差的小丫頭，怎麼一路出了怡紅院，分花拂柳過了沁芳閘，再往瀟湘館而去……後來看了《亂世佳人》，她又覺得這裡就像花果飄香的陶樂莊園，而她是騎在馬上的貴族小姐，站在高處望著道上不相干的行人，並把他們全都想象成自己的僕從。

校園東邊有一處很大的湖泊，湖心島上花木蔥蘢，掩映著水榭亭閣。再往南去是學生宿舍，雙城很少涉足，她幻想的國度止於湖畔。沿著湖邊的斜坡往上走，穿過一片蠟梅花圃，校園東北角上，有一處露天電影院。這裡曾經是每個週末人們聚會娛樂的地方，如今早已廢棄，舞台也坍塌了一角。園中青草沒足，因常有人抄此近道去東北角校門之故，其間可見一條小路斜穿而過。在這條小路曲折的中段，立著一棵古老的洋槐。雙城之所以記得這棵樹，是因為小時候全家去看露天電影，父母嫌前面人多嘈雜，總是帶上根條凳，一家人坐在斜坡上遠遠觀望。大人們每次都會從這棵洋槐樹根的縫隙裡，掏出幾枚預先藏起的石頭，好將板凳墊得平穩一些。

雙城覺得這塊荒蕪的園地有一種獨特的美麗，她一直想把它拍下來，今天正好得了機會。站在洋槐樹旁，她想起夏天的晚上，這裡曾經嘉年華般的熱鬧。電影開場前，男孩子們都在山坡上瘋跑，女孩子們則聚在一起，採花鬥草，比賽用裙子轉出飛旋的花朵。雙城那時候是個特別安靜的小姑娘，樂於站在一旁，觀賞同伴們的遊戲，而她自己所有的主張，只藏在腦子裡沒完沒了地幻想……天黑下來以後，白色的大屏幕會突然發亮，一顆紅色五角星在蔚藍背景上散發出萬道光芒。彷彿一聲令下，所有的孩子都尖叫著散開，跑來跑去尋找各自的爹娘……雙城想著那樣的夜晚，連同那樣的童年，是再也不會回來了。她縱然年少，也感到一絲惆悵。

靜融今天穿了件再普通不過的白色T恤，束在灰色棉綢的裙子

裡，倒比平日更顯得素淨。她中等個頭，皮膚微暗，眉眼生得十分秀氣，所以揚長避短，衣著一向比較清淡。相反，雙城則仗著高挑的身材和雪白的膚色，每每穿得明艷奪目。兩個人走在一起，倒有種參差對照的好看。

今天從一見面，雙城就不住地埋怨：「不是講好你也穿那件新裙子嗎？說好的，又變卦。」前幾天雙城做那條「虞美人」的時候，靜融也跟著裁了條裙子，都是雙城畫的圖樣，但在靜融的堅持下，樣式保守了許多，添了小圓領不說，還遮住了肩膀。衣料選的是靜融喜歡的水藍色，原本是她最有把握的顏色，可穿在身上，靜融還是暗暗覺得不妥，怎麼看都嫌鄉氣。「昨天剛洗了，走的時候還沒乾透。」靜融笑著解釋。她知道今天出來拍照，雙城必定精心打扮，越是這樣，她越是要穿得隨便一點。沒有比賽，就沒有贏家。

「我看靜融這樣很好，人家跟你風格不一樣。」鄰居家的兒子黃濤比她們大三四歲，架著眼鏡的長方臉還算端正，但在雙城看來，也就是端正而已。不知從何時起，凡有男生在場，身邊的靜融就會顯得與平時有些不一樣。這種微妙的變化與其說是因為某個不值一提的男孩，不如說是因為一種暗暗的較量。雙城明白這一點，她既不肯掩藏光芒，就必須選擇原諒。

午後室外的光線還是嫌太強，他們胡亂拍了些。差不多要離開的時候，雙城突然提議道：「靜融，你來幫我拍一張。」「看來是信不過我的技術啊！」黃濤一邊說，一邊將他的寶貝相機從脖子上取下來，伸手掛到了靜融身上。整個下午唯一親近的機會，他自然不會放過。雙城站在洋槐樹下說：「心裡有感情，才能拍出最美的照片。靜融就對我有感情，不像你，照本宣科，敷衍了事。」

太陽底下曬了這一陣，雙城覺得有些熱，掏出一根絨線皮筋，伸手到腦後，三兩下將密實的長髮撐成一個鬆鬆的髮髻，頎長的脖頸、清瘦的肩膀於是袒露出來，整張臉頓時明亮了許多。原本刺目的光線被洋槐的樹蔭濾過，柔和地暈開在她微微發紅的臉上，幾縷碎髮拂游耳旁，一雙圓溜溜的眼睛秋水晴灩，波光閃漾。一陣風吹過，青翠的草坡細浪翻卷，寬闊的裙擺輕舞飛揚，正如風中搖曳的虞美人花……靜融從相機鏡頭裡望著微笑的雙城，屏住呼吸，按下了快門。

　　打發走黃濤，雙城嚷嚷著要去校園冷飲部喝杯「搖搖冰」。從園子另一面出去，是學校的沿江馬路。沿江路中段有一座古風建築，大門口立著石獅，飛檐下蹲著金猴，遠遠看去倒像一座巍峨的廟宇。最早那裡是理學院的辦公樓，這幾年世風重商，經貿專業格外走俏，學校看在收益的份上，便撥出這棟百年老宅做了經管系的大本營。雙城小時候是慣了在這樓里玩耍遊戲的，所以每次從門口經過，嗅到那種陳舊地板散發出的親切的氣息，她便不由得慢下腳步，彷彿聽見有孩子「噔噔噔」踏著樓梯，飛快地穿堂而過。

　　「來看這個！」靜融指了指樓前朱漆圓柱上貼著的一張布告。大概意思是說經管系跟本市某旅遊公司合作，甄選並代培涉外導遊云云。

　　「這不是雙城嗎？」正看著，一個阿姨模樣的胖女人叫住了她們。「龔孃孃。」雙城連忙打招呼。

　　「真是女大十八變。」龔老師喜滋滋地打量著她問道，「怎麼，你也想報名讀這個？嗯，不錯，我看你是塊好料子！要不，進去填個表？」

　　「我倒想跟您去呢，可下個月一開學我不還得上課嗎？」

　　「人家也招大學生做兼職！」龔老師和其他從事教務的老師一樣，對系里的創收項目有一種毫不遮掩的小商小販的熱情。她絮絮叨叨介紹了一大通，末了湊近雙城，壓低了音量道：「我跟你說，這家公司實力可不小，台灣人開的，上千萬投資呢！培訓完了，都是去豪華游輪上工作，聽說收入比空姐還高！機不可失啊……」正說著，樓里有人叫她，龔老師朝雙城又使了個激勵的眼色，這才轉身進了樓。

　　她一走，雙城便一把抓住了靜融：「讀這個豈不比上夜大好？」「人家要的是大學生。」靜融輕輕掙脫著。「你沒聽龔老師說嗎？也面向社會招生，培訓完了一樣上崗，你不是說你們家就想你找份工作嗎？」靜融遲疑著，「游輪」「導遊」這些新鮮的字眼在挑起她興趣的同時，也讓她感到莫名地緊張：「我不行，導遊得能說會道，我又不是你……」她本能地退縮。

　　「我也去呀！這樣我們又可以在一起了。」雙城的一雙眼要比她的嘴更加能言善辯，晶瑩透亮中含著一股灼熱的力量，由不得人不信她。靜融被她這樣熱切地望著，便感覺心底有什麼東西被點燃了一

樣。她知道她無法拒絕，一旦雙城決定的事，她最終都會跟從，她們一直是這樣。

　　兩人並頭在一起，又仔仔細細重讀了一遍通告，確定這是一個面向普通高中畢業生的委培班，在校大學生也可以作為假期兼職導遊一同上課。按照她們的理解，前景如果真像龔老師形容的那樣，那麼除了有半年時間一起學習之外，將來還有希望在同一艘游輪上工作，這對兩個同窗生涯已盡卻仍然渴望長相廝守的女孩來說，簡直就是天賜良機。

　　報完名從樓里出來，兩個人的手緊緊地挽在一處。雙城悄聲笑道：「十拿九穩了，我剛偷看了一眼報名表，上面有些照片真叫難看！」「好多人是不上照，哪能都像你，巴掌臉最佔便宜。」靜融壓抑著興奮，感覺手心出了汗，卻又不捨得放開雙城。她握了握這只嬌嫩的手又說：「還記得嗎？那年逛陳家灣的舊貨市場⋯⋯」雙城笑著打斷她：「當然記得！」那時她們也得有十五六歲了，集市上人一多，還是習慣手拉著手，給一個擺攤兒的漢子看到，便粗著嗓門兒打趣說：「還怕走丟嗓？手牽得恁個緊！」臊得倆人啥也不敢再看，趕緊跑開，笑了一路回去。

　　既有這等喜事，雙城和靜融便決定晚上找地方好好吃一頓，似乎突然有了一大堆的未來，值得她們細細商量。小時候倆人手裡的零用錢僅夠在放學的路邊買個烤紅薯或幾枚辣藕片，等長大一點，便一起去吃酸辣粉和砂鍋米線，如今成了大姑娘，家裡給的用度寬鬆了些，終於也下起了館子。最常吃的是火鍋。重慶管那些從裝修到食材都特別簡陋的火鍋攤子叫「麻辣燙」，價錢自然也是最便宜的。學校沿江路旁就開了這麼一兩家，都是校工家屬操持的。進了門，下得幾步台階，是一個山崖上凸出來的平臺，露天搭起塑料頂棚，遮陽擋雨，棚下擺開十來張桌子，頭頂拉了電燈，可以賞得對岸夜景，也可以享受路過的江風。學校不讓擺攤，店家怕被人攆，通常只做晚上的生意。等天色暗了以後，才悄悄掛出「麻辣燙」的牌子來。晚自習結束的大學生，尤其是那些戀愛中的小情人，總會進來燙上幾份葷素小菜，縮在角落里親親熱熱地說會兒話。雙城家就在沿江路盡頭，離這兒不過一兩分鐘的路程，可她還是常跟靜融來這裡解饞。反正晚自習結束之

前，位子一般都空著，所以人家也不介意她倆一聊就是兩個鐘頭。

於是照例在靠近崖邊的位子就座，雙城要了鱔魚鴨血午餐肉，靜融覺得跟雙城在一起，自己最好再苗條些，便只點了豆皮藕片海白菜。雙城覺得不解饞：「要不再來份耗兒魚？」「這就夠吃了，點了魚我又得幫你理刺，煩人。」雙城比靜融小一歲，從小到大便有了撒嬌的資格。靜融總是一邊照顧她，一邊埋怨她，倆人的情形，倒像一對小夫妻。

「那個黃濤，對你有意思。」雙城攪拌著蒜泥麻油的調料，忽而說道。靜融睊了她一眼：「人家請的模特兒是你，我就當個電燈泡。」「搞不好是為了認識你才來請我的。」靜融聽這話，正合了心思，但嘴上卻不認賬：「少來，人家怎麼知道我會去。」雙城道：「我們總是一起的，他又不是不知道。事實擺在眼前，這一下午，他都為誰忙活呢？我都沒拍幾張，那一卷拍的全是你，偏心。」靜融怎會不知曉，但這話由雙城點出來，滋味自然又不一樣。她的歡喜不禁化作兩朵紅雲，人也跟著俏皮起來：「那是因為我左拍右拍都不好看，難為了人家。你呢，一拍就成，不用浪費膠卷了。」

雙城和靜融都沒戀愛過，女學生皆有的暗戀，兩個人也是私底下有商有量，平安無事地度過了。其中似有若無的那些小細節，一起反復咀嚼了好些年。「你最終會遇到一個達西先生那樣的紳士，性格互補才好。」靜融再一次重申她的預測。之所以這麼說，是因為她覺得雙城活脫就是書里的伊麗莎白。而靜融的夢想，雙城就更加清楚了：「那你就找一個楊過，長得像劉德華，弱水三千，只取你這一瓢。」靜融繼續憧憬道：「最好，他倆也是好朋友，這樣四個人就能玩在一起了。」「你是說達西先生和楊過嗎？那四個人在一起講什麼話好？重慶話？廣東話？還是英文呢？」說著兩人都笑了。愛情還只是虛幻的輪廓，因為相信未來必定會有幸福降臨，所以關於這個話題，她們總是樂此不疲。

付完賬，兩人慢慢往回走。校園籠罩在墨藍的夜色中，花香隱隱，蟲聲呢喃。走過外語系古堡一般的石頭塔樓，門前寬闊的階梯上空無一人。從這裡已經望得見雙城家的窗戶。在這愉快的一天的末尾，她們靜靜地坐到台階上，越過路邊樹叢的陰影，遙望著嘉陵江的

北岸。山城夜景到了江北郊外這一段，早失了璀璨，那伏獸的山形，
闌珊的燈火，全是雙城看慣的模樣，歲歲年年，似乎每一盞燈下都是
她熟悉的人家。

「天階夜色涼如水，坐看牽牛織女星。」雙城念著，懶懶一仰
頭，手撐在覆滿青苔的石階上。靜融則緊挨著她，雙手托著下巴。此
刻大約有風打高處經過，白色的花雨從頭頂的梧桐樹上悄無聲息地灑
落，星星點點，沾了倆人滿頭滿肩。有那麼一會兒，誰都沒有說話，
樓前花圃中，有一種淡淡的、細碎的光影，忽暗，忽明，像一團流動
的星雲，又像有一隊極小極小的人兒，拎著燈籠，在黑暗中游走。

「螢火蟲！」雙城對著流光輕呼。「真是螢火蟲。」靜融點點
頭。這可並不常見，這是她們第一次看見螢火蟲，簡直就像一場奇
跡，值得銘記。

當夜，頭頂繁星如棋，眼前落花流螢，天地無聲轉動，萬物皆有
一種異樣的和平。

回想往事，很多人都會發現存在那樣的一天：那一天在漫長的
時光里，像被圈起來的一筆，它的存在是一個起點，引發了長長的後
來。哪怕是最微小的一個細節的改變，也會重寫之後的人生。但在當
時，在那一天，人們卻毫無察覺，行走在小徑分叉的花園。雙城也一
樣，當她後來站在很遠很遠的地方，回望故事的起點，她仍可以清楚
地看見那一天，看見她小小的房間，一張照片，兩個女孩，站在一紙
通告前……夏夜的石階上，那滿天星斗，分明是高懸的命運之眼。

第二章 馬可波羅號

　　一間沒有冷氣的階梯式小禮堂里，幾把吊扇徒勞地擰著身體，發出催眠的噪音，底下的人卻感覺不到半點涼意，搖扇子、扇報紙的聲音響成一片。雙城人已經站到了講台上，腦子卻沒完全清醒，悶熱的天氣讓她感覺有些恍惚。「注意！我要講話了！」她掐了掐手背，給自己提個醒，眼睛開始迅速地在台下搜尋，想找一個可以注視的目標。她擅長演講，從小熟諳此道。目標不能太難看，否則她會笑場；也不要太好看，免得讓她走神。最好是個男人，他們樂意回應她的眼神。對，一個男人。

　　於是，有一個人映入眼簾，就在前排貴賓席的中間。這是一個陌生人。陌生在他的長相：有點像外國人，瘦削的臉頰，高挺的鼻梁，眉毛、眼睛微微上揚；又有點像古代人，古銅色的皮膚在顴骨那裡顯得有些緊繃，嘴唇周圍留著一圈淡淡的胡髭，讓雙城想起那些畫報上的男子……也陌生在他的打扮：酷熱的天，還穿著長袖襯衫，窄腳西褲和綁帶皮鞋，從頭到腳的樣式不僅在重慶街面上沒見過，就算在雙城常翻的雜誌里也絕不會顯得過時……更陌生在他的氣質：周圍的人都燥熱不安，用力揮動著扇子、雜誌或是一疊報紙，唯獨他只是安靜地坐著，帶著閒適的表情，彷彿活在涼風送爽的另一個世界里……此刻他正望著雙城，連那種眼神也很陌生：既專注又慵懶，既熱情又冷靜，既低調謙和又高不可攀……在坐得滿滿的禮堂內，他彷彿是窗外投進的一束光。

　　「尊敬的來賓們、老師們……」雙城的嗓音琳琅悅耳。這是她的另一筆財富，她很懂得如何利用自己的聲線吸引人們傾聽。龔老師直到開會前幾分鐘才找到雙城，說是游輪的投資方正好在學校洽談合作，臨時決定出席這個原本無關緊要的導遊班開學典禮，甚至連校領

導也一同陪了來。這架勢，怎敢潦草，班主任龔老師馬上調整程序，增加了學員發言的環節。她素知雙城伶俐，點她上台露臉，既爭光彩，又添生趣。

事先毫無準備，雙城只能動用她的聲音和眼神來引住觀眾，掩護自己放慢語速，好在腦子裡趕緊組織下面的內容。「有人說，世界好比一本內容豐富的大書，從不旅行的人，只看到了這本書的封面……」之前在別處讀到的話，這會兒恰好派上用場，「那麼我想反過來講，從不讀書學習，缺少鋪墊的旅行，也就是換個地方不停走路而已……」雙城說著，目光回到那個「陌生人」的身上。他對她微微一笑，帶著誇獎和鼓勵的味道。剛才因為埋頭打腹稿，雙城錯過了儀式前的嘉賓介紹，她不知道這個派頭十足的人究竟是誰，但他的身份顯然非常重要。

大概因為這人身上隱約的高傲觸動了雙城，她索性把目光鎖定在他臉上，一路朗聲說道：「……能夠把讀書和旅行，甚至將來的職業聯繫在一起，這對我們在座的同學而言，都是難得的機會……」她幾乎是在對他一個人講，全神貫注地望著他，釋放著眼中的能量。講的什麼並不重要，重要的是，她要在他強大的氣場中堅持住自己的表達。

「……接下來還有六個月鍛鍊、提升和選拔的過程，那麼請各位把祝福和掌聲留給半年後幸運的我們！」說完這句，雙城鞠躬下台，禮堂裡響起熱烈的掌聲。回到座位上，她感覺白T恤背後汗濕了一塊。身邊的靜融用手肘碰了碰她：「講得真棒！」雙城嘴角一揚，心想不管那人是誰，她都贏了這次較量。

儀式最後總是拍照。一大堆領導、嘉賓亂哄哄地彼此拉扯、謙讓。女孩子們站在後面台階上做佈景，雙城個兒高，排在中央。攝影師叫了聲：「注意！往這邊看！」站在她前面的人卻突然回頭，正是那個「陌生人」，微微帶笑，三十多歲模樣。「你講得很好。」醇厚的中音，優雅的國語，聽上去更加陌生了。「謝謝！」雙城剛回答一句，那人便轉過頭去，不再言語。

「說是台灣來的什麼董事。」散場後靜融試著回憶。「樣子有點怪，」雙城笑笑說，「總覺得在什麼電影裡見過，一時想不起來。」

轉眼就是九月，新生活撲面而來。

　　雙城打量著大學班上的同學們，剛剛燃起的熱情不由得熄滅一半。那些她一直想擺脫的，與自己格格不入的高中同學，彷彿換了一張臉，尾隨她又走進了新的校園。女生們通過寢室聯誼，或根據籍貫口音迅速結成同盟陣營，雙城睡不慣宿舍，仍舊在家住，這使她和同學之間有了距離，加上她氣質打扮確實和大家存在差異，沒了靜融做伴，很快便在班上落了單。還好導遊培訓班在同一棟樓里授課，一有機會，她便串門過去，依舊和靜融坐在一起，心裡大感慰藉。

　　培訓班收費一千八百塊，為期半年，說好前三個月在學校上課，跟著進星級賓館實習、去旅遊公司培訓，最後一個月，也就是來年三月，全新打造的「馬可波羅號」將由重慶首航至武漢，培訓班學員有機會跟船實習，結束後依照表現擇優錄取。在令人窒息的高中生涯之後，這樣一套計劃對雙城而言，無疑是通向大千世界遊樂園的一張門票，她想著她的未來，忍不住一陣悸動。

　　培訓班二十來個女孩中，絕大部分是靜融這樣的應屆落榜生，也有兩三個類似雙城這樣的在讀大學生，放在班裡算是點綴。除了英語、粵語和普通話，培訓班還開設了文學、歷史課程，正經請了學校的老師授課。無奈過了頭幾天的新鮮勁兒，女孩子們便開始在底下打瞌睡、聊八卦、吃零食，竟沒有一個留心聽講。老師見她們也不算什麼正經學生，便彼此敷衍起來，甚至合上課本，台上台下聊做一團的時候，也非罕有。

　　這般不久，班上又添了兩位男生。一個是經管系鄧主任的親戚，另一個是旅遊公司領導的親戚。聽說兩人來路後，雙城不由心生歡喜，覺得既有關係戶入伙，前途似乎又多了幾分光明。那外省鄉鎮來的小鄧面孔黝黑，人是老實得來只剩下憨笑。因他是下江人，課堂上一開口，鄉音難改，調門又高，便有促狹的女孩打趣道：「原來不是系主任的親戚，是江總書記的親戚！」頓時滿堂大笑。獨靜融因為自己家早先也是從縣城遷來重慶，小時候總被同學取笑口音，便回頭看了小鄧一眼，不作聲響。見雙城正樂，靜融低聲責備說：「人家端端正正的一個人，哪點可笑啦？」雙城回嘴道：「黑得伸手不見五指，怎麼看得清端不端正呀？」

　　另一個男孩何敬東生得鼠相，人是一味地淘氣，來了沒兩天，便

跟女孩子們打得火熱。打聽他跟公司領導的關係，只說：「遠房，遠房。」第一天來上課，何敬東眯縫著眼來回一巡視，就往雙城身邊大大咧咧坐了下來。從此，書本便沒打開過，要麼趴在桌上睡覺，要麼一覺醒來換個姿勢繼續趴著，只拿一對小眼睛直刺刺地盯著雙城看。以往有人敢這樣放肆，雙城是要開罵的，但她想起靜融現在已經有個黃濤追求，自己也不是中學生了，關於自我保護，關於對付男人，她決定練習更多的方式。於是拿定主意，堅決不瞧他。那何敬東畢竟年少，才半天就憋不住了，開始手舞足蹈地模仿周星馳向雙城耍寶。這下雙城放了心，知道還是個小孩，才肯跟他玩笑。

開學不久，雙城害了幾天感冒，等再去培訓班的時候，見身邊的座位空了出來，坐下一打量，發現何敬東已經挪到了教室前方，用同樣的姿勢斜趴在桌上，正逗得身邊一個女孩咯咯發笑。那女孩十分眼生，紅撲撲的桃心臉上長著一對飛鳳眼，雖未施脂粉，卻有一種天然的鮮艷。聽靜融講是剛剛插班進來的新人，名字挺俏皮，叫作米拉。

課間，學員們湧到校園服務部買零嘴吃。何敬東看雙城回來，忙上前噓寒問暖。見她不搭理自己，便鬼鬼祟祟地湊近道：「那個新來的，我替你打探過了，以前學跳舞，沒讀過什麼書，真的，缺乏內涵！」見雙城憋不住笑，何敬東這才心花怒放，又添油加醋地八卦了一番。

米拉南京人，父母一早離異，跟著前線文工團退役的母親改嫁到重慶，因和繼父的孩子打架，早早被送去藝校習舞，算是女承母業。米拉舞雖跳得好，無奈個子長到一米六就再無動靜，藝術生涯前途渺茫，再練下去也就是個伴舞，與主角無緣。志向一滅，她打包回家閒了半年，工作不肯找，戀愛倒是絡繹不絕。近來相好上一位英俊的交警，小伙子啥都不錯，就是身邊多了個老婆，三曹對案好一番撕扯。家裡見鬧騰得不像樣，又打聽到這個導遊班，便趕緊把人送了過來，指望以後上船工作，可以斬斷孽緣。

米拉人很活潑，見雙城出眾，常拉她下課一起走。聊起來才發現兩家很近，只是米拉長住藝校，先前不曾遇見過。米拉比雙城大兩歲，因個子小巧，人又嬌俏，走在一起倒是長幼難分。不出幾日，她索性攆走何敬東，自己搬來挨著雙城坐，雙城每日耳中的故事便從周

星馳的喜劇換成了米拉和交警的愛情劇。

米拉好客，邀了雙城幾個到家玩。外面看去和雙城家類似的樓房，室內裝修卻大不一樣。腳下鋪著光滑的瓷磚，窗簾是酒紅色金絲絨，長長地垂到地上，屋角還有一架鋼琴，琴蓋上擺著一幀米拉母親的舞台照。母女倆眉眼相肖，但母親的氣派卻比米拉高出不少。

米拉自己的房間裡，床鋪、傢具，連同牆壁，清一色刷成粉紅，櫥櫃裡堆積如山，亂七八糟，門一推開，繽紛的衣裳直往下掉。有人問米拉：「這麼多你穿得過來嗎？」米拉笑：「我就是愛買，錢不花也會過時的。」雙城想米拉說的大概是她當官的繼父的錢，再看那滿目霓裳，覺得統統是米拉少小離家得到的補償。米拉床上擺著一隻巨型的玩具熊，個子幾乎比她還大。米拉靠著它聊天的時候，總拿眼睛瞟它，似乎裡頭藏著個人在聽她說話。一問，果然是交警送的，代替他與她日夜相伴，同床共枕。女孩子們說笑大聲些，米拉便被母親叫去隔壁，回來時手裡多了一張百元大鈔，說她母親身體不適，沒法下廚款待各位，讓米拉帶大家去餐館多點幾個愛吃的菜。雙城明白是嫌打擾，連忙起身告辭，米拉也不挽留，喜滋滋地把錢捲起來，往口袋裡一塞，眨了眨眼道：「托你們的福，我正好想添一個包！」

說好年底舉行的馬可波羅號下水儀式，突然通知要提前。只剩一個星期準備的時間，龔老師趕緊帶來服裝廠的人給大家量尺寸、做制服。從圖樣上看，導遊制服介乎於船員和空姐之間，比後者款式保守些。米拉不樂意，攛掇了幾個好事的，纏著要改設計，這裡怎麼短一點，那裡怎麼緊一些，爭得不亦樂乎。

制服的事才剛消停，公司那邊又請來一位美容導師，從儀態、髮型到化妝，教了大家整整一天。示範化妝的時候，導師往眾人臉上掃了一圈，挑中靜融來做模特兒。半個小時後，靜融整個人煥然一新，變得光彩奪目，比平日漂亮太多。眾人嘖嘖稱奇，圍著靜融使勁誇贊。雙城想化妝師為了彰顯技巧，總需得一張平淡的面孔，才好揮毫潑墨，點石成金，當下便不計較。

倒是靜融頭一回得到那麼多贊美，下課後走在校園路上，也是惹盡目光，不免心中驚喜。待回到家，趕忙將自己關進房間，捨不得洗

臉，只站在穿衣鏡前反復欣賞，不禁拿鏡中的自己跟雙城做了一番比較……末了，她覺得自己生得並不比雙城差，模樣上至少各有千秋，至於雙城的引人矚目，多半是因為她更愛打扮罷了。

跟著她想起黃濤來。那次拍照之後，他們又見過兩回，一次為取照片，一次是黃濤非要請兩人吃飯答謝，每次自然都有雙城在旁。再後來，黃濤藉故私下去找靜融，她沒敢跟他單獨出去，只在家門口站著閒聊了兩句。對於黃濤，靜融自問並不如想象中的戀愛那樣心旌蕩漾，但他的殷勤還是讓她相當受用，尤其每次跟雙城在一起，他特別的關照會讓靜融於普通好感中更生出一種知遇之恩來。她想，她強於雙城的地方，黃濤一定都有看到。

靜融的另一層考量是黃濤學校家屬的身份，雖說他性情閒散，有些不務正業，但將來在學校謀份體面的工作，還是不成問題的。那麼跟黃濤在一起，靜融想，自己也會成為校園的主人，十八梯的這段路，她才總算爬到了頭。

這一晚，靜融心事繾綣，難以成眠，她覺得參加培訓班這一步沒有走錯。之前她年紀小，膽量更小，總是縮在雙城身後，才會顯得平庸；如今就要踏入社會，大家機會是均等的，她只要留心一點，勇敢一點，就能慢慢站起來，不再被什麼人遮擋住。

重慶夏長而秋短，從烈日當空到冷風蕭瑟，也就一眨眼的工夫。下水儀式頭兩天，落了場綿長的秋雨，當天雨是停了，天氣卻格外陰冷。女孩子們興致雖高，卻不得不在精心設計的制服裡頭忍痛塞進一件厚厚的毛衣。在教室等到快中午，學校才撥出一輛校車，載上由龔老師帶隊的學員班往郊外造船廠而去。顛簸了大約一個小時，下車再由造船廠步行去河灘碼頭，雨後一路泥濘不說，江邊的冷風吹得女孩子們披頭散髮，臉青面白。河灘上一片空曠，並無半點遮擋，冷風拼命地從衣領、袖子直往里鑽，乾等著身體的熱量一點點被消耗，造船廠和公司的領導卻都沒有出現。大家只得縮頭聳肩擠作一團，後悔沒有把制服做成羽絨外套。

幻想過無數次的馬可波羅號，此時就泊在江邊，矗立眼前，與雙城的想象有著天壤之別。那只是一堆剛剛縫合在一起且鏽跡斑駁的

鋼板，像廢棄的大廈，擱淺的鯨魚，或者一隻折翼的巨鳥，頂著陰雲密布的天空，在等待死亡。從這座龐然大物身上，雙城看不到半分喜慶，倒感覺出一種懾人的蒼涼。

大概是天氣的關係，抱怨不安的情緒像冷風一樣在女孩們當中穿行。米拉從幾個消息靈通人士中間擠回雙城身旁，用憤怒的腔調宣佈道：「他們說今天這儀式搞不成了！環宇公司的馮總和台灣的什麼董事鬧起來啦，到現在皮還沒扯完，倒讓我們杵在這裡做道具、吹西北風！」

後來的一段日子，傳聞越來越多，雙城才慢慢拼湊出整件事情的輪廓。這環宇公司的老闆馮志凡據說是國民黨抗日名將之後，受統戰照顧，被安置在重慶政協。此人雖秉先輩遺風，生得一表人才，可惜先天心臟帶疾，常年浸泡在藥片和書本中間。近來世風有變，一班喝茶看報混日子的同僚紛紛下海，乘著本地經濟尚處在管理無序、機會遍地的窗口期，個個撈得盤滿缽滿，馮志凡這才從故紙堆中醒來，想起自己的姓氏、血緣就是天賜的商機，當下提筆研墨，在各家報刊上為自己撰寫了幾篇蕩氣回腸的家史傳奇，然後再拎著這些文章主動出擊，拜訪了一圈大小衙門，憑借在機關多年積累的手段，幾經努力也攢下不少人脈關係。時機成熟後，馮志凡辭掉鐵飯碗，經人介紹，接手了儲奇門一家瀕臨倒閉的船運公司，改名「環宇」。

適逢三峽工程截流在即，港台旅行社為開發內地資源，紛紛打出「告別三峽」的旗號，宣傳說一旦截流，山河巨變，古蹟難保，「兩岸猿聲啼不住，輕舟已過萬重山」的景象將不復存在……游輪生意因此快速升溫，投資馬可波羅號的「和泰」公司，雖註冊在香港，資金卻來自台灣，董事們初到重慶考察，就經一位負責招商引資的市長牽線搭橋，結識了名門之後馮志凡。雙方一拍即合，決定打造游輪，開闢市場，乘著這股旅遊熱潮，大乾一番。

看上去渾然天成的一椿美事，臨了卻風波乍起。馮志凡心弱膽不弱，面對從天而降的這筆巨款起了覬覦之心，為免「和泰」將來拋開自己，獨霸收益，他先下手為強，另起爐灶，悄悄造起了第二艘游船。於是投資方源源不斷的鈔票便被他分流去灌溉了自己的私田。此事最近被「和泰」發現，雙方立刻翻臉，差點鬧上法庭。牽頭的市委領導擔心樣板項目砸鍋，連忙出面調停，特批貸款填補了虧空，雙方

才又回到談判桌前。

事已至此，「和泰」方面只得接受了折中方案：兩艘船同時打造，馬可波羅號繼續由台方控股，另一艘王朝號則由馮志凡當家，未來獨資變合資，進行二合一的統一經營。這樣的破鏡重圓明顯是讓馮志凡撿了大便宜，但「和泰」前期的投資已經化作萬噸鋼材，正在河灘上飽受風吹雨淋，再拖下去，恐怕會變成一堆廢鐵。強龍難鬥地頭蛇，台方只得咬牙切齒一碰杯，咽下了這個啞巴虧。

又過了一陣，天色愈發暗沈下來，河灘上淅淅瀝瀝地飄起了細雨。終於廠房裡出來一個人，說儀式改到室內進行，將凍得發抖的女孩子們帶回了工廠。裡面已經拉起一道橫幅，寫著「熱烈慶祝……順利成功」的字樣，橫幅下放了一把麥克風，環宇公司的二把手何雲鵬作為唯一出席儀式的公司領導，戴上老花眼鏡，對著稿子將遠大抱負、宏偉藍圖的話念了一大通。

何雲鵬，萬縣人，十幾歲就上了船，在長江航道上來來往往跑了幾十年，從鍋爐工到最後成為輪機長、船長，跟沿途各港務局甚至各條船上的人馬都混了個稔熟。年近花甲，方才棄舟登陸，找人攢了間公司。沒怎麼念過書的何雲鵬先是收羅了幾條小船跑跑貨運，可惜經營無方，才兩年就支撐不住，眼看要關張，卻天上掉下個馮志凡，接手了公司。何雲鵬認了點小股，退居其次成了「環宇」總經理。

發言完畢，有人端出相機，圍著何雲鵬和女學員們噼里啪啦拍了一通照，儀式就算結束了。何雲鵬一甩他的黑皮長風衣，登上吉普車絕塵而去，前後不過半小時工夫。雙城想，就為這，她還跟學校請了一天假。正覺窩火，卻聽環宇公司的人過來說，同學們今天辛苦了，一起去吃個慶功宴暖暖身吧。聽說打牙祭，女孩子們一時忘了抱怨，推推攘攘又上了車。

吹了這半日冷風，加之路上顛簸，靜融暈起車來，鐵青著臉，緊蹙著眉頭。雙城見何敬東和米拉她們打情罵俏、吵鬧不堪，便扶靜融到後排坐下，接著又去開窗，這才發現玻璃卡死在窗框里，根本拉不動。不巧前面堵車，司機連踩剎車，靜融再也忍不住，一低頭嘔在了座位下方。相鄰的幾個女孩嫌氣味難聞，趕緊都移到了前邊。靜融最是要面子

的人，一邊惡心暈眩，一邊羞愧難當，只把兩眼緊緊閉上，額頭冷汗涔涔，直要死過去一樣。雙城四處翻遍，卻找不到什麼東西可以遮掩，忽見那黑面孔的男生小鄧拿著一疊報紙從車廂前頭搖搖晃晃走了過來。他讓雙城將靜融扶到一邊，自己擼起袖子，埋頭把地上的穢物清理乾淨。過會兒，又不知從哪兒找出兩只塑料袋和一瓶礦泉水遞給雙城，小聲叮囑道：「不要讓她吹冷風。」雙城擰開瓶蓋，把水遞給靜融，附在她耳邊悄聲說：「這回可看清了，確實還算端正。」

車在解放碑附近兜了一圈，停在魯祖廟的龍閣酒樓前。看靜融難受，雙城扶她在門口略站了幾分鐘，待進去看時，培訓班的人已經坐了滿滿兩桌。龔老師揮手叫雙城上二樓，這邊小鄧也起身讓靜融入座，自己往別處再去搬椅子。

二樓面積不大，只一間雅座，裝修比樓下堂皇許多。雙城剛進門，就被何雲鵬叫住：「這個同學我有印象，上次在大學演講過，是叫雙城，對吧？」雙城忙點頭：「是的，何總。」何雲鵬用筷子一指對面說：「雙城，你坐到楊先生旁邊去。我們這位楊先生是斯文人，跟你們大學生有的是話說。」雙城見對面那人三十六七歲，細白臉皮，頭小面窄，卻戴了一副大大的寬邊眼鏡，似乎整張臉都被藏了起來，連表情也看不清。這楊先生彷彿沒有聽見何雲鵬的張羅，也沒注意到身邊坐下來的雙城，只拿著個黑色記事本，不停翻看著什麼。

「楊先生，這就是你的不對了！」席上有個身形肥碩、頭髮油膩的大胖子見狀便說，「人家大學生美女都坐半天了，楊先生也不照顧一下。工作不要帶到飯桌上來嘛，香港同胞敬業，咱們都知道，可這過了頭就是不解風情啦！」雙城聽聞，忙取過桌上的茶壺，先給楊先生斟了一杯：「楊先生遠道而來是貴客，那我敬楊先生一下，歡迎光臨重慶。」眾人便起哄要他們以酒換茶，結交一下。雙城正推脫不過，楊先生放在桌邊的「水壺大哥大」突然響了起來，他抓起電話，略帶誇張地大聲「喂——喂」著，走出了雅間。那朱胖子見楊先生不給面子，鼻孔裡「哼」了一聲，便轉頭去和旁人調笑。

雙城細看這屋裡兩桌人馬，除了下午在船廠露過面的何雲鵬和朱胖子，還有坐在他倆之間的米拉，別的人多過一半自己都不認識。男人們的衣著和派頭將身份高低標得清清楚楚，她只懶得研究，倒是

注意到桌上有幾個陌生女孩，年紀與她相仿，裝扮頗為時尚，與頭頭們嘻哈打笑，混得很熟的模樣。那幾個女孩因見雙城端莊，忖度她以大學生自居，便不大服氣，說笑起來愈發放肆，透著示威的意味。其中有一個風頭最勁，豐滿雪白，唇邊有顆顯眼的美人痣，胸前兩只乳房大得不成比例，講話時總斜睨著眼睛，有種醉意朦朧的風情。別人邀她喝酒，她一概來者不拒，才一會兒工夫，少說也乾了三兩白酒下去，加之嘴上潑辣伶俐，讓人不由想起龍門客棧的金鑲玉。

「朱總今天這是怎麼了？不就一杯酒嘛？能跟我們女孩子磨嘰半天。上次在會仙樓的雄風都哪兒去了？」那女孩此時正舉杯盯著朱胖子不放。朱胖子一甩頭，兩頰的肥肉跟著直抖：「哎呀陶沙，你還敢跟我提會仙樓？上次你跟小葉兩個壞娃兒串通起來，拿雪碧哄你朱哥有沒有？你趕緊給我自罰三杯再說！」那叫陶沙的女孩睨眼笑道：「什麼意思啊朱總？葉丹在，你就千杯不醉，我一個人敬你，就不給面子啦？」別的女孩也跟著起哄，這個說：「朱總要是不跟我們每人乾一杯，那就是承認自己偏心！」那個又道：「要不朱總，我們現在就打個電話給葉丹，讓她過來親自敬您如何？」朱胖子打著哈哈岔話道：「呃，對了，小葉今天為什麼沒來？」陶沙一撇嘴：「不是你派她去給江董當助理嗎？怎麼倒問起我們來了？」朱胖子擺手道：「怎麼是我派的呢？人家那可是馮總特別推薦，江先生欽定的助理。你不服是不是？哈哈！不過真要由我來派，我就派你陶沙去！你看，這酒要是喝好了，咱們'環宇'跟'和泰'之間就啥子問題都擺平了。是不是啊，楊先生？」

這楊學堅是和泰公司的常駐代表，頂著法人頭銜，負責財務監理和日常聯絡的事宜，來渝剛滿一年，眼下重慶話只能懂個大概，猛聽得別人提他，忙操著港味十足的國語回答：「這個，朱先生剛才不是還說嗎，喝酒歸喝酒，飯桌上不談公事，不談公事啊。」

龍閣的川菜做得地道，雙城難得上回酒樓，一邊打牙祭，一邊看熱鬧，等吃得差不多了，才想起自己第一次參加公司應酬，太過寡言也不好，瞅見楊學堅為人還算禮貌，便側身問他：「楊先生來重慶，能吃得慣辣麼？」楊學堅方才因不爽朱胖子匪氣，順帶怠慢了雙城，正心有歉意，見她搭話，忙接荏兒說起自己剛來重慶的時候，因為一

頓麻辣火鍋進了醫院的事情。雙城關切了幾句，順勢又聊到香港……
兩人於是你來我往，總算都在飯桌上找到了棲身之所。

雅間里擺設了一套卡拉OK，那朱胖子多喝了幾杯，甩開陶沙她
們，操起麥克風，悲悲切切地唱了起來。眾人起哄叫好，碗盤筷子亂
敲一氣，他愈發來了勁，將麵粉口袋一般的身體在吧台椅上扭來擰
去，嘴裡殺豬似的叫喚個不停。雙城鮮見這般場面，只當一出活劇，
倒看得十分有趣。正鬧著，馮志凡突然來了。雙城見他身材瘦高，整
個人包裹在一件長風衣里，手中拿一方格紋手絹，不停掩面咳嗽，只
從眼鏡和手絹之間打量眾人，很有一種陰沈沈的戾氣。他身邊跟著
個表情跋扈的女人，一張臉抹得猩紅煞白，艷麗中帶著殺氣。眾人起
身讓座，馮志凡擺擺手仍舊站著，只跟何雲鵬、朱胖子點了點頭，說
才和投資方的董事們在酒店開會，結束後順道過來打個招呼。說罷朝
大伙兒一揮手，便轉身下了樓。隨他而來的女人昂著下巴向朱胖子吩
咐：「對了老朱，馮總說談判了這幾天，也該請人放鬆放鬆，公司在
‘僑王’訂了間房，馮總嫌鬧，就不去了。你這邊帶幾個人過去陪陪，
這事兒就交給你了。」

朱胖子忙命人結賬，一邊向幾個女孩招呼道：「聽到沒有，僑
王夜總會啊，公司應酬哈，都去，都去，不許缺席！對了，米拉、雙
城，你們倆也去見識見識，全方位實習嘛！」雙城看時間不早，正尋
思下樓跟靜融回學校，聽他點到自己，又不免好奇心起。九十年代初
的重慶，夜總會還是一個新鮮的名詞，雙城很容易便把它跟電影小說
里的場景聯繫在一起，既隱藏著危險，又意味著刺激。身旁的楊學堅
這時突然插話：「剛才江先生打過電話，說讓女學生都先回去，不要
耽誤明天上課。」朱胖子也不堅持，只跟陶沙幾個鬧哄哄地出了門。

楊學堅臨走時從皮夾里掏出兩張大鈔，遞給雙城和米拉，只說是
江先生叫她們路上小心，讓拿這錢打的回去。雙城才要推辭，米拉卻
一把接過，道聲「謝謝」便扯著雙城下了樓。

樓下兩桌早吃得杯盤狼藉。靜融臉色好了許多，正和小鄧挨著
說話。米拉一坐下，便開始傳達樓上的八卦。據她所知，樓上那幾
個女孩是公司半年前從旅遊職高挑選來的一批導遊，台方看過不大
滿意，只留下三五個拔尖的，才讓「環宇」聯繫學校，重又招了雙

城她們這批。

　　雙城來不及使眼色，米拉就已經把那張鈔票掏了出來。雙城覺得這雖是自己掙到的第一筆錢，但到底有些來路不明，當著旁人不願多提，便岔開話頭問道：「對了米拉，到底誰是江先生？老聽他們提。」米拉一挑眉毛：「我也不知道，你管他江先生海先生呢，發獎金的就是好先生唄！」

　　回家的車上，累了一天的女孩子們互相依偎著打起了瞌睡，車廂內難得的安靜。雙城想著口袋里那一百元能夠買到的各種漂亮東西，著實興奮不已。高興完了，她還是決定把這錢交給家裡。她覺得自己和米拉理當不一樣，她把這種不一樣歸結為理想。雙城的理想儘管毫無根據，卻常讓她自命不凡，昂揚激蕩，因而她的眼中也就有了一種格外的清和亮。

第三章 江湖

　　那年的秋天，沒幾件提勁兒的事。先是全國人民熱血澎湃的申奧活動遭遇失敗，雙城大學班上的女生們看完直播抱頭痛哭，到第二天依舊滿臉悲憤，好像一夜之間都背上了國恨家仇。雙城雖也失望，但對同學們誇張的表現，又感覺滑稽。

　　接下來，雙城喜歡的詩人顧城突然自殺，靜融喜歡的歌星陳百強也不幸離世。靜融覺得難過，撐著下巴感嘆人生無常。雙城眼盯著小說，嘴裡不住地安慰道：「偶像的任務就是陪伴我們長大，任務完成了，老天就把他們帶走了。」靜融瞪了她一眼：「你這個人，這麼薄情寡義。」

　　龔老師走進教室宣佈今天的粵語課臨時取消，由和泰公司董事長親自來給大家上堂課。說完，教室里起了一陣小小的震動。雙城聽到動靜，從小說中拔出眼來，迎面就撞上一張絕色的臉。美人相輕，彼此之間是很挑剔的。但眼前這張臉，讓雙城所有的標尺都融化在了她的艷影里。這是個極年輕的女孩，留著俏麗的短髮，正走在一行人的前頭，與雙城一般高挑的個子，穿一件靛藍色牛仔夾克，露出粉色襯衣的領口和下擺，緊身短裙下，有一雙頂頂漂亮的長腿。飽滿的狸子臉上，一雙烏黑晶亮的大眼睛滴溜溜往教室里一轉，便把所有的目光都黏在了她的身上。這「艷」既驚了大家，她便為這點過失，孩子似的低了頭去，露出一種略含歉意卻更多調皮的表情。雙城想起亦舒筆下的鎖鎖「眼睛沾了夕陽的金粉，寶光燦爛得叫人自慚形穢」，大約便是這樣的光彩。

　　直到美人入座，留下一個婀娜的背影與她，雙城才留意到一起進來的還有另外幾人。緊隨其後的中年女子，身材十分清瘦，米色風衣

下一襲鴿灰羊絨裙，看起來格外典雅。她身邊的那個男人是雙城前幾日在慶功宴上見過的楊學堅。而走在最後那個，雙城只覺眼熟，直到他站上講台，她才認出他來。

「各位好，我是江南。」醇和悅耳的男中音，字正腔圓的國語，讓他每一句話聽起來都像電影對白。這位江先生將自己的名字用粉筆寫在了黑板上，字體之娟秀竟不像男子的筆跡。馬可波羅號的老闆突然駕臨，這本身就是個意外，更意外的是，接下來的半個小時裡，他講授的內容竟是跟遊船毫不相干的環保話題。從地球的現狀，講到西方的綠色和平，再從他在大陸的旅行，講到年輕人的生活態度。自打他走進教室，雙城便合上小說，直起身來⋯⋯她傾聽時的眼神總是和悅而專注，顯得比旁人多一層的理解與同情，這其實也是一種經年累月的練習，使她不必張嘴卻勝過千言萬語。

可是今天，這個駕輕就熟的遊戲卻難以為繼。江先生渾身上下散發出的那種陌生感再一次抓住了雙城。她的注意力總是不自覺地停在他微微捲曲的頭髮和雪白挺括的衣領上，停在他說話時看似隨意卻又灑脫的手勢上⋯⋯還有幾次，她的目光悄悄溜到另一面，停在了那個短髮女孩的身上。從側面打量，那女孩更顯得五官精緻。她傾聽的時候，睫影輕顫，像迎風的羽毛，花瓣形狀的嘴唇微微張開，鼻尖的輪廓玲瓏得如同工筆描畫，皮膚在陽光下生出淡淡的光華，猶如夏日清早結在枝頭的一顆水蜜桃。對這四面八方窺探而來的目光，女孩安之若素，像是早就習以為常，全不把自己的美麗放在心上，只專注地望著台上的江先生，忽然嘴角上揚，看似立刻就要笑出聲來一樣，又連忙埋下頭，咬住自己嫣紅的嘴唇，將那個突如其來的笑按捺了下去。雙城轉頭再看台上的江先生，正講得朗朗自若，並無異樣。

演講結束，江先生拍了拍手上的粉筆灰，斜靠在講台旁，再次打量了一圈教室裡的女孩，然後隨便指向其中一個：「這位同學，聽我講了這麼多，你可不可以告訴我，在你的理解中，環保與你個人的關係如何？」那個被他指到的女孩下意識地一縮脖子，身體迅速矮了下去，彷彿江先生手裡握著一把槍，她得趕緊閃開，好讓子彈射向別人。江先生開玩笑地把手指移了移，依舊點在那女孩身上：「不要躲啦，不是別人，問的就是你。」教室裡一陣竊笑。那女孩名叫徐曉嵐，本是個

憨貨，此時一副五雷轟頂的模樣，摸摸索索半天才站起來，嚅囁著說自己還沒想好。江先生也不為難她，微笑道：「那好，我給你換個簡單點的問題，你一定知道答案。能告訴我你叫什麼嗎？」眾人又笑，女孩自己也笑了，報上名字，江先生便揮手讓她坐下了。

「是不是我的問題太嚴肅了？那好，後面那位同學，請你說說，為什麼來這個培訓班？為什麼想當導遊？」這一次，他點的是米拉。米拉倒不羞怯，直說本想考空姐，可惜視力不好沒考上，所以覺得如果能上游輪工作，也算當了回長江上的空姐。「那叫江姐。」有人小聲接了一句，雙城見接茬的正是那個短髮美人，身邊的中年女子輕輕責備了一句，表情卻並不嚴厲。雙城這才看清那女人五官似乎有些耷拉，臉色微黃，實在算不得漂亮，但舉手投足，眼角眉梢卻處處顯出優雅。米拉回答完後，江先生也問了她的名字，並說這兩個字很適合米拉，輕快活潑，像一串音符。

正如雙城所料，江先生的目光最終還是回到了自己身上。「還有別的答案嗎？」他問。雙城知道他在等自己，她甚至隱隱約約覺得他站在那兒講了整整一節課，就是為了最後來問自己一個問題。這個想法雖然誇張，但她卻深有把握，所以更加沈著。她只是坐著，回望著江先生，揣著她的答案，一動不動。她從他眼中讀到了好奇，與此同時，她突然明白了，那種好奇和自己心裡的「陌生感」其實是同一種東西。

「我記得你，在開學儀式上。」江先生這句話，雙城覺得是誇獎，「能告訴我你的答案嗎？」他格外溫和。

雙城站起來，聲音盡量保持平靜：「有句話我很喜歡，說‘靈魂和身體，必須有一樣在路上，所以，要麼去讀書，要麼去旅行’。」江先生笑了，說這位同學的格言真不少。雙城聽出嘲諷的味道，面上一熱，嘴裡卻不依不饒：「如果想聽，我還有別的格言，可以回答您前面的問題。」屋裡靜了一下，江先生示意她繼續。雙城道：「您剛才問環保與個人有何關係。‘一花一世界，一葉一菩提。’我想，一個人不能完成環保，但是每個人都可以構成環保。當我們把環保變成一種生活方式，那麼它在改變世界的同時，也可以塑造我們自己。付出即獲得，體驗即修行。」雙城直視江先生眼中的欣喜，接著又說：「現

在我可以回答您最後一個問題了。」就在他一愣神的工夫，她嫣然一笑：「我叫雙城，《雙城記》那個雙城。」

天一下子就冷了起來。重慶的冬天，寒氣並不像北方那樣冰刀霜劍，而是像一條條細蛇，從四面八方的縫隙里鑽進來，把毒液般的陰冷灌注到人的五臟六腑中去。長江以南沒有供暖，室內似乎比外面冷得更加蝕骨，觸手所及的每一樣東西都是冰涼的，都在透過指尖汲取人體的溫度。比冷更冷的，是潮濕。整個冬天，床上的被褥總是濕漉漉的，一覺醒來，雙腳已凍到麻木，連前一晚的夢都是冷的。雙城自小體弱，尤其怕凍。冬天一來，她便感覺自己的身體連同思想全都凝固，既遲鈍又沮喪，整個人蜷縮著，守著烤火爐，摟著暖水袋，像一隻難以動彈的冬眠的動物。

唯有靜融可以避寒。都長成大人了，雙城還是喜歡走路時將兩只手塞到靜融的腋窩下，央她夾緊了，好讓自己取暖。兩個人緊擁著走去後校門的幺店子，靠灶頭的桌前坐下，叫一份燉得軟糯的香辣蹄花。拳頭大的豬蹄在大鍋里燜足了時辰，盛在盤中，只只肉香撲鼻，晶瑩粉嫩。雙城說這哪裡是豬蹄，分明是紅酥手黃滕酒的一雙柔荑。兩人趁熱你一隻我一隻細細啃了，連同辣乎乎的湯汁也一並喝下去，從背心那兒冒出一層毛毛汗，這才周身暖和，血脈勻停。

培訓班勉強拉扯到年底，就無課可上了。好在有個春節，龔老師宣佈提前放假，女孩們便一哄而散，只等年後上崗實習。雙城因為在培訓班耗掉不少時間和精力，到期末落下一堆功課，只好暫時拋開那些萬花筒般的幻想，一頭撲進考試中去。既然混進了大學，家裡便不大管她，雙城的心思是從未放進課本過，只求每科都勉強及格，就阿彌陀佛。剛放寒假，龔老師突然上家來，通知她去一趟儲奇門的環宇公司，說總經理何雲鵬有事找。

從學校所在的沙坪壩到重慶市中區，自古有兩條線路。一條走上半城，經石橋鋪、大坪至兩路口入城；另一條走下半城，過紅岩村、牛角沱，經上清寺進城。前一條是電車路線，行車本來就慢，加上沿途總堵車，晃得人頭昏腦漲，於是雙城便從校門口上了一輛牛角沱方向的中巴。找靠窗的位置剛坐下，車身一抖，便已出發。

這條道沿嘉陵江而建，一面臨江，一面靠崖，道路狹窄，以至於兩邊的店鋪人家，從車里就能看個清清楚楚。雙城喜歡那些一閃而過的鏡頭：櫃台上討價還價的商販，髮廊里沒精打採的姑娘，孩子們追追打打，衝過馬路差點被車撞倒，而他們的母親卻氣定神閒地在巷口扯著閒話……雙城覺得她彷彿要穿過千萬人的生活，才能走進自己的生活中去。對於她的即將登場，整個城市都是序曲。

窗外的嘉陵江呈現出冷清的灰色，連同岸邊的岩石、老樹，以及裸露出篾條的吊腳樓……整個冬天，這座山城難得見一束陽光，總是籠罩在霧氣蒙蒙的瓦灰色調中，這正是「蜀犬吠日」的出處，據說也是重慶女人皮膚白皙的緣由。

那個時候，化龍橋一帶的街道還都是陳舊的木板房，陡斜而上的長巷，似乎能一直延伸到五十年前。哪怕沒有雨，地面上也總是濕的，背陰的地方顯得更暗，看久了，彷彿有長衫和旗袍的身影一閃，讓雙城幻想起那些暗中接頭的地下黨……江面瘦瘠，河床裸露大半，一道細彎彎的礁石長長地拖在水面上，好像那裡沈著一個冒煙蹙眉的女人。這樣的風景，是要扯著人的心往下沈的，可雙城總覺得心底有一股氣力，把自己從那水底的女人手裡拔河似的拽出來，脫離這片灰色。

顛簸了一個鐘頭，在人聲鼎沸的牛角沱擠下汽車，然後再擠上另一輛電車，盤旋半小時，終於抵達小什字。雙城並不熟悉市中區，每年也就進城一兩次。此刻，她加快步子，穿越在解放碑的洪流中，迎面而來的洶湧人潮像城市張開的懷抱，迎接她這樣一個新人。雙城心裡突然有了一種真正的去上班的感覺。這嶄新的感覺好像一隻正待投遞的信封，工整地貼了郵票；又好像小時候大人給的紅包，拿在手裡鮮艷整齊，別有一種日新月異、當家做主的歡喜。

半島上的重慶城，據說當初請道士按五行風水勘測過，照「九宮八卦」的說法，「九開八閉」共造了十七座城門，金木水火逐一命名，取的是「固若金湯，避水防火」之意。「城門城門幾丈高？三十六丈高」的兒歌，雙城他們從小就會唱，可幾百年下來，這地方水淹過，火燒過，攻陷過，轟炸過……重重磨難，到底一樣都沒躲過。但日子依舊向前，人們拆了界限，不斷擴展城池，城門逐個消失，大都只剩下地名。儲奇門一帶，開埠時曾有過一段洋行林立、洋樓櫛比的光景，眼下卻只

剩茅檐低小、泥濘吵鬧的菜市民居。雙城往南到了順城街，不用對門牌，一眼就望見灰撲撲的舊房叢中立著一幢嶄新的環宇大樓，樓外貼了一身粉紅的馬賽克，活像下嫁到窮鄉僻壤的一位新媳婦。

何雲鵬的辦公室設在三樓盡頭。相對於他在人前擺出的架勢之大，這辦公室實在顯得逼仄。雙城之所以注意到這點，是因為從一進門，何雲鵬就在不停地解釋，這只是個過渡之所，等樓上馮總隔壁的辦公室裝修完了，他很快就會搬過去。椅子上堆滿了文件夾，雙城只得在沙發上坐下。何雲鵬說公司選派了雙城兩天後出發，隨自己到外地考察，趕在節前打點一番長江沿線的主管部門，為來年馬可波羅號的試航先拜拜碼頭。「前一段你表現突出，公司決定給你這個機會，出去鍛鍊學習。這裡頭很多東西，不是你在學校能夠見識的。」何雲鵬說完，舉頭一笑。雙城望過去，發現這一笑並不是朝著自己，而是投向天花板的某個角落。她忙表態感謝栽培，說這就回去跟家裡商量一下。

何雲鵬聽罷拿起面前的茶杯，到飲水機上蓄了水，卻在雙城身邊坐下，用手拍了拍她，說了些競爭激烈，機會難得，要懂事之類的話。囑咐完了，手卻忘記拿下來，依舊擱在雙城肩膀上，隔著厚厚的滑雪衫用力往里捏了一把。雙城一驚，本能地扳直身體，像一根瞬間繃開的彈簧。大幅的動作將何雲鵬黏在她肩上的手震了下來。

雙城往沙發的另一端移了移，同時扭轉身正視著何雲鵬。那張滿是刀刻般的皺紋卻又異常蒼白的臉孔，此時正朝她詭異地笑著，像一片腐敗的白菜葉子隨著陰溝裡的污水漂浮過來……那陰溝裡的笑臉被雙城的目光迎面劈開之後，何雲鵬突然眯上眼，像是遭遇了一道強光，整個人顯出疲憊的樣子，順勢倒在了沙發上。他用手揉捏著兩個眼角，直說自己工作太忙，常常渾身酸痛，真想有個知冷知熱的人來給按摩一下……那陰溝裡的污水已經順著腳踝漫延上來，激起雙城一背的雞皮疙瘩。她迅速起身道：「何總工作辛苦，請多保重，有同學還在外面等我，就先告辭了。」何雲鵬先是一愣，隨後向她揮揮手：「那就去吧，讓家裡放心，十來天而已。記著，後天晚上九點上船，朝天門三碼頭，江渝18號。」

一直跑到解放碑，雙城才長長地吐出一口悶氣。僅僅一小時前，她還頭頂青天，足踏春風，滿懷壯志豪情，而眼下，連迎面而來的人群

都面目可憎起來，似乎帶著嘲笑。雙城下意識地拂了一下肩膀，好像那片腐敗的菜葉還沾在那裡。一想到何雲鵬的手，她就雙頰滾燙，像狠狠挨了誰一記耳光。回去的路上，雙城推開滿是灰塵的車窗，讓冷風吹著臉，腦子裡的想法才慢慢凸現……如果照實說給家裡聽，估計她的導遊生涯還未開始已到此為止。身為「環宇」二把手，何雲鵬竟然如此不堪，那麼這家公司顯然和她幾個月來的夢想相去甚遠。可她轉念又想，馬可波羅號畢竟是真的，「和泰」那些舉止風雅的「陌生人」也是真的，這場歷險才剛開始，怎麼捨得就此放棄？雙城覺得自己可不是那種溫室裡的幼苗，經不起嚇唬的小姑娘，她不過是遇上了一個色迷迷的老頭，這種事情現在有，將來還會有，她必須學會應付。

到沙坪壩一下車，雙城就找到電話亭，撥通了何雲鵬的號碼，告訴他自己正收拾行李，積極做好出差的準備。只是培訓班還有一位同學，她的好朋友靜融，也願跟隨何總出差，一來爭取寶貴的學習機會，二來兩人路上有個照應，家長才會安心放行。經過下午的會晤，何雲鵬見雙城人雖警惕，但行事、說話倒還乖巧，也想對她稍加安撫，便一口答應。放下電話，雙城已經決定對任何人都不再提起在何雲鵬辦公室裡那一幕，這第一天上班，雖不漂亮，但話說回來，她到底也未失一分。

上船那晚，大霧鎖江，朝天門碼頭一片混亂。雙城和靜融失了方向，在面目不清的人群中，兩人緊挽著手臂，左突右閃，用了快一個小時才找到江渝號停靠的地方。枯水季節，輪船吃水不夠，靠不近岸，便從躉船上搭了幾丈長的一條木板過去。那木板不到一尺寬，漸行向上，彼端高出水面好幾米，踩上去顫得像彈簧。兩個女孩哪見過這個，才走出幾步，雙腳受了彈力，幾乎要騰空而起，儘管木板兩邊兜了尼龍網，但低頭便見渾黑的江水滾滾流淌，在迷霧的夜裡，像一個深淵，望不見底，多看一眼，就會被吞噬進去。靜融是連坐車都犯暈，此刻早已縮成一團，倚靠在雙城背後，半點不敢動彈。

雙城一咬牙，提醒靜融別往水面看，自己踮著腳試著繼續向前，好不容易挪到橋板中間，船上不知哪個促狹的，望見二人窘相，故意朝水裡扔東西，「噗通」一聲，驚得雙城差點翻下板去。此刻江風正猛，身體這一晃，便似收不住，雙手亂舞起來，眼看就要失去平衡，

兩人頓時大叫出聲。船上聽得動靜，才有一個船員過來，攙扶著她們上了船。踏上甲板，雙城經過方才這番驚嚇，兩腿竟不住打戰，又怕被人恥笑，只得暗中扶穩欄桿，挺起身來。一問才知因為她們遲到，錯過了登船時間，船上已經收起上客的路橋，只留這麼一條窄板，供船員出入方便。江渝輪的二副接引了她們，一路走一路笑：「這個東西啊，叫跳板！只有船上的人才走得，要像武俠小說里的輕功一樣，點著走，不能踏！老何不是說你們是來實習麼？將來要跑船，就得學會這第一道功夫：走跳板！」

聽說何雲鵬明早才登船，二副把雙城和靜融安排到了四樓的二等艙。當時長航公司行駛於重慶和武漢之間的江渝輪大都分四層五等，從髒亂不堪的底層散艙往上，樓層越高，價錢越貴，條件也越好。二等艙里安置了兩張床，新換的被單枕套倒很清潔。靠牆有一張小桌，一把折疊椅，屋角竟然還有一個簡單的盥洗瓷盆，半身鏡下擱了塊小小的香皂。跟二副道了謝關上門，雙城一頭撲倒在潔白的床鋪上，嘴裡嗚里哇啦興奮得直叫喚。這還是她頭回離了家長，自己出遠門，睡在陌生的地方。靜融卻顧不上好奇，只在屋裡走來走去，不停地從旅行袋中掏出各種各樣吃的喝的用的東西，又拿一方小毛巾往水龍頭上沾濕了，細細將床沿、桌面，甚至枕頭邊的牆面都抹了一遍。雙城舒舒服服地靠在枕上，瞧著她忙碌，問她是不是打算在這兒住下過日子了。靜融白眼說，你偷懶還牙賤。雙城被罵了，卻倒有一種安穩的愉快。

一時歸整完畢，兩人吃了靜融帶的點心，清洗一番後，便出門去尋廁所。出得艙來，但見漫天白霧，像一床巨大的被蓋覆在江城之上，只近處碼頭幾點橘色燈火，當真如夢如幻。兩人倚在欄桿上看了一回。雙城想起老電影里，江姐也曾站在這坡石梯上，懷揣著她的革命理想。革命的理想，雙城是談不上，但江姐的大衣旗袍、雪白的圍巾、手拎的皮箱倒一直烙印在她心上，是這塊生養她的粗糙之地難得留下的優雅一筆。說給靜融聽，卻讓她想起中學的時候，雙城總能設法賣掉學校發的電影票。有回放的就是這部《烈火中永生》，她們在電影院外站了半天也賣不掉。總算開演前有人來問是什麼片子，雙城回答間諜片，這才脫手。一提兩人都笑，從小到大，多少頑皮。

夜深回房熄了燈，雙城在黑暗中仍舊說個不停，一會兒是「夜半

鐘聲到客船」，一會兒是「尼羅河上的慘案」，直到靜融的呼吸深重起來，她才住了嘴。這一靜下來，耳中聽得船外江水奔流，那一番闖蕩的決心還未出發就添上幾縷鄉愁，當下拿定主意，無論如何，將來都不讓靜融離開自己，天長水闊，至少還有她倆同行。

一覺醒來，船已快到涪陵，何時起錨出發的，夢中竟全然不知。兩人忙出了船艙去尋那二副，才見何雲鵬正與幾個人在船長客廳說話。何雲鵬打過招呼，便吩咐雙城和靜融自去餐廳，說那邊留了早餐給她們，跟著又一抬手，看了眼手錶：「叫餐廳添倆菜吧，把中午飯一塊吃咯！」雙城臉一紅，趕緊退了出去。飯後靜融開始暈船，只得回艙躺下。甲板上寒風刺骨，雙城略站了幾分鐘，胡亂看了一圈，便也縮回室內，伴著靜融休息。好在何雲鵬一上船，便如魚得水，游走在一乾熟人當中，對二人不聞不問，竟沒空打擾，雙城心底方覺安穩。

第二天清早，突然有人捶打艙門，將她們從夢中驚醒。何雲鵬在門外喊了一聲：「快起來，上甲板！」雙城回過神來，和靜融胡亂穿戴完畢便奔去船頭。此時天剛亮，甲板上人不多，夾岸已是崇山峻嶺，山上密林巨石尚不分明，全都籠罩在一層藕灰色的霧靄中。長江像被攔腰一束，驟然收緊，白鹽赤甲之間，夔門的身影猶如披著戰袍的巨人，正漸漸逼近。何雲鵬舉著一部老式相機，讓雙城和靜融靠欄桿站好，自己佝僂下身體去瞄那鏡頭……雙城見他在皮風衣外添了條羊毛圍巾，又用一頂絨線帽罩住了稀疏的頭頂，看上去老態畢露，風頭全無，心想這也不過是個老頭，遲暮之軀何以擋道，便迎著獵獵江風，於萬水爭流中展顏一笑。

畢竟有著半輩子的感情，何雲鵬站在船頭，指著前方橫斷江面的那扇岩壁，大聲對她們喊道：「夔門天下雄！」一時迎風飛沫，激昂不已，但懸崖狹迫處，風聲如雷，直灌雙耳，雙城什麼也聽不清，唯覺人在船中，渺如浪花一朵，只得隨那洪流奔騰而去，再無反顧。兩面山崖幾乎就要撞及船舷，初升的朝陽將夔門向東的一壁染成赤紅，江水拍岸，咆哮不止，雙城和靜融並肩站著，像千百年來她們的無數同鄉一樣，於這磅礴無言的畫面中，一轉眼便離了故鄉而去。

行至宜昌，離船上岸，何雲鵬的一個舊相識開了金杯車在碼頭等候，直接去了餐廳接風。跟著兩三天，從宜昌到沙市，一路不停地

拜會、吃飯、吃飯、拜會……一開始，雙城還留神聽，多幾次後，就發現不過是些浮誇的套路。何雲鵬自始至終只是那一件標誌性的黑皮風衣，像是從香港槍戰片里走出來的人物。每次落座，必先將「水壺大哥大」端端正正貢在面前，散過名片，人便往後一仰，半癱在沙發上，開始一遍又一遍地演繹環宇公司如何起死回生，又如何轉運發家的傳奇……他的目光並不在周圍任何一個人身上，而是永遠指向天花板的一角，灰白的臉上浮起微笑，彷彿和一個隱身的人物相談甚歡。這種場面看多了，雙城對何雲鵬的印象就從險惡變成了滑稽，以至於自己這趟跟差也顯得可笑起來。

好在一路美食甚豐，接洽的單位悉以特產相待。湘鄂多水，宴客皆以湖魚為主，清蒸武昌魚、紅燒江團魚、千椒鉢鉢魚……偏雙城最不擅吃魚，靜融便把魚夾到自己碗里，細細理了刺，再遞回給她吃，連何雲鵬見了也笑：「難怪要人陪，原來這張嘴只會說話不會理刺！」接著一盆菜紅湯滾滾地上了桌，雙城用筷子夾起來一瞧，竟是一枚嬰兒握緊的拳頭，嚇得「哎呀」一聲扔回盆中，湯汁濺了滿桌。東主倒不見怪，哈哈笑道：「又是一個被嚇到的美女！」這一道原是紅燒牛蛙，那牛蛙竟有野兔大小，宰下四腳來，便跟嬰兒拳頭無異。雙城很不喜歡小地方這種求奇作怪的吃法，當下便擱了碗筷。

何雲鵬見她不語，便敲打說這位可是馬可波羅號的才女，大學生導遊、書香門第，雙城當下覺得自己也擱淺在河灘上，成了被人圍觀、撥弄的一條大魚。幾個湖北人酒過三巡，正想拿女孩子開趣，便起哄要她現場導遊一段來聽。雙城再想拿起筷子塞住嘴，已經太遲，只好抿口茶，腦子一轉，開口道：「領導們笑話了，我初來貴地，向各位拜師還來不及，哪裡就有什麼‘游’好‘導’呢？既然主人發話，我只能胡說幾句，大家要是覺得好笑，就算我代何總多謝各位湖北鄉親款待了。」一語未了，何雲鵬先贊了聲好，雙城便接著瞎掰道：「你們看這北方人南下旅遊，要麼恨長江頭的川菜太辣，下不了嘴，要麼嫌長江尾的淮揚菜太淡，開不了胃，這一頭一尾、一濃一淡的，倒不如坐船到長江中央會合了，嘗一嘗這濃妝淡抹總相宜的湖北菜。」

雙城不過拿些俗話敷衍，無奈在座大都見識不高，竟也贊許起來，這下讓她得了意，只顧一路胡謅下去……什麼帆影碧空、江流

天際的黃鶴樓；什麼蓮葉接天、魚蝦滿艙的洪湖水；什麼威震江湖的武當劍派；又什麼人傑地靈的江漢平原……這裡頭好些內容都是她隨何雲鵬在各個旅行社枯坐時，從手邊廣告上瞄來的東西，但經她加工加料，潤色點睛，再講出來便栩栩如生，情致嫵媚，聽得在座都笑：「看來我們是白住了這些年，竟不知湖北有這麼好！」何雲鵬見此不禁暗想，難怪「和泰」的人點名要這丫頭，果真機靈，是塊好料。

到荊州的第二天，當地國旅派了車和導遊，說帶他們去荊州博物館轉轉。午飯後何雲鵬接了一個電話，只說還有人要來，讓司機在酒店門外候著。雙城正疑惑，忽見遠處風馳電掣般開過來一輛軍用三輪摩托，直衝到他們跟前，原地轉了一圈方才停下，引擎「突突」作響，掃得四周塵土飛揚。三輪上輕輕巧巧跳下一位女郎，上身耀眼的桃色風衣，底下緊身褲套在高筒靴里，走近時只見妖嬈的臉上有一顆撩人的小痣。雙城一見那黑痣，認出是上次在龍閣酒樓見過的陶沙。陶沙這趟差本應與雙城等人同行，因有事耽誤了出發，才乘火車追到這裡，虧了她人脈廣，在這種地方也能找人開著摩托去接她。陶沙上車後只顧與何雲鵬說笑，並不曾正眼瞧過雙城和靜融。雙城挨她坐著，只嗅得一陣甜香，忍不住拿眼尾掃去，見陶沙敞著兩襟，裡面低胸羊毛衣半露著一條通幽小徑，胸脯兩團雪白襯著衣裳的桃紅，甚是嬌艷。雙城先是想起尤三姐的一抹酥胸，繼而又聯想到過年蒸籠上軟綿綿、熱乎乎，還點了朱砂印的一對白饅頭，不禁心底偷笑。

楚文化中心的荊州，博物館藏品豐富，可惜雙城對那些青銅器、絲織品一竅未通，何雲鵬又拉著導遊到一邊，打聽對方旅行社的業務，三個女孩只好自己晃悠，一時轉進鳳凰山墓葬展廳，被橫陳的古屍嚇了一跳。雙城細讀旁邊的註解：「遂少言，葬於公元前167年……」因為有名有姓，便覺得眼前這枯槁之軀少了一些恐怖，多出幾分莊嚴。註解上說剛出土的時候，覆在他身上的竹席還是簇新的金黃，衣裳錦緞都鮮活如生，但日光一照，便暗淡下來，有的索性碎成飛灰，隨風而逝……雙城讀得入迷，忽聽陶沙在旁笑道：「哎呀，這死人的衣裳怎麼跟葉丹穿的一樣，簡直像情侶裝！」雙城被她一擾，醒過神來，懷古之情瞬間解散開去。

外行當散步，很快轉完一圈，導遊介紹說新排演的楚樂演奏還

不錯，引了大家去聽。舞台上垂著重重圍幔，眾人席地而坐，長裙廣袖的古裝女郎過來遞獻了毛尖新茶，那杯底茶葉被滾水一衝，根根綠芽驚蟄一般升至水面，豎成針林一片，果真妙趣天然。隔著紗簾可見行雲流水的美人兒走馬燈似的魚貫而出，各自在古箏、笙簫、編鐘前面站定，一時燈光亮起，卻見個個臉上濃妝粗鄙，都抹得鬼畫桃符一般。畢竟地方閉塞。雙城正感惋惜，聽見台上報幕說今日演奏的是屈原的《橘頌》。鼓樂一起，滿室琳琅，絲竹縹緲中，忽聽女聲悠遠綿長：「後皇嘉樹，橘徠服兮。受命不遷，生南國兮……」空谷聞鶯，其韻繞梁，最是後面那人持杖往編鐘上一撞，「叮——」的一聲，恰似神仙發號，令百花齊放，百鳥齊鳴，天下俱現繁華……即便陶沙、何雲鵬之輩，也聽得怔怔入神。雙城讀書時，最恨屈原的古詩拗口，今天方才明白，詩不能讀，得要這般頌唱歌詠才能還原古風。她一時高興起來，覺得單憑這一曲《橘頌》，已不枉此行。

行至湖南岳陽，何雲鵬遇見了從前跑船時結識的一位徐娘，倆人把酒言歡，覺得幾個女孩子礙眼，遂叫人領了她們去洞庭湖玩一天。時值深冬，岳陽這日卻暖陽無風，輪渡上，只見洞庭湖煙波浩渺，一望無際。雙城這兩天翻看風物文志，別的慷慨悲歌她都忽略不計，單喜歡呂洞賓「袖裡青蛇膽氣粗……朗吟飛過洞庭湖」那兩句，此時站立船頭，眺望長天大湖，聽快船擊水，想自己青春待發，不由得心如擂鼓，湧上一腔豪俠之氣。

君山島上古蹟甚多，這個井那個亭，數不清的舊廟高臺，但美麗都在典故裡，景物本身卻凋殘失色，冬季裡遊人更是寥寥無幾。導遊見三個女孩興致不高，提議去湘妃廟求籤，說君山島上這支姻緣籤自古以來都是三湘少女篤信的神物。於是趕到廟裡胡亂一番跪拜，那籤筒足有海碗粗，裡面數十支竹籤年深月久，油光可鑒，拿在手裡分量十足。雙城跪在地上，聽竹筒裡一陣陣「哐啷」作響，滿腦子都是才子佳人廟堂相會的傳奇，直等得後面的人著急，提醒她手上用力，這一使勁，才有一支竹籤高高躍起。三人興衝衝拿去門口解籤，一看陶沙得了支下籤，雙城得了支中籤，唯靜融是上上籤，廟裡的女人便慫恿她買鞭炮放一掛，添過香火，謝了神佛，方保得住這運氣。靜融聽說要好幾十塊錢，便笑著搖頭。那女人立刻改口說可以便宜些，十元

的也靈驗。三人聽了更是不信，笑著一哄而散。

雙城細看手裡解籤的單子，頂頭寫著諸葛神數第一百八十二籤，下面一首偈詩道：「花落正逢春，行人在半程。事成還不就，索絆兩三旬。」末了又批：「個中自有清佳味，何須策馬奔江湖。」雙城念起來，覺得是前途波折，勸人安分守己的意思，跟她的心思全不對路，便隨手疊了，往兜里一揣，不再理論。

那陶沙先是擺足架勢想要鎮住兩個女孩，但見雙城並不在意，靜融又嫻靜少語，何雲鵬不在跟前，自己再無人搭話，於是先繃不住，放下架子，主動跟她們攀談起來。畢竟都是年輕女子，陶沙人雖輕狂，卻未見得城府多深，三人漸次熟絡，登山游湖，拍照嘗鮮，直逛到天色擦黑才回賓館去。

到了方知何雲鵬留下口信，說第二天有人會送她們去城陵磯，上船返重慶，而自己因急務在身，已經先行退房，趕去武漢了。陶沙聞訊冷笑：「准是和那個徐娘私奔了，笑死人，一大把年紀！」片刻之後，突然向雙城又道：「還有一層關係，你我現在都是馬可波羅號的人，他接下來大概要替王朝號那邊張羅私活，自然不能讓我們參與，沒錯，肯定是這個原因！」見雙城不解，陶沙又道：「莫非你不知道，你這一趟差是和泰公司安排的麼？他們要把辦公室從儲奇門分出去，建立自己的隊伍。公司和培訓班兩邊，一共挑出三五個，點名要過去幫手，你我就在其中。咱們的差旅費也是‘和泰’開支的，就不知道怎麼說好的涉外游輪，到何總手裡，就變成了江渝普客輪……」雙城乍聞此訊，不免欣喜，但聽陶沙的意思，靜融並不在入選之列，一來恐她失意，二來說下去怕引陶沙懷疑是多出一個靜融，才分薄了差旅費用，便把話先忍住，盤算等日後再慢慢打聽。

回程給安排的是四張床的三等艙，多出一個鋪位擺行李。陶沙嫌檔次太低，一路抱怨不停。上水行船緩慢，城陵磯一帶又無甚風景，三人除去餐廳吃飯，基本都在艙內瞌睡，直入了四川境界，見巫山雄奇秀麗，這才興奮起來，又兼在奉節港買了臍橙，大家便圍坐一圈擺起了龍門陣。那奉節臍橙比四川原有的廣柑個頭略大，顏色鮮亮，肉不黏皮，輕輕剝開，立刻滿室果香。陶沙一邊吃，一邊聊，提到何雲鵬，便說他荒淫好色，專愛吃窩邊草，禍害公司女孩子……雙城聽了

自然不意外，靜融卻給驚得合不攏嘴。

陶沙興起，接著說道：「上梁不正下梁歪，有其將必有其帥，那馮志凡說是一身病，倒也沒閒著，照樣養小蜜，光天化日耀武揚威……」雙城忍不住插話問小蜜是不是在龍閣看到的那一位，陶沙答說：「除了她朱麗還有誰？號稱什麼外語學院碩士，有回見了老外，除了句‘哈嘍’啥也不會，就剩下傻笑，依我看，那文憑多半是買來的。」又說這等便宜貨也不知道馮志凡怎麼就鬼迷心竅看上了，包括何雲鵬在內，現在公司任何人要見馮總，都得先過她這關。雙城打量陶沙的形容舉止，倒覺得跟那朱麗有幾分相似，聽她話裡的意思，也是滿滿的不得志，琢磨因為這個，陶沙才另尋了高枝……但只不解「和泰」怎麼看上她這樣一個炮筒子。當下便拿話套她。陶沙是憋不住炫耀的，很快就跟雙城亮了底，原來她父親正是港務局響噹噹的一把手，答案不言而喻。

這趟差出得有頭沒尾，雙城心中狐疑，再問起「和泰」那邊的情形，陶沙只說除了楊學堅常來「環宇」跑腿，別的台方人馬極少出現。雙城佯裝問：「馮總不是指派你去當助理麼？」陶沙忙咽下嘴裡的橙子說：「你是聽錯了吧？當助理的是葉丹！旅遊學校大名鼎鼎的校花。」雙城這是第三次從陶沙口中聽到這名字，腦海裡忽然閃過一個身影，一雙烏溜溜的大眼睛顧盼生姿……便轉頭向靜融道：「這個葉丹，我們好像見過，上次跟江先生來上過環保課。」靜融也說她有印象，還說那女孩生得實在好，名字也討巧，花紅柳綠都全了。陶沙從鼻子里笑了一聲道：「那是那是，還在職高的時候，附近大學的男生一半都給她寫過情書，還有四川美院來的，追著要請她做油畫模特兒，也不知道是不是要脫衣服那種。」雙城問：「怎麼沒去考電影學院？」陶沙喜滋滋地笑：「她倒想，什麼電影學院啊，航空公司啊，都去試過，可惜呀，都落了榜。身為下賤，心比天高，講的就是她，繡花枕頭一包草，白費了一副好相貌，且看看這回跟著江先生又能混出什麼名堂！不過話說回來，其實人吶，能混成啥樣，一出生就決定了一半，下半城的女孩嘛……這叫命，不服不行！」說完，將身上的果皮往地下一抖，拍拍兩手，像是為葉丹可以預見的失敗提前鼓了鼓掌。

　　上船不出兩天，陶沙就已和船員們稱兄道妹，混得爛熟。三人每次去餐廳，免單不說，那菜盤總是疊羅漢似的堆得滿滿一桌。一開始陶沙還覺得面上有光，後來發現船員的手藝實在有限，又不好擱著原封不動，於是每頓飯倒成了一大負擔。這天餐廳給她們做了條豆瓣魚，雙城嘗了一口，又腥又咸，難以下嚥，不免心中叫苦，皺眉向陶沙道：「這人情是送給你的，你得負責多吃點。」陶沙笑說不如拿塑料袋拎去廁所扔掉了事。靜融忙道：「那太過分了，人多眼雜的，給廚房發現多不好。」無奈之下，三人商定用劃拳分派任務，輸拳的，就罰吃魚一塊。一時敲著筷子「棒棒、老虎、蟲啊雞」地叫喊起來，沒幾個回合，早笑作了一團。

　　誰知餐廳師傅見三個姑娘劃拳，鶯叱燕吒十分好看，只道她們搶著吃魚，便去廚房又做了一條端上來，慷慨招呼道：「妹娃兒們莫爭，別的不敢誇，這魚我們船上絕對管夠！慢慢吃！」

　　這樣一路說笑，不覺回了重慶。陶沙出錢在躉船邊叫了個棒棒，把三人行李一起挑上了碼頭。陶沙家裡派了單位轎車來接，她因想反正是公家出車，不如抖個人情，便拉了雙城靜融同上。她家就在不遠處的棉花街九尺坎，下車後吩咐司機將二人送回沙坪壩。雙城思家心切，也不推辭，當下揮別陶沙，隨車而去。

第四章 江先生

　　春節剛過，天氣就迫不及待地暖和起來，比往年更早地邁進了春天。

　　到了三月，女孩子們從賓館實習回來，卻發現下一步沒了去處。馬可波羅號的裝機計劃遭到延誤，和泰公司懷疑馮志凡又一次在資金上動了手腳，威脅要以合同欺詐為由起訴。這培訓班本就是雙方蜜月期的產物，眼下鬧起來自然成了一個累贅，都紛紛往外推諉。學校這邊也拿出招生簡章，指明三個月在校學習時間早已結束，剩下的就業分配，概不負責也愛莫能助。女孩子們折騰了這半年，往外掏了一千八，倒貼了無數車馬，卻眼看工作越來越玄乎，一個個都急了眼，於是由膽大的領頭，大家往環宇公司會議室裡一坐，提出要麼安排工作，要麼退還學費，人錢兩清。

　　這麼一鬧，馮志凡少不得讓何雲鵬出面安撫。何雲鵬眼望天花板，又將「環宇」的宏圖勾畫了一番。雙城留意到他嘴裡口口聲聲的王朝號已經代替了馬可波羅號，斷定分家已成事實，因想起自己調入「和泰」的事，至今並無下文，不免著急，當晚回去便洋洋灑灑地寫了好幾千字，將出差兩湖的見聞心得，連同感謝之意、抱負之心統統匯成一份出差報告，再翻出楊學堅所留的名片，照著地址寄了出去，信封上寫著「楊學堅先生並江南先生惠啓」。信一寄出，她便安了心，能做的，都已經做了，剩下就是等待了。在看過那麼多的小說和電影之後，雙城覺得學校太小了，重慶也太小了，她要遠走高飛，像那些女主角一樣出盡風頭，就必須找到一個非同尋常的機會，並勇敢地抓住它，攀上去。

　　兩周後的一天，機會終於來臨。何雲鵬通知說「和泰」的江董事長想請雙城幫忙做些臨時工作，約的是第二天下午兩點，南岸揚子江酒店。何雲鵬在電話裡意味深長地說：「江董這次在重慶只待幾天，

你自己拿捏好分寸，該說的說，該做的做。」這話出自何雲鵬之口，雙城聽了未免不服，脫口便道：「何總放心，不該說的，我早忘了，不該做的，誰也勉強不了我。」何雲鵬不知是否真沒聽懂，在電話那頭乾笑了兩聲說：「你我是知道的，人小鬼大。不過我告訴你，馬可波羅號首航問題很多，還不知會延誤到什麼時候。王朝號進展倒非常順利，保證年內營運，到時候有的是機會給你發揮。」

揚子江假日酒店是當時重慶最高檔的賓館，就矗立在南岸的長江邊，雙城聽說這個名字已有一段時間，但從未想過它跟自己會有何關聯。此時，白色的大廈赫立眼前，像一本等待翻閱的新書朝她打開。剛一靠近，便有盛裝的侍者搶前一步，替她拉開了大門。雙城挺身吸氣，按照腦海中預設的樣子，妥帖地微微點頭，走了進去。眼前的一切正如她期待的那樣華麗，大理石殿堂，水晶吊燈，中央噴泉，巨大的盆栽，漂亮的服務員送上一張張謙和的笑臉……所有這些都沈浸在一層薄薄的金色當中，宛如童話，甚至連呼吸到的空氣也蕩漾著隱隱香甜。門外她所熟悉的那個灰撲撲的城市，那些雜亂的房屋、表情粗魯的人群，似乎一瞬間都被關到了另一個星球，耳朵里清靜下來，聽得琴聲叮咚，從鳳尾竹後的三角鋼琴那邊傳來，不緊不慢的外國曲子，似乎還有些斷續。那聲音讓雙城想起一句詩：「黃昏吹著風的軟，星子在無意中閃，細雨點灑在花前。那輕，那娉婷，你是，鮮艷。」——鮮艷的，是她的心。

雙城身上穿一件黑色長袖連衣裙，有著她叫不出名字但顯然高級的質地，縫線細緻，剪裁合體。胸前一排銀色紐扣，精巧地雕刻著花紋，像夜空中閃著粒粒星辰。這件衣服是她幾年前從舊貨市場淘來的，標籤已經剪掉，不知道什麼牌子、來自何處。當時穿還嫌大，往櫃子里一攔就是幾年。昨晚她對著打開的五斗櫥，正愁自己那些鮮亮而廉價的衣裳沒有一件配得上眼前的輝煌，以及更為輝煌的董事長文秘的頭銜……突然靈光一閃，想起了這件，翻出來一試，簡直就像為現在的她量身而裁。想方設法除去了衣服上的樟腦味，修補好後領的一處脫線，又拿大號的搪瓷缸盛上滾開水，用缸底在有折痕的地方反復熨燙……此刻站在假日酒店的大堂中央，雙城更加肯定自己的選擇：她現在的樣子與她所置身的宮殿天衣無縫，沒有一絲破綻。

　　繞過噴水池，在幾棵高大的熱帶植物旁，雙城看到了斜靠在沙發圈椅里的江先生。他身著一件帶有幾何圖案的灰白色毛衣，依舊留著淡淡的鬍鬚，大概因為午後和音樂的關係，他那既古典又洋派的臉上有幾分惺忪的睡意，看起來更像是一位悠閒的遊客。「江先生。」雙城笑著招呼。「雙城，我們又見面了。」江先生的表情似乎過於平靜，這讓雙城懷疑他早就看到自己進來，並且一路觀察，於是剛才那些「點灑在花前的娉婷」便讓她有些羞惱。江先生眼中的雙城也顯得比印象中拘謹，與那篇出差報告上的熱情大相徑庭。他只當她對環境陌生，便揮手叫侍者來點飲料。

　　雙城覺得她常點的可樂在這裡講出來不大適合，便說只要一杯冰水。江先生聽了笑笑，回身跟那人說了一句英文，雙城聽著耳生，趕緊講自己不喝酒。江先生便道：「請你來是有一大堆活兒要乾，不會把你灌醉的，否則我就虧了。」一會兒飲料端上來，盛在梨形的玻璃杯里，插著黃色檸檬和紅色小傘，椰奶香味的冰沙，融在口中一陣沁甜。雙城後悔沒有聽清它的名字，否則下一次就可以大大方方地自己點。

　　江先生說他這次計劃逗留重慶一周，因為「和泰」新的辦公室尚未就緒，只能先在酒店辦公，需要找一位臨時的秘書，做些書信起草和會談筆錄，既不能再從環宇那邊借調，現招又來不及，恰好楊學堅傳真了雙城那份書法秀美的出差報告給他，才有了這次不情之請。

　　自那堂環保課後，雙城就篤定江先生會來找她，陶沙的消息和這次會面只不過再三印證了她的想法。眼下聽江先生前因後果解釋得這樣周密，猜度他不過想說這只是一次偶然的會見而已。雙城便把杯子往旁一推，問他在哪兒開始辦公。江先生道：「東西實在太多，不介意的話，就去我的房間吧。」

　　房間很大，滿桌滿床都堆滿了文件，但依然能看出裝修的奢華。整個下午，江先生讓雙城筆錄、整理了四五份信件和材料，有給股東的，有給「環宇」的，有給他在北京的朋友的，甚至還有給法院的。雙城寫得全神貫注，不覺雙頰緋紅，有一兩次，江先生思緒卡殼，一時頓在那裡念不下去，雙城便順著文意自己補充完整了，再念給他聽，居然編得八九不離十。江先生聽得滿意，在屋裡走來走去，順手拍拍她的頭頂，雙城覺得也是很自然的情景，這和何雲鵬搭在她肩膀

上的那只手不同，她心裡並無反感。在雙城看來，這位江先生舉止優雅，顯而易見的富貴，他理應不會也不可能下作，他看重並且欣賞自己，這一點足夠令她歡喜，而雙城的這種歡喜，僅僅來自她一貫的自鳴得意。

雙城將最後一份稿件交到江先生手裡的時候，屋裡的光線已經轉暗，江先生不自覺地走過去，側身靠在窗台邊，認真讀著。夕陽的光線將他輪廓分明的臉復又打上一層陰影，每讀完一行字，那排濃密的睫毛便撲閃一下，眼睛跟著轉向另外一邊。雙城這才發現，江先生的樣子居然是好看的，說他是中年人還嫌勉強，那種總是閒適得像要瞌睡的神情，原來來自他兩排睫毛的陰翳，而他的眼睛，卻是有些寒意的。「你練過字？」江先生突然發問。還好他沒有抬頭，雙城才來得及收回自己的目光：「沒有，我沒耐性。」江先生看了看稿紙又說：「可你的字很漂亮，非常有個性……只是，不太像女孩的字，筆鋒很硬，有刀劍之氣。」雙城於是想起江先生寫在黑板上的粉筆字，倒是娟秀得像女人的手跡。

正說著，忽聽有人敲門。江先生開門後，幾個人一擁而入。走在前面的三個男人，雙城只認識其中的楊學堅，跟著進來的竟是米拉，而她身後另一個女孩一進屋，雙城的眼睛便不由得一亮。江先生和男人們略打過招呼，笑著叫了聲米拉，最後才把目光投向站在門邊的葉丹。雙城只覺得他的笑容似乎收斂了一點，有些意味深長地說：「小魚兒，好久不見。」葉丹卻不領情，忽閃著大眼睛笑道：「好久不見！江董，你又長高了。」眾人都笑。楊學堅便說，看到沒有，都是江先生慣的，這個小葉，誰還管得了她？江先生也笑，說她要不是這樣頑皮，也就不是「小魚兒」了。雙城見他們彼此這樣親暱，下午才跟江先生拉近的一點距離似乎輕易就被這些人重又隔開了去。江先生向雙城介紹說那戴眼鏡有些虛胖的中年男子蔣培軍，是重慶本地人，新近請來為「和泰」做事；另一個外地口音的矮個子叫陳少飛，則是江先生在蘇州的一位表弟，據說剛到重慶……輪到葉丹的時候，葉丹搶著笑說：「見過，大學生嘛，我知道。」

幾個男人一見面便說起銀行、政府、造船廠一大堆的情況，米拉挨葉丹站著，雙城見倆人小聲說笑的樣子，看來很熟，心想米拉應該也是

被「和泰」挑中的「三五個」之一。難怪這段時間去「環宇」請願也不見她人影,大約早跟葉丹他們走到了一起。葉丹身上穿了件花團錦簇的衣裳,海棠紅配了湖水綠,雙城只覺扎眼,繼而想起陶沙在荊州博物館說的刻薄話,不禁莞爾。略站了一會兒,葉丹見江先生他們講得熱鬧,一貓腰溜進了洗手間。雙城留了意,見她在裡頭磨蹭了十多分鐘才出來,一張臉竟已描得眉濃唇艷,艷又艷得過了頭,像戲班子里粉墨登場的一位花旦。眾人見她,都是一愣,蔣培軍忙打趣說:「哪兒來的一條紅嘴兒鯉魚?」葉丹臉上於是更紅了,笑著埋下頭去。

蔣培軍作為唯一的重慶男人,晚上做東請眾人吃飯。雙城正猶豫,楊學堅湊近了說,以後大家就是一個團隊,彼此熟悉一下也好。雙城在旁被冷落了半天,忽聽得這樣關照的口吻,連忙點頭,領情跟了眾人同去。餐廳是解放碑的老字號「頤之時」,因江先生不喜歡包房,眾人便在大廳就座。蔣培軍和葉丹分坐江先生的左右,米拉挨過去跟葉丹坐在一起,陳少飛新來話少,蔣培軍便拉他坐在自己身旁。剩下雙城跟楊學堅坐到了江先生對面,又像上次在「龍閣」一樣,成了焦點之外的一對依傍。

等大伙兒坐定,蔣培軍將菜譜遞給江先生。江先生用手一擋,只說要一個魚香肉絲,別的由蔣先生做主便是。米拉笑著問:「江先生這麼替蔣先生省錢,就不怕虧待了我們?」江先生還未答話,蔣培軍忙搶著說:「正好相反,一看江先生就是懂吃之人。大家只知道魚香肉絲家常,卻不知道這道菜恰恰是川菜的門檻,佐料上咸甜酸辣一得俱全,二得互不衝突,火候上俏頭得爽脆,肉絲得嫩滑,泡菜重了會搶戲,輕了又不帶勁兒,還要炒出蔥姜的香味,可不容易!這道菜四川人家家都會做,所以人人都是內行,要不怎麼說'魚香肉絲一出手,便知功夫有沒有'!」

點好菜,便有穿褂子的茶博士手持一柄銅壺上來,玩雜耍似的,伸出左手一招呼,右手往腦後一背,便見一股滾燙的開水往桌上的蓋碗茶中分毫不差地直衝過去。雙城坐在下首,離那夥計最近,又不曾見識過這茶技,被杯中濺起的水沫驚到,整個人本能地一縮,想要躲開。那一剎那,她餘光看到葉丹臉上似有奚落,忙端正回身體,恐人見笑。身邊的楊學堅看在眼裡,便幫她把座位往旁移了移。

雙城見葉丹整晚說笑不停，絲毫不留空隙與旁人，知她特意要在江先生面前逞能，細心聽上幾句，不過有些市井的機靈，因得了江先生喜愛，加上一旁蔣培軍等人為她搭台，忘形之下便喧嘩起來，竟有幾分流氣。雙城想，她美貌雖在眾人之上，但張嘴便見底，不過與米拉、陶沙相類，又一個鮮艷俗物而已。她只是奇怪江先生這樣風雅，竟會對葉丹青眼有加，立時覺得下午那些斯文有禮，連同靠在窗邊的漂亮身影，便都有些不算數。

雙城在飯桌上既失了風頭，便退而求其次，專心吃菜。這「頤之時」是重慶一流的餐館，品相、手藝自然又在「龍閣」之上。雙城大快朵頤，只盼自己有朝一日也掏得起腰包，帶上家人和靜融，到這樣的好地方來吃飯。江先生終於注意到她的沈默，有意引她開口，便調侃說小魚兒這樣沒心沒肺，吃得倒不多，雙城看著秀秀氣氣，胃口卻是極好，這點跟沈小姐很像。雙城聽了發窘，待要還嘴，見江先生似笑非笑正等她回話，轉念想自己要耍起嘴皮子來，豈不顯得和葉丹一般賣弄，成了席上湊趣的人物？當下便打定主意不接茬，只淡淡笑著問身邊的楊學堅，是哪一位沈小姐。楊學堅說，也是「和泰」的同事，又說上次江先生去學校，沈小姐也在，你應當見過。雙城記得那女人形容優雅，想江先生並無貶低之意，方才釋然。

席間雙城聽江先生說他邀請了台灣《時報週刊》的記者，今夏赴三峽考察，為馬可波羅號先做一輪宣傳廣告。這江先生原來口才極好，整頓飯聽他講下來，滿桌笑聲不斷，各人深受鼓舞。楊學堅雖不及他靈光，但在雙城看來也算斯文儒雅……她喜歡聽他們講話，覺得那樣的用詞和腔調，跟身邊的人們全不一樣，有種新鮮的愉快在裡頭。

第二天一早，雙城準時趕到渝都酒店。頂樓的旋轉餐廳「九重天」是當時解放碑的最高點，雙城發現這餐廳和她想的不一樣，旋轉速度極慢，人在其中，除了眼裡景色替換，根本感覺不到轉動。不到十點，已經客滿，雙城繞著環形走道轉了快一圈，才發現靠窗而坐的江先生和沈小姐。兩人將頭湊在一處，正小聲說著什麼。沈小姐仍是一件淺駝色毛衣，齊肩的短髮用頭頂一副墨鏡捋到耳後，露出細長的脖頸，正微蹙著眉，有些憂心忡忡的樣子。見雙城過來，江先生忙替兩人介紹。沈小姐溫和地打量著她，嘴裡說這個名字聽江先生提過。

她的國語並不像江先生那樣字正腔圓，而是捎帶著些台灣口音，輕聲軟語，像含著一顆珠子在嘴裡，別有柔媚在其中。

粵式早茶那陣還是時尚的名詞，雙城往桌上撿了幾樣嘗嘗，覺得甜膩黏稠，均不合胃口，便擱下筷子拿起茶，乘他們說話，自去瞧那窗外景物。從二十九層樓上俯瞰城市，樓房都眉目不清地匍匐在低處，而更低的地方，人群像奔忙的蟻族，毫無頭緒地分散又聚合。雙城想，十分鐘之前，從她現在的位置望下去，自己也是一隻仰著頭的螞蟻。長江和嘉陵江在半島兩側夾道向前，洪流無聲，卻蒼茫萬千……生長在這裡十九年，今日借了外人的邀請，方得見重慶全貌。雙城想，這世間風景本是自然之物，如今也勢利起來，僅供富人觀看。

坐下才一會兒，便見葉丹拎著一隻紙袋，笑吟吟地走過來。四月天氣，午前仍有輕寒，葉丹只穿一件鵝黃彈力短袖，耳朵上晃著兩只細細的大銀環。「小魚兒真是越來越漂亮了！」葉丹人還沒攏來，沈小姐已不禁低聲讚嘆。雙城瞥見江先生臉上亦有一種按捺不住的驕傲，兩人好像一對父母，望著人前爭光的小孩。雙城之前覺得葉丹受寵，無非仗著一張臉，可眼下見那俏面燦若雲霞，黑寶石般的眼睛流轉生輝，縱然嫉妒，也不得不承認女孩子美到這個地步，本身就是一種天賦，即使別無長處，已是造物的恩寵，人中的龍鳳。

雙城本人也是艷，但是一種明月秋水的清艷，需得靜了心思去賞；而葉丹的美，則是韶光絢爛之處，一園子盛開的牡丹，縱然靜了的心，也會一眼看亂。

江先生從葉丹手裡接過那紙袋，朝沈小姐湊近些，撩開上面蓋著的報紙，下頭竟是幾大摞扎緊的美鈔。沈小姐一驚，問，是給向鳴的麼？你怎麼讓她就這樣拎來？江先生笑說，楊先生也是這樣大驚小怪，我說沒事，你就放心讓小魚兒帶，她一個本地小姑娘，拎這麼個紙袋，看著也不像有值錢的東西。再說小魚兒搶眼，萬眾矚目的，有賊也下不了手。

江先生看看表說向鳴差不多快到了，便拿了紙袋，起身走向前面預留的一張桌子。不多會兒，見一個小平頭、戴眼鏡的男人匆匆過來，沈小姐朝兩個女孩使了眼色，不教再往那邊看。葉丹於是跟沈小

姐寒暄起來。沈小姐說自己這趟主要為到「環宇」查賬，也落腳在揚子江，昨晚才睡了五個鐘頭，便被江先生叫起來喝早茶。說著，她抬手揉了揉額角，意態甚是嗔嬌。雙城見沈小姐眼角已初現細紋，五官也因地基鬆動稍稍有些挪位，年紀應該在江、楊兩位先生之上，但言語溫柔，並無半分尋常中年女人的放任和粗糙。動作之間，她頸窩裡微微一閃，再看乃是一顆黃豆大小晶瑩剔透的鑲邊獨鑽，單掛在一根細細的素鏈之上，極為秀雅。又見她十指纖纖，指甲光可鑒人，應是仔細塗過一層珍珠色的指甲油，這一雙素手倒比面孔年輕十歲……雙城之前從未見過這等精緻的女人，不由心生羨慕，在沈小姐渾身上下的細節中暗暗揣摩。

豈不知她這裡打量著沈小姐，沈小姐那邊嘴上同葉丹說笑，暗中卻也留意著雙城。雖不過是個新來的學生，但近來幾次在江、楊二人口中提起，可見必有出色之處。細瞧她臉龐，雖不及葉丹標緻，眉宇間卻有一種軒朗，更難得冉冉書香，裊娜而不失端莊，年紀雖小，已隱約有些大青衣的風貌。沈小姐便忍不住嘆道：「難怪江先生帶著我們走遍大陸，最後偏要在重慶立足，實在鍾靈毓秀，遍地風流。像你們自己，大概並不知覺，其實生得這樣好，真是老天爺的賞賜，有多少精彩的故事等著呢，我看著都羨慕。」葉丹聽了，轉頭向雙城一笑，兩人這才有了交道。

從沈小姐那裡，雙城得知向鳴是本市農業銀行的一個小頭目，專管著馬可波羅號的貸款，至於那一袋美金是為何用，她雖沒說，也能估到幾分。九十年代初的重慶，正是大門剛剛打開，秩序卻仍然混亂的時候，那些一夜暴富的神話，雙城身在校園，近來也聽得不少。對她來說，錢還在其次，重要的是，這樣飽含冒險和故事的場面，簡直像遞到手裡的劇本，吸引著她投身其中，不停地翻看。

向鳴走後，沈小姐起身要去儲奇門對賬，江先生便叫葉丹跟了同去，一路小心護送。再次剩雙城與他兩人對坐。見她盤中點心基本未動，知是不合胃口，江先生便揮手另叫了一碗本地抄手。雙城因想起沈小姐前面的話，便隨口問他：「江先生走遍大陸，只在重慶逗留，可是在你眼中，這兒有什麼特別之處？」江南眺望了一眼遠處的長江：「我父母當年是在重慶認識的，算是有些淵源，不過說來話長，

以後再講。好好吃飯，吃完還有工作。」雙城自覺唐突，把臉一紅，只得埋頭去吃她的抄手。

那些天裡，雙城除了在酒店幫著整理文件，就是隨同江先生出席各種會晤，或者下到船廠查看進度……由此，她見到了這個城市裡各種頭銜的大人物，甚至還和一位市長共進了晚餐。正是在那次晚宴上，她得知「和泰」已經投進馬可波羅號的幾千萬，位列當時外資項目到位資金的全市第三。可以躋身於這樣引人注目的工程中，雙城覺得自己的運氣實在太好了。再說那江先生身體里彷彿藏著幾套不同的語言體系，凡遇各色人等，便會調動出相應的話題，總能融洽妥帖，賓主盡歡，即便是那些倨傲的領導，一頓飯下來，也能將他引為知己。最難得的是，見那麼多人，說那麼多話，從內容到語言，總能新穎風趣，於是聽江先生聊天就成了雙城的一大福利，她本自恃伶俐，此番見識下來，方知山外有山，誠心佩服不已。

還有一次，江先生甚至帶著雙城會見了她的校長，洽談游輪上環保設施的合作。學校師生上萬人，校長自然認不出，也絕對猜不到，眼前這位年輕的秘書竟是自己學校里一名逃課的學生。因江先生從事旅遊，校長很快就把話題轉換成了對自己遊歷西洋的回顧。江先生去的地方多，無論校長提到什麼國家，他總能給予呼應。校長頓感他鄉遇故知，興致高昂起來，甚至自曝其糗說起當年出國考察，大家順手牽羊將酒店的方塊黃油揣進襯衣口袋，結果太陽下一曬，發現人人胸前都戴著一朵油花，低頭瞧自己也不例外，一行人面面相覷，尷尬不已。江先生聞之大笑，雙城卻聽得不是滋味，暗暗埋怨校長不爭氣，何苦扮劉姥姥拿自己獻趣。當晚校長還設下家宴，單獨款待了江先生。事後從江先生和沈小姐的閒聊中，雙城才聽說原是那校長聽聞江先生還未成家，便在家宴上將自己三十未嫁的女兒鄭重其事地介紹給他，那位千金甚至在晚飯後為江先生彈奏了一曲陽春白雪的蕭邦……雙城聽二人玩笑，心裡大不受用，愈發提醒自己凡事皆需穩重，千萬不要一時心急，白白落人笑柄。

「和泰」這一班人馬，白天大多各行其是，只以電話彼此聯繫，常常是到晚餐時分才趕來一聚。江先生犒勞手下之余，也等於每天開個碰頭會議。晚飯後蔣培軍有時訂了KTV帶眾人娛樂，江先生就會叫

來的士送雙城回家，玩笑說打發了這位女秀才，咱們一幫老男人老女人再尋歡作樂去。楊學堅問怎麼漏了小葉，江先生便伸手往葉丹頭上一拍：「小魚兒本就是個混混兒，百毒不侵，用不著呵護！」雙城見那動作眼熟，又聽出這話里的親疏，再看葉丹一臉高興，心想原來打發自己回去，也算對他人的一種獎勵。

　　每次坐上回家的的士，雙城便有一種從台前走回幕後的輕鬆。檢討得失的同時，她總愛搖下車窗，讓仲春的夜風撲打著面龐，城市在夜色中多了些溫婉，燈火一程接一程向前引導著她……在江先生的帶領下，她走馬燈似的見識了一個接一個奢華的酒店，昂貴的餐廳，威嚴的政府，不可一世的大人物……原本熟悉的城市突然在她面前展現出一張全然不同的臉，拂去了灰塵，鮮活了顏色。雙城想原來每個地方都有兩張臉，外面一張給普羅大眾看，裡面另藏著一張好的，只有少數人才能得見。人也一樣，在那個平凡的世界里，她只是不起眼的學生，家境普通，生活平淡，然而一走進這「第二層」的世界，她就瞬間變得高貴、典雅，身份不凡，令旁人投來艷羨的目光。這樣的關注雖然有時讓她緊張，卻又帶來無窮的回味。她渴望和這樣的自己長久地待在一起，待在這「第二層」的世界里。兩層世界之間，每晚的的士就成了她的南瓜車，載著她在童話和現實之間飛馳……她當然也意識到，隨著江先生的離去，一切會像關上音樂盒那樣戛然而止，但她來不及細想，也不覺得自己會有什麼損失，這樣稱心如意的日子，過一天，過一個禮拜，也是奇跡。

　　春風十里的路上也會踢到石子兒。有次跟江先生和沈小姐在咖啡廳等人，點東西的時候，雙城不看水牌，就老練地吩咐說要一杯virgin的Pina　colada。沈小姐看了看她，說照樣也給自己來一份。椰香的奶昔融化在雙城口裡，正是她想要的滋味，嘴上卻說好像沒有揚子江調得地道。沈小姐放下玻璃杯，向江先生笑著說一個城市發展了，往往是這個地方的年輕姑娘走在最前方，比如雙城、小葉她們，並沒有什麼信息可參考，竟然也無師自通地時髦。接著她又望著雙城身上那件舊洋貨連衣裙贊道：「比方這件百褶裙，配了亮銀的紐扣，既華麗又端莊，憑這做工和面料，就算在香港買，也絕對不便宜，你說她們小姑娘家的，怎麼會有這麼好的品位？」江先生笑道：「哪需要什麼品

位，她這樣的年紀，穿什麼都自有道理，隨便披塊布，也有靈氣！」

偏沈小姐不依不饒，接著又道：「來之前我才看台北的女生今年流行大錶盤，你看，她們也一點不落伍。」雙城幾乎紅了臉，掩著手腕說，哪有沈小姐講的時髦，我自己的手錶壞了，出門急，隨手從家裡抓了一塊來戴。江先生也說：「沈小姐今天怎麼啦，盯著人家評頭論足，莫不是鬧中年危機？」倆人難免又打趣幾句，沈小姐才轉頭向雙城道：「我女兒今年十六歲了，只可惜生得不夠漂亮，我又偏愛看美女，倚老賣老的，雙城你別介意噢。」混了這幾日，雙城對沈小姐也略有所知，據說她除了打理財務，早年一直還是江先生在台灣的助理，鞍前馬後好些年的交情。她本人在台北是有丈夫、孩子的，眼下因為江先生在大陸的生意，不得不別夫辭女，跟著江先生四處闖蕩。她人是有一種不著痕跡的幹練，處事果斷周密，舉止卻斯文和氣，說笑起來活潑風趣亦不失身份，以雙城所見，遠比學校的女教師們耐看，正因如此，沈小姐的每一句評判，聽在雙城耳中，才會比別人更為敏感。

因某個領導出差在外，江先生不得不把在重慶的行程延長了幾天。這日又逢雙休，政府部門概不辦公，江先生只好待在酒店裡研究起了馬可波羅號的裝修圖。一時倦了，放下手裡的材料，向旁邊正埋頭抄寫的雙城說道：「安排你跟何總出差兩湖，並不為什麼業務，老實說，就是讓你去玩的。你不是說過‘要麼旅行，要麼讀書’嗎？我想你正好放假，念了一學期書，出去走走也好，見多識廣的女孩子，眼界和胸懷總會寬廣一些。」江先生講著，突然停了下來。雙城眼裡一束光，像朝陽照在露水上，那一閃的亮，清澈得讓人口渴。江先生笑了，有點無奈道：「你這樣望著我，我是沒法好好說話的，知道嗎？」雙城一驚，不知怎樣接茬，江先生才又說：「怪我自己分心，老去聽你的眼睛說話。我大概有點累了。要不，我們出去走走吧，你來做嚮導。」

解放碑一帶，雙城並不比江先生更熟悉，倆人只能信馬由繮，隨便亂逛。江先生不想看高樓大廈，他們便一路往南走到了較場口。江先生倚著路邊的石欄，張望著下面彎曲的小巷和層層疊疊的吊腳樓。雙城曾經來過，便講給他聽，這一路叫作「十八梯」，往下一直走到底，再向前便是儲奇門，環宇公司就在那裡。話還沒說完，江先生已

經順著又窄又陡的十八梯邁步走了下去。

畢竟是春天，午後有了陽光。蜷縮一冬的人們走出了鴿籠似的篾條房，到太陽底下晾曬著自己。梯坎旁邊有圍著土爐子烘燒餅和烤紅薯賣的，一時跟人說話分了神，飄得滿街焦香撲鼻；有戴副老花鏡，偏著頭給更老一些的街坊剃頭修面的，主客雙方都瞇縫著眼，好像一起在享福；有聚了一桌在新出芽的黃桷樹下打紙麻將的，全神貫注不過是兩三塊的輸贏；還有聚在公用水龍頭邊洗衣說話的，看一群小傢伙從面前跑過，便指著自己生的那個罵上幾句……這些場面原是雙城看慣的，今天與江先生慢慢走過，眼裡卻無端有了畫意，變作一幅清明上河圖。

梯坎盡頭有一條彎彎的橫街，路的一面是混雜了各種腥味的菜市場，另外一面是接連不斷的醬油鋪、米店、雜貨攤……裝滿了紅辣椒和各種乾貨的籮筐擠到了人的腳邊，稍不留神就會碰翻一個。午後時分，是沒什麼顧客進門的，除了車流聲從上半城隱隱傳來，整條街都很安靜，看店的人也不急著攬生意，或倚在店門口喝茶，或趴在櫃台上打盹兒，只有油膩膩的花貓，「喵」的一聲，聳起脊梁，警惕著路過的陌生人。

雙城走到拐角的地方，四下望了一望道：「這兒我小時候來過。我外婆去世之前，母親只有十來歲，那時他們就住在十八梯上面的較場口。聽我母親講，她每天下午都要扶著外婆到這條街上來，去一間很小的診所，讓護士給外婆打一針止痛。」江先生止了腳步，回頭看著她，聽她繼續說：「走回去的時候，外婆還會給家裡更小的孩子帶點吃的，興許就是剛才那些土燒餅、烤紅薯之類，不管是什麼，總讓我母親先嘗一口。半年後，外婆就去世了，所以，我從沒見過她。」雙城說著，一指街頭的路牌：「江先生你看，這兒的名字叫'厚慈街'，是不是很巧？」江先生點頭微笑：「雙城你很會講故事，講得人心酸哪，這條街都給你講活了。」

路邊有人挑了擔子賣草莓，一大粒一大粒紅彤彤的果實整整齊齊地碼在匾籮裡。那時候草莓在重慶是才剛引進的新奇貨，價錢比較貴，雙城見過，卻沒吃過。草莓的清香襲來，江先生回頭問雙城要不要吃草莓，見雙城搖頭，江先生便說他自己想吃，又不肯用小販的

塑料袋,只從褲兜里掏出一大方手巾,讓雙城拎著四角,自己低頭一個一個揀了放進去,直裝了滿滿一兜。雙城深深一嗅,說草莓這麼好看,難得還這麼香。江先生見她在淡淡的陽光下手捧著紅艷艷的草莓,整個人俏得像一首民謠,心想,這女孩子一時端雅,一時柔媚,將來必風情萬種,不可方物,便問雙城是什麼星座。雙城說:「這個我不大懂,我的生日是九月底。」江先生點頭道:「天秤座,難怪……」雙城問難怪什麼,江先生邊走邊解釋:「天秤座是風向星座的一種,聰明、優雅,不過充滿矛盾、糾結和太多變數。」雙城又問江先生的星座,他笑說:「你這幾天可是置身魚塘啊,沈小姐、楊先生、蔣先生、小葉,還有我,就這麼湊巧,一群雙魚座,最是自我放縱、感情用事的廢物。記住,工作也就罷了,將來談戀愛,遇到雙魚座的男人,趕快躲開,方可趨福避禍。」雙城恍然道:「難怪總聽你們叫葉丹小魚兒。」

江先生接著說人們之所以談論星座,是因為都渴望被關注,而星座的說法恰好暗示了每個人的特別之處,所以大受歡迎。雙城笑說,我倒覺得這天秤座讓人想起莎士比亞寫的猶太商人,一副錙銖必較的樣子。江先生望著她道:「你怎麼知道你不是?只不過那個讓你計較的人還沒來到罷了。」雙城聽罷,心頭倏忽想起一句話:「花落正逢春,行人在半程。」

江先生離開重慶前,提出要請雙城吃一頓正式的晚餐,答謝她這些天來的工作,地點定在揚子江酒店的西餐廳「夕陽閣」。雙城聽說西餐注重禮儀,女人是要穿裙子赴宴的,雖然對其中細節一無所知,但這種鄭重其事正合她的胃口。雙城洗了頭,化了妝,換上那件心愛的「虞美人」,出門前她又看了一眼書桌邊的風景圖片,感覺自己正要從那幢精緻的藍色洋房裡走出來,步下雪白的樓梯,踏過芬芳的草地。一絲不苟的裝扮,候在門口的出租車,揚子江的夕陽閣,還有江先生這樣體面的男伴……這就夠了,足夠在她尚且有限的生涯里記上隆重的一筆。

夕陽閣設在揚子江頂樓,玻璃外牆方便用餐的客人們欣賞山城著名的夜景。餐廳並不大,是以牛排、紅酒為主的扒房,統共十幾張桌子,到晚上總是客滿,到處是高大碧綠的鳳尾竹和巴西木,台面上裝

點著鮮艷的紅鶴芋或非洲菊。

束腰的連衣裙使雙城看上去更加苗條輕盈。在眾人的矚目下，她蕩漾著緞子般華麗的長髮，款款走過門廳，「虞美人」揚起的裙擺拂過黑色的鋼琴，像金魚用輕紗般的尾巴在池面上劃開漣漪。琴師望了她一眼，原本安靜的琴聲突然變作一串熱烈的音符，為她鼓掌似的，回蕩在餐廳。

江先生趕在服務員之前起身為雙城挪開了座椅。雙城點頭致意，榮寵不驚。這個時候，這種場合，她相信矜持要比謙遜更能與江先生合拍。江先生顯然一早就預定了餐桌，從夕陽閣裡最好的角度望出去，半島上的燈火正在漸變深藍的夜幕中次第亮起，像一隻被點燃蠟燭的蛋糕，慶祝著雙城今晚的絢麗。四面玻璃的餐廳裡，橘色的燈光流淌著甜蜜，果真像一抹夕陽羈絆在高閣上，懸浮於夜空中，讓這城市多出了一輪月亮……這太像一次約會，但雙城的心裡並不抗拒，所有的顏色、香味和韻律，這些令人陶醉的東西都給了她勇氣，她青春得意，只顧歡喜。

手臂上搭著雪白餐布的服務生走上前來，用一隻細長管的打火器點燃了雙城面前的蠟燭。江先生給自己要了紅酒，又為雙城點了杯葡萄汁。深紫色的果汁蕩漾在高腳杯裡，看上去與紅酒無異，這裡頭有點玩笑的意思，更有一種慈祥的暗示。江先生知道雙城不會介意，在安全感的前提下，他才能讓她更好地享受今晚的時光，她放鬆，她愉快，才是他的目的。

他們要了廚師推薦的蘑菇醬牛排，配襯鮮嫩的蘆筍、秋葵和奶油蒜香烤土豆。主餐端上來，江先生才發現雙城連刀叉都完全不識，於是他放慢了動作，好讓她依樣行事。雙城第一刀下去，細白的瓷盤就在不鏽鋼的攻擊下發出一聲慘叫。江先生笑了笑，伸手將她的盤子移到自己面前，仔細地幫她分解起來。雙城愉快到不知羞窘，目光移向窗外已然盛開的燈海：「從我房間的窗戶望出去，也能看到一點嘉陵江的夜景。不過沒有這麼多燈，只是山上這裡幾點，那裡幾點，夜裡看著好像天上的星星不小心抖落了幾顆下來，閃啊閃的，好等人撿了它們回去……」

　　大概是發覺自己太過抒情，雙城停下來喝了一口果汁：「江先生，你走過那麼多地方，一定見過比重慶更美的夜景吧？」江先生想了想說：「香港的夜景就很好，從太平山頂望下去，璀璨無比。但香港的燈海都是高樓大廈廣告牌，銀行啊，酒樓啊，商業氣息很重，不像重慶的夜景，每盞燈下都是一個家，更有人情味。」他拿起餐巾一角擦了擦嘴又道：「從前在歐洲旅行，有次聖誕節遇上大風雪，耽擱在一處小城裡，名字已經忘了，雪地裡，一盞燈一盞燈亮起來，有些還會走，那是小孩子拎了燈籠挨家挨戶敲門唱聖歌。那些燈並不隆重，卻極美，所以賞夜景也是看氣氛、憑心情。比如剛才聽你那麼一說，我在想什麼時候也上你那兒看看⋯⋯看看夜裡到底是誰把星星撿了回去。」

　　雙城的目光掃過整個夕陽閣，聽了這最後一句，便落回到江先生身上。那杯葡萄汁似乎有了酒意，她微微頷首，用一種更深澈的目光凝視著他，眼神如同一張漸漸收緊的金絲網，在窒息的當口，突然鬆開，星眼翩躚，一個笑容隨之綻放出來。滿園花朵應聲而開，四面潮水席捲而來⋯⋯江先生見識過雙城講堂上的軒朗，書桌前的端莊，還有手捧草莓站在陽光下的清純，但眼前這張笑臉卻是他從未見過的嫵媚。他想，這樣的嫵媚不應屬於十九歲，甚至也不屬於三十歲，該是有幾百歲的靈魂，才能投生出那種天然卻蝕骨的性感。剛剛飲下的紅酒化成無數細小而溫暖的氣泡，漫遊全身之後再從每一個毛孔洋溢出來，迅速膨脹的舒適感像一個熱氣球將他的身體輕輕托起⋯⋯他熟悉這樣的感覺，他知道，必須立刻，掉頭而去。

　　「上次沈小姐贊你的那件裙子應該很貴，除了我們這邊，你還打別的工嗎？」江先生將一盤切割好的牛肉丁放回雙城面前，突然問起這麼一句。雙城十分錯愕，才剛的笑容像空中熄滅的焰火：「一件連衣裙真有那麼重要嗎？」江先生忙說：「只是好奇，恕我唐突了。」雙城低頭嘗了一塊牛肉，才道：「那裙子就值三十塊人民幣，它原先有多貴重我不知道，我買的是地攤二手貨。因為沒有上班的正裝，臨時拿它將就，早知⋯⋯就不穿了。」說著，她突然想到江先生絕不會記掛一條連衣裙，大約是沈小姐背後跟他提過什麼，今日方有此問。江先生聞之大為抱歉，先賠了不是，然後說跳蚤市場自己也愛逛，在

國外，淘貨原本就是一種情趣，但他又說：「很多世界名牌不僅代表了昂貴的價錢，更代表了特定的文化和身份，而這些東西，是不能打折轉手的，所以除非我們真的合適，否則寧可淘一件手工的裙子，或者作坊里的小首飾。」雙城心悅誠服地點了點頭。

江先生真是好，在他面前，一切的錯都無須煩惱，他總能有化解的力道。

甜品上來之後，江先生終於話歸正題，邀請雙城加入「和泰」的隊伍，繼續以兼職的身份參與馬可波羅號接下來的一些工作，並說他和沈小姐離開以後，楊學堅會就具體的工作時間及報酬跟她詳細商量。雙城點頭答應。江先生接著又說：「以後蔣培軍、陳少飛和葉丹都是你的同事，還有陶沙，晚些時候也會過來。」雙城問起米拉，江先生說會請米拉幫忙做些事，但公司在重慶才剛起步，暫時不需要那麼多固定的員工。說罷，他從隨身的包里拿出一隻信封：「這是一千元整，我想請你拿回去裝一部電話機，然後把號碼告訴楊先生他們，這樣以後找你就不用再麻煩你們那位龔老師，剩的錢上班打的用。」雙城並不推辭，接了過來。這邊江先生又掏出一隻雪白燙金的盒子：「你的薪水公司還沒定，這些天的工資不知該怎麼給，不如算朋友幫忙吧，這禮物是我的一點謝意。」

盒子里是一隻極為漂亮的女表，貝殼螢光的表面和精巧的鍍金手鍊，上面有瑞士製造的英文和兩根秀氣的金針。「下次就不用戴男表了，」江先生微笑說，「這表不算很貴，但也不虧待你這些天的勞動。再說，我覺得它跟你很相配，做個紀念吧。」

關於這塊表，雙城後來仔細查過，瞭解到兩點：第一，它叫「鐵達時」，價值好幾千塊，雖不是頂尖名牌，在當時也頂她父母半年工資；第二，這表有一句後來廣為人知的宣傳詞：「不在乎天長地久，只在乎曾經擁有。」

她拿回去給靜融看的時候，只笑著說：「換成現金給我多好，夠咱倆'搓'幾年的！」

第五章 豆蔻

　　雙城愛美，朋友也要好看，才能近得她身。同系管理專業有個女生，名叫駱陽，個頭與雙城相仿，生得高鼻深目，輪廓俊朗，頗有幾分混血的漂亮，尤其一身小麥膚色在重慶女孩中十分稀罕，人送外號「天竺美人」。與雙城的白淨苗條不同，駱陽濃眉大眼，另有一種熱騰騰的健美和生動，論風頭，兩人在學校可算一時瑜亮。

　　駱陽也念專科，因為同級，課程重疊之故，在教學樓里時常碰頭，一來二往，熟絡起來，比外鄉同學自然親厚許多。這駱陽人脈廣大，性格爽朗，好把心思放在學校大大小小的社交活動上。又是弦樂隊，又是攝影班，今天學國標，明天跆拳道，什麼時髦學什麼，忙得不亦樂乎。雙城隨她去湊過幾次熱鬧，發現社團里來來去去都是一幫急著找對象的師兄，帶著另一幫急著被師兄看上的師姐，不是誇張的純情，就是誇張的頹廢，實在不對她的路，很快就絕了融入圈子的念頭，只間或在週末隨駱陽去校園舞會上走走。

　　駱陽還打籃球，是校隊的明星替補。賽前熱身的時候，她甩著一條馬尾，邁開兩條長腿，三分上籃，飛身搶斷，陽光下的身體好像塗了一層淺珀色的蜂蜜，閃閃發亮……可惜開場哨一吹，花架子的駱陽總會被教練換下場，坐回自己的板凳上。大家都說圍觀女籃訓練的群眾比看比賽的還多，都是因為駱陽的緣故。

　　每年四月的運動會像是學校一年一度的嘉年華，裡面一圈觀賽加油的，外面一圈擺攤賣小吃的，再外面，還有一圈隱身在樹林和花園裡，就著《運動員進行曲》談戀愛的，一派錦繡春光。雙城跟駱陽毫無爭議地被選作她們系的護旗手，緊身白T恤束在海軍藍的短裙裡，胸脯挺挺地跟在旗手身後繞場一周。靜融原本說怕曬，不想來湊熱

鬧，可到時候還是出現在了觀眾席上。雙城高興得猛朝她揮手，等散了陣型後，卻見黃濤趴在圍欄上跟靜融說話，方知靜融來的目的並非為自己。雙城不知他二人何時拉近了距離，此時見隔著欄桿，兩張臉上都是笑意，心裡頓失滋味，愈發覺得黃濤可厭。

臨近中午，漸感炎熱，雙城與靜融在饒家院小賣鋪買了冰凍酸奶，站在院門前綠萍漲滿的池塘邊慢慢吸著。扎根石縫中的老黃桷樹剛剛披上一身新綠，雙城想起她們小時候，饞得連這樹上的芽苞也摘了塞進口中，滿嘴的酸津便是這個季節的滋味。

「晚上我不去看電影了，」靜融的聲音夾在操場那頭傳來的陣陣廣播和加油聲中，聽得不甚清楚，「黃濤叫我去看他比賽，我答應了。」

雙城疑道：「晚上還有比賽？」

「那倒沒有，但他說如果拿了名次，晚上請我吃飯……」

「這不還沒跑嗎，興許連半決賽都進不了。」

靜融笑：「那更得陪他吃飯了，安慰比慶功重要。」

雙城怔怔地望著靜融道：「你真的喜歡他了？」

靜融臉一紅：「他對我挺好。」

雙城聽罷無言，只「咕嚕咕嚕」吸著酸奶，含糊不清說了句：「可他半點也不像劉德華。」

靜融今天總算穿了那件水藍色的連衣裙，烏黑的頭髮梳成一根獨辮拖到背心那兒，上一代的流行在她身上總是適宜，她人就像一張隔著年代的老照片，因為放棄追趕，別具了一種與世無爭的風致。雙城見她近來愈發秀麗，想是受了戀愛的滋養，便懷著羨慕伸手繞著靜融的辮梢，央她上家吃午飯，說有她喜歡的粉蒸排骨。

飯後兩人縮進雙城屋裡，並肩躺在床上小睡。春日午後，最是動人天氣，一陣暖洋洋的和風撩起窗簾，輕輕拍打在空氣中。雙城閉著眼，聽那聲音像是蟲在蛻殼，蟄伏一冬的力氣都被這風吹醒了。她腦袋裡彷彿裝著一朵輕飄飄的白雲，莫名的愉悅散布在身體中，酥麻而恍惚，似乎不加壓抑就會笑出聲來。「等下我幫你化個妝。」雙城閉著眼睛提議。靜融在床上翻了個身說不用，也不是什麼大事。「你

們之前約會過了？」雙城睡意未消，眯著眼小聲追問。聽不到靜融回答，她又嘟囔道：「我感覺他今晚會向你表白，怎麼不是大事呀？」靜融還是沒吱聲。雙城這下醒了瞌睡，睜大眼問：「不會吧？已經示過愛啦？你什麼也沒告訴我！」靜融忙噓了一聲讓她別嚷，「你最近人影都見不著，想告訴你也沒機會啊。」靜融知道當她和培訓班別的女孩每天閒坐在「環宇」會議室，等著被安排工作的時候，雙城正隨江先生陪同局長、行長和市長們在揚子江、九重天裡吃飯喝茶。大家議論起雙城和米拉，好聽的有，不好聽的更有，沒有人避諱靜融，這讓她稍覺好過，但她又想，別人也是看出了她和雙城的差距，才會覺得她跟她們才是一路。

　　兩個人都睡不著，雙城拉了靜融起來，不由分說按在窗前，拿她那支地攤眉筆往靜融眼角眉梢上細細描畫。靜融的臉是禁不住顏色的那種，稍一著色，就嫌太濃。雙城每畫兩筆，便退後半步，歪著頭看看，又拿紙巾蘸水抹掉重來。靜融只是順從地睜眼閉眼，由她擺弄。雙城想起這麼多年來，靜融每天在樓下等著她出門上學，而眼下卻有了別人，站在那個位置上，等著要把靜融帶走……她們同行十幾年的這條路，終於到了分叉口。春天的敏感讓雙城覺得眼淚快要湧出，她忙叫靜融閉上眼，好再勾勾眼線。她只想讓她更漂亮些，這樣今晚那個男孩便會更加珍惜她的靜融。

　　下午溫度突升，幾乎達到三十度，驕陽下的團結廣場上擠滿了觀眾。上午的入場式要求統一著裝，等中午回了趟宿舍再來，運動會一下變成了女學生的時裝發佈會，繽紛的顏色滿場流動。人一多，駱陽就興奮，拉著雙城在各系大本營中穿梭游走，打著聯誼的旗號，等於一次巡回演出。雙城自帶三分驕傲，在陌生同學面前一貫不苟言笑，想來搭訕的男生失了信心，人氣自然聚到了駱陽身上……最後甚至傳遞來一封匿名的情書，掀起了駱陽這一天快樂的高潮。

　　「搞什麼呀，還約我今晚去舞會見面。」駱陽讀著信，笑得滿臉緋紅，這紅更加深了她的膚色。雙城心裡不大看得起，便模仿著趙忠祥的語調，搶過信來假裝念道：「在那一望無際的東非草原上，漫長的雨季剛剛過去，新一輪的交配即將開始……」駱陽哈哈大笑，打斷了她：「少廢話！你到底去還是不去？」雙城見那信紙上竟有兩滴油

漬，感覺不是從碗裡濺上去的，倒像從一張油乎乎的臉上滴下來的，心裡早沒了興趣，卻聽駱陽央求道：「陪我去看看吧，今晚活動中心有樂隊演出，應該挺熱鬧，去吧去吧！」雙城沒了靜融陪伴，眼下又是運動會，又是週末，又是春天……整個校園都像過節一樣，她實在沒理由一個人窩在家裡，這才點頭答應。

正說著，廣場上的人群突然吵嚷起來，一個肌肉發達的男生剛剛拿下百米冠軍，突然在跑道上鋪開一面橫幅，上面白底紅字血書似的，粗粗笨笨一行標語：「劉娟，答應我，等著我！」在眾人起哄之下，那男孩單膝跪地，姿勢僵硬地高舉著一把玫瑰花，嘴裡說的話隔得太遠聽不見，只看到那張滿是油汗和青春痘的臉，因為緊張而顯得有些咬牙切齒的模樣。順著他的目光，雙城看到廣場邊有個女生清秀的背影，身體正抽搐著，又是點頭又是搖頭……身旁兩個同伴熱切地撫摩著她的背脊，像在安慰一個受了委屈的小孩。雙城一時出神，在心底反復猜想、揣摩那種滋味——真的像一場委屈，心酸難已。大概一時找不到恰當的口號，駱陽在身邊猛地尖聲叫道：「加油——！」儘管那一對兒，她倆誰都不認識；為什麼加油，誰也不知道。

這一下，廣場上的人全都感動了，全都戀愛了，再遠一點的地方，一排法國梧桐底下，靜融和黃濤也在並肩站著看熱鬧，她的手正被他握著，兩個人齊心合力，出了一捧的手汗。黃濤果然沒有拿到名次，比賽的時候靜融忍不住喊了聲「加油」，然後他就摔了一跤，被淘汰了。

學生活動中心建在校園南面，一樓是食堂，二樓作了舞場，前面有個小小的舞台，後面接著一間音控室。大廳頂上裝了簡單的燈光設備，再沿四面牆壁擺上一圈折疊椅，這便是舞會了。因為工科大學之故，女生入場免費，男生得付一元門票。儘管不時傳來樓下食堂泔水發餿的味道，每週末的兩場舞會依然十分火爆。音樂基本是播放流行卡帶，只要出兩塊錢，就可以指名為某位同學點播歌曲，並附上一句表明心跡的話語。受歡迎的女生若一晚上被具名或者不具名地獻上幾回歌，便等於被點中花魁，雖不現身，也是一種巨大的榮譽。男生如果能在相擁起舞之際，借著音樂嘈雜，做出不得不湊近的樣子，附在耳邊問上一句：「這歌喜歡嗎？專為你點的。」那效果還是顯著

的——女孩於是點著頭，在紫色螢光燈的照耀下，露出一排寒光森森的白牙。

在那種傳統的學生舞會上，男生請女生跳舞，彼此都是一次考驗自尊的過程。先是男生們像便衣警察似的，在場內搜索巡視，女生則拿捏著架子，三兩個聚在一塊兒，談笑間目不斜視，相互比拼著無所謂的態度，暗地裡卻都端出最好的姿勢，斷乎不願自己被任何一位經過的獵手遺漏。每一曲前奏響起，便到了女生們說的「挑白菜」的時段，男生需要果斷上前，快速一掃，從兩三個女生中挑出真正的目標，勇敢地伸出手去。結果一旦揭曉，落選的女生通常會帶著鄙夷的微笑轉過身去，滿臉寫著「還好不是我」的台詞。而被邀請的那個，即便是心花怒放，也會回身朝女伴們皺著眉頭眨眨眼，表現出情非得已的態度。

有時發來邀請的男生實在差強人意，被邀的女孩便會目光凜然搖頭相拒，臉上不帶任何憐憫，彷彿這自不量力的邀請本身就是對她的一種冒犯。男生見狀，只得聳聳肩轉身離去，讓暗淡的光線、擁擠的人群迅速掩埋掉自己的垂頭喪氣，高年級的「油子」們則會像小商小販似的，露出討價還價的表情，扶著女孩的手臂勸上一句：「就一曲，來吧，跳個舞而已……」接下來通常有兩種情形：低年級的女孩抹不開面子，生怕多一秒陷在這樣尷尬的局面里，往往慌慌張張也就從了他去；要是運氣不好，碰上那種有經驗、有勢力，卻沒有同情心的女生，這樣的堅持只會給她們機會動用更富有殺傷力的語言和表情，以彰顯一種為同伴遭受冷落而報仇雪恨的俠義。

等進了舞池，這種較量仍未結束。矜持的女生手腳雖從了對方，嘴巴卻閉得緊緊的，不等男生主動，就絕不開口，有時這種沈默的局面甚至會僵持到舞曲結束。原因要麼是男方害羞，張不開口；要麼是他們心猿意馬，在起舞的過程中，利用身高和移動的優勢，不著痕跡地打量著別人手裡的舞伴，或暗中盯梢，左右比較，或乾脆在舞池中就開始跨越組合地眉目傳情，私定了下一曲的相會……這樣的模擬遊戲，在初涉情場的雙城他們看來，頗有一種沙盤推演的樂趣。

共舞顯然還不夠，到舞會結束，獲得護送女生回宿舍的權利，那是第二步。女生宿舍距離活動中心不遠，能把這十分鐘的路程護送成

半小時,甚至一小時,並在此過程中摸清對方底細,約定下一次的會面,那才是男生最後的勝利。

這樣的事雙城和駱陽自然都會遇到。駱陽有本事把每個追求她的人都變成哥們兒,一邊跳舞,一邊大聲教訓對方,以後不可再做花錢點歌這種小兒科的傻事。她小心控制著局面,既跟他們每一個保持適當的距離,又不至於使其中任何一個真的斷了想念,導致隊伍減員。說到底,駱陽的人氣也來自她的苦心經營。雙城的處理則簡單而決絕,這讓男生們知難而退,寧願省下兩塊錢買份宵夜。老實說,食堂舞會上的花魁,雙城心裡是不屑的,她每每晚去早走,從不給人機會追求,還依著當時女生流行的做派,總跟駱陽搭手起舞,搜盡滿場目光,卻未許片葉沾身。校園社交對於她來講,只是練兵場,而非真正的戰場。

但雙城畢竟還是雙城,亮相再少,也是主角。甚至於有那麼兩三次,當她長髮飄飄地走過男生宿舍前的馬路,忽聽得樓上有人大喊自己的名字,抬頭一看,並不見人影,接著往前走,又聽那撒著野、淌著歡樂的聲音從不同的樓層、不同的窗戶背後次第傳出:「雙城——雙城——」喊聲此起彼伏,恍若兩岸猿聲啼不住……雙城這才明白,笑著快步走開,腳步輕盈得像一頭小鹿,穿行在她名字的回響之中。

雙城當然知道自己漂亮,但她從不知生得漂亮的滋味,竟能這樣好。

第六章 少年

春天的一個晚上，雙城遇見了賀嘉。

那天因為運動會，晚上活動中心特意請了一支樂隊，舞會的票價上漲五毛。等雙城和駱陽趕到的時候，舞會已經開始了一個鐘頭，通向二樓的階梯旁站著一隊因為客滿只能等著候補入場的男生。駱陽還穿著上午入場式的衣裳，雙城則換了條白底灑圓點的連衣裙，她倆一現身，把門的人恨不能鋪條紅毯迎了二人進去，殷勤勁兒引得一旁等候的男生噓聲、口哨響作一片，倒沒有真的氣憤，只不過把那盼著入場的心，火上澆油燃得更旺了幾分。

舞場內人頭攢動，看上去得有平時的兩倍。雙城她們站在後面，只聽得樂聲震天，地板微顫，卻根本看不見舞台上的表演，待了一會兒，只覺得憋悶，索性走去涼台上透氣。這時候，賀嘉就獨自站在涼台的一個角落裡。這不是雙城第一次注意到他，舞會上這樣修長挺拔的男生並不多見，白襯衣挽著袖子，束在質地優良的牛仔褲裡，乾淨的頭髮和皮鞋，透著一點考究。她之所以記得他，更是因為大部分時間他都在場邊觀望，整場只跳一支舞，準確地說，是只請雙城跳一支舞，然後，人就不見了，從未邀請過第二個。他舞跳得一般，但人彬彬有禮，手掌總是向外攤開，任雙城的手輕輕搭在那兒，身體保持著二十公分的距離，頷首微笑，不多打聽。雙城只知道他叫賀嘉，學建築，僅此而已。

駱陽口袋裡還裝著那封匿名信，這給了她今晚一項特殊的使命，脖子在肩膀上一刻不停地來回轉動，引得雙城笑她不如去做探照燈多好。正說著，場內換了首輕柔的歌曲，舞台前的人群紛紛往場中央湧去。角落裡的賀嘉朝前走了幾步，又突然想起什麼似的，轉身折了回

來。雙城看出這條曲線是為了不著痕跡地繞過駱陽，來到自己這邊。涼台外有一盞路燈，雙城將手遞給他的時候，正清楚地看到燈光下那張英俊而溫和的臉。

隨著歌手的演唱，舞場燈光變成了藍色，屋頂中央的旋轉燈將無數顆小星星打在四面牆壁上，有種置身於星空的感覺。受了這點氣氛的鼓舞，賀嘉在沈默了四分之一曲之後，終於開口說：「上午我看見你了，在開幕式上，你是護旗手，還有你那個同學。散了以後，你一閃就不見了，我繞了一圈，也沒看到你。」雙城感覺他就要跨過那二十公分的距離，她決定原地不動，等他一步一步走過來。賀嘉只好又說：「想來聽聽歌，沒想到人這麼多，不過……還好來了。」雙城這才抬眼看了看舞台：「你相信嗎？我比他們唱得好。」賀嘉愣了一下，跟著很開心地笑了。他有一口雪白整齊的牙齒，雙城想，真巧沒開螢光燈。

今晚顯然不同尋常，他倆破例連舞了幾曲，連最俗氣的音樂都沒有嫌棄，直跳到微微出汗，賀嘉便問她要不要出去走走透透氣。這個時候，舞會剛剛過半，正是最熱烈的階段，雙城瞅見駱陽正被一個孔武有力的大個子拽著在場中奔走，尋思這大概就是那封信的作者，一面覺得好笑，一面點頭答應了賀嘉。他們繞著民主湖往廣場方向走，經過學生服務社的時候，賀嘉慢下腳步說，其實我早就見過你。雙城問，不是在舞會上麼？賀嘉搖搖頭，一指服務社門口的櫥窗。那裡貼著一些放大的照片，都是黃濤他們攢的那個攝影室的廣告作品。正中間的一張上，雙城穿著她的「虞美人」，松松挽著頭髮，俏立在細草微風中淺淺而笑。「拍得很好。」賀嘉說著回頭又望瞭望，天這麼黑，什麼也看不到，但半年來，那笑容他已經注視過太多次，今晚終於來到了身旁。

賀嘉是本地人，建築工程系即將畢業，家裡動用關係為他在銀行信貸部物色到一個職位，這雖與他期望的工作不符，薪水卻比去設計院描圖的同學高出整整一倍。他奇怪雙城秋天進校，這半年多校園裡來來往往竟不曾碰到。雙城想說她的時間都花在了馬可波羅號上，但覺話長，只能按下不表，笑說，這不是遇見了嗎，是不是跟照片上不一樣？賀嘉說一樣，只沒想到，個兒還挺高。

　　送到離家不遠的路口，兩人道了別。雙城走出好長一段，回頭見賀嘉仍站在路燈下，變成一個瘦長的剪影。她轉身揮揮手，他立刻給予回應，在看不見的兩端，都笑得很開心。

　　雙城拿著賀嘉的BP機號碼，卻不著急打給他，如同小時候得了壓歲錢，先在口袋裡捂上幾天，那種盼頭，才叫甘甜。以往這種秘密，她必須分享與靜融聽，可如今靜融總不在旁，就算在，心思也被黃濤佔了去，哪得空余。雙城於是去饒家院的文具店買了本可以上鎖的日記，封面是兩個漫畫小人兒並排坐在草垛上的背影，扉頁上寫著幾行字：「幻想未來仍可並肩於此，田野依舊，秋天依舊，稻草人張開歡迎的懷抱依舊。」她把它藏在書架底層，像裝備齊全的登山者，只等一個風和日麗的好天氣。

　　來臨的這周只過了一半，賀嘉便忍不住跑去雙城上課的地方等她。兩人目光一觸，都笑著低下頭去。他想問她為什麼不打傳呼給自己，害他有次出門忘帶呼機，還一路跑回宿舍去取。等雙城真的站到面前，他卻說是順路經過，就等了一會兒碰碰運氣。賀嘉越是克己復禮，雙城就越動了促狹之氣，說你的運氣不大好，我今天課表特別滿，等下還有一堂要去。賀嘉忙說沒關係，又問她下一堂課在哪裡聽。雙城還想為難，但遇上賀嘉的目光那麼柔和，他人又那麼英俊，以至於別的同學經過，都不住地回頭打量他們。雙城當然不想真的趕走他，剩下的話便咽了回去。

　　兩人說了一晚上的話。賀嘉講他的新工作，講他的畢業論文，還有宿舍裡幾位哥們兒的去處，講到一朝分離各奔東西，語氣中不免帶著惋惜；雙城則講馬可波羅號，講她出差，直講到江先生才打住，她怕賀嘉覺得自己在炫耀。她說她現在就盼著畢業，恨不能跟他對調一下才好。春天的夜晚，還有些沁涼，雙城提醒自己不要露出怕冷的模樣，她怕賀嘉會脫衣服給她披上，也怕賀嘉乘機搭她肩膀；說起來自己都覺得有點好笑，她更怕賀嘉看了什麼也不做，不關心她。雙城沒有戀愛過，關於那些細節，她雖然讀過小說，看過電影，聽過女生之間的密談，並在心裡期待過，演練過⋯⋯但落實到眼前，每個動作都變得生澀，甚至每句話說完，都覺得自己做作。賀嘉講話的時候，她不可抑制地走神，在心裡拿他們此刻的情形去和想象中的畫面對比，

怕有哪一點還不夠完美。她一開始喜歡賀嘉，就開始了計較。

　　夜深後，突然下起一陣急雨，兩人就近跑去湖心島躲避。這島上自雙城很小的時候起，就建了一個花園，裡面有高大的西湖石假山，盤根錯節的黃桷樹，松柏纏繞的涼亭，還有幾處繁茂的花圃。沿著鵝卵石鑲嵌的小路，直走到底，在一對石獅子的後面，是一座江南園林式的湖心亭：青磚鋪地，四面飛檐，一圈朱紅色的欄桿俱已斑駁。雙城一路小跑進了涼亭，正要往圍欄邊的長凳上坐下，卻被賀嘉攔住。只見他掏出一包紙巾，抖開幾張，先往凳子上掃掃，又湊過去吹了吹，方才四角鋪好，叫雙城坐下。多年以後，雙城偶爾想起賀嘉，腦海裡仍舊記得這個動作。

　　雨水淅淅瀝瀝，不停地打在湖面上，漾起無數漣漪，微微有些風吹過，倆人的頭髮和臉上都沾了蒙蒙水氣。安頓好雙城，賀嘉並不坐下，只把手撐在旁邊柱子上，微微俯著身體，低頭去聽她講話。雙城正興致勃勃地說到她小時候讀《紅樓夢》，如何把這島叫作紫菱洲，這湖叫作沁芳閘，這亭便是藕香榭……又說跟小夥伴大冬天在亭子裡扮戲，有一個不小心掉下去，凍得半死才被撈上來……賀嘉問：「不會就是你吧？」「是我又怎麼樣？」雙城仰頭笑道。賀嘉說：「那叫我怎麼來得及跑回去救你？」這個時候雨大概停了，月光從黑雲的縫隙裡灑落下來，一抹如銀的清輝照在賀嘉側臉上，他凝視著雙城，頭更低了些。雙城一驚，只好把臉轉開，去看那尚未平息的湖面，嘴裡小聲說：「我會游泳，不用你來救。」她必須得說點什麼，否則一靜下來，她就能聽見自己的心臟跳得那麼響。

　　賀嘉見雙城害羞，心裡直想抱住她，手掌緊緊攥了一下，換了玩笑的口氣說：「你會不會游是一回事，我跳不跳下去救，是另外一回事。冬天是吧，那我跳下去肯定感冒，你好歹也要來看看我，送點水果、雞湯什麼的，我一高興，一時半會兒就好不了了，你還得三天兩頭地多跑幾趟，人得講良心對吧？」雙城樂了，說你想什麼呢，越想越美。賀嘉便接道：「最美的是這樣一來，就有了好多機會見你，不用再整天盯著傳呼機，也不用去你們系門口傻等了。」

　　雨完全停了，雙城笑吟吟地站起身來，踏著濕漉漉長滿青苔的小路，向門口走去，一邊說：「怎麼是傻等呢，你剛才不是說'順路碰碰

運氣'麼？」花園裡不知什麼花，夜裡悄悄開了，一陣香氣清甜如蜜。雙城看不到賀嘉的臉，只聽見黑暗中他的聲音：「不用碰，我的運氣，上個禮拜六就已經到了。」

雙城在新掛牌的「馬可波羅游輪公司」上班已經一周，她是兼職，每周任選時間來三次，每次半日。地點是楊學堅在上清寺物色的一幢四層小樓：一樓倉庫兼廚房，二樓辦公，三樓是楊學堅的辦公室和寓所，四樓做員工宿舍，眼下只有兩間房上了鎖，一間住著新來的司機，還有一間說是給葉丹留著，但從未見她現身過。樓房摩岩臨江，建成不久，外牆的馬賽克被車流掀起的塵土一蒙，看上去已經半新不舊。

自出差回來，雙城和陶沙就沒再碰面，這次在馬可波羅公司勝利會師，兩下歡喜，越發熟絡。大多數時候，辦公室領導都不在，楊先生整天縮在樓上也不知道忙些什麼，陶沙得了自由，要麼拿著電話跟人天南海北地煲粥，要麼掏出化妝鏡，一邊描眉畫眼，一邊跟對面桌的雙城大談她的衣服鞋子和愛情故事。陶沙跟米拉不同，米拉說起男朋友，都是從怎麼好看怎麼帥開始的，而陶沙的對象都是從怎麼有錢有勢起頭。公司還沒什麼業務，來來去去就那麼幾個人，陶沙仍舊每天走馬燈似的輪換著首飾和衣服。從她嘴裡，雙城頭回聽到這樣的說法：一個人如若兩天連續穿著同樣的衣服上班，答案只有兩種：要麼太邋遢；要麼就是浪蕩不歸，一夜風流。還有一次，陶沙發現雙城竟然沒穿耳洞，便赤裸裸地笑她一定還是處女。雙城問有何干系，陶沙睄著眼笑道：「沒穿洞，就怕痛。」

某日陶沙閒得無聊，把司機羅軍叫來，從坤包里掏出鈔票，說你幫忙跑一趟，替姐姐們買點吃的喝的來，等下跟我們一塊兒吃，沒事做怪悶得慌。

羅軍年紀跟陶沙一般大，個子不高，黝黑精瘦，是蔣培軍在瀘州鄉下的遠親，高中畢業混了張駕照，就隻身來了重慶打工。他人雖勤快機靈，但一無戶口二無文憑，一晃好幾年，只能做些零工，這回被楊先生招來開車，才算安定下來，因此每天聽差跑腿，從不抱怨。大家看他好說話，都愛使個嘴兒，他也不計較，轉眼就抱回一堆汽水零食，三個人索性攤開來邊聊邊吃。

陶沙說啥時候把楊先生那輛凌志開出來兜兜風才好。羅軍說，你就別想了，車鑰匙每天別在楊先生腰桿上，上次葉丹讓我送她去機場，楊先生都沒答應，最後還是她自己打的車。陶沙「嗤」了一聲，說：「香港人真小氣，上回去廣東玩，我爸朋友一輛寶馬車，借給我們跑了好幾千公里，人家也沒見心疼，他凌志算什麼。」羅軍聽了湊趣說：「陶總什麼時候也弄輛寶馬，我就炒了楊先生給你開車去。」雙城問：「葉丹去哪兒？出差嗎？」陶沙瞄了她一眼道：「你關心她乾嘛？你如今頭銜不過是個文員，還是兼職，人家小葉可是江董的特別助理，整天飛來飛去形影不離地助理著，是夠特別的……」說著笑起來，險些被汽水嗆到。雙城心想，特別的不是頭銜，倒是那口口聲聲的「小魚兒」三個字，頗有幾分情愫，但這些都與她無關，跟他們在一起，她唯求一個前途而已。

那段時間，雙城忙得不亦樂乎，又要應付作業和考試，又要擠出時間來「馬可波羅」，還要保持跟賀嘉約會……她總是不夠覺睡，可初戀和夢想把腦子塞得滿滿的，她又從未感覺過疲憊。賀嘉也一樣，為了確保職位，他提前上崗預熱，跟著信貸部的領導下工地、跑現場。幾次雙城打來傳呼，他找不到電話，晚了些回復，就會招來一句：「剛才有事，現在忘了。」弄得賀嘉常頂著安全帽站在街邊電話亭裡，滿臉又是汗又是灰，還得笑著哄她。

雙城每月工資三百整，比人家全職工作還掙得多。她自己做主，繳了兩百回家，剩的一百拿去添了些時髦的新衣服。楊學堅對雙城日漸時尚的形象無法不予關注，每次雙城送傳真和信件上樓，他總會躲在鏡片後打量這位亭亭玉立的小秘書。有些抄抄寫寫的工作，楊學堅藉口保密，不讓她拿下樓，只在自己大班桌旁加了張寫字檯，這樣兩人便可在伏案之餘，聊幾句輕鬆愉快的話題。雙城對楊學堅倒沒什麼戒心，覺得他雖風采不及江先生甚多，但穿戴舉止都比常人考究，加上謙遜溫和，很難讓人反感。楊學堅在香港有無妻小大家並不清楚，那個時候，港商一到大陸，事業、愛情都當自己是百廢待舉的新人，大家不提，他順勢也就忘了。

初來時馮志凡和何雲鵬指派丫頭，將葉丹分配給江先生，將陶沙分配給楊先生，名義上是助理，實則是一出古老的美人計，想將二人瓦

解在重慶妹子的花容月貌里。結果葉丹還沒來得及當上西施，就被江先生策反了過去，陶沙這個鄭旦又太咄咄逼人，楊先生胃口清淡，難以下嚥，只得躲避。倒是他長住的重慶賓館，有一位小巧玲瓏的前台唐小姐，打量這位斯斯文文的香港同胞多金，軟語溫言給籠絡了去，後來酒店傳得風言風語，這才搬到了公司住。唐小姐時常過來探望，並不跟大家打招呼，直接便上三樓。雙城每聽得高跟鞋響，又看陶沙在對面使眼色，待得回頭，卻只能瞧見樓梯上一個婀娜多姿的背影。

　　這天下午，陶沙正用撲克牌給雙城卜卦，忽見楊先生手扶著牆壁，步子跟蹌地走下來，面色灰白，緊皺著眉頭，只說腹中劇痛，吃了藥也沒用，叫雙城趕緊陪他去看急診。陶沙忙說：「雙城路不熟，還是我去吧。」楊先生只擺手讓她留下看守。不巧這天羅軍載了陳少飛外出，雙城見病勢緊急，忙叫了輛出租扶楊先生上去。車開出以後，才聽陶沙追在後面吼：「去急救中心，那兒近，不堵車！」楊先生貼著椅背，緊閉著雙眼，豆大的汗珠順著額角涔涔而落，一雙手緊緊攥著雙城，陣陣發力。雙城想是他疼得厲害，便任由他握著，也不掙脫，只小聲問說：「要不要打個電話叫唐小姐過來？」楊先生依舊閉著眼，搖了搖頭。

　　到了急救中心，雙城樓上樓下，掛號、門診跑了幾個回合，又拿著楊先生的回鄉證跟醫院說是香港遊客發了急病，這才安排進了一間單獨的診室輸液。折騰半天，楊先生總算平靜下來，躺下後重又抓住雙城的手，半睜著浮腫的眼睛，嘴唇動了動，不知是想說話還是在呻吟。醫生診斷是腎結石發作，說這毛病雖不致死，痛起來卻是要命。雙城想他一個香港人，單身在內地打拼，初來乍到語言不通，又不像江先生那麼能說會道，受人看重，也是不易，便與他說幾句寬慰的話，順勢將手抽了回來。

　　「雙城啊，這次算你救了楊先生一命……不知道為什麼，我第一次見你啊，就覺得特別親切，和別人不一樣。」說完這句，楊先生好像並不需要雙城回應，便轉頭向內睡了過去。雙城只好陪在病床前，呆望著吊瓶中一秒一滴的藥水，為她那些新衣服去盡守義務。

　　自此以後，楊學堅更有了理由，以恩報恩，對雙城格外照顧，留她在樓上抄抄寫寫說說笑笑的時候也越來越多。每次樓下分機一響，

陶沙就嘲笑說宣雙城接旨入宮。雙城也覺不妥，但一走上樓梯，便不由得在陶沙嫉妒的眼光中換了份勝利的心情。

賀嘉這陣常去解放碑實習，碰上雙城在上清寺，他回程時便中途下車，等上雙城一起走。這條路上的中巴，車廂擠成了罐頭，沒有座位的話，賀嘉這樣的高個兒必須彎著腰才能容身。他盡力用身體抵擋著後面的乘客，為雙城多留出一點空間。有次遇上修路，從李子壩開始堵車，一步一步慢慢挪，挪到華村附近，乾脆在路中間停住，整整十分鐘一動不動。車廂在太陽的炙烤下悶熱到窒息，充滿了各種油汗與污垢的臭氣，雙城不巧又站在引擎蓋旁，一雙腳踩在滾燙的鐵板上，只能輪流踮著腳尖煎熬……下車一看，腳底竟活生生燙出兩個水泡。賀嘉自責起來，忍著心疼安慰道：「等我工作轉了正，車費可以報銷，到時候我接你下班，我們打的回去。」雙城把鞋穿好，淡淡說道：「沒那麼嬌氣，不認識你之前，莫非我就不擠車了？」

話雖這麼講，雙城腳底的痛還是一點點蔓延到了心裡。她自己也奇怪，以前並不覺得吃苦，如今有了賀嘉的關懷和歉意，反倒添了一種說不清的委屈，好像這些不如意都是他的錯。賀嘉總把她護在內側，自己走在靠近馬路的一邊，為了避開人和車，左躲右閃的樣子在雙城看來竟有些狼狽，這和他在舞會上玉樹臨風的形象實在相去甚遠。

賀嘉還沒有收入，請雙城吃飯只能去幺店子、麻辣燙，曲里拐彎地穿過背街偏巷，找些便宜的地方。跑一天工地，賀嘉早餓了，坐下來就點雙城愛吃的黃鱔、鴨血、耗兒魚……給自己要了雙份的土豆片，說澱粉頂餓。火鍋店桌子上竟然擺了一隻小小的瓷瓶，裡面單插著一枝康乃馨。賀嘉拿起那花遞給雙城：「送給你。」這可不是雙城想象中第一次送花的樣子。她接過來看看，仍舊插了回去，掩著心頭不悅道：「康乃馨，只能送給母親。」

每隔兩天，至多三天，他倆就會見上一面，要麼晚間在校園裡走走，要麼一起坐車回家；每見兩次，至多三次，賀嘉便會請她吃一頓。雙城細想起來，覺得這些都是賀嘉設計好的公式流程，不多一分，不少一分。算起來他們約會一個多月了，除了那晚在湖心亭，恍惚有那麼一次親近之意，到現在，賀嘉竟連她的手也沒牽過，雙城的委屈於是多了個源頭。她不知該怪自己心急，還是怪賀嘉冷漠，她沒

得可比，也不能去問陶沙和靜融，她只能跟自己說，他這是教養好，懂尊重。

這天雙城說車上站得腳痛，想早些回家休息，待走進校園，樹蔭蔽了路人視線，賀嘉便伸手去扶她。雙城側身避過，直說不用。賀嘉察覺到她的臉色，便擋住去路好聲問她：「今天怎麼啦？上班受委屈了？」月光再一次照在他清秀的臉上，因為帶著愁容，賀嘉看上去像是一尊憂鬱的雕像。雙城心軟了，融成涓涓細流。她知道他是喜歡她的，只是不得要領，但她又無法對他說清，只能在心底嘆口氣，投降似的輕輕挽住了他的手臂。賀嘉歡欣起來，說話也有些語無倫次，但他的手仍舊老老實實待著，留在二十公分的界線之後。兩個人的影子映在路面上，拉得細長，看上去如此般配，卻遲遲難以融合。

不久，駱陽來說社團裡有位師姐認識賀嘉，說他原本有個青梅竹馬的女朋友，一直在廣告公司做模特兒，賀嘉媽媽不喜歡那女孩，說她社會氣息太重，賀嘉便猶豫了。女孩一賭氣，孔雀東南飛，去了深圳，這才分的手。她走後，賀嘉還病了一場，家裡說是闌尾炎，可大家背後都說是相思病。雙城聽完只「哦」了一聲，胸口卻像壓上千斤的秤砣。

第二天，雙城給賀嘉留言說有過級考試，想在家好好復習，於是週末得了空，決定去找靜融。前一段靜融家來了幾個農村親戚，說是來重慶治病，借住她家一個多月都沒走，家裡亂成一團，連客廳都睡滿了人。黃濤聽了靜融訴苦，便托熟人在校園裡借了一間小屋，收拾好讓靜融暫住。

饒家院後的山坡上有處兩進的四合院，以前是校醫室所在，後來建了新的醫院，這裡便做了單身宿舍和臨時庫房。靜融那屋在院子東北犄角上，狹長的一間，擱了張上下鋪的舊床，靠窗有木桌，門旁還有一個老式的洗臉盆和毛巾架，剩下就連放把椅子的地方都沒了。靜融擔心這兒曾是病房，拿棉紗蘸著酒精一樣樣擦過，屋裡還能聞到淡淡的消毒水味兒。桌上一隻玻璃燒杯蓄了清水，插著大把紫色的鳶尾，是後校門松林坡上漫山遍野正開著的那種。雙城帶來兩只紅透的大番茄給靜融當水果，靜融去外面端來一盆涼水，洗淨番茄湃在裡頭，說等會兒用白糖漬起來吃。因這院子裡外種了許多高大的芭蕉，

雙城從前便叫它秋爽齋，眼下看靜融收拾得窗明幾淨，被褥芬芳，更覺得匹配。雙城想，靜融在哪裡，哪裡就是個清淨。

從窗口望出去，院子對過以前是醫院的注射室。雙城問靜融還記得不，那時靜融剛成人，一來例假就貧血，有回課間操還暈倒了，雙城陪她去那屋裡打吊針。當時人滿為患，就在門外支個架子打吊瓶，靜融坐在藤椅上休息，雙城則坐在近旁的石階上，躲在大葉芭蕉的陰影里，捧著小說讀……靜融聽了，一邊把拌好糖的番茄遞給雙城，一邊點頭說：「我還記得你讀的小說是《牛虻》，我兩瓶葡萄糖吊完，你已經淚眼汪汪跟什麼似的，弄得旁人以為我得了絕症。」

兩人吃完番茄，在面盆里洗了手，一起坐到下鋪抱著膝蓋說話。雙城講：「這地方不錯，黃濤這麼賣力，也是為了好跟你約會吧，這可比去家找你方便多了。」靜融嗔道：「你呀，總把人往壞了想，哪會都像你，彎彎腸子那麼多。」頓了一下，靜融又說：「你以前不知道嗎，黃濤有病，先天的，心臟上的毛病，聽說做過一次手術，以後還得再做，我也不大懂，不知道有沒有後遺症什麼的。」雙城忙道：「這可真沒聽說過，應該不要緊吧？」靜融嘆道：「大概就因為這個，打的交道多了，他家跟醫院混得熟，才借到這間屋。」

雙城暗忖靜融有怪罪之意，便轉了話題問起培訓班的情形，靜融更是苦笑說每天耗在「環宇」等消息，還得看公司人的臉色，又不敢不去，要不去，他們真就不認賬了，現在起碼還給報銷車費、伙食。中午大伙兒一起到白象街買羊肉蒸籠，或者去凱旋路打小面，除了吃還是吃，個個都肥了一圈，早知如此，還不如上個夜大，隨便找份工作呢。雙城想，黃濤和「環宇」的問題，多少都因自己而起，靜融這一抱怨，她便閉了嘴不作聲，搶著先生氣。靜融見狀，安慰說：「凡事都是各人的選擇，事到如今，只能堅持等到結果，只要王朝號開起來，就什麼問題都解決了。」

雙城點點頭，仍舊不說話。靜融想逗她回轉開心，便說：「大家成天無所事事，倒混出一對鴛鴦來，你猜猜是誰？」雙城道：「培訓班就兩個男的，小鄧不可能，莫非是何敬東和米拉？可她不是有個交警嗎？」靜融呵呵笑：「猜對了一半，男的是何敬東，女的卻不是米拉，米拉那麼野，何敬東哪拴得住。是徐曉嵐。當初我跟他倆一塊兒

實習的時候，就有苗頭了。」雙城想，那徐曉嵐雖不十分搶眼，人也不大靈光，但笑容倒有幾分清甜，比起來算是中上之姿。靜融又道：「徐曉嵐有次還悄悄問我，說何敬東以前是不是對你有意思。」雙城忙問：「那你怎麼說？」靜融笑：「我跟她說，何敬東的意思是大大的有，只不過雙城對他半點意思也沒有。」雙城這才笑了：「你看你，跟她們混著，嘴也學油了。」

雙城愛這小屋私靜，到了傍晚還賴著不走，兩人去隔壁食堂買了饅頭來，靜融從床下端出一隻酒精小爐，點了火，擱上搪瓷盅，又往桌上取了香油，在裡頭炒榨菜和泡豇豆，夾饅頭吃。不一會兒，油熱了，「嗤嗤」地響，靜融用一把鐵勺子輕輕撥著，小屋裡立時飄滿了香氣。雙城看得有趣，不禁笑說：「這就會持家過日子了，是給黃濤做飯練出來的吧？」靜融答：「你肯定想不到，這還是培訓班小鄧教的一手，連爐子也是他幫我找的……那人可會過日子了，懂的真不少，老實巴交的吧，還挺有意思，最近在‘環宇’熬日子，全靠他解悶啦。」

雙城去找靜融，本想說說賀嘉的事，但那天到最後，她也沒有提。她突然覺得，就這樣和靜融待著已經很好了。在這熟悉的、溫暖的氣氛里，她的不愉快已經消失了大半。她對賀嘉還拿捏不定，也不想靜融拿去和黃濤比。

五月下旬，王朝號搶先完工。崗位分派下來，靜融、徐曉嵐幾個模樣周正的，連同何敬東，分到了游輪大堂，另幾個風騷活潑的去了娛樂組，剩下的都被打發到了客房和餐廳。只有小鄧被指派去做門童，惹得大家好一番取笑。一個說：「拉門鞠躬搬行李，這還需要培訓半年？」另一個便說：「你懂什麼？這拉完門搬完行李，收小費的時候可不就有學問了麼？人家小鄧這可是個肥差！」再一個連忙附和：「說得對！小鄧啊，從現在開始，美元英鎊你可得分清咯，日元的不要！太虧啦！」說得小鄧臉上一陣紅白，只是憨笑。

王朝號泊在朝天門五碼頭，三星級的外形並不出眾，相比女孩們大半年來的期盼和它恢宏的名號來說，都有些辜負。剪彩儀式楊學堅並沒參加，只訂了個花籃送過去，等到下午儀式結束人都散了，他才帶上雙城去了碼頭。

　　上了船，楊學堅並不與「環宇」的人打招呼，只顧自己背著手，上上下下地查看。雙城原本以為有份出席儀式，特地穿了身套裙，到下午熱得不行，更悔不該配了雙高跟鞋，深一腳淺一腳地跟著楊學堅在甲板和樓梯上來回跋涉。手裡還照當時的流行，替她老闆拎著一隻「大水壺」，那情形不要說看在培訓班的人眼裡，就連雙城自己都覺得有點滑稽。走完一圈，沒見到靜融，女孩子們望著雙城，都有種曖昧的表情，像是小時候做遊戲，大家圍成一圈，有人在她身後丟了條手絹，只有她自己不知道而已。

　　何敬東就站在裝飾一新的前台那兒，身上的制服讓他看上去嚴肅了許多，和那些周星馳的笑話再無瓜葛。前台女主角最後落到了徐曉嵐身上，靜融雖在大堂上班，卻被分配到所謂的商場部，說穿了，就是負責大廳的櫃台小賣部。雙城的高跟鞋踩過櫃台前的地毯時，靜融正蹲在櫃台後清點各種香煙和方便面，那一瞬間，兩個人彼此並沒看見。

　　下船的時候，小鄧不知從哪個角落衝出來，搶身在前拉開玻璃門說：「楊總慢走！雙城慢走！」黑面孔上憨憨的笑容是雙城今天唯一親切的感受。

　　離了王朝號，楊學堅一路沈默，他讓車停在瞭解放碑僑王夜總會樓下，對雙城說今天沒別的事了，要是不急著回家，就陪楊先生上去坐坐吧，有點累，想聽聽歌。雙城常常聽說這地方，心裡不是沒有一點好奇的。夜總會在六樓，這個鐘點沒有任何表演，連燈光都暗著，角落里有一兩桌人喁喁而語，陰影中看不清面目。楊學堅要了一間包房，穿西裝背心的服務生半跪著放下飲料、果盤和兩只打開的麥克風，沒有看他們一眼，就掩上門退了出去。雙城嗅到一種混合著煙草和霉菌的味道，見房內貼著花紋壁紙，地毯顏色華麗，細看卻有好幾處煙頭燒出的破洞。這夜總會當時包攬了市中區大部分的夜間娛樂，過分的負荷使它像一個生意興隆的煙花女，厚重的脂粉底下，早早地露出了衰敗之氣。

　　楊學堅兩手撐著膝蓋，憂心忡忡地盯著屏幕上一對東南亞長相的男女，在海邊忽而悲切忽而歡喜，聚攏又分離⋯⋯雙城呆坐了幾分鐘，拿起話筒解圍道：「這首好像聽過，我來試試。」楊學堅這才意識到她的存在，忙鼓勵說好，並換了個舒服的姿勢，擺出洗耳恭聽的樣

子。雙城唱《別問我是誰》，唱《聰明糊塗心》，接著又唱《怨蒼天變了心》，一盞茶工夫就唱完了戀愛的輪回。唱到《相思風雨中》，楊學堅興起，也操起話筒放聲相和，那喉嚨彷彿醉了酒，一路歪著斜著顫抖著，找不著道兒，廣東話倒是字正腔圓，並不時插進來，認真糾正著雙城的粵語發音。

喝水的時候，雙城望了一眼沙發那頭的楊先生，見那常含憂鬱的小眼睛正目不轉睛盯著自己，其中似有幾分柔情。這讓雙城想起他躺在急救中心的樣子來，她知道蔣培軍他們，朱胖子他們，甚至陶沙和葉丹她們都不大瞧得起這位楊先生，正因如此，她對他格外有一份恭順，這是她在何雲鵬和江南面前不曾有的。這其中大概含有一點同情，一點報答，甚至還有一點施捨之意……她希望楊先生明白，無論別人如何，在她眼中，他和江先生一樣受到尊重。

看看時間差不多了，雙城放下了麥克風。楊學堅客氣道：「不好意思，耽誤你的時間陪我。」雙城隨口笑說：「那下半場就有勞唐小姐陪您吧。」話一出口，她就後悔了，不該牽扯到私生活。果然楊學堅一反木訥，獵犬似的一口咬住了她的話頭：「她哪裡比得上你……」這話聽在雙城耳中，不禁叫苦，還好服務生進來結賬，楊學堅從錢夾里掏出鈔票往台上一摺，小聲圓了一句場：「我是說，她五音不全，不是塊唱歌的料。」

隔天中午，楊學堅叫了雙城上樓幫忙整理內務。原本要她送去「環宇」的一份急件，也改由羅軍開車帶了陶沙去。小樓里一時寂靜，這廂雙城捧著一疊文件夾，正按楊學堅的指揮往書架頂層擺去，忽聽楊學堅喊：「慢著，別動！」原來是她連衣裙的拉鍊不小心滑了一小截下來。雙城覺得不好意思，楊學堅卻伸過手來替她拉上了。雙城更覺不妥，手裡的文件夾卻一時無處安放，便是這一秒鐘的遲疑，楊學堅的手自拉鍊出發，猛地從背後環抱住了她。雙城本能地想掙脫，可楊學堅的姿勢從最有利的角度限制了她的動作。

一旦她開始反抗，頓時發現自己根本毫無力量，而此刻比她體力還要虛弱的，卻是她的喉嚨。

一切無聲無息，那雙平日里看上去細白、纖瘦，有些女性化的

手此時正緊扣著她的胸脯，像兩張觸到獵物的大網，正逐秒逐息地收攏……真是嚴密，雙城簡直透不過氣。楊學堅急促的呼吸緊貼在她耳旁，一股沈鬱的古龍水的香味游進了她的五臟七竅，令她在驚恐之外多了一種暈眩和迷惘。

依舊毫無聲息，楊學堅不說話，雙城也變成了啞巴，像是擔心她會暈厥過去，他雙手用力按摩著她的乳房，然後他動作冷靜下來，像經驗豐富的醫生，仔細研究起她身體的病灶……他挪出一隻手正要突破那層單薄的衣料，雙城忽然扭過身來，用她的眼睛，她唯一的武器，逼視著來犯的外敵。被這寒光所懾，那野獸突然縮成小小一團，躲回了楊學堅的身體里。他松開了手。

雙城發現自己竟還抓著那些文件，便將它們全部扔到地上，一語不發地衝下樓去。在樓梯拐角處，她停下來，用自己滾燙的身體緊貼著灰白的牆壁，遏制著失控的呼吸。她努力回憶剛才的畫面，才一分鐘，就已變得殘缺不全。她只記得從她心臟直通到兩腿之間的地方，身體深處，像埋伏著一根金屬線，一條不為人知的暗線，直到剛才突然被通電，令身體迸發出金色的火花。而這條暗線並不與她的大腦相連，所有號令對它都完全失效，它千真萬確，卻毫無道理。直到此時，在裡面，最裡面，這根金屬線灼燒過的地方，仍余熱未消，持續地令她滾燙，令她膨脹……

雙城沒有辭職，也沒有向任何人透露這件事，再一次面對楊學堅的時候，倆人對視之間，彼此都很奇怪，楊學堅像一個被免予起訴的罪犯，惴惴地望著庭上的法官；那法官卻得了失憶症，臉上的平靜不增不減，看不出任何改變。那天從公司出來，雙城一個人走在街頭，想著杜拉斯小說里那個冷漠的、生活在西貢的法國女孩，感覺自己臉上正掛著她的表情。她立志成為她所鍾愛的女主角，卻不料首先上演的是這樣難以啟齒的一幕。她只能認定這是她劇本的一環，否則她無法對自己解釋，為什麼誘惑了她的，除開前程的理由，還有那種不可告人的秘感？如同千萬只螞蟻潮水般爬過她的身體。

雙城和賀嘉已有好些天沒見面。賀嘉耐不住，一個電話打到了馬可波羅公司。不巧被陶沙接了。一聽是賀嘉，雙城在辦公桌對面連忙擺手。陶沙對他倆的交往略知一二，估摸著眼下是小情人鬧了彆

扭，便拎著話筒嬌聲道：「你是她男朋友吧，常聽雙城提起你。她人在樓上楊總那兒，有什麼話要不我傳給她？那好，我叫她下班去車站會你，一定傳到，你放心！」陶沙放下電話，雙城生氣道：「我什麼時候跟你說過他是我男朋友？」陶沙便笑：「這麼久還沒挑明啊？這人夠磨嘰的，不過正好，今天乘機說開了。你拿什麼謝我？」見雙城不搭理自己，陶沙又道：「說真的，你也算走出去見識過的人，怎麼又回頭找了個學生？」雙城忍不住糾正說賀嘉已經畢業，工作也找好了。陶沙笑：「畢業生也還是學生呀，每月幾百塊的工資，連一瓶迪奧香水都買不起，等他混出點樣子，你都熬老了吧？不過閒著也是閒著，你初出茅廬，練練兵也好，但你可當心，別白白賠上青春，給他磨了槍！」

下班後，陶沙纏著雙城要瞧熱鬧，遠遠就看見賀嘉等在車站上，兩人還沒說上話，陶沙先鬧了起來：「雙城你不夠意思啊，這麼帥的男朋友藏起來不給看，還老欺負人家。你要不喜歡，我可動手搶啦！到時別後悔啊！」雙城冷眼道：「誰跟你搶？你要做啥自便好了。」陶沙聽了，索性歪著頭湊過去，向賀嘉調笑：「帥哥，你哪兒得罪雙城了？她這可是要撇清關係啊，情況不妙！」賀嘉只能賠笑，說：「豈敢得罪，你們這是商量好考驗我吧。」正說著，陶沙包裡的傳呼機響，賀嘉乘她分神，忙招手叫了部的士，道聲再會，便拉了雙城上車離去。

見雙城不吭聲，賀嘉扯起話頭問：「這個陶沙，跟你很熟嗎？」雙城道：「一個辦公室的同事，面對面一坐就半天，你說呢？」賀嘉道：「我看她年紀不大，倒染了一身社會氣息，你可別受她影響。」雙城聽到社會氣息四個字，心頭一刺，沈下臉說：「我跟她混這麼久，什麼氣啊息的，該染的早染上了。不過你別擔心，只要你離我遠點，什麼氣息都傳染不了你。」賀嘉被嗆，不免急道：「我這麼說是為你好，你一個聰明人，怎麼倒不明白了？」雙城早觸了前幾日駱陽勾起的火來，衝口便說：「我哪裡就聰明瞭？我上不通陰陽，下不懂八卦，算又算不出，看也看不准，要不還等旁人來告訴我你的羅曼史？」賀嘉聽得糊塗，茫然問道：「什麼羅曼史，你把話說清楚。」雙城冷笑道：「我說銀行信貸部這麼好的工作，還嫌不滿意，原來是遺憾不能去深圳團聚。」賀嘉聽出了眉目，沈默了一會兒，低聲說：「都過去的事了，

誰這麼無聊，翻那些舊賬……」雙城火燒得更旺，只顧蠻撐道：「那沒辦法，我身邊的朋友要麼社會，要麼無聊，物以類聚呀！前面就到沙坪壩，辛苦你再多忍十分鐘了事。」賀嘉自知他鬥嘴不是雙城的對手，只好沈默下來，兩人一路無話。

到學校門口下了車，雙城自顧自地往里走，賀嘉付完車錢追上來跟著，她也當瞧不見。眼看快到家屬區，賀嘉喊了聲：「雙城！」雙城停下，賀嘉卻欲言又止，再沒有多說一個字。雙城於是拔腿再走，直到了樓門口才忍不住回頭，發現賀嘉站的地方已經空無一人。她想起他們第一晚相識，他送她回來，就在那個地方站了好久……而這才不過是兩個多月前的事。

接下來的週末，賀嘉沒有來找雙城，一個電話都沒有。雙城熬到晚上，只好跟著駱陽去舞會打發時間。舞會還是一樣熱鬧，雙城卻沒有了心思炫耀，勉強跟駱陽搭手跳了兩圈，便挨牆角站著不肯再動。駱陽突然用手一指道：「那不是賀嘉嗎？他怎麼來了？」雙城以為賀嘉沒有動靜，要麼是在氣頭上，要麼就是工作忙，萬沒想到在此碰上，心頭更是一凜。

賀嘉仍舊像從前那樣雙手插在褲兜里，靜靜打量著起舞的人群，看起來好像瘦了一些。雙城想，也許他來這裡是為了碰見自己，於是那背影在她看來便有了幾分值得憐惜。這晚的燈光似乎比以往昏暗許多，音樂也特別柔和，男男女女大多靠得很近，一動不動，像是依偎著睡著了。就在雙城一恍神的工夫，賀嘉不見了。她莫名地緊張起來，不由分說拋下駱陽，走到了舞池邊上。當她再一次從幢幢人影中找到賀嘉的時候，他已經挽著一位苗條的女孩起舞了，姿態是一貫的端莊，頭顱微微揚著，目光從女伴頭頂上越過，投射在未知的前方。

雙城方才覺曉原來賀嘉除了她，還可以另有尋覓。那陌生的女孩跟他舞在一起，看上去同樣般配，要說是一對情侶，也沒人會有異議。這一發現，令雙城失望不已。

有人來請雙城跳舞，她一概來者不拒，笑得熱情洋溢，身邊很快就圍了好些男生。賀嘉發現了她，擠過來湊到耳邊問：「你怎麼會在這裡？」雙城只瞥了他一眼，便又搭著一個漂亮男孩的手旋入了舞

池。換了兩支曲子後，燈光亮起，上半場舞會結束，雙城轉身便往外走，旁邊跟了兩個搶著要送她的舞伴，還沒到門口，就被賀嘉截住了去路。這回他是真顧不上風度了，緊盯著雙城大聲說：「你這是怎麼了？我到底做錯什麼了？說清楚再走！」這時，音樂已經停止，賀嘉這近似怒吼的一問頓時引起了周遭的矚目。兩個剛才還劍拔弩張的追求者立馬形成了同盟，作勢要教訓一下這個放肆的後來者。雙城怕生事，忙一邊說「我認識他，你們先走」，一邊將賀嘉帶出了門口。

站定在一盞路燈下，雙城抬頭望著賀嘉，瞳剪秋水微帶淒涼，一字一句說道：「你沒有做錯什麼，從一開始，你就只是喜歡照片上的我，可惜，我跟你想的不同，所以，你還得繼續尋覓，是吧，賀嘉？對不起，讓你空歡喜。」

不知道是不是燈光的關係，雙城看見賀嘉的眼底漸漸浮起一層霧氣，彷彿有毒藥在他身體裡發作了，那張清俊的臉孔逐漸僵硬，露出了痛苦的表情。「什麼意思？什麼叫作‘空歡喜’？」他壓抑的怒氣正在被一種恐懼所代替。雙城嘆出一口氣，像是做了個決定，輕聲道：「賀嘉，別再找我了。」說完這句，她抬腳便走。賀嘉立刻伸手抓住了她的胳膊。雙城走得急，被他一扯，不由得晃了晃身體。即便這樣，賀嘉還是在她即將跌入自己懷裡的一刹那扶穩了她。

「二十公分距離。」雙城在心裡苦笑了。她沒有掙脫，不遠處已經聚集了好多觀眾，可她對這種戀愛活劇毫無興趣。她不說話，只靜靜地望著賀嘉，端詳他狹長的眼角裡，兩滴晶瑩的淚水正在慢慢堆積……她想，他真是好看啊，就因為這個，她才迷糊了一場。

一旦她感覺手臂上的力度漸漸退去，便抽身出來，頭也不回地走掉了。她知道賀嘉不會再追上來，這正是他們無法戀愛的理由，他的喜歡和難過都有所保留。他會任憑女朋友飛去南方，就會眼睜睜看著雙城丟開手。他徒然的難過，在雙城眼中只是虛弱。

這不是雙城要的愛情，不是她夢想中千回百轉、急流險灘的愛情，這樣的不溫不火只會讓她感覺消磨，無法生出錐心蝕骨的幸福和疼痛來磨煉她的偉大。當夜，她坐在小屋窗前，打開那本帶鎖的日記，在開篇首頁上這樣寫著：「認識賀嘉還不到三個月，來不及戀愛

就分手了。」她停下來，抬頭望著嘉陵江對岸明滅稀疏的燈火，想起江先生說的話，心中突然感到一陣輕鬆，接著落筆寫道：「看夜裡到底是誰撿了星星回去。無論是誰，我要他迎得住我的光。而賀嘉，不是他。」

第七章　大雷雨

　　久未現身的葉丹突然回到了視線中。二樓辦公室大都已被佔用，剩下靠里的一間，面積最小且緊挨廁所，平時擺了張桌子，讓羅軍出車回來有個落腳之處。楊學堅暗嫌葉丹趨炎附勢，便打發她去和羅軍同屋。葉丹倒不計較，很快便和羅軍稱兄道弟起來。羅軍聽說這女孩有江先生做後台，人既生得絕色，又肯跟自己親近，哪有不迎合的道理，一時間，邊角小屋變得熱鬧起來，歡笑聲不絕，引得隔壁的設計師小張、出納員小柯也忍不住循聲加入，馬可波羅公司只多了個葉丹，聲勢上倒像添了一倍人馬。

　　陶沙開始還繃著架子，但耐不住走廊那頭陣陣笑聲傳入耳中，心癢得像鑽進了螞蟻，只得放下臉來邀約大家下班後一起燙火鍋，還扯上蔣培軍和陳少飛兩個。如此一來，大家吃好玩好再圍著起個哄，賬單也就充了公。

　　重慶火鍋原是禦寒之物，但縱使酷暑時節，火鍋館也照樣生意興隆。三伏天圍攏一坐，加麻加辣的湯底一開，滿鍋紅油翻滾，烤得人熱汗淋灕。這時需將冷氣機調到最大，團團白霧自頭頂如瀑而下，再打開一瓶冰鎮啤酒，其味之美，其情之暢，再無其他。重慶人吃火鍋，也貪那圍爐而聚的氣氛，一碟碟食材燙下去，一勺勺美味撈起來，店家再送些糖水點心，瓜子毛豆……一頓火鍋要比吃炒菜時間長出一倍來。時間長，吃下去的東西就多，拳能化食，於是火鍋店裡永遠人聲鼎沸，震耳欲聾。

　　當地流行一種叫「亂劈材」的江湖拳，巴人風雅稍欠，卻詼諧十足，划起拳來，文的武的，葷的素的，只管往嘴裡招呼，聽來頗有一番野趣。像蔣培軍這樣的酒桌老將，幾杯冰啤落肚，兼有一眾美女慫

愿，口中一呼「亂劈材」，便從「一號橋堵車，兩路口淹水，三角碑殺人，七星崗鬧鬼」，一路喊到「九龍坡，石（十）橋鋪」……數的都是重慶街名，還藏著軼聞典故；又或胡謅些「舞（五）都不會跳，劉（六）曉慶洗澡，騎（七）個爛摩托，八方吃粑活（重慶話「佔便宜」的意思）」的市井渾話取樂。這樣此起彼伏，不分男女長幼地對喝起來，店堂里山呼海嘯如萬蟬炸鍋，但凡要說上一句話，非得直著喉嚨吼，外地人才走到店門口，就給嚇得後退三步。

而這手「亂劈材」若是被葉丹、陶沙這樣的姑娘吆喝起來，那場面就更加精彩。與鶯啼燕囀、宛若江南的川西蜀地相比，川東巴人後裔素以剽悍剛烈自詡，以至於面目姣好的重慶女人也普遍被灌輸以這樣一種觀點：生得漂亮不算稀奇，漂亮之外，得有那麼一股子不讓鬚眉的烈性，才算得上正宗的重慶美女。於是葉丹、陶沙之流無不擼袖揮拳，極盡聲勢，唯恐颯爽之氣輸與了對方。葉丹天生一副低沈的「煙嗓」，陶沙卻是石破天驚的女高音，兩人都是市井街巷野慣的孩子，口齒急智頗有一拼，又貫憋著角力之心，這一比畫，嘴裡妙語連珠，手上龍飛鳳舞，立時引得左右圍觀，滿堂喝彩，就連雙城這個門外漢也不禁跟著叫起好來。

雙城細瞧對座的葉丹，星眼微醺，閃著一點似酒非淚的波光，兩頰緋紅，映出鼻梁上幾點淡淡的孩兒斑，更添三分俏麗，尤其是那嘴唇，天然兩瓣嫣紅，因了酒意，更顯得含珠欲滴。自打初見，但凡得了機會端詳這張臉，雙城的目光總會不由自主地為其深陷。她暗想常說的紅顏禍水，應該就是這般模樣，縱然什麼也不說，什麼也不做，眼波流轉已令人方寸大亂，這份玲瓏，這份魅惑，這四下里的兵荒馬亂……

與她的關注相反，葉丹整頓飯都在躲避雙城的目光。葉丹自小是贏慣了的美人尖兒，陶沙、米拉之流，從未是她對手，沒曾想遇上這個雙城，像是從小說詩文或是別的她不明就里之處走出來的人物，不一樣的打扮，不一樣的神情，看上去斯文秀氣的一個人，目光中卻有種說不上來的厲害勁兒。總能在葉丹得意忘形的時候，輕輕那麼一眼，看得她一下子彆扭起來，像是被人笑話了，卻不知錯在何處。

這邊蔣培軍他們又換了玩法，拿筷子敲著碗沿兒行令，輪到誰，誰就編派對家兩句，內容不拘，押在韻上就行。設計師小張起頭，

指著對面蔣培軍道：「胖薎胖薎（音den，肥壯的意思），操得嘿捆（音kun，混得有頭有臉的意思）。」眾人都笑，蔣培軍舉杯一飲而盡，飲罷一指陶沙。陶沙對面是羅軍，全不用顧忌，便拿筷子點著他頭頂念道：「矮埵矮埵（音duo，個子矮的意思），哈批矬矬（音cuo，粗話，呆呆傻傻的意思）。」立時哄堂大笑，都叫過癮。陶沙得意，趕緊點了葉丹。後者正取笑羅軍，冷不防被人叫到，抬頭一望對面的雙城，一百句玩笑都卡在了喉嚨里。眾人催了兩遍，才勉強說道：「啷（音lang，苗條細長的意思）長啷長，殺傷力強！」雙城聽著好歹算一句誇獎，便朝她盈盈一笑，心想這樣美的女孩，就算交不成朋友，也別成為對手。

偶爾兩人因公外出，也曾試過並肩走在解放碑街頭，一般的容貌出挑，一般的長腿細腰，難免不引路人「打望」。這逛街買衣服本是女孩們彼此結交的契機，可她倆卻像在T台上行走，眾目睽睽下，只顧端足了氣勢，一心想要更勝一籌，早沒了心思聊天。更有甚者，半路殺出個大膽的青年，攔住葉丹想要搭訕，或者某個沒眼色的女學生，追著雙城打聽哪兒能買到她身上的衣裙……兩人之間便似有了分數高低，更覺尷尬無比。如此一來，這種無用的努力非但沒能拉近彼此的距離，倒更顯出格格不入。雙城始信無緣，由得葉丹疏遠了去。

楊學堅仍然會找機會把雙城叫到樓上，大多數時間只在交代完公事後意味深長地看她一眼，也總有那麼兩次，會在雙城轉身之際迅速上前從後面抱住她，彷彿每一次偷襲都必須繞開她的目光才能進行。楊學堅怕光，這間彌散著古龍水香味的屋子，永遠簾幕低垂，涼意森森。在這隱秘的空間里，雙城監守自盜，放膽體驗著自己，她朦朧覺得曲徑幽長，而楊學堅就橫在這條道路的中央……

入了六月，氣溫猛地攀上三十八度。臨近期末，雙城往上清寺跑的時候少了許多，以至於和泰董事們抵達重慶，她也沒見著。終於這天考完末一門主科，楊學堅打來電話，讓她去一趟新華路的重慶飯店參加應酬。黃昏時分越發悶熱，天氣預報說一場暴雨即將來臨。幾十天的暑熱都郁結在山城頂上，空氣滾燙，彷彿一點就著。太陽西沈之時，兩江蒸騰起大量水汽，半島籠罩其中，房間里形同蒸籠，白天躲避烈日的人們，此刻焗熱到難以忍受，都熬不住走出來，在那略感通

風的路口，或開放冷氣的商場外坐坐，搖著蒲扇咒罵著酷熱……唯有雙城穿著條裹身的牛仔布連衣裙，在新華路陡斜的街上急急奔走。一放下楊學堅的電話，她的心就激動了，胡亂梳妝過後，連雨傘都忘了拿，就衝上開往解放碑的中巴。她沈住氣等了兩個多月，就在春天里那段好日子等得快要褪色之際，終於有了動靜。

推開重慶飯店古老沈重的黃銅大門，立刻清涼撲面，冰火迴然。飯店裡坐了滿滿一桌，但江先生並不在，沈小姐也沒來。到場的幾位董事話都不多，唯領頭那位身材矮胖的黃董事長操著濃重的閩南腔，一直滔滔不絕。其間他還訓斥了楊學堅幾句，大約總為督造不利、管理失序的問題。楊學堅只諾諾點頭，也不申辯。葉丹不在，除陶沙外，另叫了米拉過來陪同。米拉裝扮性感，舉止言談卻稚氣嬌憨，這正合了黃董胃口，手搭在她肩上，整頓飯沒捨得放下來。陶沙整晚心不在焉，全靠雙城拿些風土人情的話題與在座敷衍。那黃董聽說雙城是大學生，非拿洋涇浜的英文跟她對話不可，結結巴巴說得像鐵鍋炒豆，一顆一顆往外蹦。雙城心裡彆扭，臉上只能賠笑應付著。

好不容易一頓飯吃完，所幸幾位董事白天在船廠積了暑氣，累得取消飯後節目，都早早回了房間休息。獨黃董臨走前公然將米拉叫到一邊，兩人鬼鬼祟祟嘀咕了半天，大家都假作沒看見。余下眾人往飯店門口各自攔車。楊學堅見雙城臉色失落，只當她是受了黃董打擾，當下便要送她。蔣培軍瞧見，趕緊拉了陳少飛和陶沙兩個同車離去。

雙城剛剛坐定，楊學堅便緊貼了上來，才剛酒桌上多敬了幾杯的緣故，他眼眶周圍浮起一圈潮紅，眼神也比平時放肆了許多。苦熬了整晚，才盼到現在……借著車內昏暗，他抱臂胸前，底下一隻手悄悄伸過去握住她半側胸脯，掌中彈跳綿柔，他不由得閉眼假寐，專心享受這心馳魂蕩的一刻。

雙城抵擋不過，從後視鏡里望了一眼毫無察覺的司機，只別過臉去任他手中漫遊。出租車駛過前面路口，向下有條斜岔的馬路，名叫打銅街，從那兒只需走一分鐘便是建行總部——賀嘉上班的地方。他們要好的時候，雙城辦事經過，特意繞到門口看了看，但從沒進去過。當時心裡的甜至今還清清楚楚，而賀嘉人卻已消失在她的世界中。

　　猛的一聲炸雷突然直劈下來，把楊學堅兀自迷醉的手嚇得往後一縮。車剛駛過一號橋，暴雨狂飆，雨點像堅硬的碎石敲打著窗戶，雨刷拼命搖擺，車頭前兩三米已是一片模糊。再往前走了一段，暴雨中的上清寺轉盤開始積水堵車，空氣越來越污濁。雙城止不住陣陣反胃，皺著眉抓緊了車門上的把手，彷彿隨時打算跳車逃走。雨太大，好多轎車都靠邊停下，沿街排成一隊。楊學堅見雙城難受，說不如回公司避避雨再走，這暴雨天行車也不安全。沒等雙城答復，他便叫司機把車拐到馬可波羅公司樓前，車門一開，兩人緊挨著衝了出去。

　　「咣當」一聲響，楊學堅回身鎖上了樓門，樓道裡一片漆黑，只在閃電劃過時，才映出慘白的房間和走廊。白天看慣的場景，此時全都變得陌生而驚悚。楊學堅一言不發，只領著雙城朝樓上自己的睡房走。「羅軍和葉丹他們呢？」雙城望著黑洞洞的屋子，聲音微微顫抖。「陪江先生出差了，這幾天都不在。」「江先生來了嗎？去哪兒出差呢？」雙城追問。楊學堅像是沒聽見，只顧摸索著打開房門，順手按亮了一盞橘黃色的吊燈。

　　屋內一直開著冷氣，四下清涼，兩層厚厚的窗簾幾乎從天花板直垂到地上，將電閃雷鳴隔在了外面。這房裡的古龍水味更濃了。雙城接過楊學堅遞來的毛巾，一面擦拭淋濕的長髮，一面打量眼前的房間。兩人腳上各一對拖鞋，尺寸不同，款式卻完全一樣，一雙天藍，一雙粉紅。雙城看了看手裡同樣粉紅的浴巾，小聲問：「唐小姐沒來？」楊學堅泡了一杯熱茶給她，輕描淡寫地回答道：「我們這段時間有些不開心。」跟著他往沙發上雙城的身旁一坐，不再說話。他已經愛上了這種沈默，他本就是一個無話也無趣的人，何況面對雙城，他沒什麼好許諾、好奉承，這些顯然她都不需要。他也不明白她這種奇怪的溫順含義何在，就當是上天賞賜的福分，他唯恐一說話，夢就要破了。

　　楊學堅的手觸摸到雙城的脖頸，嘴裡模糊地咕嚕了一句：「都淋濕了。」說完從頸窩開始一粒一粒去解那連衣裙前襟的紐扣，還洇著雨跡的白瓷般的皮膚逐漸顯露……順著楊學堅僵直的目光，雙城打量著自己，看得如此仔細，就好像之前她也不曾認識這具身體。在他目光的終點，峽谷幽深的入口處，路標似的，長著一粒小小的朱砂痣。

此刻，因為加重了呼吸，那點俏色不安地跳動起來，像粒火星，一下蹦進了楊學堅乾燥欲燃的身體。

於無聲處，兩人彷彿有一種默契，每當楊學堅的雙手觸及身體，雙城便令自己短暫死去。她細細體會，又牢牢把關，她所允許的只是他的雙手而已。而此刻，他卻突然動手去扯那已經打開的兩片衣襟。不知是受了這房間氤氳之氣的引誘，還是因為今晚那點失意，又或者窗外呼嘯的暴風雨激發了冒險的勇氣，雙城突然改變主意，鬆開了原本護在胸口的雙手，只一秒鐘，她的身體便像一棵被剝開的新筍，整個袒露出來。

雙城從楊學堅震驚的表情里閱讀著自己的新鮮與艷麗，那些美妙的彎曲和隆起，那些嬌嫩的色澤和晶瑩，以及它們散發出的幽幽香氣……無懈可擊的處女之軀，像藏匿已久的寶窟打開了大門，積攢的珠光寶氣，似有刀劍的鋒利，刺痛了楊學堅的眼睛。這過於盛大的風景讓他迷失了路徑，在造物主的佳作面前，他竟然有些畏懼。

又一道閃電穿透了窗簾，緊隨而來的響雷炸開在咫尺之間。雙城嚇了一跳，猛地清醒過來，抓起衣服掩住了身體。原本呆住的楊學堅像是被這個動作激怒了，撲過來掰住她的肩膀，將她重重地壓倒在沙發上。這一刻，他已無心欣賞。

反常的粗魯讓雙城真正感到了恐怖，大山壓頂中，她拼命抵擋，終於發出了尖利的呼叫……動作之間不知是誰碰翻了手邊的茶杯，沙發上頓時一片狼藉。玻璃碎裂的聲音瓦解了楊學堅的進攻，他從雙城身體上脫落下來，退回到燈光里，一滴汗水正沿著他略微後退的髮際線緩緩下垂。

「我是第一個，看過你的男人嗎？」楊學堅打破沈默，鄭重其事地問起，臉上的表情有些猙獰。雙城避著他的眼睛，一邊慌慌張張穿回那件已經揉得皺巴巴的連衣裙，一邊含混不清地從鼻子里「哼」了一聲，算是回答。若不是在夜晚，若不是屋裡燈光暗淡，楊學堅一定會發現她此刻的惱怒。一切都亂了套，都沒有按照她設定的方式來：身體的敗露、弱小和無助，還有楊學堅意外爆發的粗魯……若不是他的身體卡殼，她今晚已白白犧牲了自己，釀成大錯。此時的雙城，像

一個砸了鍋的演員，所有的氣定神閒都統統不見，她手足無措，又急又怒，只求趕緊逃離舞台和面前這個造了反的觀眾。

楊學堅卻截然不同。如果說先前他只是為美色所惑，那麼眼下，他卻被她洩露的處子嬌羞勾引起了另一番憐惜和感動。雙城倉皇失敗的演出，恰恰成為擊中男人靶心的那顆紅豆。

「雙城，你願意，跟楊先生在一起嗎？」楊學堅笨拙地問道，似乎為此鼓足了勇氣。雙城沒有回答，只顧低頭尋找那雙不知去向的拖鞋。楊學堅不肯放棄，接著問：「我是說，讓我來照顧你。」雙城似乎還在生氣，她放棄了尋找，轉而去整理自己凌亂的長髮，冷淡地說：「我不用誰照顧，你還是照顧唐小姐吧。」楊學堅微微一皺眉：「她跟你不同。她這個人，要得很多。我們先不說她。」頓了兩秒，楊學堅又道：「剛才對不起啊，嚇著你了吧？這兩天，楊先生心情不大好，有很多事，你不知道，很煩心的。」說著他再度湊攏來，用手輕輕捋著她的頭髮：「知道嗎，最近你不在的時候，楊先生常常會想起你，越是心煩，就越是想見到你……」突然，他想和她談心的衝動甚至超過了愛撫她的身體。見雙城仍不作聲，楊學堅笑了笑，用手指插弄著她豐厚的長髮道：「雙城啊，你的頭髮真是漂亮，沒燙過，沒染過，少女髮質，真好。只要稍微打理一下，修剪出層次來，就會大不一樣，要不要，讓楊先生幫你修一修？」雙城瞪大了眼睛，她既不相信楊學堅還會這一手，更不相信他真的會在這個時候想起來給她剪頭。

二十分鐘之後，楊學堅收起了剪子，動作熟練地將圍在雙城脖子上的床單一摘，再輕輕往地下一抖……左右端詳一番後，面露得意地扶住雙城的肩膀，原地一轉，使她站到了穿衣鏡前。鏡子裡的雙城因為髮型的改變顯得越發漂亮，楊學堅笑吟吟地站在她身後，打量著自己的作品。野獸和獵物突然變成了孩童與慈父，這和諧卻荒誕的一幕，這無釐頭轉變的畫風，一時讓雙城感到無地自容。

「雙城，你是我見過最美的女孩子。也許還有更美的，但是，她們都不如你好看。你是個寶。」楊學堅的語無倫次讓雙城看出了他的動情，危險已經平定，她心底只剩膩煩，拿手拍拍裙角上的碎髮，低聲道：「是你的手藝好。」這點呼應立刻勾起了楊學堅的興致，他一臉神秘地說：「想不到吧？楊先生從前在香港銅鑼灣有一間自己的髮

廊，很有名的。關之琳你知道吧？大明星啊，我還給她做過頭髮。」

據楊學堅說，那間髮廊是他從家裡繼承下來的，先前開在灣仔，後來生意紅火，便遷到銅鑼灣，租下了一間更大的鋪面。大約八、九年前，江南到他店裡洗頭，把一隻重要的皮包忘在了座椅上。那天楊學堅正好在場，直等到打烊，才把東西親手交還到尋來的江南手上。自此以後，江南每到楊學堅店裡，都由他親自操剪打理，一來二去便成了朋友。再往後，香港移民大潮湧起，許多熟客不再上門，髮廊生意日漸凋零，楊學堅投資的股票又賠了一大筆，諸多不利讓他只好關掉店鋪，投靠到江南門下，這才跟來了重慶。

「說起來，江先生對我，是有恩的，」講到這裡，楊學堅又恢復了那種心事重重的樣子。「能有什麼恩呢？」雙城的好奇是因為故事里出現了江先生。楊學堅看看她，轉了轉念，只笑說：「噢，我那時候就住在他家，他們家很大，在台北有個院子，日式的，他母親還常做日本菜給我吃。」雙城聽出其中隱去了情節，知他無意細說，只得將余下的好奇都咽了回去。

暴雨已歇，天邊依然雷聲滾動。回家的路上，雙城搖低車窗，一股被雨打濕的塵土的味道撲面而來。這場大雨終於給山城退了燒，人們都想趕緊補個好覺，夜裡的街道比平日清靜不少。楊學堅一路握著雙城的手只是不放，車進了沙坪壩，他才開口道：「雙城啊，你還沒有回答我，要怎樣，你才肯跟楊先生在一起呢？」

雙城對今晚的失控猶自後怕，正琢磨以後如何擺脫楊學堅才好，聽聞此話，更覺反胃，便硬起心腸不肯作答。楊學堅無奈說：「我知道，楊先生自己也是打工仔，沒有資格照顧你。可你知道嗎？現在我面前擺著一個機會，一個很大的機會，你相信我嗎？等我好嗎？」雙城問：「什麼機會？」「這個我現在還不能講……」楊學堅手上加力，狠狠捏了她一下，疼得雙城差點叫出聲來。又一聲悶雷響過，黑暗中只聽他的聲音突然變得陌生而沈鬱，像是剛剛做出一個重要決定：「你會看到的，雙城，你等著。」

第八章 華岩寺

　　期末成績下來，雙城掛了一科。她雖無心攻書，但不及格的情況還從未有過，家裡責備起來，雙城愈加心煩，一時又無法擺脫這讀書、考試的囚籠，於是更把馬可波羅公司當成了避難所。這天才到辦公室，楊學堅便吩咐她趕緊去一趟朝天門碼頭，說江先生正在那邊等她。雙城一聽急了，忙問：「朝天門好多碼頭呢，到底是哪一個呀？」楊學堅只說他也不清楚就掛了電話。雙城估摸他倆電話兩端都是一團糊塗，問也多餘，忙出門打車奔了過去。

　　朝天門形同船頭，直插江心，正好位於長江和嘉陵江的交匯口，因古時州官在這裡跪接聖旨面朝天而得名。滄海桑田，象徵一方水土威嚴的城門早已不見，只遺留下巨大的條石，鋪成了朝天門一望無盡的長梯，被南來北往的旅客踩踏著年復一年，慢慢淹沒在江風秋月、時光荏苒之間。

　　雙城下了車，抬頭見前方一幢大樓上，「重慶港」三個紅字招牌大得觸目驚心，她心裡微微一凜，無端覺得敬畏又有些慚愧，一時不明緣由。這本是千百年江河碼頭的歷史顯身唬住了她，但雙城尚在混沌年紀，心裡又揣著一團亂麻，哪得工夫琢磨，只顧左突右進在摩肩接踵的人流中，四下找尋江先生的身影。

　　那時的朝天門跟重慶城裡各處一樣，比比皆是施工的泥濘，四下里塵土飛揚，混亂不堪。有出租車相互阻了道，搖下窗戶來破口大罵的；有街邊擺張桌子支口鍋，現做些稀飯涼麵與路人充飢的；有拉扯著外地旅客，兜售地圖快照的；還有更多像雙城一樣，嘴裡吆喝著一個名字，徬徨四顧你尋我找的……雙城突然想，江先生外來之人，他說的朝天門，多半是指那碼頭尖嘴之處，於是一路走，一路踮著腳遠

遠張望，果然見那江邊石坎最外沿孤身站著一人。即便只是背影，在雙城看來，已覺風神卓然，與周遭亂世遙不相干。那人面朝長江，正入定出神，待雙城再走近些，才見他微微轉身，露出半張側臉：不是江南又是誰？

雙城「江先生」三個字尚未出口，江南突然回頭，就好像他們一直在聊天似的，他朝她日朗風清地微微一笑道：「雙城你看那兒，多麼清晰。」雙城望過去，見是江面上一條長長的界線隔開了碧綠的嘉陵江和渾黃的長江，中間竟無半點過渡的模糊，切割得一清二楚，互不相干。這兩江交匯的奇景雙城也不常見到，不由贊嘆。江南又說：「真是可惜，原本清澈的一條河，一旦交匯就被污染了，跳進長江也洗不清啊，倒有點像做人。」雙城按捺著喜悅，接茬說道：「可是不進長江，就永遠見不到大海。等到了大海，自然也就清回去了。」江南聽罷點頭而笑：「說得好，這是‘見山還是山’的道理。」

江南原本要拜會港務局，待到了朝天門，才知領導辦公室已遷至道門口。倆人於是沿街往上，邊走邊聊。江南再望了一眼朝天門長長的石階，突然說道：「上次跟你提過我父母與重慶的淵源，說來話長，你想聽麼？」

雙城連連點頭，便聽江南緩緩道：「民國二十六年冬天，也就是1937年，上海、南京先後淪陷，我父母的大學內遷，一個從南京，一個從上海，前後腳在朝天門這兒下船，進了重慶。他們之前本是天南地北不相干的兩個人，可是你知道，戰爭讓很多人失散，也讓很多人相遇。到重慶的第二年，他們在沙坪壩見了面，具體說，就在你們那個校園。後來他們結了婚，生了我大哥……」江南講到這兒，突然一笑：「不過我可沒那麼老！我大哥和我年紀差好遠，我是像獨生子一樣被家裡寵大的。」

雙城聽得有趣，不由得追問：「那後來呢？您母親沒再念書了？」「沒法念了。我母親年輕的時候很時髦，又熱血，讀的是復旦新聞系，遷到重慶後，據說教室宿舍被日本飛機轟炸了好幾回，連住的地方都沒有，更別說上課了。我父親倒是讀到畢業，然後進中央政府做了個小職員。女人總歸還是渴望安定吧，尤其是在炮火中，哪怕只是一間屋，一張床，一個伴兒……不過她始終不肯承認這一點，她總是埋怨我父親當

年著急娶她，害得她學業荒廢；更埋怨我大哥著急出世，接著又有了二哥，把她從復旦的校花變成了江家的黃臉婆……」

「原來你是上海人。」雙城笑道：「上海人瞧不起外地人，重慶人一生氣，就說有什麼了不起，還不是世世代代喝我們的洗腳水。」江南也笑：「我不是上海人，我外公外婆祖籍蘇州，我父親家在北平，我自己又生長在台北。不過我母親倒真是你說的那樣，誰都瞧不起，尤其瞧不起家裡這四個男人，一輩子都在數落我們四個。」雙城又問：「您父親為國民政府做事，所以後來你們家才去了台灣？」江南點頭說：「是啊，1949年這一走，直到三年前在台北去世，我父親再也沒回過大陸。早幾年，說好回來探親，偏就在那個時候生了病……」雙城聽了忙寬慰道：「等馬可波羅號航行了，應該把您母親請來，再走一次長江，再看一回三峽，然後從朝天門走進重慶城，一切都跟從前一樣。」江南笑笑，輕嘆道：「怎麼可能一樣？快六十年了。從朝天門下船的時候，她才十九歲……對了雙城，你今年多大？」「十九歲。」雙城一笑，略帶羞澀。

倆人一路聊著，過了曹家巷，走到打銅街口，江南停下指了指說：「我父母結婚後，就在這條街上租了間房子住，我大哥也是在這兒出生的。大概是因為越回不來就越懷舊，小時候常聽他們說起這條'打銅街'，你是重慶人，應該知道街名的來歷吧？」並不等雙城回答，江南繼續說道：「這裡之所以叫打銅街，是因為最早整條街都是打銅的鋪子，重慶冬天陰冷，銅鋪的爐膛里火種徹夜不熄，無家可歸的人都聚在邊上取暖，便可以活下來。開埠後，這裡又成了川東華爾街，銀行、洋行開得比米鋪還多，我這回住的重慶飯店就是六十年前的川鹽銀行。德國人蓋的房子，鋼筋水泥，銅牆鐵壁，北平淪陷後，好些故宮珍寶就藏在銀行的保險庫里，躲過了日本人的轟炸。'九二'火災的時候，大火燒到打銅街，也是被這些銀行大樓擋住，才沒蔓延到上半城去……」

雙城聽得入神，恍惚回到了黑白泛黃的年代，鏡頭前晃動著模糊的白點。她不知道江南哪來的魔力，每次跟他在一起，身邊熟悉的城市就會呈現完全不同的樣子，要麼是清明上河圖，要麼是無聲老電影。

「你父母家火災的時候沒事吧？」雙城問。「那是四九年了，抗戰

勝利後，他們就隨政府遷回了南京。南京他們倒說得不多，大概最值得懷念的，還是新婚燕爾時的重慶吧。雖然打著仗，但小兩口荷包裡一有了錢，也跑去看電影，吃宵夜，玩到很晚才回家。因為洋行多，這裡是重慶最早裝電燈的一條街，那時候的路燈跟現在不一樣，老大的一個半圓燈罩，跟個鐵飯碗似的，用電線吊在馬路中央。夜裡江風吹過來，那燈就不停地晃，把地上的人影子也映得一晃一晃的，所以重慶人就把我父母那種夜不歸家的小青年叫作‘燈兒晃’，是不是？」

「噢，燈——兒——晃！」雙城用重慶話重復了一次，兩個人都不禁笑起來……笑聲中，雙城看見馬路對面並肩走來一對眉清目秀的男女，男人著長衫，女子穿旗袍。等近些再一瞧，男的竟是江先生，女的就是她自己。

江南這次還有一項要務是接待即將來訪的台灣記者團。先前他為馬可波羅號的宣傳，聯絡了《時報週刊》的幾位社長、主編，承諾由江南做東，進行一次航程考察，順帶遊山玩水，預支些好處。眼見再有一個星期，記者們就要登機來渝，很多銜接事務還得由江南親自跟進，他便借了楊學堅的辦公室，電話傳真整日往來不息，雙城自然又成了代筆的助理。

房間里換氣扇一直開著，古龍水的味道依稀殘留。窗簾捲起，屋子裡結聚的氤氳已被光線剖開。江南站在窗前，背對雙城講電話，熨燙過的白襯衫使他顯得優雅挺拔，陽光沿著他的髮際、領口和肩線，勾勒出一道完美的金邊。這房間因為有他身影的存在，聲音的存在，變得明朗起來。雙城不禁想，江先生要是一直在這裡，從一開始就在這裡，該多好，那些她想忘記卻每每跳出來抓住她往下墜的畫面就不會發生了……但很快她又警醒過來，不允許自己有任何懊悔的情緒。所有遭遇皆為一體，既不可分割，也就無從捨取。這種想法雖然寬慰著她，但其中的詭辯，卻騙不了自己。

心裡顛三倒四爭論不停，手下難免就潦草起來。江南拿過稿紙略一審視，就讀出了這位小秘書的心猿意馬，正色說道：「雙城，我不管你腦子裡有多少詩情畫意，那些跟我的生意毫無關係。你坐在這間屋子裡，既不是大學生，也不是女詩人，你最好弄清楚自己的責任，先把眼前的工作做好，OK？」雙城頭回在江先生這兒受責備，臉一

下紅到了脖子根，趕緊收了心思，再不作他想。一時屋內聲心俱寂，只有筆尖摩擦紙面的沙沙之音，像只沙漏，分分秒秒流淌而去。

因和農行信貸部的向鳴有約，中午時江南動身出門，抬頭見小桌邊雙城正埋首工作，因精神集中之故，兩頰桃李緋紅，從額頭到鼻尖，一道清麗的弧線微染光澤，甚是動人。江南不禁抬手揉了一把她頭頂的秀髮，跟著推門而出。那動作隨意得像是安慰一隻受了罰的小貓小狗，卻讓雙城漣漪漾起，無止無休。

這裡江南一出門，雙城就完成了工作，正打算下樓吃午餐，不料楊學堅推門而入。隨著那股熟悉的香味襲來，雙城感覺眼前的場景像大幕切換的舞台。楊學堅依舊默不作聲地走上來，箍緊她的腰肢。雙城今天掙扎得格外厲害，用力甩著頭，長髮拂掃著楊學堅的臉和脖子……他按捺著慾望，附在雙城耳畔低聲道：「別怕，我不會怎樣，我就想過來看看你。」楊學堅臉上痛苦的表情讓雙城聯想起了他腎臟里的結石。

「上次楊先生跟你說的話，你自己知道就好，懂嗎？」楊學堅的聲音虛弱而焦慮，他終於道明瞭來意。雙城想起那個雷雨夜的結尾處，楊學堅陰沈而決絕的聲音，心裡有些慌張，只轉身理了理頭髮，狡黠道：「什麼話？我最近趕考，熬夜復習又缺覺，記性很不好。」楊學堅點頭微笑：「記不得就好。前一段你忙考試，最近又幫江先生做事，很是辛苦，不如在家好好休息幾天，等過了這一陣，楊先生還有更重要的任務交給你。」

兩人正說著，突然敲門聲響，原來向鳴有事改約，江南車到大禮堂就兜了回來。他一看神色慌張的楊學堅，再一瞧滿臉不悅的雙城，心中大致知覺，只管笑道：「今天被向鳴放了鴿子，想起廚房師傅說中午有水煮魚吃，趕緊往回跑，結果只剩個魚頭，虧大了！」楊學堅要吩咐廚房再做，江南一把攔住不讓，打發他下去跟陳少飛對筆賬。

江南回來，這舞台劇情便又換了一幕。望著兩個衣冠楚楚的男人走馬燈似的圍著自己轉，雙城忽然意識到一種權力與勝利，難以抑制的得意幾乎化作笑意從她臉上溢出，耳邊隱約響起宿舍樓宇間那此起彼伏的呼喚：「雙城——雙城——」她的飢腸轆轆瞬間化作了滿腔幸福。

「江先生，文件放您桌上了，您吃好飯再看吧。」雙城整理完桌面，打算下樓。江南看了看表說：「怪我不好，害得你陪我挨餓。不如我們補償一下自己，出去吃一頓如何？」雙城剛要開口，江南一拍她肩膀催促道：「少廢話，我可是餓了，趕緊走！」

兩人到上清寺尋了間裝修堂皇的酒樓，叫了幾個菜，味道卻很一般，只得草草填飽肚子了事。早間灑了一場雨，此時陽光明淨，江南望著雙城俏面軟語，不禁起了玩心，只說想找個地方散散步，便招手上了一部的士。「你告訴司機去哪裡。」江南說完，往後座一靠，愜意地閉上了眼睛。車到李子壩，司機催問了兩次，雙城才說：「那就去華岩寺吧。」

這華岩寺位於重慶西南中梁山麓，唐宋至今，也算古剎一座。千年劫渡，唐宋之物早已毀滅殆盡，余下幾處殿堂牌樓，已是明清之後的建築。彼時旅遊風尚未開，此地埋沒多年，雖說殘垣失修，人蹤稀落，但竹木森森，溪流淙淙，倒是成全了一方清幽。雙城中學時跟靜融結伴來過，一路車馬勞頓、費盡周折，但香燭繚繞之氣、鐘磬誦讀之聲甚合她胃口，數年來猶記於心。

司機把車停在了華岩主寺門外。江南稍寐之後，精神煥發，下車來叉腰望著大雄寶殿稱贊說：「尋仙問道，這主意不錯！」雙城連忙介紹：「前面山下有個湖，繞湖一圈有三座廟，您現在看到的是最大的一座，逢年過節燒香拜佛的人也最多。」江南見廣宇飛檐皆顏色俗艷，料定其中無趣，便說：「既然這樣，這大廟不進也罷，你帶路，我們挑人少的地方走走。」

沿主寺的院牆往後，一轉彎，耳根清淨下來。此處山勢微坳，湖畔翠色逼人，種的全是本地常見的楠竹和黃桷樹，雨後滋潤抖擻，散發出草葉清新的味道。石板鋪就的小路走著走著就窄了，前面橫著一座牌坊，上面「福地洞天」四字已經筆畫模糊，壁上苔色蒼蒼，顯然是個古物。往前多走幾步，回頭再看，卻見石牌另一面寫的是「遊戲人間」。江南不禁笑道：「這裡的和尚倒是風趣，進山是‘福地洞天’，出山是‘遊戲人間’，來來去去，他都佔理。」雙城看了也笑：「出世入世，都是修行，出家人沒了供養，托鉢化齋，不走出去也不行。」江南聽了回頭問：「雙城你信佛？」雙城答：「我不太懂，但家裡敬觀

音，慈眉善目，拜一拜心裡就安穩，凡事不焦急。」江南便道：「蕙質蘭心，與佛有緣。」說完也不解釋，徑直朝前走去。

華岩寺得名於華岩洞。洞身狹長，藏在一處撮箕形的懸崖下，深深嵌入山體內部，洞內幽深，能容百人。立於洞口，涼意森然，壁上有字曰：「半岩花雨，一院松風。」三五間廟宇依地勢而建，半壁皆是岩石，殿內許多造像就直接雕鑿在石壁上，長年風化後已漸漸蝕溶，取自天地，又還給了自然。院內記載說，從前「崖有飛瀑，水濺如花」，華（花）岩之名由此而來。如今瀑布消失，唯余一眼山泉，接在石板砌的水槽里，說是「心有所願，飲泉則靈」。江南取過池邊一柄竹瓢，自己嘗了一口，又舀滿了遞給雙城。雙城見長柄上沾滿青苔，不知多久沒人用過，要說不是，又不知曾為何人所用，尋思一圈，終究還是推擋了回去。

倆人按壁文所示，找著了院裡的大腳印。據說是古代高僧從山頂一躍而下，點地所成。雙城試著探進兩只腳去，扭頭向江南道：「據此推測，這高僧也不過和我一般個頭。呀！我這算不算大不敬啊？大和尚有靈，不會降罪吧？」江南斜身向柱頭上一靠，望著她道：「古代丹霞和尚騎在文殊像頭頂玩耍，馬祖見了只說一句'我子天然'，佛家視赤子之情為至尊至貴之物，人間天上，無一不可遊戲，何罪之有？」雙城聽了這話，想起才剛「遊戲人間」之詞，正合了她一貫心意，不由展顏而笑。

華岩洞出來，正對一湖，時值季夏之初，湖面蓮葉田田，荷花映日而紅，正是一年中韶華極盛的時候，兩人直呼：「來得巧啦！」寺里和尚種荷花已有數百年歷史，此時緣湖岸而行，滿眼翠碧嫣紅，清香襲人，心神皆爽。江南走在前面，也不回頭，只令道：「雙城念首詩來聽！」雙城見江南有興，心中自喜，無須思量，張口便誦道：「江南可採蓮，蓮葉何田田……」才兩句，江南便大聲打斷她：「這哪兒看得見魚？趕緊換一首！」雙城知他有心考驗，轉眸又念：「葉上初陽乾宿雨，水面清圓，一一風荷舉……」「這首應景，但下闋落了俗，再換！」雙城只覺逢了知己，任他刁難也不著惱，思索片刻，又朗聲吟道：「乘畫舫，過蓮塘，棹歌驚起睡鴛鴦。游女帶香偎伴笑，爭窈窕，競折團荷遮晚照。」

　　話音剛落，江南就在前頭叫好：「這個妙！這個熱鬧！你年紀小小，就該對酒當歌，歡歡笑笑。只可惜，小魚兒她們不在，否則你們幾個女孩子聚齊了，往這荷花旁一站，豈不跟這詞裡頭說的一樣好看？」雙城聽他提起葉丹來，又尋思那詞人身邊一眾「游女」，總不過是些歌姬舞伎之流，便不搭腔，只偏過頭去，望著荷葉大如傘篷，綠波搖曳之中，幾莖荷花或含苞，或綻放，顏色、風姿俱嬌艷無比，一時入迷。江南見她沈默，只道是小女子滿腹詩情，不知神遊何方，便笑問雙城是否在醞釀文章。雙城這才慢慢說道：「小時候看《聊齋》，裡頭有一篇講阿端在荷花浦中私會晚霞，搭荷葉為蓋，撒蓮瓣做床，造了一間紅褥綠帳的洞房，覺得特別美。」江南聽了點頭說：「那真是美。」雙城笑笑又道：「可那是他們做神仙的時候，後來還魂做了人，就不美了，晚霞用龜尿自毀了容顏，才得以相守。」

　　正說著，忽見浮橋上大步流星走過來一個十二三歲的小和尚，口中哼哼哈哈不知唱些什麼，身上一件污漬斑斑的黃海青，半邊已給汗水浸透，肩膀上前後四個沈甸甸的袋子，不知是不是師父交代的各種採辦。橋頭路窄，擦身之際，才聽清他口中唱的是：「人生短短幾個秋啊，不醉不罷休，東邊我的美人兒啊西邊黃河流。」小和尚一溜煙越過山坡不見了，江南和雙城這才相視大笑。笑罷，一個說：「這也算赤子天然，遊戲人間吧？」另一個便答：「小師父唱得對，世事難料，何妨蓬頭赤腳，做人只要記得'蓮花為床，荷葉為帳'的好光景就對了。」雙城這才察覺剛剛所講的故事未免輕薄，只得含笑低頭，別過不提。

　　再往前，青石板路被一大片竹林迎面劈開。翠竹叢中隱著一帶黃泥矮牆，兩色相間，古意玲瓏，雙城看在眼中，只覺無比受用，思忖這華岩寺中竟藏著瀟湘館的風景，果真「禪房花木深」，還是出家人懂得享受。依著牆角繞過去一瞧，原來是一處早已空蕪的接引小廟。院內一座雕工繁復的古老牌坊，右手刻「寶覺」，左手鐫「真如」，中央則是「法界唯心」四字……依碑文所書，應是道光年間的古物，如今竟全無遮擋，孤身矗立在這遺忘之所。江南繞行三圈，慨嘆連連。這一處院落並不見僧客行走，只兩個嬉戲的農家孩子，打鬧著穿堂而過，一晃便不見了。

　　兩廂房門緊鎖，看不見室內陳設，只留左右牆上一副草書：「不於其中起分別，是故此處最吉祥。」正面殿上，神龕前擺著三隻蒲團，皆是塵埃落落。雙城行完禮出來，站在院壩當中，見青草沒了路徑，蛛網結滿梁棟，耳畔水滴叮咚，卻不知泉在何處。她想這古剎數百年，該有多少絕情避世之人，孑然佇立此地，眼中觀得此景，耳裡聞得此聲，虛度了無數光陰。一時感動，眼眶酸楚，幾乎要滴下淚來。

　　「雙城，來看這個！」江南指著月門上一副字跡模糊的對聯突然說。「煮茶香透松梢月。」他輕聲讀了出來。雙城接著念道：「洗鉢雲生水底天。」江南托著下巴又看了一遍，才道：「好情致啊，月夜讀經，寺中煮茶。」雙城忙說：「我更喜歡下聯。你想，一個風塵僕僕的化緣僧人到水邊洗鉢，一抬眼見湖上起了薄霧，頭頂寒月當空，眼前縹緲如夢，好一幅道骨仙風。」江南不禁讚道：「什麼東西給你一說，好，就變得更好了。你幫個忙，幫我記住這副對子。」雙城笑說：「沒問題，回去我就寫給你。」江南一擺手：「不用，寫給我也會丟，就記在你腦子裡，一直記著就好。」雙城迎向江南的目光，心領神會地點了點頭。

　　「以其境過其清，不宜久留。」雙城便引著江南由邊門外一道石梯走了出去。長梯百來級，翠微蒼蒼，盡頭山門破舊，邊上兩間篾條泥灰糊的老屋，牆壁上寫著「香積廚」──方知是一處齋房。中午的餐館手藝欠佳，吃不盡興，加之逛了這半日，江南腹中飢渴，便招呼雙城坐下，跟裡面一位綁圍腰、戴布帽的老婆婆要了兩碗麻油素面。一時端上來，見兩只瓷碗中略撒了些蔥花芝麻，卻是清香撲鼻，綿正爽口，江南吃得讚頌不絕，只道：「'偷得浮生半日閒。'單為這一池荷花，一副對聯，一碗素面，曠工半天，也值了！」

　　這廚房年久失修，四壁牆面剝落，灰白中露出褐色的泥土和篾骨，有人因材就勢，略施水墨，把那破損之處勾畫成了一幅山水含煙圖，極為雅趣。雙城問那婆婆是何人所為，「和尚畫的。」婆婆說完，順手收拾了碗筷，又遞上兩杯茶水，便顫巍巍地進了後廚。江南端起茶杯飲了一口，初入嘴時只覺清苦，稍許便有異香迂迴而來，連說好茶。雙城說這是本地最尋常、最廉價的茶水，下苦力的棒棒常拿它解渴，所以重慶人都叫它苦丁茶。

離了香積廚，二人取荷塘另一面的道路往回走，遇著有人牽了一黑一白兩匹馬，在路口招攬遊客，說是十塊錢便可繞湖一圈。雙城正說不用，那邊江南卻已翻身上馬，牽馬的看他身手，知是行家，也不阻攔，便扶雙城騎了余下的一匹白馬，執過韁繩，緩緩在前引路。江南一夾腿，尾隨而去，兩匹馬前後相隔七八米，馬蹄聲脆，敲打在石板上，竟有鼓樂的節奏。

有風從山間吹來，拂過池塘，萬千蓮葉在腳下湧動，似曼波起舞……那風再穿過夾岸竹林，嘩啦啦地划出一陣細響，如琴瑟相和。就在這樣的時刻，這樣的伴奏之下，雙城騎在馬背上，腰肢搖曳，同荷花共舞。她從小到大沒有騎過馬，沒有過這樣浪漫的郊遊，這一下午的歡喜、新奇和感動齊齊湧上胸口，直湧到嘴邊，一張嘴就脆生生地唱了出來：

跑馬溜溜的山上，一朵溜溜的雲喲，端端溜溜地照在，康定溜溜的城喲。

月亮彎彎，康定溜溜的城喲……

世間溜溜的男子，任我溜溜地愛喲，世間溜溜的女子，任你溜溜地求喲。

月亮彎彎，任你溜溜地求喲……

雙城沒有回頭，只顧盡興而歌。歌聲清越，如林泉，如珠翠，谷中回響，悠揚無休……江南行在她身後，望著她背影婀娜，一頭秀髮如絲如瀑，隨馬蹄飄揚飛舞，不禁深深呼吸，再無聲地嘆出一口長氣。

第九章 三峽

　　雙城又一次站在朝天門碼頭的長梯上時，已是七月末的一個黃昏。紅日從對岸南山後一點點墜落下去，江風有一陣沒一陣地吹著，像是從電吹風裡出來，帶著爐膛的熱度。雙城手裡拎著一隻小小的細篾條編織的手袋，裡頭裝著她新買的眉筆、口紅和一隻精緻的粉盒。

　　她身上是一件珍珠白的無袖真絲旗袍，質地很薄，因為有精細的暗花遮掩，並不會露出內衣的痕跡。裙衩開在膝蓋上方，隱約顯出兩條長腿。旗袍昨天下午從棗子嵐埡裁縫店取回後，就被雙城小心翼翼地掛在自己屋裡，生怕弄出半條褶皺。那時候未興復古，很少有年輕女子會找師傅做旗袍，更何況遇上雙城這樣的好身段，那裁縫不由鼓起了勁頭，把半輩子的情懷和技藝都一針一線縫了進去，還好心給做了幾對費時又費工的如意琵琶扣。在店裡試穿的時候，老師傅眼裡的滿足就好像是雙城替他圓了一個夢。天氣熱，雙城將一把長髮挽個麻花髻松松垂在腦後，只留兩縷碎髮在腮邊蝶飛絮舞，提醒大家這美人楚楚，竟然不是一幅畫。

　　她這一現身，大半個朝天門的人眼睛都牢牢地黏在了她身上，以至於雙城負荷過重，載不動這許多目光，步子翩躚，腰肢輕擺……連平日不怎麼恭維她的蔣培軍都一把搶過旅行袋說：「雙城今天穿成這樣，哪還能讓她拎行李，你們看，滿街的人都巴不得給她當棒棒，這便宜還是我來佔吧。」

　　江南隔著幾個人走在後面，和路人一樣，視線牢牢地鎖定在雙城身上。他看著她一路娉婷，好像隔著半世紀的光陰，從陪都往事中走出。迎面的行人都自嫌醃臢，為她兩邊閃開一條通路……他知道那是她新做的旗袍，也隱約覺得這份用心似乎與自己有關。他彷彿看見1937年的朝天門碼頭，長梯上行走著復旦的校花。

　　《時報週刊》記者團如期而至，計劃在大陸逗留十天，行程緊

鑼密鼓。遊覽重慶兩天後，今晚便登船開始三峽之旅。昨天下午，蔣培軍把馬可波羅公司的幾個女孩和旅遊學校一位素來跟葉丹要好，名叫杜鵑的學生召集到一起，開了次出團預備會。會上先分發了統一購買的導遊服：白T恤，綠短褲。唯獨雙城沒有。蔣培軍解釋說這是江先生的安排，讓她們四個導遊統一著裝，雙城是秘書，穿便裝也好區別，還笑說：「為公司著想，省一套算一套。」

接著他又半開玩笑半認真地向四個女孩分配了一下「服務對象」：米拉這幾天已經和黃董混得稔熟，兩人自然擺在一塊兒；為首的週刊吳社長是個滿嘴花活的老油子，正好交給陶沙去對付，陶沙因念對方位高，心裡自是滿意；總編胡先生年長眾人幾歲，看來儒雅，蔣培軍便指派給了相貌敦厚的杜鵑去陪；最後是掌鏡攝影兼搖筆桿子的一位記者，姓卓名然，約莫三十出頭，身材高大，眉目俊秀，衣著派頭尤其不凡。蔣培軍壓低嗓門兒說不要小看這位帥哥，他職位雖是記者，卻是新近登科的一名豪門女婿，丈人是《時報週刊》的大股東，卓先生的勢力自然不容小覷，帥哥配美女，這匹瀟灑的白馬便交了由葉丹去駕馭。

美資的維多利亞號是當時長江航道上造價最貴的一艘游輪，江南選擇它還因為船上標準的美式酒店管理，想借它讓記者們對未來的馬可波羅號更具信心。踏著紅毯登船之際，雙城不禁有些感慨，一年來她關於馬可波羅號的種種幻想竟然在這裡，在另一艘船上實現了。大廳里鋪著嶄新的玫瑰色地毯，散發著清潔劑淡淡的芬芳，炫麗的水晶吊燈，雙向弧旋的樓梯，鍍金雕花的鏡子里映出羅衫霓裳的人影，四處裝點著大盆大盆的天堂鳥與姬百合，整艘輪船燈火輝煌，像一頂鑲滿鑽石的巨大皇冠……這才是雙城夢寐以求的方舟，她的童話終於又續上了，她生命中極為重要的一次旅行即將啟航。

就在雙城心馳神往的同時，別的女孩子們正湧在大堂櫃台前忙著登記，一時間，不是弄丟了證件，就是弄混了鑰匙，一驚一乍，吵個不停。蔣培軍看著實在不成樣子，只好走過去三兩下幫她們把房間分配妥當，嘴裡嘆道：「你們這幫女娃啊，在旅遊學校除了梳妝打扮，到底還學到點啥？」

客人的房間都安排在視野開闊的上層，女孩們則住進了一樓船

艙。雙城仍舊與陶沙同屋，另外三個女孩拉幫結伙擠進了隔壁。一小時梳洗之後，便是頭晚的船長歡迎宴會。因白日里雙城的旗袍逗了風頭，各人均不服氣，忙打開行李包裹，桃紅柳綠地裝扮起來。雙城瞥見葉丹穿了一件蕾絲的抹胸小禮服，便拿定主意仍舊穿旗袍出席。她只將髮髻梳得更蓬鬆些，低低墜著，另加了一對指尖大的珍珠在腮邊晃悠，忽明忽暗，招人眼目。

　　無論是小家碧玉，還是國色天香，女子一生中總有那麼一季，會突如其來猛然地、全力地綻放。這種綻放或早或遲，可長可短，但總會出現……這次三峽航行，在雙城的青春歲月里，便是她的美驚天動地的一次爆發。

　　雙城有一種蟄伏的艷。有些人在第一眼看見她的時候，無動於衷，可只要待上一會兒，聽她說上幾句話，總會有那麼一剎那，被她的目光捕捉到，觸動內心某個地方，為那天生的聰慧和柔情心旌蕩漾。她的性感，並不像葉丹、陶沙那樣烈日當空，把人來烤，而是點了盞燈籠，借著月光，夜色中遊廊穿巷引著人來走，一時有，一時無，忽的那麼一閃，叫人眼底一亮，待要捕捉時，又不知藏到哪裡去了。

　　她越是這樣縹緲，就越是叫人一路尋找。晚宴後的舞會上，不要說記者團的人紛紛邀她共舞，連同船不相干的外國人也被這旗袍美人迷住，追著奉承她。尤其那位卓然先生，扔下葉丹不管，候了半天才瞅著機會，挽住雙城走下舞池。雙城之前並沒有經過這樣的陣仗，學校舞會熱情雖高，畢竟都是學生，反不如她老到，眼前各人卻都江湖極深，她既不能失手讓人佔了便宜，又得宛轉周旋，盡到招待的本分，真得拿出十二分的小心和精神，游走在一船人的目光與臂彎之中。

　　一曲即了，卓然再捨不得放雙城走掉，附在耳邊說她嗓音這樣好，歌喉必定悅耳，非邀她合唱一曲。雙城笑著點頭，沒有任何謙虛，她怕她一開嗓，所有的自謙都會顯得虛假。她跟在卓然身後，穿過舞池中央，向一側的舞台走去。那旗袍原本的珍珠色在舞廳的燈光下變成一襲月白，身體線條隨著她的步態扭成了一道銀光。江南此時剛剛落座到葉丹身旁，他略低著頭，一言不發，一隻紅酒杯擋住了他的表情。葉丹則迅速把臉上的嫉妒調整為一種與他把臂共賞的興致和奚落，同望著雙城春風得意，化身白蛇。

　　這一切雙城毫無察覺，她只顧沈浸在今晚無可爭議的勝利中。她彷彿墜入愛河，不是同某一個人，而是同整個世界。她的目光掃過全場，遇上誰的那一秒，她就與之相知一秒，戀愛一秒。

　　雙城先是跟卓然合唱了一首歌，音域的高低恰能托顯她嗓音的清亮，優美的歌詞又照映出她脫俗的氣質。掌聲中，雙城欣然接受了卓然殷勤獻出的另一半舞台，又獨唱了一首她精心準備的曲目。她已經完全拋開了羞澀，姿態和表情都如此專注而自如。那歌喉未經調教，尚有些中氣不足，欠缺技巧，嗓音卻極其清麗、純真，既不染塵埃的暗啞，也沒有糖衣的甜膩，那天然的如同翅膀摩擦空氣、涼風穿透森林的磁性，迷住了全場所有人。大家紛紛停下正在說的話或者正在移動的舞步，扭過頭來注視著她，傾聽著她。就像馥郁的花朵，清甜的水果，雲雀、山泉、雨滴那樣天賜的好物，這歌聲令每一個人都抑制不住耳朵的歡欣，掩飾不了臉上的贊美……不知不覺中，維多利亞號已在夜色中離港。一縷江風吹來，撩起雙城腮邊秀髮，她後來忘記當時唱了什麼，只記得自己就穿著那樣一身旗袍，在歌舞昇平中離開了朝天門。

　　晚會最耀眼的明星總是提前離場，用不著像落了下風的人，留到最後，還苦苦想要扳回幾分。一走下舞台，雙城只往蔣培軍跟前打個招呼，就溜回了自己的房間。

　　洗完澡躺在雪白柔軟的床上，輕鬆和疲憊一同襲來，雙城閉著眼，滿心喜悅地回想起很早很早以前，她就在小夥伴們亂哄哄的合唱中發現了自己歌喉的出眾，那時她只是棵不起眼的小豆芽，什麼表演都輪不到她，直到音樂考試的時候，小朋友們得一個個伴著風琴獨唱……終於，演習過多次的歌聲、動作和表情，所有嫻熟與周密讓幼兒園老師大吃一驚，難以置信這樣「有素」的舞台表演，竟來自一個六歲小姑娘的自我訓練。

　　要不是陶沙裹著浴巾，一屁股坐到雙城身邊，將她整個人震得騰空起來，她差點就要睡著了。「不顯山不露水的，原來也是只披著羊皮的狐狸！瞧你今晚騷的！」陶沙用一把濕淋淋的梳子隔著被蓋敲打在雙城隆起的臀線上。她倆原沒有親密到那個份兒上，但葉丹的失勢卻曲折地拉近了兩人的距離。

雙城睜開眼，就勢翻了個身，將一隻手撐在脖子後面，笑納了陶沙火辣辣的「讚揚」。「你這下算是跟葉丹結梁子了，我瞧那位卓先生整晚都沒怎麼搭理她，我們這位小魚兒啊，大概還是頭一回坐這麼冷的板凳呢！」對手失敗帶來的歡樂已經蓋過了陶沙對自己排名的關注，可雙城並沒想過與陶沙結盟，只有弱者才拉幫結派，她歷來單槍匹馬。

「聽說江先生收了葉丹做乾女兒，真有此事？」雙城的好勝心帶動了她的好奇心，以往不屑打聽的事，順勢便問出了口。陶沙起身對著牆上的鏡子，努力將一層面霜在臉上抹勻，繃緊的嘴形影響了她的發音，她有些口齒不清地回答：「什麼乾爹乾女兒的，還不是勾搭的藉口。有回在夜總會，江先生多喝了幾杯，說葉丹無法無天沒心沒肺，就跟他小時候一個脾氣，葉丹這貨不要臉，當場就趕著叫爹，大家一起哄，江先生就乾了她敬的酒，你說這事到底算不算數？」

陶沙說著一咧嘴，卸妝後那顆黑痣更為醒目，在臉上跳了一跳，她大半個身子趴在床頭，興致勃勃地問道：「我怎麼覺得，江先生這兩天越來越對你上心了呢？悄悄地下啥迷藥了？說！」「我就是來勤工儉學的，費不著那份心。看上江先生的，是小葉吧？」這不是雙城一貫的風格，但說了也就說了。陶沙道：「看上又怎樣？江先生這樣的男人，什麼樣的女子沒見過，就算葉丹有幾分姿色，可除了臉蛋兒，她憑什麼把江先生拴住？叫爹喊娘的可不算本事！」

雙城接道：「也是，江先生這樣的單身貴族，未必肯為誰安定下來。」陶沙又笑：「貴族嘛，還有那麼一點點意思，說到單身，可就未必了。依我看，他這個年齡的男人，又帥又多金，沒娶老婆的話，要麼身體有毛病，要麼女人太多，娶不完擱不平！」雙城聽了這話，明知陶沙在理，卻無端把聊天的興頭澆滅了一半去。

兩人嘀嘀咕咕了一陣兒，陶沙那邊聲音漸漸囫圇起來，雙城不再說話，伸手去撚床頭的台燈。燈光熄滅之前，她又掃了一眼華麗的船艙，閉上眼，想起冬天跟靜融睡在江渝號裡的情形來。「要是靜融在身邊就好了。」雙城入睡前最後一分鐘裡這樣想著，王朝號已經走過幾趟水，此時此刻，靜融說不定就睡在這浩蕩長江上另一間船艙中，跟自己並肩而行，抑或擦肩而過。她們都圓了那天夜裡坐在校園石階上勾畫的游輪

夢，只不過誰都沒想到，圓夢的一刻，倆人已經離得遠了。

第二天上午，維多利亞號首站停靠鬼城豐都。一船人亂哄哄地上了碼頭，馬可波羅的女孩子們都穿上了蔣培軍發的T恤短褲，束著玲瓏的身段，晃著白生生的大腿，走在上山的人群中，煞是招眼。雙城萬綠叢中一點紅，乘勝追擊，著了她那條「虞美人」。剛出門，見米拉挽著葉丹過來，相互一碰面，米拉便挑高了眉毛嚷嚷道：「哎呀雙城，不至於吧！你這是真的要穿裙子去爬山嗎？」雙城心知她想替葉丹出頭，倒也不急，掃了一眼米拉的高跟鞋道：「真能操心啊，米拉，你既可以踩著細高跟去爬山，我穿裙子也就不稀奇了。」米拉口齒素來不敵她幾個伶俐，是個雖愛惹事卻又怕事的，見雙城分毫不讓，趕緊先軟了臉，嘻哈幾句完事。

一行人走到名山下的纜車站，見那纜車十分簡陋，每車只容兩人，不過椅子前方擋了兩根鐵桿：一根扶手，一根踏腳而已。不知何時，卓然悄悄排到了雙城身邊，二人便上了同一輛纜車。夏日里青翠的山林和農田從他們腳下滑過，雙城給卓然講她臨時抱佛腳看來的豐都典故，以盡導遊之責。講到道家的鬼神之說，又講到佛教入中國，卻在年代上卡了殼。卓然小聲提示道：「西元67年，白馬馱經進洛陽。」雙城微微一紅臉，待要繼續往下講，卓然卻不大要聽，只問她在學校學什麼專業，平時又有何愛好。他偏著頭望著她，嘴角往一邊翹起來，似笑非笑，好像專因她的緣故，比人前的斯文儒雅格外多了種俏皮，雙城一時走神，不禁拿他跟賀嘉比較起來，心裡微微一動。

前面一輛車上坐著江南和葉丹，兩個人頭湊在一處，不知聊些什麼，雙城心裡像裝了副蹺蹺板，這頭才翹起來，那頭又低了下去。纜車經過中途立柱，座椅一陣顛簸，雙城身子往後縮了縮，不由得抓緊扶手，卓然乘勢將右手覆在她左手之上，叫她不要害怕。雙城心底舒了一口氣，他觸著她的一剎那，她發現自己心中並無漣漪，也就不怎麼害怕了。正好前面葉丹回頭打招呼，雙城便輕輕抽出手來，朝那邊若無其事地擺了擺。

一路走過閻王殿，鬼門關，陰陽界，看完血肉模糊的十八層地獄，一班男女成群結伴踏黃泉路，登望鄉台，摸三生石，跨奈何橋……說了一堆同年同月同日死的玩笑，末了見忘川之畔，有人扮作

孟婆，賣些瓜果飲料。「日高人渴漫思茶。」眾人便鬧哄哄地擠在攤前買水喝。茶水婆的小攤挨著算命先生的木桌，那半仙最是會裝神弄鬼糊弄年輕女子，幾句話就把大家絆住了。既問姻緣，便叫各人寫下生辰，再從眼鏡上方將女孩子們掃了一遍，拿住葉丹和雙城兩個編排起來。先一通天玄地冥的胡話，說葉丹面泛桃花，是心有所屬，情根已種，只需帶眼識人，小心把握，必能守得雲開見月明，喜獲良緣云云；又指雙城雖也桃花勢重，不過換了個字，變作「犯」桃花。陶沙忙問區別何在，半仙喝了一口茶，清完嗓子方道：「命犯桃花，可藏劫運，這位小姐眼下紅鸞、天喜、咸池、天姚四方氣旺，為多人所求，但因運勢太強，反而對衝不利，恐生爭鬥，傷及自身又累及他人……」雙城聽他絮絮叨叨說下去，意思是要自己買符護身，方可逢凶化吉，息事寧人，便一笑而過，鑽出人群，向那石欄望江處尋了棵根深葉茂的老樹，坐下歇息。

　　雙城雖不買賬，心裡到底受了些挑撥，因想那半仙說自己四方桃花，滿算上賀嘉、楊學堅和眼前的卓然，仍缺著一角，未來尚可期待；又念自己芳華初開，已惹蜂狂蝶亂，沈吟中不禁露出一個自得的笑容來……忽然，猛聽得旁邊「咔嚓咔嚓」快門亂響，原來是卓然舉著炮筒相機，拍下了她不少鏡頭。「算命先生怎麼說？」卓然把那黑沈沈的相機從脖子上小心摘下，往雙城身邊一坐。他人生得肩寬腿長，虎背狼腰，一張臉卻斯文俊俏，實難叫人抵擋。雙城便笑：「還能怎麼說，胡說唄，總不過見了小孩說學業，見了老人說壽命，男的求財運，女的問姻緣。」「姻緣？那我更要聽聽了。」卓然臉上撩弄的表情又浮現上來，雙城忙定住神道：「我都沒聽，拿什麼告訴你？聽了歹話自己慪氣，聽了好的吧，是要給錢的，我捨不得，拔腿就走。」卓然聽了哈哈笑，突然攤開手說：「我能讀掌紋，來，免費給你看看！」見雙城面色躊躇，不肯把手遞給他，便壓低聲音道：「看來除了恐高，還恐跟人握手？」雙城聽他提起先前纜車上的內情，有些害羞，又有些不服，便將手一攤，任他握住指尖，研讀起來。

　　「看出什麼了？」雙城問。卓然笑道：「看出掌紋很淺，皮膚嬌嫩，還看出……十指不沾陽春水，從不乾活兒。」雙城忙抽回手道：「卓先生何必拿我耍笑。」看出雙城面子薄，卓然換了副溫和的表

情，說他為唱片公司寫過歌詞，其中有一句，說命運總在掌紋以內，掌握之外，剛才瞧著雙城的手忽然想起了這個。「掌紋以內，掌握之外。好句子啊。」雙城果然添了興趣，問他怎麼還寫歌詞。卓然笑說為了糊口啥都能做，還說自己剛出版了一本攝影文集，收錄在大陸的所見所聞，名叫《童顏中國》。雙城說「童顏」兩個字有趣，問他如何解釋。卓然左右望瞭望道：「中國雖然古老，但鶴髮童顏，處處在萌生新的事物，童顏就是希望，就是機會。比如這鬼城，這寺廟，可以這麼古老，而你今天穿著這身紅裙，站在那個房檐下，那個佛像旁，又是這麼年輕、閃亮，」卓然說著轉過頭來，眼裡都是奉承話，「對我來說，你就是這片土地上生生不息的童顏，等我回到台灣想起大陸來，說不定頭一個就想到你了。」

雙城聽罷淡淡一笑：「卓先生平時舞文弄墨，講話也這麼浪漫。」卓然瞧著她道：「浪漫？你想說的是輕薄俗套吧？」他想了想又說：「什麼是浪漫？浪漫是剎那間的心領神會。它不光存在於男女之間，也存在於朋友和朋友，甚至兩個陌生人之間。一隻鳥，一條魚，一朵花，生在天地間，豁然照見另一個自己，這都是浪漫，都是生命的顫動。浪漫是自然而然的產物，無須躲避，只要心生歡喜，就是命里的福氣。你懂我的意思嗎？」

雙城聽罷點點頭，跟著又搖搖頭：「你說的是揮灑出來的浪漫，而有時候蘊藏於內心，不加打擾，未必就不是浪漫。比如這山和水，江與岸，萍水相逢，可以兩相纏綿，也可以互不相干，難道就不是自然？就不美好嗎？」話沒說完，卻見江南朝這邊望了一眼，雙城忙剎住話頭，起身說有機會一定拜讀大作，說完拋下卓然走去了大伙兒中間。

上午游過鬼城名山，下午又登忠縣石寶寨。石寶寨是一座背山面江的高閣，明朝萬曆年間所建，玲瓏疊嶂，經久不壞，全樓上下，木楔相連，竟沒用到一顆鐵釘。樓閣周圍皆是古代樣式的月洞窗，外面浩蕩的長江像被裱糊起來鑲了框的水彩畫，四面懸掛。雙城縱然年輕，十二層樓一口氣到頂也已喘息不定。葉丹、米拉、杜鵑三個正擠在窗櫺前，扮作仕女圖的樣子，讓卓然給她們拍照。陶沙一整天寸步不離跟緊了吳社長，這會兒兩個人不知鬼鬼祟祟哪裡去了，剩雙城一個人落了單，得閒靠近圍欄，去看那煙波江上往來行船。

　　七月里，江水濁浪渾黃，下午辰光，蟬聲聒噪，兩岸山野在驕陽下像曝光過度的照片，白花花的很是扎眼，跟古詩里那些「樓前長江百丈清，山頭落日半輪明」的畫面全不對號。又聽說三峽築壩之後，水位將沒至閣樓下面兩層，這數百年鎮江之寶，未必還能幸存。這趟出來，雙城心緒未得片刻安寧，因此眼裡全無風景，有的只是一個一個男人緊逼的面孔，伸著手，張著口。她感覺自己像武俠小說里初入江湖的小人物，小心翼翼行走在參差險惡的梅花樁上，一個不留心就會掉下去，被他們其中某個一口噙住。

　　尋思中，雙城忽見蔣培軍朝她招手：「一個人看啥呢？怎麼沒跟她們玩去，是不是累了？」雙城忙道：「累倒不累，就是剛才樓梯爬得太急，有點頭暈，站這兒吹吹風，已經沒事了，謝謝蔣總關心。」蔣培軍一擺手：「別老蔣總蔣總的，叫蔣哥！」接著又說：「你第一次跟團出來，學習為主，不用太辛苦，不是早有分工嗎，你只要做好江先生的秘書，多看看他有什麼需要，幫著料理料理就好，別的留給她們幾個導遊去搞，多休息，別中暑。」雙城聽他話外有音，思忖是因卓然之故，又擔心這提醒是奉了江先生的意思，一時間竟怔在那裡。

　　沒多久，一群人又熱鬧起來，原來是吳社長拿了卓然的攝影機，堵在下層樓梯口，挨個給大家拍攝。那樓梯極窄又陡，入口只容得一身，樓上的人往下，必得扶著樓梯，倒退而行。待上面露出一雙足登高跟鞋的腿來，那黃董、吳社長幾個便舉著鏡頭湊過去嚷嚷：「玉腿玉腿……可惜短了一寸！」等上半個身子露出來，才是米拉，大伙兒不免哄笑。米拉下來捶著黃董喊下流，吳社長便說纖纖玉腿，君子好逑，大畫家徐悲鴻在重慶時，就愛拎著板凳蹲女中門口看小腿，這跟玩瓷器講究雙耳、底書一樣，都是品相。聽得陶沙直笑：「天不怕，地不怕，就怕流氓有文化！」說著第二雙腿又進了鏡頭，黃董嚷嚷嫌粗，臊得杜鵑下來一臉通紅。第三個是葉丹，一雙筆直的小腿比別人胳膊粗不了許多，吳社長便打趣說誰給遞了雙筷子下來，趕緊拿走，眾人都笑，葉丹索性站在樓梯上，勾著長腿作勢要去踢那攝像機，卻被吳社長一把抓住腳踝握在手裡，又是一番嬉鬧。雙城走在後面，握著裙角，小心翼翼地下來，雙腿修長，映著紅色的裙擺，鮮艷瑩白，骨肉勻停，竟是分毫不錯，引得眾人都說這一雙腿，當真再無可挑

剔。話音未落，兩條腿毛濃密的男人腿「咚咚」踏了下來，走到半途還蹺起一隻腳，要寶亮了個相，才是卓然最後一個下樓梯。底下的人都叫：「野獸！野獸！」那場面雖然粗鄙，但雙城實在繃不住，也跟著大家笑彎了腰。

　　一路行船，到萬縣靠港十七碼頭，已是傍晚。大船來泊，是碼頭一天中最熱鬧的時候。燈火通明的游輪像漂浮在江上的宮殿，抬眼望，城郭高聳，似在雲中。一坡天梯縱貫兩端，梯上覆滿了攀登入城的芸芸眾生。夾道店鋪掌燈，匯成兩道星河，垂落水中，再化作半江霓虹……珠光閃閃，真如幻境一般。

　　一伙人上岸嘗鮮，打算換換味口。此處江面較先前寬闊不少，碼頭的樣子跟朝天門差不多，梯坎卻更陡，更高，叫來客都低頭俯首恭恭敬敬爬上去，幾百步的長梯，一來就滅了威風。眾人上到一半才得歇腳，回頭見來路險要，直插長江，陡峭幾近直角，心中震撼無以言表。

　　雙城望長江靜水流深，暮色四合，旅人歸客無不行色匆匆……她的祖籍便在這座江城之中，很小的時候跟家人來過，月光下，老宅森森，天井里砌著一方水池，池中暗綠的青苔和金魚忽閃而過的一抹嫣紅是她記憶里唯一殘留的影像。老祖母幾年前離世後，余下的親戚也紛紛搬走，宅子賣掉並不值幾個錢，隨便分一分，老家就算散了。

　　正想著，身後不知哪艘輪船離了港，「嘟──」的一聲汽笛拉響，雙城心裡忽然一空，雄心壯志都被那聲鳴笛吹得飛灰一般散入江中。

　　一坡到頂是萬縣著名的楊家街口，但見燈火明旺，人頭湧動，夾道的小店都把籮兜、攤子層層疊疊擺到了石階上，就恨不得遞到人眼皮底下來。竹篾條編的簍子里盛滿了鮮艷的燈籠橘，陶瓷瓦罐中裝著土產的麻辣豆腐乳，刷了一層薄油的滷雞翅滷雞腿在白熾燈下亮晶晶地排列著，金黃的玉米油亮的板栗散發出誘人的香氣……叫賣聲吆喝聲討價還價嬉笑怒罵，響成一片。沿江兩環馬路最是熱鬧所在，街邊店鋪門臉都不大，做些水陸中轉零售批發，街當中橫拉著紅底黃字的政策標語：「捨小家，為國家，搬新家！」「響應移民政策，建設美好家園！」彷彿因為尋常的日子即將到頭，氣氛反倒更加熱鬧，熱鬧中又含著一種不知所措的味道。

　　街面逼仄，此時人流如織摩肩接踵，若不是一路有卓然護著，雙城幾乎就要陷在裡頭。一幫人掙扎好半天，才穿過兩三街口，下到隔壁碼頭一艘躉船上。一瞧離維多利亞號其實並不遠，可恨不識路，廢了這一番周折。

　　這船既改作餐館，周圍便點了無數葫蘆形的紅燈籠，梁柱上描了祥雲龍鳳，四面懸掛著絳色紗簾，一心打扮成古代畫舫的樣子。卓然伏在雙城耳畔，問她像不像脂粉地秦淮河，雙城抿嘴一笑，只是不說。打量此處雖有幾分造作，但在這縣城之中儼然也算個頂尖所在了。樓上雅間設了全魚宴：沸騰水煮魚，泡椒耗兒魚，酸菜魚，烤全魚……滿滿一大桌。東主是當地一位市長，因為招商之故與江南在重慶有過一面之緣。那市長身邊也帶了兩名年輕女子，花容月貌，身段窈窕，姿色竟不輸葉丹，連雙城都看得呆掉，更不要說吳社長、黃董事之流，酒杯還沒端起來，已酥了半身骨頭。聽介紹才知是當地選美的冠、亞軍光臨助興。雙城久聞雲陽奉節，昭君故里，鐘靈秀氣，盛產美女。此時一見，果然不虛。

　　眾人推杯換盞吃了一陣，始終礙著一方長官，不免拘謹。還是江南拉起話頭，講了些台灣人在大陸水土不合的趣事，接著又頻頻與市長舉杯對飲，等蘊了幾分酒意，便提議各人講笑話助興。江南自己先講了一個，說小時候家裡常來一位叔叔，早年跟日本人打仗，常德會戰時被彈片炸瞎了一隻眼睛，裝了個假眼球戴著，時不時摳出來嚇唬小孩子。晚上睡覺前，這位叔叔便把那人造的眼球摘下，泡在床頭水杯裡。豈知有回喝多了，夜裡口渴，迷迷糊糊拿過杯子就一飲而盡，把顆眼珠子咽到了肚裡。感覺不痛不癢，也沒當回事。誰知過了幾日，鬧起了便秘，腹漲難忍，去醫院掛了肛門科。

　　雙城聽到這兒，已忍不住捂著嘴嗤嗤而笑。江南便看她一眼，示意不要作聲，繼續說那肛門科的老大夫，戴上老花鏡，叫那叔叔脫掉褲子，趴到病床上檢查。等湊近一看，老先生忽然嚇得倒退兩步，扶著桌子直叫喚：「哎呀！不得了，老子看了一輩子屁眼，沒曾想今天，竟被屁眼給看了！」

　　話音一落，滿座轟然大笑。吳社長捶著江南肩膀道：「這個江南，平時最是儀表堂堂，灌兩口黃湯，就敢當著這麼多美女說粗話，

真不是個東西！可我就是喜歡！」兩位美嬌娘花枝亂顫地競向市長肩頭靠去，市長樂得險些打翻酒杯，興頭一起，竟也放下身段，說了個瞎公公和啞媳婦的笑話。蔣培軍之流見市長與民同樂，金口開了黃腔，便也拆去嘴邊屏障，一肚子渾話趁著酒氣沒皮沒臉地都往外冒。那吳社長是個識趣的，先拿自己行當開涮，說台北西門町的妓女到他們報社打廣告，不會寫文案，只說：「記者和妓者本是一家，要不然，廣告內容就參照你們報上寫的'歡迎來搞，園地開放，公開徵搞，私下拉搞，長短不拘，搞費從優！'」

接下去到卓然，他放下筷子說小時候跟外公最親，老人家常帶他在花園裡玩。有天捉到只蚯蚓，想塞進小瓶里存起來做魚餌。可惜瓶口太小，蚯蚓身子又軟，怎麼也塞不進去，急得小卓然哇哇大哭。外公見了心疼，忙去睡房拿了一管凝膠出來，將蚯蚓全身塗抹，糊得硬硬直直的，再對準瓶口一送，立刻塞了進去。小卓然破涕為笑，直誇外公有辦法，外公紅著臉謙虛道：「還是你外婆有辦法！」眾人爆笑，連雅間的幾個服務員都樂彎了腰，唯獨雙城臉上有些迷茫，給卓然看到，更是心動神往。

酒酣耳熟之際，黃董和吳社長又起哄叫女孩們也來一個。趁陶沙、米拉來不及反應，葉丹搶先開口道：「講就講！仙女還有下凡的時候呢，何況我們！沒什麼大不了！」眾人都誇痛快，只見葉丹酡紅著一張俏臉，水汪著兩只妙目，當下伶俐起身，滿滿斟了一杯酒放在桌子當中，爽然道：「既然領導發話，不就下個凡嗎？又不是豐都鬼城下油鍋。不過請市長做主，笑話要是講得合您胃口，您就勞駕笑一聲。您要是笑了，這酒，讓我老闆江先生喝；您要是不笑，這酒，我來喝。大家說公平不？」市長聽完這番話，笑說美女好氣魄，還讓左右嬌娘多學著點。

葉丹眼波一轉道：「眾所周知，四川人好吃，台灣人好色。」大伙兒聽了一愣，等回過神來都笑著說好，就這麼著才痛快。葉丹接著說：「有一位台商，看上去跟我們吳社長一樣有派頭，跟胡主編一樣有才學，還像卓先生一樣帥……但骨子裡是個色鬼。第一次來大陸，叫小姐開房就被警察逮捕，驅逐回台灣，證件上蓋了「色狼」兩個字作記錄……」大家紛紛又笑，米拉還嚷嚷著要看黃董台胞證上是不是

也有「色狼」的戳兒。黃董捂著口袋，不讓她掏，二人於是又鬧。

葉丹不理會他倆作浪，只接著說：「那人要回台灣見老婆，擔心敗露，便找人另做了個戳，在'色狼'前面加上'不是'兩個字，還哄老婆說這是大陸的規矩，台商如果沒犯錯，走的時候派出所都給蓋章鑒定。就這麼把老婆糊弄過去了。可沒過兩年，這台商再來大陸，賊心不死還去嫖，又給警察抓住了。沒話說，這次永久驅逐。等翻開證件看見'不是色狼'的戳，連警察都笑了。可台胞證就小小一頁紙，兩個戳一蓋，地方早滿了，這可怎麼辦？警察靈機一動，刷刷添了兩筆完事……」葉丹講到這兒，故意頓了頓，眼睛一掃，見男人們挨了奚落，還都掛著笑、半張著嘴等她甩包袱，於是更漲了精神，用塗了丹蔻的手指一一點著黃董、吳社長、胡主編和卓然的頭頂道：「加一個走之底：還——是——色——狼！」一語既罷，滿桌人敲的敲盤子，碰的碰杯子，聒噪成一片。江南點頭贊道：「小魚兒這樣很好！做人就該有些披頭散髮打赤腳的時候！」說完他抓過桌上酒杯一飲而盡，又把杯底朝葉丹亮了亮。葉丹燦然一笑，二話不說，立刻陪飲了一杯。

晚餐後市長一行告辭離去，桌上杯盤狼藉，白酒也喝得差不多，江南叫人撤了席，換上水果小食，啤酒可樂。幾個女孩早拉開嗓子，在一旁玩起了卡拉OK。雙城因昨晚拔了頭籌，此刻便在旁一心一意做她的觀眾，見歡暢處，女孩們通紅著臉龐，互搭著臂膀，歌聲嬌脆道：

> 紅塵多可笑，痴情最無聊，目空一切也好。
> 此生未了，心卻已無所擾，只想換得半世逍遙。
> 醒時對人笑，夢中全忘掉，嘆天黑得太早。
> 來生難料，愛恨一筆勾銷，對酒當歌，我只願開心到老。
> 風再冷，不想逃，花再美也不想要，任我飄搖。
> 天越高，心越小，不問因果有多少，獨自醉倒。
> 今天哭，明天笑，不求有人能明瞭，一身驕傲。
> 歌在唱，舞在跳，長夜漫漫不覺曉，將快樂尋找。

雙城靠著高背椅，側身去看身畔長江，霓虹繚亂，映在江面上，像杜十娘揮灑長袖，撒了一把珍珠瑪瑙，晶瑩閃亮。天上新月如鉤，

月下歌聲裊裊，被風送得遠了……不知有無異鄉孤客，隔岸而聽，勾起遐思種種……神遊中，忽聽得有人喚她，才見是卓然左手摟著葉丹、杜鵑，右邊倚著米拉、陶沙，一邊吼著「人生短短幾個秋啊不醉不罷休，東邊我的美人兒西邊黃河流」，一邊朝她招手。雙城笑著指指喉嚨搖搖頭，卻因這一句，想起華岩寺的小和尚，不由抬頭去尋江南，剛好撞上他遞來的目光，兩人皆是一笑，心事宛轉，不在言中。

待眾人聲嘶力竭，唱到癱掉，話筒才傳到雙城手中。倚窗見大江東去，無聲暗湧，想起祖輩榮華，皆不敵世事滄桑，自己青春年少，卻未知將來沈浮，雙城胸中豪情與惆悵，連同席上的兩杯酒齊齊湧上心頭，便舉麥念道：「君不見‘長江’之水天上來，奔流到海不復回。君不見高堂明鏡悲白髮，朝如青絲暮成雪……」珠璣琳琅，一路吟誦下去，令一乾男子皆默然神往，葉丹、米拉幾個亦都安靜下來，怔怔望著窗外，聽她念白，於那些不諳深意的詩句中柔軟了情懷。

一滴眼淚在雙城眸中轉了又轉，凝成眼角一粒珍珠。雙城舉起酒杯，想要遮擋它的滑落，嘴裡稍一停頓，便聽江南用筷子敲了一下酒杯，替她續道：「鐘鼓饌玉不足貴，但願長醉不復醒。古來聖賢皆寂寞，唯有飲者留其名。」雙城悄悄拭了淚，接著又念下去，直到「呼兒將出換美酒……」眼淚終於失去把控，直刷刷衝出來，打濕了面龐。卓然挨她近，忙揚聲結了一句：「與爾同銷萬古愁！」說罷也乾了自己杯中余酒。

眾人稱道之余，亦不免添了幾分唏噓。卓然遞過紙巾，輕聲問雙城：「座中泣下誰最多？」熱氣癢癢拂在耳中，雙城忙避閃著說，多喝了一杯，讓大家見笑了。卓然又說他最愛末兩句鐵板銅琶的灑脫，雙城擦擦眼角道：「我卻喜歡‘與君歌一曲，請君為我傾耳聽’。這自古以來的郎君，都是追問不得，流連不得，只好高歌一曲，自己傾吐了，盡興了，便轉身離去。日後相憶，只需記取當時明月，當時的自己。」卓然聽罷，調笑的話都噎在了喉嚨里，心嘆雙城小小年紀，難得她心如明鏡不相欺。

直喝到「東船西舫悄無言」，眾人才醺醺然收拾回船，零零落落走在已然冷清的河灘上。夜風從江面陣陣襲來，雙城忍著頭暈，望前面人影幢幢，好像是米拉喝多了，吊著黃董的膀子，再往前又好像是

葉丹牽著江南的手，隔著幾個人，不甚分明。登船時，那兩個影子似乎貼得更近了，雙城想再看清楚一點，身子卻隨風一晃。卓然上前攙扶，見她心神浮動，似有機可乘，便順勢拉她到船舷一側，附耳道：「等下我在頂層甲板等你，有話想跟你說，不見不散。」雙城見微光中卓然劍眉星目，鼻梁挺直，眼底盡是央求之意，便有那麼一兩秒的恍惚，想起跟賀嘉在湖心亭避雨的情形，不禁輕撫了一下眼前俊美的面頰。卓然好不容易得了反應，也不顧有無他人在旁，立刻就要去摟她。雙城閃身推了他一把，幾步登上樓梯，回頭向卓然道：「太晚了，別等我。」卓然仰起頭，只答了一句：「不見不散。」

　　第二天女孩們起身時，船已過了夔門。吳社長幾個憐香惜玉，想她們昨夜不勝酒力，今朝便攔著沒讓叫醒。雙城梳洗完畢，最後一個才到餐廳，拿了煎蛋果汁剛坐下，卓然便走了過來，將一碗熱氣騰騰的桂圓紅棗小米粥放到她面前。「睡得好嗎？」他似笑非笑地看著她，身上穿一件V字領的黑色T恤，人顯得清瘦了一圈。雙城想起昨晚樓梯旁的情形，略一低頭，只問：「卓先生你呢，睡得可好？」卓然拿起咖啡勺，輕敲了一下白色的瓷碟道：「有約不來過夜半，閒敲棋子落燈花。兩點船開了，你沒來，我等你到三點，你還沒來，甲板上星空倒是很美，所以又多待了半個鐘頭，後來不行了，五點整我得起床拍片子，就回去睡了一小時。」雙城聽了，大為不忍，嘴上卻說：「我講了不要等我，你沒聽到麼？」卓然一笑：「聽到了，因此我沒怪你，但我說了不見不散，所以還是去了，也等了。其實在那種地方等一個人，還是一個美人，等不到也是好的。」

　　雙城沈默著將小米粥一勺勺吃完，打定主意似的，突然抬頭望著卓然道：「卓先生，怎麼沒見你戴戒指呢？」卓然聞言，像聽了句笑話，仰頭往椅子上一靠，打了個哈哈：「原來是為這個！」停了幾秒，他收起笑容，以一種從沒有過的嚴肅一字一句道：「雙城，你還不到二十歲，婚姻絕對不是你現在需要的東西。除了這個，我，和你遇上的別的男人，沒有任何不一樣。你想要的，我都能給。」雙城有一點感動，同時又努力克制著自己。她畢竟年輕，這洶湧而來的追逐讓她從身體到內心都感到了軟弱，但她知道她不能讓卓然看出這些，只問他昨晚要講的，是不是就這個。卓然想了想說，也不全是，昨天

是昨天，那一刻的心情不同，想講的話自然也不同。「今年九月，我有一份工作要去英國愛丁堡，大概得待上一個月，你要不要一起去？」卓然問。雙城睜大眼說，我去能幹什麼？卓然說他是去拍一個旅遊節目，編導、撰稿、攝影都是他自己，需要一個出鏡的女導遊。雙城說她沒有簽證。卓然又說只要她肯去，細節自然都會安排好的。正講著，米拉和葉丹從甲板上跑來，要拉卓然去給她們拍照。卓然將杯中的咖啡一口喝掉，起身向雙城點點頭，便拎起相機走了出去。

見江南並無何事需要協助，雙城便繞開眾人回艙補了一覺，近中午時才被陶沙吵醒。外面船靠了巫山港，旅客們都忙著換船遊覽小三峽。雙城從床上蹦起來，以最快速度洗了臉，化了妝。陶沙見她午睡之後水色極好，換了背心熱褲，纖腰長腿一覽無遺，渾身青春朝氣，不由得酸道：「你個小秘書，倒比誰都穿得清涼。」「暑天無君子，涼鞋短褲你們穿得，我為什麼穿不得？大不了我離你遠點，別讓你那吳社長看見我不就行啦？」雙城說完，一閃身出了艙門。

這巫山港像更小一號的朝天門，建在大寧河與長江交界處，一般的天梯直上，一般的層層疊疊吊腳樓，兩川之界，也一般的清濁分明。下了維多利亞號，眾人亂哄哄地上了幾艘等候在此的玻璃頂船，說笑間駛過一座高大的水泥拱橋，便進了小三峽第一道的龍門峽。但見兩岸山崖對峙，河水綠如翡翠，耳中頓時清靜，除開水聲鳥語，再無半點雜音。船行不久，河面收窄，便在峽谷中一處渡頭停下，遊客得換乘更小的柳葉舟方能繼續前行。那小船約莫十米長，兩行對坐能容十七八人，竹席頂篷只遮到一半，早有一群日本人怕曬坐到了裡頭。雙城因走在最後，登船時見座位都滿了，一時立在船頭不知如何是好。躊躇間，忽聽江南和卓然同時喚道：「雙城，這邊！」這下不要說眾人偷笑，連他們自己四目一對，也不免尷尬。雙城見一船人神色各異，都把眼光盯在自己身上，便索性往船頭艄公的位子上一坐，留一個裊娜的背影與眾人相峙。艄公是名黝黑精壯的漢子，見她美貌，並不敢阻撓，由她坐去，手裡丈八長篙一點岸邊礁石，縱身上挺，那柳葉舟便輕靈靈劃開一道燕尾，向前游去。

大寧河素來為三峽之最，最清，最靜，也最美。彼時開發只區區幾年，故森林河流皆為自然原貌，連口鼻呼吸，都清沁甜美。又因不

染塵埃，空氣透明之故，夾岸綠林翠竹，船邊潺潺流水，看在眼中格外新潤悅目，顏色之俏，較別處不同。雙城聽身後蔣培軍一路給記者們指點，這個是猴子撈月，那個是觀音坐蓮，左邊有馬歸峰，右手是回龍洞……奇峰異石大都命了名頭，似是而非，不過說個熱鬧。倒是絕壁之上蜿蜒如蛇的古棧道，聽說曾經連貫川鄂陝三省，古時行軍販貨，商旅遊客一度往來不息，如今漸漸絕了人跡，只有飛禽走獸偶爾攀緣歇息……更不消說進了第二道鐵棺峽後，峭壁上清晰可見色如玄鐵的千年懸棺，也不知是哪朝哪代何方何人沈睡其中，夜夜聽這松濤碧浪拍打無休……雙城心中感慨，早編了一堆故事，不聲不響中纏綿幾度。

越往上遊行進，峽谷就越幽深，山勢近逼之處，剛好容得一船如魚躍龍門擺尾經過，又或見前方山門阻路，待船至峰前，才豁然見一窄縫，人還沒緩過神來，船就已經側身擺尾「嗖」的一竄過了關口，等回頭張望時，依舊山崖橫江，不見來路，這便是傳說中的關門石了。

末一道滴翠峽水色極佳，琳琅清澈已臻極致，較玻璃而更柔，若翡翠而愈透，薄荷之綠飽滿而欲滴，果然不負美名。雙城伸手便可觸及岩壁上厚厚的青苔，低頭則可看見水底晶瑩的鵝卵石灘和成群而過的游魚。她試著伸出手去，那魚兒悠悠從掌中滑過，水波沁涼，連指尖都嘗到了甜。

至灘多水急處，艄公聚集了精神，揮一竿長篙往河床和石壁上輕點重戳，借力化力，在船頭輾轉騰挪，任由水花濺起，濕透了薄薄的衫褲，貼緊在一身龍騰虎躍的腱子肉上，優美剛勁如遠古之舞，看得眾人驚心動魄，又不由擊楫叫好。

雙城為這清溪幽谷的景色所迷，早將一腔閒愁拋至腦後，胸中似有百花綻放的欣喜，趁青春得意，一時玩心大起，脫了涼鞋，赤腳探入河中，任由水波濯足，盡享那一縷清涼之樂。後面一艘船上掌篙的老漢唱了段船工號子，隨風入耳甚是動聽，大家便起哄讓這船上的艄公也和上一曲，莫要輸給了旁人。那艄公靦覥，只憨笑不語。正逢雙城情懷激蕩無處宣洩，也不害臊，就照著那山歌的調子，在船首仰頭唱道：

　　聽我開言唱啊，唱一曲姐探郎，我的那個小郎病在了象牙床，收拾打扮去探郎。

　　剛剛走出門啊，爹媽喊一聲，急忙一個轉頭回到了繡花房，一直哭到大天亮……

　　她這般銀鈴樣的嗓子，配上這般艷麗的山歌，在深谷中聲聲回蕩，每字每句當真空靈入骨，引來兩船遊客大聲喝彩，幾個西洋人也直嚷「one more！one more！」卓然將手指放在口中，打了個響亮的呼哨，雙城聞聲回頭，目光卻遇上身後的江南。船頭微風撩起她的髮梢，飄舞在她身畔，浪花濺在她赤裸而優美的雙腿、肩膀和手臂上，迎著光，整個人晶瑩閃亮。沒有絲毫的膽怯與做作，雙城渾身散發著少女的純真、明朗和一種天地渾然的自由。那一剎那，江南被這幅圖畫感動到熱淚盈眶，她令他滿心幸福，竟不知如何表達。「雙城，再唱一個吧！」卓然一喊，大家都跟著嚷了起來。雙城朝眾人一笑，脆生生又再唱道：

　　朝花夕拾杯中酒，寂寞的人在風雨後，

　　醉人的笑容你有沒有，大雁飛過菊花插滿頭。

　　時光的背影如此悠悠，往日的歲月又上心頭，

　　朝來夕去的人海中，遠方的人向你揮揮手。

　　南北的路你要走一走，千萬條路你千萬莫回頭，

　　蒼茫的風雨你何處游，讓長江之水天際流……

　　雙城一路唱著，沒再回頭。她唱著唱著就忘了江南的所在，卓然的所在，一切不相干的相思的所在，她是要唱給人們聽，更是要唱給這風和日麗的年華來聽。這是她青春歲月中最為鮮亮的一個時刻，以至多年以後雙城仍牢牢記得這一幕，當天她那樣美麗，並且無所畏懼，放聲歌唱著，踏上了這條世間路。

　　晌午過後，木船停靠在大寧河渡口的大昌鎮。等他們下了船，艄公便竹篙一點，離岸而去。小坡台階之後，便是石頭壘的古老城門，門寬數尺，大約能容一人挑著擔子經過。城門口的空地被一棵巨大的黃桷樹整個遮蓋起來，那樹自城牆石縫中攀緣而出，鬚根盤桓在牆面上，是百歲老人虯曲的長髯。外面雖不見主根，但老樹枝繁葉茂，足有六七層樓高，估計那根早已穿透石牆，鋪開在小鎮之下了。眾人早知這古鎮有一千七百多年歷史，但迎面只一棵樹，就是鋪天蓋地幾百年的陣勢，仍不免驚訝。卓然自是比別人更多一份興奮，綠水岸，渡頭邊，古樹下，城門口，瞬間便拍了幾卷膠片去。

　　鎮子極小，橫豎兩條窄窄的街道，東西不過三四百米，南北更只得兩三百米，皆一色粉牆黛瓦，看去像黑白的水墨畫，偶爾點睛著屋檐下懸掛的紅辣椒。家家戶戶間隔著古時防火的飛檐翹角，曾經精雕細刻的花鳥紋飾如今覆滿蒼苔，面目模糊。鎮上仍是居家住戶，白天都將黑沈沈的門板揭開敞氣，打門口過，一眼就能看到裡頭傢具陳設，尋常生活。偶有開門做生意的，統共兩三家茶館飯鋪，四五個雜貨小攤，再無他物。

　　蔣培軍在前尋了家稍大的館子，一幫人分坐了兩桌，不一陣，午飯端上來，糙米就盛在搪瓷臉盆中，幾個農家菜，據說都是屋後自家所種，臨下鍋才去採摘。雙城心潮澎湃這一路，腹中早已嘀咕，兼愛那豆瓣燒鱔魚，蒜苔炒臘肉，做得地道樸素，一口氣吃了兩碗米飯才打住。飯後尋廁所小解，見屋後養著哼哼唧唧兩頭肥豬，那壘豬圈的磚瓦上古體文字歷歷在目。雙城疑心是秦磚漢瓦的文物，叫了卓然出來拍照研究。卓然見四下無人，一邊調笑說：「游輪上約你你不來，倒叫我來這豬圈相會……」一邊便要伸手攬她，雙城一閃，小兔似的轉眼沒了蹤影，只剩卓然在廊檐下無奈搖頭。

　　回去的船兩小時後才會泊到渡口，米拉、葉丹他們讓店家收了碗筷，泡了解暑的老蔭茶，洗了鮮摘的脆黃李子上來，幾個人鋪開一桌打起了撲克。雙城不會打牌，便出門一個人自去溜達。這鐘點，鎮上的人都歇了午睡，堂屋雖還一間間敞著，卻見不到半個人影。後面山裡頭幾聲鵪鴣，傳到鎮上，更覺空幽。總算街角一根立柱旁，有老太婆擺了個攤子，賣些小孩玩意兒、自家手工。靠邊擱了只搪瓷盆，

裡面清水泡著百十顆五顏六色的石頭，倒是新鮮好看。雙城拿來瞧了瞧，想問個價錢，卻見老太婆歪了頭，靠在柱子上睞著覺，口中還打著呼嚕，只得放下石頭悄悄離開。

日頭將路中央曬得滾燙，兩邊屋檐下的石板卻還陰涼。雙城見那青石板路幾百年來給人踏得精光鋥亮，心中喜愛，便赤了腳，拎著涼鞋一路閒走，見窗臨矮牆，中間就長出幾竿翠竹；四壁斑駁，天井裡卻曬著一床鴛鴦戲水的被褥；茅檐失修，幾盆米蘭卻養得生機勃勃；短巷陡斜，但每一條望出去都是綠蔭下繞村徘徊的大寧河……悄然走回南門碼頭，見「野渡無人舟自橫」，除了一樹蟬鳴，風吹葉響的聲音，四下再無丁點動靜。雙城半睞著眼，想象小鎮從前的熱鬧：夏夜裡這樹下必定聚滿了人，大的說話，小的玩水，直到夜深退了涼，才一家一戶地散去，打的打電筒，拎的拎燈籠，夜色中忽閃忽亮，像螢火游走，看不清人影，卻聽得人聲漸漸遠了……留下來一兩個老的，也不再閒話，只仰了頭去看月色星光，聽風聲水長……

正著迷處，不防江南從身後走來，將自己一頂短檐的草帽摘下，扣到了雙城頭上。雙城睜開眼，見午後陽光下，江南敞著薄薄的亞麻衣裳，袖子高高挽在胳膊上，逆光中面目略有些模糊，這使他看上去更像是真實以外的某個人物。雙城想起第一次在學校小禮堂看見他的情形，也是這麼炎熱的天氣，昏昏欲睡的午後，也是這樣一雙清冷又火熱的眼睛，注視著自己。她突然發現他非常非常好看，好看得來和人有了一種距離，正是這種距離才讓他始終像個外國人，像個陌生人，和她不相近、使她不能及的人。他說話，他行動，舉手投足都有一種自然而然的分寸感，而這沈穩底下，又藏著另一種被教化掩蓋的衝動。每一次當他單獨面對她時，那種細微的衝動和反復的克制便會從他眼裡流淌出來，漫延到她腳下，才碰到趾尖，就將她整個融化。

大寧河裡流淌的都是美酒，雙城一路坐船進來，就像喝醉了酒，到這會兒醉意更濃。她直視著江南，毫無顧忌地看他，完全拋卻了禮儀和矜持。兩個人就這麼沒有台詞卻毫不尷尬地對視著……江南終於開口：「我一直在找你。」雙城不答，江南於是又說：「我找你，是想送你這個。」他朝她攤開手掌，那裡放著兩枚鵝卵石，比鴿子蛋略大一些，一枚純白如石英，一枚墨黑如黛玉，黑白交映，在太陽

底下透亮晶瑩。「走了一圈，這是我在這鎮上唯一找到的可以送你的東西。」「為什麼送我東西？」「剛才你在船頭唱山歌，這已經是我第二次聽你唱了，唱得真好……所以想送你一樣東西。」雙城沒再說話，只攤開了手，江南便小心翼翼地把兩枚石頭放在了她的掌心中。

「你知道每顆鵝卵石都要經過上千萬年的衝刷，像這樣顏色透明的，就得經歷更多的冰川和火山，然後被帶到這大寧河底，靜靜地躺上幾萬年，一直等到被人撈起來，被我買下，最後再放到你手中。」江南說著笑了笑，「我的意思是，這是份珍貴的禮物。」雙城合攏雙手，握緊成一個拳頭，輕輕碰了一下自己的胸口。她想說句什麼，卻又不知該怎樣說，唯有使勁點了點頭。頭頂上白日荒荒，千年古鎮沐浴著午後陽光，石板路閃閃發亮，城頭古樹底下，大寧河悠悠流淌，低吟淺唱……雙城突然有點顫抖，這天荒地老的莊嚴下，她縮小得像只螞蟻，彷彿從巨掌般的樹頂就要掉下松脂來，將她和面前的江南凝固成一滴千萬年的琥珀。

回到維多利亞號已經是下午辰光。開船後，遊客都擠到頂層甲板上，隨著廣播，仰著脖子欣賞兩岸著名的巫峽十二峰。雙城俯身靠在欄桿上，仍舊戴著江南那頂米色的草帽，褲兜中他給的兩枚三峽石沈甸甸地墜在那裡，長髮在身後揚起，如同一團巫山雲霧。眼望著神女峰在山崖上孤獨的輪廓，雙城心裡如江水翻滾不休，突然間，江南給了她太多線索，但細想起來，仍舊毫無頭緒。她試著比較，從賀嘉，到卓然，但這次似乎又完全不同。她心亂如麻，卻一次又一次不斷從任何一個人、任何一件東西身上，轉念及他。

人群中，葉丹不知何時被推擠到雙城身旁。她背靠船舷，面向雙城揚了揚下巴：「這草帽你戴著倒挺好。」一副大大的墨鏡遮住了葉丹的臉，雙城看不清她的眼神，但明白她的意思。她的酒還沒醒，乘著那股勁，她直盯著那墨鏡的中央，一字一句地問道：「葉丹你有男朋友嗎？」墨鏡背後，葉丹猝不及防，整個人緊繃了起來，像警惕的貓，頓了幾秒才從鼻子里一笑：「幹嗎突然問這個？」「你是不是喜歡江先生？」雙城不依不饒。嘈雜的人群中，葉丹像是暗暗中了一刀，沒有墨鏡遮擋的半張臉上頓時漲紅了一片。

這正是她最討厭雙城的地方，這個面目斯文卻內心狡黠的女孩總

能在這種針鋒相對的時刻亮出她內里的剛烈甚至凶狠來，擊潰她。葉丹輸了，只好退回去，撿起她小魚兒的調皮，用自己最擅長的口氣漫不經心道：「什麼喜歡不喜歡，大家認識這麼久，在一起挺開心的，我才不會想那麼多！」說完這句，葉丹心裡便恨死了自己。她雙手握緊欄桿，把臉轉向了另一邊，她感覺那只手如果松開，就會一巴掌揮出去，不是打在自己臉上，就是打在眼前這張咄咄逼人的俏面上。

船過了巴東，甲板上的人群便散了去。晚上有一場歡送宴會，雙城這幾日從「淡極始知艷」的白旗袍，到「紅花開欲燃」的「虞美人」，贏了個遍，正該見好就收，讓出三分春色與百花，偏她年少任性，又將一件壓箱底的「神器」亮了出來。這是條一字肩的黑色雪紡裙，裙擺沒踝，裾幅之間留著及膝的開衩，行動時，雪白的雙腿便會不斷閃現。這樣性感的設計，當時市面上是見不到的，雙城在一間出口轉內銷的外貿商店偶然遇見，便掏出半個月的工資買了下來。校園舞會上總不敢嘗試，至今一次都還沒穿過。

湊在鏡子前，她仔細地描了眉毛和眼線，口紅也較平時更艷，還用幾個塑料髮卷裹出了一頭嫵媚的波浪。末了再拎出一對耳環戴上，長長的銀色流蘇閃現在波浪之間，除此再無累贅。當鏡子里的一切都百分之百妥帖後，雙城一甩長長的捲髮，回頭朝陶沙預演似的粲然一笑。陶沙唯有點頭。短短幾天，這雙城像被施了魔法，從一朵含苞的初蕾綻放成艷麗的繁花，眼前的雍容華美雖讓陶沙妒忌，但更多的，還是驚訝。

雙城走進宴會廳的時候，同樣的驚訝出現在大廳里每個人的臉上。她飄然而行，笑容揮灑，望向誰一剎那，就傾倒誰於一剎那，起霓虹，生香風……最後款款落座在幾個看呆的男人面前。吳社長差點要起立鼓掌，說，古代美人有金步搖，雙城今天戴的是銀步搖，這千絲萬縷的流蘇一晃，簡直比娛樂版明星還要閃亮。卓然接口道：「她就算什麼都不戴，也是最美的。」胡總編又插嘴：「這審美方面，攝影師最有資格評判。來來來，為我們的公主幹一杯！」

別的幾個女孩顯然也是有備而來。葉丹身上是一件粉紅蛋糕裙，顏色嬌嫩卻落了俗艷，胸口一隻顯眼的蝴蝶結，使她整個人看起來像一份急待送出的大禮。米拉今晚選了一件單肩小禮服，衣料雖然考究，但

一襲絳紫卻顯得她膚色暗沈，憑空添了些歲數。陶沙、杜鵑本就稍遜一籌，更不必說，聽了胡總編的話，各人臉上均有些無趣……江南見狀，便舉杯道：「今晚咱們這裡不止一位公主，應該為馬可波羅的公主們乾一杯！」雙城也忙幫腔：「為大寧河，為三峽乾一杯！」

觥籌交錯中，船已過了秭歸，香溪，直奔西陵峽而去。游輪經理過來說晚餐結束後，船頭娛樂廳將設幾台賭局助興，大伙便約了同去。雙城瞅空回房補妝，聽有人敲門，以為是陶沙忘帶鑰匙，開門卻見卓然拿著一本書站在門口。「昨天說的《童顏中國》，手邊正好有一本，送你做個紀念。」卓然閃身進屋，順帶關上了房門。雙城道聲謝接過書，卻冷不防被卓然一把摟住，聲音低沈又急切地說：「跟我去英國吧，雙城？」雙城搖了搖頭，眼裡也不知是緊張，還是驚慌，竟生出一點淚光。這真假莫辨的溫柔讓卓然越發著了火，他手上發力，一把將雙城推到窗邊，抵在牆上，將她整個人像幅畫一樣平貼在那裡，然後俯下頭，閃電一樣噙住了她的雙唇。

雙城失去了初吻。當她反應過來的時候，卓然已經在如痴如醉地吻她了。他整個人似乎變得異常魁梧，不單是他覆蓋著她的身軀，還有他包裹著她的嘴唇。火熱，潮濕，一點空氣都沒有，雙城感覺窒息，滿腦子都是恐懼，忍不住尖叫出聲。她剛一張嘴，就正中他下懷，勢不可當地闖了進來。良久，那粗暴的動物才平緩下來，開始動用各種技巧，不厭其煩地安慰她，撩撥她。吮吸中傳來淡淡的酒味，還有一種口腔升溫的熾熱氣息，雙城天旋地轉，看不見任何東西，耳朵裡只有他汲取她時所發出的，巨大的，嗞喳的聲音。這和她嘗試過的方式不同，卓然，是龍捲風似的襲擊和佔有，橫衝直撞，風捲殘雲……雙城整個蒙住了，毫無防守地任他吞噬著。

「雙城，雙城，別動，看著我……這是真的！你現在想的，和我現在想的，都是真的，懂嗎？不要去抵抗它，那不是錯……」成千上萬只黑色的螞蟻潮水般爬過雙城的身體。卓然化作一朵巨大的食人花裹緊了她，花心伸出長長的蕊，纏繞捆綁住她，再將她強有力地帶入了深淵……

門突然被敲響，蔣培軍在外面叫著雙城，聲音像是從遙遠的外星傳來，很久很久才飄入她的腦海……雙城從夢魘中驚醒，推開卓然，

驚慌失措地衝出門去，一頭撞在了蔣培軍身上。蔣培軍先是嚇了一跳，等看清她眼中的驚恐和半邊臉上擦花的口紅，立刻沈下臉來，將她擋在身後，朝門內的卓然看了看，什麼也沒說，便回頭向雙城大聲道：「江先生在找你，趕緊去一下！」

　　幾分鐘後，雙城蜷縮在江南房間的沙發上，屈膝環抱著自己，驚魂未定。她並沒想過掩飾什麼，她就是要用自己的羞辱讓江南難過。他活該難過。蔣培軍已經去了娛樂廳張羅，江南鎖著眉，一言不發地瞧著她，看不出是歉疚還是心痛。她被他盯久了，慢慢覺得那目光裡並沒有憐憫，倒是怨恨比較多。他為什麼恨她？是厭棄她了麼？還是像她也暗暗恨他一樣，說不清緣由？良久，江南才起身走過來，伸手在她頭頂上揉了幾下，然後長嘆一聲，像放棄了防守，將她的頭抵著自己身體摟入懷中。

　　「等我回來。」說完這句，江南放開手走了出去。房間里燈亮著，剛才他坐的地方還有溫度，雙城卻覺得恍如一夢。徬徨、失望、懷疑和沮喪輪番襲來，她感覺自己像要炸裂開，這一切多麼潦草、荒誕，驚天動地且不可思議，而她不知為何卻充滿了可怕的興奮感，她想痛哭，或者歡呼，但空空四壁毫無回應，最終她頹然倒下，緊緊摟著一隻枕頭——他的枕頭，疲憊不堪地睡了過去。

　　不知昏睡了多久，游輪靠岸的笛聲驚醒了雙城。船艙里依舊無人，江南沒有回來。她環視四周，到處擺放著江南的物品，一兩件襯衣，一雙便鞋，他看到一半的書和半杯冷掉的咖啡。空間里彌散著男性的氣味，她端起那杯咖啡，放到嘴邊，輕輕喝了一口，放下，又待了一分鐘，便離開了。回到自己的船艙，卓然那本《童顏中國》仍舊躺在地板中央。她撿起書，放到旅行袋中，然後去洗手間梳妝妥當，這才出門向娛樂廳走去。

　　娛樂廳設在主甲板的船頭，雖然已近深夜，卻仍然燈火通明，聚集著興致正濃的玩家。馬可波羅公司的人正圍在中間的一張桌旁玩著撲克梭哈。女孩們拿牌，身後各一位男士撐台，輸了有人掏錢，贏了直接揣兜里當紅包，都是票面一百的美金結算，場面自然是鶯啼燕吒的好看。雙城要尋的人正坐在葉丹身後幫她看牌。葉丹明顯是今晚的大贏家，在雙城倒頭昏睡的這一陣子里，她贏得盆滿缽滿，容光煥

發，一掃連日來臉上的陰霾。下首坐著胡主編和杜鵑，兩人謹小慎微地經營了整晚，勉強維持在保本上下。再往下數是吳社長、陶沙和黃董、米拉兩對鴛鴦，不知什麼由頭鬧的，這倆女孩眾目睽睽下竟都橫坐在兩個男人腿上玩鬧。雙城走近的時候，吳社長正輸得一塌糊塗，嘴裡直嚷：「情場得意情場得意啊，都是沙沙害的！」身邊的黃董一隻胖手不停在米拉背脊上摩挲道：「拉拉不要學老吳，輸這點就哭多喊娘，我們拉拉手氣旺，來，幫乾爹摸一票大的！」唯卓然不言不語，獨坐一方，見雙城進來，微蹙的眉頭跳了一跳。

雙城連眼角也不往江南和葉丹身上掃，只笑道：「辛辛苦苦跟著跑了一路，好不容易等到分錢的時候，就沒誰想到叫我一聲，真沒一個信得過。」吳社長忙打著哈哈接話道：「雙城你太冤枉人！你冤枉我們不要緊，不該冤枉我們卓先生嘛！我們這一晚上找你找得，就差把船底翻過來瞧了，也不知道江先生把你這塊寶藏到哪兒去了，搞得我們卓先生整晚形單影隻，萎靡不振，大家看著都心疼啊！」

雙城聽他話里伏著譏誚，便反唇回道：「社長您明明看到江先生在這兒給人指點江山，面前這一大堆，賺得風生水起的，哪有工夫管我去？倒是你們卓先生，也不知受了誰差遣，生怕我過來贏錢，偏這會兒工夫趕著給我送了本書去，我腦子轉得慢，當真老老實實捧著讀了一晚，這不，什麼發財的好事兒都給耽誤了！」眾人隱約聽出點名堂，又不甚明白就里，只笑著拿卓然打趣。卓然臉上由驚轉喜，樂得還有回旋餘地，連忙搬了椅子請雙城上座，將一把籌碼全推到她面前，自己湊在旁邊看牌打點。

雙城不愛算數，向來連麻將都很少摸，玩撲克更是一竅不通。但這跌宕起伏的一天下來，她心裡像種了顆火球，需得尋個發洩口，又見葉丹聲勢囂張，透著示威的意味，知她還惦著那頂草帽的恩仇，便一股硬氣上來，決意要贏盡這晚的彩頭。她凝神跟卓然看了兩輪，也虧得聰明，一會兒工夫便學了個半通。這輪葉丹上來就捏一張黑桃A，先叫了一百美金，雙城打量她朝江南邀功的神色，猜她或者拿了一對A，而自己起手方塊Q加梅花J，還算不錯，便跟了一百。陶沙整晚手霉，眼下又牛頭不對馬嘴地抓一張方塊A和梅花6，便扭著身子跟吳社長撒嬌說命不好。姓吳的在她屁股上佯裝拍了一掌，替她關了

牌。米拉吵著要翻本，黃董就由她跟了，倒是杜鵑拿牌給胡總編瞧了瞧，居然笑著也跟了。

跟著雙城拿到紅桃Q，也叫牌一百，桌上三人都跟了。到第四輪也真數葉丹氣旺，又給她抓到一張好牌，斜睨了雙城一眼，叫了聲兩百，胡總編往桌上掃了一遍，終究還是搖搖頭關了牌。米拉麵前亮著5、6、7三張牌，嚷著要做同花順，黃董又讓她跟了這把。雙城笑說三個女人一台戲，少一家就不好看了，便輕輕扔了籌碼出去。

拿完最後一張牌，雙城並不急看，悄悄一瞄葉丹和米拉的臉色，便知米拉的同花順泡了湯，那邊江南臉上淡淡的，附在葉丹耳邊說了一句，葉丹便翻了一張紅桃A，氣得米拉直敲桌子恨她手氣太壓人。葉丹便道：「你別怨我，要怨得怨你自己，做什麼同花順啊，昂頭掉草帽——望得太高！」雙城聽了這句，自然懂得含義，看了眼底牌，也不跟卓然商量，抬手亮了張梅花J，身子往後一靠，直瞧著葉丹等她下注，一對爍爍的眸子里，刻薄話早還了許多回去。偏葉丹最是見不得她這雙逼人的眼睛，果然將一路的羞惱都勾了出來，臉色微變，咬牙道：「五百，跟不跟？」米拉連忙關牌認輸，跟大家坐回一塊兒，樂得看她二人鬥氣。

這邊卓然斟了杯香檳遞給雙城，俯身在她椅背上，湊近耳邊道：「你只管跟，撕扇子千金做一笑。」雙城面上毫無表情，心中默算葉丹明牌一對A一對K，的確勢重，但台面上另一對A早露了相，猛地又想起胡主編那麼小氣的人，前面居然也跟了兩把，手裡當是抓了一對老K，才能有那野心。打定主意，雙城一抬頭，卻見江南正從葉丹身後注視著自己，愈發狠了心，揚眉道：「我跟，為什麼不跟。」那邊葉丹剛要掀牌，雙城卻叫等等，跟著轉身朝卓然微微一笑：「卓先生，你的扇子，我可就不客氣了。」說完輕輕將面前幾疊籌碼往前一推道：「我show hand了，沒玩過大的，來一把試試。」大伙見狀都敲桌子叫好，一旁觀戰的蔣培軍忍不住又腰笑道：「大家看出來了吧，這幫女孩子裡頭，真正心野的是雙城吶！」眾人一起哄，葉丹哪裡攔得住面子，嘴裡叫著：「我跟你個show hand！」伸手也推了面前籌碼出去。陶沙見狀，第一個跳起來翻了二人面前的牌，見葉丹那邊不過一張黑桃3，雙城手裡卻赫然是一張梅花Q！

　　雙城拿了錢，不慌不忙杳成一摞，再往卓然面前一放說：「卓先生，還你的扇子。」卓然將那淡綠的美鈔兩下一疊，塞進雙城手裡道：「贏了就是你的。」雙城笑笑，認真點出本錢來還給他。時間已過午夜，米拉和陶沙沒贏錢，自然心有不甘，又商量著撤了撲克，叫人換上麻將來轉轉手氣。七手八腳正洗牌，餐廳卻送了宵夜過來，點心多是粵式的，光糖水就有木瓜燉銀耳、桂圓蓮子羹和椰汁紫米露。雙城不喜甜湯，只坐著不動，江南便遞了碗蓮子羹與她，乘勢附過身來說：「回艙等我。」雙城只拿調羹在碗裡攪拌了幾下，並未動口，乘眾人亂哄哄拿東西吃，便悄悄起身走了出去。

　　出得艙來，只覺夜靜風涼。離開娛樂廳，整條游船皆已入夢，雙城沿著船頭的樓梯層層往上，並沒有停留，更不打算聽話回艙，而是一直走上了頂層的甲板。白天熱鬧的甲板此刻空無一人，船頭一盞橘色的電燈在人造草坪的高爾夫球場上照出一圈柔和的光。雙城轉身再向燈火闌珊的船尾走去，那裡有幾級台階，連接著下一層的觀光甲板。電燈已經熄滅，黑暗讓她格外放鬆，在台階中央坐下，先將一雙腳從高跟鞋中解放出來，舒舒服服地伸展開，接著她向後輕輕一仰，就看見了漫天璀璨的星光。

　　天鵝絨一樣深藍而柔軟的夜空被兩岸蜿蜒的山峰鑲上荷葉般的褶邊。沒了燈光的遮掩，加上臨水相照，每一顆星星都出奇地大，出奇地亮，出奇地近在身旁，彷彿一伸手就能摘到。星斗像鑽石一樣充滿了棱角，那些美麗的鋒芒在邊緣融化開來，浸透到天鵝絨的深處。雙城這才發現，原來星星真的會眨眼。這山野里的星星在清冽的空氣中有節奏地明暗著，讓整個天幕都生動起來，緩緩流動，喁喁私語，彼此應答無休。

　　這應該是巫峽連接西陵峽的某個地方，似乎叫作新灘，雙城也不太清楚。船離港口大約一里地，那邊倒有一簇稀落的燈火，嵌在山坳里，像是天上的繁星太擁擠，不小心漏了一把下去……「閃啊閃的，好等人撿了它們回去。」雙城突然憶起這一句，思想這幾個月里那人在她心底奇妙的滋長，幽暗中無聲地笑了。這時，江面上或是山谷里的涼風從身後甲板吹拂過來，撩起她片片裙擺，輕輕拍打著發燙的肌膚。

　　大概因為賭桌上喝了卓然遞給她的那杯酒，這會兒雙城心窩里像

捂著一簇小小的火苗，那暖意流淌到全身上下，一種莫名其妙的歡愉籠罩著她，要不是抿緊了嘴，她幾乎就要笑出聲來。那裙子那長髮就這麼在周圍飄啊飄，她感覺自己輕盈得像個肥皂泡，只要松開手，整個人就會從甲板上飛升起來，往上，再往上，一直融進頭頂遼闊的星河裡去……她是全心全意地滿足了，幸福了，那些漂亮而優雅的男人都愛上了她，而所有光鮮華麗的女人都深深地妒忌著她，還有什麼比這更好的禮物？她的人生一旦上演，竟有這樣童話般的開場，真是做夢也想不到的輝煌。

腳步聲在身後響起，似乎有人正不緊不慢地朝她走來。雙城傾聽著那聲音，並沒有回頭……無論向她走來的是江南，是卓然，還是別的什麼多情男子，她都決定答應他的愛情，花開堪折，這麼完美的星夜、游輪和旅行，她不能沒有一場戀愛可談。

「原來躲在這裡看星星。」江南停在她身後，在高出她一級的台階上坐了下來。昏暗中江南峻峭的棱角顯得柔和了許多，總有些撲朔迷離的眼神此時也澄淨下來，他看著她，不說話，一切都真相大白。這驚天動地的沈默讓雙城無法招架，她也不懂自己為什麼就說出了這樣一句話：「有些星星早死了，我們看見的，是它們的余輝。」

「所以宇宙的剎那和永恆並無分別，比如你看那顆最亮的星星，」江南抬手一指，雙城順著他的方向一起望過去，一顆燦爛的冰藍色的星宿正閃耀在天際，「假設它離地球有一百、一千或者一億光年，那麼一百年、一千年或者一億年後，如果有人站在那顆星上，朝著地球凝望，那麼他所看到的……」江南說著頓了一頓，將目光收回到雙城皎白如玉的臉上，「那麼他所看到的，就是你我這一剎那。」說完這句，江南的臉從星空的背景上降落下來，覆蓋在雙城微微仰起，似在傾聽又似在恭迎的臉上。在他的嘴唇還能發出聲音的最後一瞬，雙城聽到了一聲輕輕的嘆息。

在那個溫柔而漫長的過程里，雙城的印象卻是一片空白，和卓然留下的永不磨滅的刺激相比，任憑她後來怎樣搜索自己的記憶，都不能拼湊出任何關於江南那一吻的信息，包括他柔韌的嘴唇，裹緊她的雙臂，發燙的身體，火熱的呼吸……這些統統都沒有，像海浪拂過沙灘，一切了無痕跡。她所銘記的，唯有深藍天幕上璀璨的星空，

唯有午夜拂過甲板撲打著裙角的微風，唯有墨色的長江上泊著一艘夢一般晶瑩的航船……這畫境中，她整夜徜徉在他懷裡，嘴唇里，愛撫里……星河無聲流淌，任它今夕何夕。

這一吻的模糊逐漸擴大，以至於後來雙城自己也弄不清楚到底是她愛上了江南，才會有此一吻，還是因為甲板上這一吻，她才從此愛上了江南。

直到第二天上午，雙城坐在觀景廳里，人還是一團恍惚。昨天究竟是什麼日子？十九年的封印開啓，她竟然一晚上吻了兩個男人，翻天覆地。因她誤了早餐，江南便叫人送了燕麥粥、煎雞蛋、熏魚和酸奶過來，在她面前擺了滿滿一茶几，卻引不起她任何食慾。落地窗外，西陵峽連綿的山峰像是一幅逐漸展開的水墨畫卷，巨大的岩石被天工剖開，裸露在外，如同濃墨劈皴一般，除了溝壑里生長的灌木就別無他色，看久了不免讓人昏昏欲睡。雙城的昏昏欲睡當然還緣於昨晚的通宵未眠，到天亮前別了江南，摸回船艙，陶沙竟然也不在。雙城思量她定是留宿在吳社長艙里，見了面也不打聽。陶沙樂見她這樣省事，兩下只當全然不知，各自相安無話。

游船在西陵峽不再停靠，一路沿江順水而去。前兩天不分晝夜地熱鬧，等到了這光景，各人都有些疲憊。蔣培軍在觀景廳張羅起兩台麻將，吳社長、陶沙、黃董和米拉坐了一桌，胡主編、杜鵑加上葉丹坐了另一桌，三缺一便要卓然過去陪打。卓然說要補拍些照片，推了蔣培軍上去頂他，自己往甲板上繞了一圈回來，依舊坐到了雙城身旁。

昨天晚餐後那一幕，卓然也是仗著幾分酒氣縱興而為，被蔣培軍一攪和，事後自己也覺太過造次，後來在賭桌上見雙城異樣鎮定，倒讓卓然疑惑起來，拿不准該用什麼樣的招術才能俘獲她。昨夜散場時，他得了吳社長暗示，再去敲她艙門，卻無人應答，折騰一陣後，只得罷了。而眼下，這眾里尋他千百度的美人兒就懶洋洋地靠在面前的貴妃椅上，簡簡單單著一件薄荷色長裙，編了條松垮垮虛攏攏的獨辮，整個人清雅得像蓮葉上新結的露水。他以為是自己的打攪，才使她秋水雙瞳下添了一抹煙色，而這淡淡的一點憔悴反而更添了她的韻味，卓然始信「態生兩靨之愁，嬌襲一身之病」放在這樣的年輕女孩身上，果真有攝魂奪魄的魔力。

雙城既不說話，卓然便安安靜靜地坐著陪她，含著點賠不是的味道。這當口，江南提了袋乾洗過的衣服進來，衝他二人略一點頭，便去桌邊看牌。雙城藉口想喝熱水，遣了卓然到隔壁咖啡廳去討要。江南見她大約是體弱挨不住冷氣的緣故，抱著兩隻臂膀，也不避嫌，伸手從洗衣袋里取出一件襯衣，走過去替她披在身上。那邊葉丹手裡的牌立時停了下來，呆在那兒，直讓蔣培軍催她：「走什麼神呢！等得都打瞌睡了，趕緊出牌！」

記者們行程緊湊，下午船靠沙市，一行人便離了維多利亞號，在碼頭登上早已備好的兩部車。四位客人坐了輛皇冠行在前頭，後面是一部七座金杯車，江南叫蔣培軍坐了副駕位，自己跟雙城、陶沙坐了中間，葉丹、米拉和杜鵑三人嘻嘻哈哈擠在了後面。兩輛車同時出發，直向武漢奔去。車上唯有雙城回頭又看了一眼漸漸落在身後的維多利亞號，此刻的她並不知道她的游船夢到此便已結束，更不知未來她要為這次旅行所付的代價，她只覺得這艘輪船對自己一生意義重大，想努力把它刻在心裡。不一會兒，車就開出了市區，先走了一段公路，後又拐上一段山路，顛簸前行。雙城一夜未眠，便拿報紙蓋了臉，將江南的衣服緊緊裹在身上，昏昏沈沈靠窗睡去。

葉丹揣了委屈，一路上卻故意慫恿杜鵑、米拉打打鬧鬧，生怕江南看不出她的不在乎。偏偏江南從上車就不言不語，望著窗外沈思，那雙城也是蒙頭大睡，對後面的喧嘩毫不理會。葉丹的表演少了兩個主要觀眾，她心底惱火，舉止越發失控，一邊說笑著，一邊將杜鵑手裡一隻裝滿果皮瓜子殼的垃圾袋隨手拿過，推窗就扔了出去。不料江南卻是後腦勺長眼睛，立刻沈下臉讓司機將車停在了路邊：「小魚兒，你下去，把那包東西撿回來，我們等你。」

江南難得冷臉，可一旦冷下來，又比別人更顯鋒利。車里立時變得安靜。米拉見葉丹只是一動不動，臉漲得通紅，知她面子上一時下不來，因自己位子靠外，便長個眼色道：「我這兒出去方便，我去撿，一樣的。」誰知還未起身，就被江南喝住：「都別動。葉丹扔的，讓她自己去撿，什麼時候撿回來，我們什麼時候開車。」葉丹頂不住，只好下車，往回尋了一路，終是一無所獲，耷拉著臉回來對江南說：「沒找到，大概掉到坡下面去了。」蔣培軍趕緊圓場：「咱們

江先生重視環保，小魚兒你最應該知道，高興起來忘形了吧？跟小孩子似的，出個門就忘規矩！不過，這找也找啦，時間也耽誤了，要不，下不為例？」江南沈著臉只說「等我一下」，便起身下車，親自去尋那袋垃圾。

雙城半途醒來，不明就里，陶沙正得了趣，附在她耳邊解說了兩句。葉丹見二人交頭接耳，更是羞憤難當。好一陣江南才拎著那袋垃圾回到車上，蔣培軍趕緊催促司機一腳油門追了出去。這邊江南擦淨手，回頭對幾個女孩說：「在外面，這可能是件芝麻小事，可在我的公司，這點很重要。剛才就算是第二堂環保課，你們都要記住。」

車一啓動，葉丹在眼裡打了半天轉的淚珠就落了下來。慌張與委屈對她來說都是陌生的情緒，她害怕向江南表達，又不知該向誰訴說，心事曲折，只能面向窗外默默垂淚。也不知過了幾時幾分，車子一簸，雙城醒過來，見窗外天色已暗，望出去，曠野矮樹，平川漠漠，應是到了江漢平原境內。再一看車內各人，大都打著瞌睡，唯江南不知何時跟米拉換了座，正背對雙城，向葉丹低聲喁喁。雙城心中一驚，下意識地閉上眼，縮起身子，佯裝睡去。

到武漢入住了開張不久的亞洲大酒店，晚宴上，蔣培軍簡單交代了余下行程，大致兵分兩路：幾位台灣客人由江南陪同，遊覽武漢之後乘飛機前往上海；女孩子們三峽導遊任務結束，明天上午跟隨蔣培軍搭火車返回重慶。這與先前的行程不符，眾人均有些愕然，但知是江南的安排，便不好多問，只拿些打情罵俏的話敷衍一番。因想著今晚之後再無機會，一伙人各懷鬼胎，草草吃完，便藉口疲憊都回了房間。

雙城洗完澡出來，陶沙早不見了人影。雙城從冰箱里取了一聽可樂，站在玻璃窗前慢慢地喝。昨夜甲板上的纏綿，今天中巴上的所見，一切暴風驟雨混亂在腦子裡，她想找江南問個明白，但他們的關係剛剛開始，她不想這麼快就丟了架子，只好按捺著性情，在心裡排演體面的表達。

電話突然高聲響起，寂靜中嚇了雙城一跳。江南想見自己的心原來一樣著急！雙城抓起電話的一瞬間，已經柔情似水。「雙城，我想跟你聊聊，找個地方好嗎？」卻是卓然的聲音。雙城一顆心落了下

去，又一顆心緊跟著懸了起來：「別過來，有話明天說吧。」卓然在那頭剛說了聲：「明天……」電話就掛斷了。她現在有江南，別的牽扯都毫無意義。

剛靜了幾秒，電話猛地又再響起，雙城只好由它吵去，那聲音於是變成了警報、槍炮、雷鳴，一聲接一聲，震耳欲聾，讓她心驚。雙城起身，從床頭走向窗台，又從窗台走向門口，這才發現自己身上還只穿著內衣，忙將未乾的頭髮胡亂在頭頂挽成髻，隨手套上那件江南的襯衣。這當口，電話一直未停，門外卻響起了重重的敲門聲！

按捺住怦怦的心跳，雙城湊到門前，從貓眼裡一看，見是江南站在門外。他人一進屋，來不及說話，兩個人就擁抱在一起了。雙城像漂流中終於觸到了陸地，緊緊依附上去，胸膛喘息不定。電話鈴響徹四壁，刺痛著神經，雙城口鼻貼在江南懷中，模糊不清地說了句：「是卓然。」江南一皺眉頭道：「我們走吧。」兩人便掩門走了出去。附近都已關門閉戶，燈火暗淡，無處可去，兜回酒店另一面，穿過後庭花園，角落裡有一部玻璃觀景電梯，直通向頂層餐廳。到這時候，餐廳早已打烊，花園裡也沒了人跡，他倆便走進電梯，靠在扶桿上說話，任憑窗外城市夜景起起落落，走走停停，倒也有趣。

「……蔣先生說過卓先生有家室，我絕對不會接受。」雙城講完又覺不妥，忙補充道，「即便不是那樣，我也不會答應的。」江南聽了，只是微笑不語，笑容頗有深意。雙城心裡沒底，只能接著說：「拒絕也沒用，卓先生他總是那樣，他是你的客人，我也沒辦法……」江南聽那漸次低下去的聲音裡滿含委屈，便說：「這當然不是你的錯。天生麗質是你的財富，男人們見了喜歡，那也是自然。卓先生、楊先生，包括我，不都一樣麼？」雙城聽他突然提到楊學堅，心裡一驚，思忖必是蔣培軍和葉丹之流在背後嚼了舌根。未及辯白，又聽江南繼續說：「但這一個一個的喜歡加起來，就會變成你的麻煩，也會變成公司的麻煩。卓然這麼一鬧，搞不好我這趟招待就白費了。」雙城急道：「怎麼會？卓先生不就是個攝影記者麼？再說，陶沙不是已經跟吳社長……」她自知失言，連忙打住。江南也覺面上無光，搖頭苦笑：「蔣先生私下已經替我告誡過陶沙，但路是自己選的，她人輕浮要走捷徑，誰也攔不住。」

雙城身上還胡亂套著江南的襯衣，松松垮垮露著一溜兒肩膀，濕

漉漉的頭髮沈甸甸地墜在腦後。她臉上沒有半點妝容，剛剛沐浴過的皮膚像溫潤的玉器，毫無瑕疵，微微發亮，清艷芬芳。江南不禁捏住她的下巴嘆道：「還是蔣先生說得對，他說你任憑怎麼端莊，眼睛卻太會說話，壞事就壞事在這雙眼睛上。」說完，伸手將她攬入懷中。

從昨夜維多利亞號的甲板上開始，或者更早一些，從大寧河畔赤日炎炎的街角開始，雙城就好像墮入夢中，無法醒來。她剛剛登上愛情的船，卻不知江南要將這船駛向哪兒去。

她一旦偎進他懷裡，嗅著那清爽好聞的氣息，所有的委屈便一掃而空，只剩下單純的甜蜜。她閉上眼去聆聽江南的聲音，感覺每個字都值得珍惜。「還是說說你跟我吧。我是不該這樣魯莽，你打亂了我的計劃，這是個意料之外。」雙城沒有出聲，感覺他臂上用力，將自己朝向他緊了一緊，接著又聽他說道：「可我要是再不出手，你就是別人的了。」她睜開眼問：「誰的？」「楊先生的，卓先生的，還有誰，你告訴我？」雙城此時身在他懷中，便篤定不驚，徐徐道：「沒有誰。在你以前，我只是我自己的。」江南聽了怦然心動，過了一會兒才又說：「雙城，你讓我心慌意亂，怎麼搞的？」

電梯重復著起落，午夜的漢口，半城燈火在眼前忽高忽低。擁抱了多久？她但願長醉不復醒。「回去讀書吧，好好念你的大學。」江南的聲音重新響起的時候，撫摸她背脊的手卻停了下來。雙城睜開眼說，不是一直念著嗎。江南將手指插進她的亂髮，掰正那顆小小的頭顱，望著兩瓣嬌嫩的嘴唇微微噘起，光澤欲滴，不由得俯就過去用自己的嘴唇來回揉搓著那裡……在兩個人含混不清的呼吸里，江南斷續令道：「聽話……回學校……乖乖等著……我去找你。」

第十章 水晶鞋

　　又是午後最安寧的辰光，小屋窗外一樹蟬鳴，遠處嘉陵江浩浩湯湯。桌上擱著一疊淺紅橫紋的信紙，隔著半臂的距離，有一隻白瓷盤子，裡頭幾串深紫色的葡萄水靈靈地散發著果香。雙城埋頭書寫著，偶爾摘下一顆葡萄送入口中，信紙的邊緣便沾染上一抹淡淡的紫色。那是一封漫長的情書，由朝到晚，直寫了厚厚一摞。每次剛剛封緘，她又生出幾句要說的話，幾個要問的問題，於是一次次拆開，一次次續寫，從白晝寫到黃昏，再寫到深夜。多年以後，她曾試圖記起書信的內容，回憶里卻未留下片言只字，除了紙上那點紫色的痕跡。

　　回重慶已經三天，無論她在哪裡，做著什麼，都會被一種突如其來的無端的歡喜攝住，好幾次都差點笑出來，她感覺自己每根神經上都跳躍著一群麻雀，引發起一波接一波輕快的震蕩。她的雙眼無論是睜開還是合攏，見到的都是江南。那天在亞洲大酒店門口告別，江南從大巴上回過頭來，在送行的人群中搜尋她的臉。她顧不得遮掩，徑直走到所有人前面，還沒來得及看清江南的表情，就被卓然湊過來揮著手擋住了視線。她伸出的手於是縮了回來，眾人散開後，她還愣愣站在那裡，後悔自己昨晚沒多問一句「我去找你」是什麼時候，哪一月，哪一天。

　　信寫完，她反復念了幾遍，每一遍都感動不已，這更像是一段寫給自己的日記，記錄著她的感受，她的奇遇，她猝不及防發生的愛情。她算著他人恐怕還在上海，從上海到新加坡，再從新加坡來重慶，江南要走多遠的路才能再回到她的身邊。還好她可以想象地球是圓的，他每遠離她一步，重逢的路就近了一步。

　　江南……江南……

　　再回到上清寺的小樓，雙城立即嗅到一種物是人非的氣息。蔣培

軍和陶沙是在路上就得知了內情，句句調侃自不必說，事情隱隱傳開去，連陳少飛和小楊他們的笑容裡也加了調料。雙城雖感不安，但畢竟懷了兩分凱旋的得意。唯葉丹終日沈著一張臉，公然與她斷了交。這也好，一清二楚，勝負分明。

這日午後，楊學堅把雙城叫到了樓上，冷氣開著，關門無須藉口。雙城在沙發上坐下來，心裡異常篤定，因為那裡頭多了個江南。楊學堅開口之前，先盯著她看了一陣，眼神中有嗔怪，也有質詢。得不到回應，他索性直截了當問她和江南的事，可曾受到脅迫。雙城聽罷淺淺一笑，輕輕掐斷了他最後一絲幻想。

「楊先生是有太太的人。」雙城只說了一句，這是給楊學堅台階下。她不提唐小姐，那是給自己台階下。楊學堅只得苦笑，一切不出意料，面對面親口落了實，他心裡雖然失望，卻也卸下了一個包袱——再沒什麼好顧忌。

「我就知道，好的東西，遲早有人來搶。楊先生眼下不過是為他打工，憑什麼跟老闆搶？你選他，我可以理解。這是天意，是天意。」說完，楊學堅從大班桌下掏出一隻精緻的紙盒，又道，「這瓶法國香水是上次回香港在機場買的，不是什麼貴重的東西。你有了江先生，好東西以後他自然都會買給你，這只是楊先生的一點心意，你收下，我心裡會舒服一點，來，拿著，聽話。」楊學堅眼神中帶著惶恐，彷彿她一旦拒絕，就代表著一種不留情面的表態，並將產生極為嚴重的後果。雙城遲疑了一下，終究接了過來，她也拿不准自己這是出於無措還是心軟。

臨出門的時候，楊學堅搶上一步，湊到近前，卻沒敢用手再碰她。「雙城啊，你還記得那個打雷的晚上嗎？那晚，我是可以得到你的……楊先生之所以沒有傷害你，是因為真心喜歡你。你要記住這一點。」雙城沒有回應，也沒有再看他，只顧打開門走了出去。下樓的時候，她手指緊緊摳著那精緻的紙盒，差點將包裝的玻璃紙摳爛掉。他根本不該提那晚的事，雙城忍了忍，才沒把手裡的盒子扔進拐角的垃圾箱。

隔天雙城敲開小屋門的時候，靜融才剛午睡醒來，連跑了兩個宜

昌往返，她實在需要補補覺。王朝號的船員艙靠近機房，燈一關就聽見底艙發動機的轟響，弄得靜融總是失眠。說著她又躺回床上，將臉埋進鬆軟的枕頭，半眯著眼跟雙城說話。

倆人算起來已有兩月未見，這在之前還從未發生過。雙城想起她們小的時候，如膠似漆好了幾年，有次暑假靜融跟著大人回鄉下，雙城在家日盼夜盼，中間還忍不住寫過一封信給她。靜融沒有回信，回來時卻給她帶了河灘上的雨花石、手工縫的小香包、桂圓果乾、芝麻泡糖和一碗香噴噴熱騰騰的紅糖黃粑。這次也一樣，宜昌的苕酥餅和小魚乾就堆在窗前木桌上，靜融指了指說「給你的」。雙城挨床頭坐下，只看了一眼，就迫不及待地俯身在靜融耳邊，說了自己和江南的事。

她一口氣講了很久，中途不得不停下來就著靜融的茶杯喝了幾口。從夕陽閣的西餐，華岩寺的蓮塘，一直說到維多利亞號的甲板……她的講述引人入勝，娓娓動聽，一時間，講的和聽的都以為這只是一部愛情小說而已。雙城唯一略過的，是葉丹。她倒不是刻意隱瞞，只覺得這會影響整段故事的完美，而任何的陰影都與她的童話不相匹配。雙城講得眼波閃動，滿面桃紅，皮膚煥發出溫潤的光澤，彷彿那底下流淌著甜蜜的果汁。她一貫神氣活現的臉上現在多了一種神秘的氣息，好像是陶醉，又含著相思……戀愛的性感改變了她的基調，明晃晃的鋒芒變作了一層柔光。

故事說罷，倆人在余味中沈浸了片刻，靜融才喃喃道：「可他跟我原先想的不一樣。我不喜歡那種小鬍子，看著很奇怪，有點壞。」

雙城笑道：「那才有味道呢，跟別的男人完全不一樣。再說，好不好看還在其次，我就是喜歡和他在一起的感覺，總有那麼多從來沒見過的東西，從來沒去過的地方，像歷險，又沒有什麼險，都是一個接一個的驚喜，老覺得自己在演電影。」

「你這就是貪圖榮華富貴，她們背後可沒少議論你。」靜融將雙城的一束長髮在手裡擰成麻花，然後松開手，任那髮絲彈回去，恢復成韌直的一簇。連這頭髮也叫靜融羨慕，她自己是蓬松的自然卷，任憑外人怎麼誇，都不如意。

「由她們說去。我要一事無成，那才能遂了眾人的心。」雙城不以

為然，甚至她的任性，也是靜融羨慕不來的東西。靜融說明天她就要搬回自己家去，雙城這才注意到牆角擱了一口紙箱，小屋裡也不似從前明淨，插花的玻璃燒杯還放在窗台上，卻空空如也，蒙著薄薄的灰。

「黃濤他們家對我的工作不太滿意。」靜融忽然轉了話題，「要我回來找個書讀，可家裡為這份工作花了不少錢，哪有說不幹就不幹的道理。更何況，他自己還不過是個學生，未來工作也沒定。現在就已經挑三揀四，將來真要在一起，我怕是要看他們家眼色了。」靜融從小到大，最是受不得人半點瞧她不起。

「你又不是跟他父母談戀愛，只要黃濤對你好就行了。」雙城的戀愛還不曾食過人間煙火，說起家長里短，她並無興趣。

「他對我好，就一定得領麼？」靜融一個翻身，仰面朝上，挑了挑眉毛，「對我好的，又不止他一個。」

「這麼說，還有別人？靜融，你在船上這些日子都怎麼花天酒地來著？」雙城放下手裡的零食，湊近身來，手指抵住她鼻梁中央，再順著鼻骨往下滑，停在那小巧的鼻尖上，輕輕摁了一下。靜融不解何故，只呆呆地望著她。才聽雙城笑說，鼻頭有個小凹槽，已經不是處女了。靜融聽罷，直罵她胡說八道，還問打哪兒學來的這些邪門歪道。雙城因想起這法子是在船上眾人嬉鬧時拜卓然所教，便笑著不答，只顧用手左突右進襲擊她。

「船上有人懷孕了！」靜融一邊抵擋，一邊忙著拿話引開她。

雙城果然停下，瞪圓了眼問：「懷孕？誰？誰這麼大膽？」

靜融坐起身來，理了理頭髮，一字一句道：「徐——曉——嵐，想不到吧。」

「何敬東這傢伙竟是個流氓，我還當他就要耍嘴皮子呢！」

「孩子他爸要是何敬東，就不算什麼新聞了。」靜融瞧了雙城一眼，竟似有兩分得意。

「總不能是小鄧吧？徐曉嵐瞎眼了？」雙城衝口而出。

靜融臉上一沈：「小鄧招你惹你啦？不就是沒像別人一樣圍著你打轉嗎？至於那麼損人？」

　　雙城只道小鄧殷勤，才得靜融祖護，便嬉皮笑臉哄了幾句。靜融白她一眼，才繼續說道：「是何總，何雲鵬。」「啊！那不成扒灰了！」雙城叫出聲來。徐曉嵐稚氣的小圓臉和何雲鵬那張沙皮狗一樣鬆垮的老臉重疊在一起，著實讓她感到了惡心。

　　「那老傢伙一貫齷齪，有回在樓梯上對我動手動腳，我想跑，他就拽我辮子，勁很大，拽得我往後一倒，差點滾下去……」靜融的描繪讓雙城恨不得一腳將何雲鵬踹下樓梯，這比他粘在自己肩上的手更叫她憤怒。她又覺得靜融始終都對自己好，凡事推心置腹，不像自己有所保留。殊不知靜融因王朝號前台的職位被徐曉嵐得了去，心裡一直委屈，一個雙城也就罷了，好不容易走出來，憑什麼又輸給徐曉嵐，按說哪樣也強不過她去……憑的是什麼，這下總算答案揭曉，讓人解了一口氣。

　　靜融說那徐曉嵐糊裡糊塗，也不知受過幾回欺負，肚子挺出來，家裡才發現，開始以為是何敬東，上船追著鬧，鬧來鬧去對方不認，徐曉嵐哭起來，才吐出何雲鵬。這下她家裡想蓋也蓋不住了，於是又鬧到「環宇」。「可終究拿不出什麼有力的證據，又不能讓孩子生下來，最後還不就賠點錢了事。一來二往耽誤了時間，孩子月份太大，只能引產，死去活來傷了身體，聽說精神也受了些刺激，家裡不肯讓我們探望，後來就沒了消息。何敬東倒沒走，還在船上幹著，不過話明顯少了許多。公司最近給他提了一級，也沒說是什麼原因。」講到這兒，兩人相視一笑，心知肚明。雙城只感嘆培訓班的女孩轉眼風流雲散。靜融見她不追問，自己頂替徐曉嵐執掌前台的事，就沒好再提。

　　小屋裡沒有空調，西曬時悶熱難熬，雙城見靜融瞌睡已散，便拉了她去江邊衝腳。八月的空氣好像從火焰山上吹來，連呼吸都感覺困難。葉子從樹梢落下，竟已曬得半焦。兩人從校園後門出去，沿馬路一直走，約莫一刻鐘，便到了石門大橋下的嘉陵江邊。這裡有一處淺灘，水勢較緩，附近耐不住酷暑的居民便聚在橋下戲水納涼。江水渾濁，但畢竟涼快，兩人脫下涼鞋放在岸邊，赤腳踏進江中，一陣清爽穿身而過，總算緩過口氣來。

　　逆江而上有個玻璃廠，好多玻璃廢料就遺棄在河灘上。雙城想起她們小時候沒什麼玩具好玩，便一起在砂土裡挖玻璃：綠的是翡

翠,紅的是瑪瑙,黃的是琥珀,白的是水晶。挖累了就躺在巨大的烏龜岩上,頭碰著頭望白雲蒼狗,又或舉著玻璃攀比「珠寶」,你有貓兒眼,我就有祖母綠……眼前的靜融,白色小褂束著一條灰藍色的裙子,最家常的打扮,也是她最好看的樣子。眉不描而濃,唇不點而艷,細長眼眸里水波柔漱。此刻她正拎著裙擺,低頭打量著小腿間流淌的江水,一縷垂下的頭髮帶著均勻的波紋,在斜陽下染上金光……那個扁臉盤、小雀斑、皮膚黑黑的童年夥伴是什麼時候變得這般風情秀麗的?雙城有些迷惑。

「我跟黃濤沒法再下去了。」靜融決心說出來。她省略了一個「好」字,意思是過去這一段也未見得愉快。雙城問是因為他父母嗎。靜融搖頭:「那倒不是問題,黃濤對我還是有決心的。可不知道為什麼,我老覺得在船上和大家一起,說說笑笑反而開心,回來跟他在一塊兒,卻總是憋屈,要麼慪氣,要麼找不到話題,還有好些事……也說不清。」

雙城想起才剛「花天酒地」的話來,心有所悟道:「老實說,還有誰在追你?」靜融撩起裙角,用腿在面前嘩嘩地划著水,低聲笑道:「還能有誰。」雙城知是小鄧,心裡微微一黯。與何敬東一目見底的淺薄相比,她總覺得小鄧的老實巴交背後藏著一種心機。他的體貼和忍耐,更像一種投資,連本帶利都記著賬,總有一天要還的,甚至連他有意無意對自己的冷淡,也像是表忠之舉。靜融又講小鄧對她沒有任何企求,只一味關心,打飯送水洗衣拖地,凡他能看到的能想到的靜融身邊的活兒,全都攬了來幹,任憑大家打趣,他只憨笑不理,換作嬌生慣養的黃濤,哪裡做得到。

「黃濤懶些也就罷了,關鍵大事上頭太任性。」一說回黃濤,靜融的語氣立刻多了抱怨。原來是黃濤家在學校安排好的工作,他卻毫無興趣,倒找了個美術設計的專業,想要從頭學起。「這不是瞎胡鬧嗎?愛好攝影,愛好藝術,說得輕巧,誰不愛好風花雪月,誰又喜歡天天上班那麼辛苦?就說小鄧吧,門童的工作是不怎麼體面,可人腿腳勤快,脾氣又好,七七八八加起來,一個月收入也不少,自給自足,不靠任何人養活……」雙城聽著,彷彿看見靜融和小鄧貓在船艙里點著一堆零碎的鈔票……連小費都能一起數,可見好到何等地步。

「除了掙錢,小鄧別的時間一直在念函授,不像何敬東那些人,

只知道男男女女打情罵俏。」靜融末了又補充道。雙城便笑：「同樣是求學，怎麼黃濤就是淘氣胡鬧，擱小鄧身上就是志向遠大呢？」靜融才道：「你別往外說，小鄧不讓我跟你講。經管系的鄧主任其實就是他哥，親哥。都說好了，只要他把自考的文憑念出來，就介紹他去銀行工作。那家銀行正好想做學校的一筆工資業務。」謎底揭曉，雙城這才明白過來，靜融就是靜融，她的戀愛從未脫離過現實生活。雙城心想，也許這才是她和小鄧的契合之處。

「那他還在船上瞎忙活，還不趕緊念他的書去？」

「剛開始不都是被何雲鵬忽悠的嗎，以為收入高，先上船幹一年，既不耽誤復習，又省了房租水電，另外還可以攢點錢。至於後來嘛……」靜融說著微微一笑，一隻腳在江水里輕輕踢打，水花直濺到雙城身上。

「後來嘛遇上你，就算是火坑也捨不得走了。」雙城替她說出了最後一句。

近來馬可波羅公司總是樓里空空，楊學堅連日不見人影，蔣培軍帶著陳少飛、葉丹幾個也總是來去匆匆，余下的人乘機溜班，只剩雙城和陶沙守著電話閒坐。從武漢回來好些天了，雙城在心裡估算了無數次，猜想江南人在哪裡，何時才能收到那封長信。可無論他在哪裡，電話總是可以打的，因此雙城再怎麼替他辯解，也找不出一個合適的理由。有回陶沙多事，說雙城與其苦等，不如直截了當問個清楚，便斗膽用公司長途撥去了「和泰」在台北的總部。雙城搶過電話來，聽著那短促而柔和的嘟嘟聲，一秒，兩秒，竟沒捨得掛斷。她多麼希望下一秒，聽筒里就會傳出江南的聲音，她一念至此，差點就熱淚盈眶。可惜接電話的人答復說江總不在，只記下了雙城的名字，說會通知他與重慶聯絡。那天到最後，也沒收到江南的回電，倒是第二天，蔣培軍提醒她們不可擅自撥打國際長途。雙城什麼也沒說，陶沙卻一翻白眼，罵了句摳門兒。

又一個星期過去了，江南仍舊毫無消息。他像一顆流星，燦爛地劃過天際，雙城驚喜之余想指給別人看，回頭卻沒了憑據。時間流逝，這團陰影結在心底，彷彿宣紙上的墨跡，一點點浸開，一點點滿

漲上來。她只能努力回憶他們有限的相處，他每一句正面的、負面的話語，他離去前最後的表情……她急需一些東西來撫慰自己，像一頭牛在夜裡反芻，不肯放過點滴。

週末的下午，雙城終於等來了電話，卻是久不露面的賀嘉。他就站在她公司樓下，手裡捧著一大束玫瑰花。紅色的花朵裹在雪青色的包裝紙裡，顏色顯得很雜亂。她走到他面前，見賀嘉的臉上除了有些僵硬，並無太多重逢的激情。好久不見，他今天應是刻意打扮過，襯衣雪白，皮鞋鋥亮，像個新郎。

「賀嘉。」還是她先開了口，他才回道：「雙城。」

一輛停靠在路邊的黑色轎車突然啟動，後座上一個中年男人朝雙城點了點頭，不等她反應過來，那車就向前駛去，消失在車流中。賀嘉一邊將花遞給雙城，一邊解釋說：「那是我銀行的領導，我爸的老同學，他想看看你。」見雙城不語，以為她還需要更多的解釋，賀嘉接著又道：「是他鼓勵我來的，他說，我應該主動些。你看，連我們領導都知道了，說明我是認真的。你別再生氣了好嗎？我前段時間確實太忙了。」

雙城不禁好笑，他居然認為自己還在慪氣，他居然覺得帶著領導來瞧熱鬧是一種賞面，他居然以為她已經忘了他們鬧翻的原因不是他忙，而是他冷落她。她恨別人冷落她，如今江南也是這樣，所以她更恨。

一想到江南，雙城心中倏地閃過報復的念頭。賀嘉的嘴角動了動，懇切地注視著雙城，盼望她的回答。他還是一如既往地俊秀，秀氣得讓人感覺他一定有什麼值得同情之處。雙城想起湖心亭里那噴薄欲發的一幕，不由垂下眼簾，一旦她發現賀嘉是真的喜歡自己，就忍不住將心比心。

「我有男朋友了，忘了我吧，賀嘉。」雙城說完，將花束迅速塞回給他，轉身往回走去。剛到樓門口，卻忍不住回頭看他。賀嘉站在太陽底下，怔怔然握著俗氣而喜慶的玫瑰花，像是受了驚嚇。她猜他的眼淚正在眼底結聚，她還猜陶沙和蔣培軍他們正躲在茶色玻璃後看得饒有興趣。她雖不要他，也不願他被人笑話。雙城咬咬嘴唇，奔去路邊攔下一部的士，再一把拉過賀嘉，不由分說將他推了進去。「師

傅，沙坪壩！」她用力關上車門，大聲喊道。

車走遠了，隔著玻璃窗，賀嘉回望她的側面因為伴著大束鮮花，看上去像一幅漸行漸遠的畫。雙城這才覺得有點痛，玫瑰花上的刺扎了她的手指，留下一個小小的紅點。那一點痛從指尖鑽進心裡，一刺一刺地跳動……又不全是痛，她好像剛剛走過登山的分叉口，自己離了人群，選了一條險路走，滿腔都是悲壯。

賀嘉的死而復生讓雙城對江南的銷聲匿跡更感不安。整整一個八月，混亂，炎熱，越混亂，就越炎熱。夜深人靜，雙城掌中那黑白交映的兩枚鵝卵石，並起來像一幅八卦圖，卻卜不出她要的答案。墨綠色的蚊香吐出細長的藍煙，彷彿一行深奧的文字，在空氣中裊裊書寫著她曲折的心事。雙城的戀愛變成了一樁迷案，每條蛛絲馬跡都顛來倒去，最終糾結成越來越大的一個疑團。半夜裡她被熱醒睡不著，索性翻身坐上窗台，凝望著對岸依舊無人收拾的小星星。這時候，要是有人從樓下經過，一抬頭就會看見她兩條腿掛在窗口輕輕晃動，像鐘擺計算著長夜的每一分鐘。

> 當時策馬步江湖。
> 俊賞佳樹，野渡逢如故。
> 星河飲盡話璣珠，
> 一別長亭各楚吳。
>
> 尺素空懷無寄處。
> 聰明糊塗，至此兩無殊。
> 與君素昧天涯路，
> 緣何贈我相思苦？
> ——調寄《鵲踏枝》

楊學堅已經不再叫雙城上樓，漸漸地，連蔣培軍、陳少飛那些人也都紛紛疏遠，她唯有枯坐，在稿紙上胡亂塗抹，裝作忙碌。如今這小樓是她和江南之間唯一的聯繫，她覺得只要公司還在，江南便終將

回來。偶爾有人提到「江先生」三個字，她立刻就像雷達一樣豎起耳朵，心底撲撲跳著，盼望他們的話題在他身上多作停留。她多麼想聽到他的名字，證明這個人真真切切地存在過，證明她不是梅邊柳下，做了一場春夢。

開學前的一天中午，整層樓又只剩雙城和陶沙留守。講起眾人最近神龍見首不見尾，行動得鬼鬼祟祟，陶沙說模糊聽得馬可波羅號的貸款又出了問題，具體情況她未知究竟，也懶得打聽。事關江南的生意，雙城自是掛心，她想起船廠河灘上那陰森森的龐然大物，覺得這馬可波羅號大約是沾了什麼晦氣，連帶自己也跟著不順，落到眼下不尷不尬的境地。

正想著，楊學堅打電話下來，指名要雙城去上清寺轉盤取一份衝印的照片。陶沙瞥一眼空調房外暴烈的陽光，咧嘴笑道：「你不是江先生的新歡嗎？這到底是高攀了還是跌價了呀？怎麼連楊學堅也不疼你了，毒太陽頂著，也捨得叫你往外跑？」雙城白她一眼，起身說：「楊先生這才是疼我呢，知道太陽再毒，也比跟你這蠍子嘴共處一室強！」

話雖這麼說，重慶八月底那四十多度的高溫可不是鬧著玩的。楊學堅沒叫打的，雙城便賭氣走到上清寺，被那白花花的烈日烤得有些頭暈目眩。沖洗的照片裝了滿滿兩袋，日期都是三天前，拍的全是仍在趕工的馬可波羅號，滿目的鋼鐵機器，雙城只瞄了一眼，便厭煩地塞了回去。

走上立交橋，轉盤正逢堵車，震耳欲聾的喇叭聲歇斯底里地囂叫著，橋面鋼板隔著薄薄的鞋底燙得腳下生痛。雙城的步子卻突然減慢下來，她像是想起了什麼，忙將厚厚一疊照片抽出來，一張張飛快地向後翻去……船艙和機房之後，葉丹的身影突然出現，她在笑，擺出勝利的手勢，笑得百媚千嬌，完全不似之前那張烏雲密布的臉。雙城的手微微發顫，從整疊照片底下抽出了最後一張。江南穿一件藏青色西裝，站在一處會議廳里，半靠著高背椅，正似笑非笑炯炯地看著自己。前一張出現在同樣背景里的是葉丹，看得出，他們只是交換了攝影師和模特兒的位置，所以他炯炯望著的是葉丹，不是自己。

雙城感到被什麼東西鈍鈍地撞擊了一下心臟，那裡懸著的一口大

鐘「嗡」的一聲巨響，跟著是金屬、玻璃、冰塊，噼噼啪啪沿著裂紋炸開的聲音……一個多月不見，那凝視過她的眼、熱吻過她的唇，已找不出任何她存在過的痕跡，他一隻手隨意地插進褲袋裡，是撫摸過她身體的那只手嗎？雙城想，他怎麼又變回了初見時的樣子，一個陌生人？

天橋底下水洩不通的車輛徒勞而憤怒地齊聲鳴笛，喇叭聲幾乎要鑽破耳膜，鞋底彷彿正在融化，將她的皮膚和滾燙的鋼板粘黏到一起。陽光正是一天中最猛烈的時候，四下失去了顏色，白茫茫的一片，無邊無際……雙城好不容易把目光從江南的臉上拔起，仰頭望了一下天空，太陽像即將爆炸的火球，利劍般的光芒千軍萬馬向她刺來。她微微晃了一晃，把持住自己沒有摔倒，汗水順著脖頸涔涔而下，她攥緊了雙手，聚集起全身的力量，才從那團白光中掙脫出來，漸漸恢復了意識。醒過來的雙城明白了一件事：江南就在重慶，離她不遠。她朝思暮想，他卻不願相見。

將像片袋遞給楊學堅的時候，楊學堅有點金魚泡的小眼睛努力審視著雙城的臉。她當然明白，於是藏起了所有表情。楊學堅沒有看出究竟，乾脆當著她面將所有像片倒出來堆在桌上，用手扒拉著說：「都是他們去船廠拍的，寄回新加坡給董事們瞧瞧，拖了這麼久，總該有些交代……」雙城懶得看他做戲，便輕聲打斷道：「我都看過了，謝謝楊先生提醒。」

楊學堅的手這才停下來，撐在桌子邊緣，嘆了口氣說：「我和江先生雖然是好兄弟，但也搞不清這感情方面他到底是怎麼想的。」雙城見他臉上聚集起越來越多的笑容，幾乎有點喜形於色地指著一張宴會合影說：「人人都誇葉丹漂亮，我就不覺得她這個樣子有什麼好看，一身俗氣！」照片上，葉丹正咧嘴大笑，多喝了幾杯的臉兩團酡紅，有幾分傻相，「哪比得上雙城你，又美，又有氣質，我看她給你提鞋都不配……」天氣熱，雙城這天穿了一條薄薄的背心裙，腰帶一束，溫美的乳溝便微微顯露。楊學堅喉頭蠕動，話音突然變作一種呻吟：「雙城啊，你知道嗎，你一走進這間房，楊先生就……真不騙你，楊先生還從來沒有對誰這樣……反應強烈過，楊先生現在，被你害得好難受。」

　　雙城懂楊學堅的意思，現在江南不理她，她便又回到了他的手中，而且像陶沙說的那樣，比先前還跌了價，所以他才敢肆無忌憚地說這種話。她深深吸了口氣，然後冷冷道：「楊先生，你忘了上次送我香水時說的話了。」趁著楊學堅一愣神的工夫，雙城開門走了出去。楊學堅殘存在她心裡的最後一絲友善，也隨著身後沈重的關門聲瞬間灰飛煙滅。

　　今天是什麼日子？一切都在破裂，滿世界的碎片。雙城夾雜在這些晶瑩而鋒利的碎片中往下墜落，小小的刀鋒在她身體上切割出密密麻麻的傷口，幾個鐘頭以後才觸到谷底。下班前一小時，蔣培軍一幫人突然趕回了公司，緊跟著楊學堅宣佈開會，讓大家都去會議室集合。雙城最後一個走進來。葉丹抬頭瞄了一眼她手裡的會議記錄本，「撲哧」笑了一聲。雙城不明就里，又見蔣培軍正用眼神制止葉丹，便恍惚覺得遊戲里的小手帕又一次被拋在了她身後，人人都看在眼裡，卻笑而不說。

　　楊學堅開門見山，宣佈馬可波羅號出了麻煩，馮志凡再度以合資公司名義用船做抵押，向銀行私下貸款，江先生得到消息，決定在與「環宇」徹底割裂之前，先將公司資產和人事做一個調配轉移。雙城向葉丹望了一眼，見她氣定神閒，微揚著嘴角，像在聽一個早知道答案的笑話。

　　楊學堅終於說道：「從明天起，各位的工作都將有新的安排，門口的招牌也會換成「香港和泰」，從合資變回獨資。下面我念一下名單，念到名字的同事明天照常上班，自動轉為「和泰」員工。沒有念到名字的幾位，請回家休整待命，呃，待命。」楊學堅講到這兒，目光移向雙城，在她臉上停留了一秒，小聲補充道：「名單是由江先生親自擬定的。」雙城沒有回避他的注視，她心裡已經知道了答案，那個笑話的答案。難怪葉丹會笑，她慢慢合上了面前攤開的筆記本。

　　只有三個人的名字沒有念到。除了雙城和陶沙，還有設計師小張。雙城這才想起已經有些天沒見到小張，應是得了風聲，另尋了去處。何苦等到當眾解雇這樣尷尬？雙城想，原來小張在公司是要比自己更值得留面子的人。陶沙立刻發作，拍著桌子大講勞動法，楊學堅只得起身離座，請她到樓上辦公室詳談。

　　雙城回到自己的座位上，將幾摞文件夾和記錄本分門別類碼得整整齊齊，又從鎖孔裡拔出鑰匙，端端正正放到了桌子中央。「和泰」的員工都被蔣培軍叫去了隔壁，隊伍易幟免不了諸多交代。葉丹的笑聲不時傳來，今天是她的節日。這時，電話響了，好幾聲也沒人接。雙城遲疑了一下，還是拿起了聽筒，卻是樓上的楊學堅：「雙城啊，我知道你委屈，但就江先生和你的關係，他這麼安排，我也不方便多嘴。不過別著急，你先回去上課，楊先生很快會和你聯繫。」

　　當天夜裡，雙城又一次坐上了小屋窗台，雙腿懸掛在窗外，好借這危險來釋放心頭的壓抑，好讓那稀有的一點涼風盡可能吹拂到自己。她感覺自己像一座漂浮在夜空中的孤島，白天硬堵在眼眶裡的淚水這時終於打開閘門，奔湧而出，順著她的臉頰，滴落在胸口和窗台上，一滴，兩滴，十滴……像一場大雨。她感覺心裡出現了一個空洞，好像種在那裡的一棵樹突然被人一鏟子挖走，傷口大敞著，風一吹，雨一碰，就會痛。

　　洪水漸漸退去後，雙城揉了揉眼睛，深呼吸了一口夜裡的空氣，裡面有校園草長花開的味道，那清甜而安詳的氣息讓她平靜了許多。呆望天空，她捕捉到一顆模糊的小星，隱約閃動，像有人從億萬光年的宇宙盡頭向她發送信息，雖然不明含義，卻像是一種指引。那一定是顆專屬於她的星星，才能聽清她的嘆息，才能在閱盡心事之後，將一席勸慰和鼓勵的話說得如此委婉動聽。

　　天空一角開始泛白的時候，雙城終於想清楚了一點：江南一定會回來。從他們第一次見面起，他來上課，他安排她出差，他調她進公司，他又身手敏捷地將她從楊學堅和卓然的追逐中一把搶了過來……她從來都不是他的意料之外。唯一的意外，是最後這一步發生得太快，快得他還來不及安頓好楊學堅和葉丹而已，就像他說的，再不出手就來不及。

　　所以他必定會來。為此，她願意等待，就算不為江南，也是為了葉丹那一聲蔑笑。她最珍貴的部分還好好地保存在她身體裡，他沒有得到，又怎會甘休？想到這，雙城心裡抽搐了一下，閉上了眼睛……她像是在祈禱，祈禱一場輸贏。彷彿又回到了維多利亞號的賭桌上，最後一張梅花Q正被她緊緊攥在手裡。

　　月底是雙城生日，家裡不講究這個，她因此並沒有慶生的習慣。不料中午突然收到沈小姐打來的電話，說要請她吃個晚餐。終於來了，雙城心底舒了一口氣。她當然知道沈小姐是受人之托，而這頓飯無論是轉機還是結局，她都有興趣。

　　沈小姐是位精細的人兒，之前又在穿著上挑剔過她，雙城便賠了小心，只穿了家常的鵝黃帽子衫和水磨藍牛仔褲赴約。餐廳定在沙坪壩，沈小姐打的過來，既顯得客氣，也藏起了落腳的訊息。雙城在心底冷笑這種縝密的多餘，江南不來，她絕不會再向任何人打聽，儘管那像焐著一塊燒紅的炭火，在心口上烙出黑色的印跡。

　　沈小姐仍然一絲不苟地精緻。合體的黑色長裙，外套一件銀鼠灰的薄絨衣，頭髮新染過，泛著一點酒紅，不像是本地髮廊的手藝，脖子上那條項鍊閃過雙城的眼，依舊是全身上下的點睛。雙城剛坐下來，心裡就不免懊悔，到底是見「和泰」的人，不該衣著隨便。她不知其實是沈小姐這樣的女人歷練在身，總有一種讓對方覺得穿錯了衣裳的本事。

　　「都不是外人，省一個字，以後就叫我沈姐吧。」沈小姐開篇明義，並不繞彎子。雙城聽得「以後」二字，知道不是來撫卹善後的，心下略寬了一寬。沈小姐見雙城打扮如此隨意，猜度她是要強調自己學生的身份，出來做事無非玩票，一切無所謂的意思，便笑著誇道：「年輕真好，怎麼穿都好看。」這話聽在雙城耳裡，就是說她穿得不得體。

　　見雙城無話，沈小姐笑著為她斟上茶，柔聲道：「難怪江先生那麼喜歡你，認識他這麼多年，要是把他歷任女朋友的影子疊在一起，結果真就是你這樣子。江先生這個人，品位倒是蠻專一。」雙城明白她是在說江南不專一，便握著茶杯只是微笑傾聽。見她如此鎮定，沈小姐索性點明：「不過小魚兒倒是個例外，她和你們完全不同，樣子不像，脾氣更不像。偏偏江先生疼她，說要好好培養她，也真是她的幸運。」

　　雙城仍不動聲色，對她而言，五雷轟頂的時刻已經過去，如今雨也下完，天只是陰著。兩人客客氣氣點了菜，沈小姐要了三樣最貴

的，雙城挑了兩個不辣的。她毫無胃口，但不好顯得茶飯不思；沒有興致，又不能顯得太過消沉，只恨江南可惡，扔了她不理也罷，還遣個人來給她罪受。

吃了一陣，沈小姐讓服務員換了熱茶上來潤了潤嗓子，曼聲說道：「也怪江先生不好，公司調整，他早該親自跟你解釋。這麼長時間，害你蒙在鼓裡。你們才子佳人的，自然要比別人曲折，旁人看不明白，也不好插手多事，耽誤到現在才來，雙城你要諒解噢。」雙城這才應道：「沈小姐這麼說，連我都要糊塗了。江先生雇誰不雇誰，見誰不見誰，是他自己的事，我有什麼好不諒解的。」沈小姐見狀，婉轉一笑：「不過他始終是有心的，想著今天是你二十歲的大日子，要陪你慶祝，不巧昨晚向鳴偏偏從北京回來，說是明天一早又要離開重慶，關係重大，就這一晚上的機會。他不得已，才把我從成都叫過來，請你吃個飯，也真是委屈你了。」

雙城明白江南是覺得唯有沈小姐出面替他，才顯得親厚，也只有借沈小姐的口，前面那些曲里拐彎放規矩的話才能說得這樣嫵媚輕柔。她拿起餐巾碰了碰嘴唇，端然道：「江先生多慮了。我前一段時間欠了功課，眼下正忙著補習。解僱員工，對任何一家公司來說都是常事，出來打工也算一種經歷和學習，談不上委屈，更不值得沈小姐您大老遠地跑這一趟。」

沈小姐見她銅牆鐵壁，滴水不進，只得理了理思緒道：「生意上的事，江先生本不讓我告訴你，免得你分心，但我不忍心看你誤會他，還是多一句嘴吧。江先生讓你離了公司，安心回學校讀書，當真是為你好，將來你自然會明白……」雙城敏感地問：「生意上到底出了什麼事？」「還真出了大事。這回問題出在楊先生身上。說起來，他和江先生也是多年的好朋友了，一向謹守本分，否則，那麼重要的角色，江先生也不會用他。」

於是講到「馬可波羅公司」註冊的時候，台灣直接投資重慶的渠道還不暢通，由江先生提議，取道香港先註冊了「和泰」，將台資轉為港資，再與「環宇」聯袂，將外資轉為合資。因為註冊需要，便用持香港護照的楊學堅做了公司的法人代表。事關重大，還是江先生再三擔保，股東們才點了頭。沒想到，楊先生這樣謹小慎微的一個人，

在大陸待了這幾年，環境變，心也變，竟然反水。

不知是受了馮志凡的調唆，還是那位唐小姐的煽動，大約一個月前，「馬可波羅公司」以輪船做抵押，向農行貸了一大筆錢，此事江先生竟一無所知，後來由向鳴那裡得到風聲，趕緊轉移資產，原只防著外敵，卻不曾想還有內賊，於是走慢一步棋，被楊學堅動用身份和圖章捲走了貸款。

沈小姐喝了一口茶，繼續道：「現在那筆錢究竟何處，幾方都在推捭。楊先生不聽電話，拒絕和我們聯絡，這筆貸款手續齊全，'和泰'連報案都有麻煩。這麼大一筆錢，楊先生不認賬，責任就全落到了江先生身上，事情搞不定，他連台灣都回不了。」雙城忍不住插問：「究竟是多少錢？」沈小姐一皺眉頭：「三千萬。」雙城心裡一驚，雷雨夜的霹靂在耳邊響起，夾雜著楊學堅陰鬱而決絕的聲音。

沈小姐又道：「這筆錢很有可能三方都有份。」雙城問除了楊先生和馮志凡，哪裡又生出一份？沈小姐冷笑道：「是向鳴。他和江先生很熟，知道這裡頭的關係，沒有他幫手，楊學堅拿不走錢。這是又做端公又做鬼，而且這一層，我們還不能點破。」雙城聽得後背發涼，極力回憶九重天餐廳里那個男子的模樣，驚訝於這樣一個不起眼的信貸員，竟藏著如此的貪婪和心機。

沈小姐接著說：「事到如今，江先生一直在努力周旋，看能不能由市長出面幹旋，最大可能地彌補損失。這裡頭，向鳴是個關鍵，所以才耽誤了給你過生日。」雙城聽得事態嚴重，忙說：「請沈小姐轉告江先生，讓他專心處理生意上的事吧，別為我分神。」

沈小姐這才微笑道：「你也要對江先生有信心。我看著他這麼多年一路波折坎坷走過來，沒有什麼會真正困住他。你放心，江先生是不會輸的，他一定能翻身！」她說話的語調突然拔高，大概是激動的緣故，聽來有些破音。雙城突然意識到眼前這位沈小姐對江南感情之深，大大超乎她的意料。

「那好，就祝馬可波羅號否極泰來，柳暗花明！」雙城說著舉起茶杯，兩只杯子輕輕一碰，發出清脆的聲響。

雙城很多時候都在靠近她家的外語系大樓上課。這樓有六十來年

歷史，是校園裡唯一一棟西洋式建築，用巨大的條石砌成，以六邊形塔樓為中心，兩翼鋪開，頗具歐洲色彩。雙城小時候總把這兒想象成童話古堡，年深日久，石縫里長出薄薄的青苔，蔓延開去，使整幢「古堡」都浸在一層淡淡的青色之中，典雅而幽靜。雙城坐在三樓教室靠窗的位子，用豎起的書本半遮著臉，呆呆地望著外面。她喜歡這大樓獨特的氣質，也幻想著某處遙遠的街道，兩旁都是這樣的建築，使得整個城市充滿了古樸和神秘……就像，愛丁堡。

一天前，雙城收到一封寄自英國愛丁堡的郵件，信封上除開她的名字，只寫著學校和系名，多虧系里的人都知道雙城，才最終交到她手裡。是卓然的信，裡頭厚厚一摞，全是在三峽時他為她拍下的照片：她一襲白旗袍，站在熙熙攘攘的朝天門碼頭上；她穿著「虞美人」，斜倚在豐都的古樹下……每一張都精美得像電影畫報。她拈起其中一張，照片上自己穿著背心短褲，側坐在大寧河的船頭，雙腿浸在翠綠的水波中，兩岸山青欲滴，已滴，滴落在她的馬尾辮梢、臂膀和肩上。她正回眸而笑，滿目星光，那一刻，一切尚未發生，她多麼得意，多麼快活。照片背後龍飛鳳舞寫著一行字：想收藏你的每個瞬間。

卓然的信很長，行雲流水，字跡灑脫，激揚處，雙城需要仔細辨認方能識出。信里回顧了航程中他們撲朔迷離的相逢，他像舉著一把小巧的鑷子，繞過了泥灰和污漬，只攝取最唯美的畫面，小心翼翼收藏進相冊中。他也談到無法與她同游英倫的遺憾，他說自己此刻就站在愛丁堡卡爾頓山頂上，夕陽正將古雅的城市鍍上金光。他還說短短幾天的相處，雙城的美麗聰慧使他難以自控，像亭亭在枝頭的一朵蓓蕾，一枚鮮果，讓他忍不住想去佔有。他慨嘆無緣，只能從膠片中去回味他們的擦肩……信的最後，他請求雙城原諒自己所有的唐突衝動，也請求她允許自己依舊對重逢保留著一絲企盼：末尾附上了他在台北的信箱地址。到底是文人，這信寫得優美動人，正是雙城曾幻想過的江南回信的樣子，而她那封漫長的情書，如石沈大海，沒有一絲漣漪。

雙城無數次提醒自己將思緒從愛丁堡，從維多利亞號收回教室里來，卻又無數次不由自主地放逐思緒，順著石縫里蔓延的青苔，悄悄游離出去。窗外幾棵高大的中國梧桐，秋天里飛絮如棉，輕撲在泛青的窗

台邊。雙城半眯著眼，聽見那白絮飄落的聲音，聽見風穿過梧桐葉，鳥停在樹梢上，以及遠處兩個人的呢喃……除了老師講課的聲音之外，她傾聽萬物，以便從中分辨出某個方向傳來的屬於江南的呼吸。

在這苔色蒼蒼的古堡里，她果真變成了童話人物，有過萬花筒一樣的奇遇，卻猛地被鐘聲驚醒，南瓜車離去，剩下她變回原來的樣子，陷在這苦悶的教室里。剝去了霓裳羽衣，她和身邊的同學看去無異。唯一不同的是，她的成績已經落到了全班最後，至今還掛著科。戲已散場，她卻再也回不去書本的寧靜。很多時候，她壓抑得想哭，想叫，想跳起來往外逃，可又能往哪裡跑？她連一個路標、一根稻草都找不到。

長夜無極，她看到南瓜車的珠光寶氣化作零星的燈火，撒落在嘉陵江對岸的田野里，在她睡意蒙矓的眼中，那些亮晶晶的光點重新聚在一起，幻化成一隻玲瓏美麗的水晶鞋。水晶鞋就壓在她的枕頭下，一枚如黛，一枚如月。那是江南送她的唯一禮物，定情禮物，到現在她才明白，原來這石頭代表的，是他贈她無數相思的晝與夜。

第十一章 鹅岭上

天凉之前，雙城讓駱陽陪她去了趟幾十公裡外的大足。兩小時長途，再接半小時中巴，進了大足地界，路旁便不斷閃過零星的石刻。石像大都殘破，看去皆是古物，離了廟堂森嚴，沾了人間煙火，或合十而立，或跏趺結坐在農家菜田裡。雙城自語道：「一縣六百八十佛，菩薩低眉在阡陌。」駱陽說哪有那麼多，莫非誰數過？雙城定定望著窗外，也不答她。那年月，大足石刻尚未被「世界文化遺產」收錄，遊客不多，北山又稍偏僻，沿著洞窟外的石板路盤山而行，寥落秋陽之中，竟得十分清靜。

倆人走走停停，一直到寫著「136號轉輪經藏窟」的門口才駐足。躬身進去，光線從石窟門上方的洞口斜射進來，柔和地照著一尊尊含笑而立的菩薩。八百多年前的石像，肌膚溫柔可觸，宛若在生。雙城見洞內觀音造像尤其眾多，持印的，捧瓶的，數珠的……更兼那騎象的普賢，馭獅的文殊，均是風骨祥瑞，衣袂飄飛，端然可親。她心有所動，便撿那專管人間情事的水月觀音龕前，也不管石板冷硬，只闔目跪下，祝禱起來。

雙城才剛二十歲，戀愛之事不過蹣跚起步，只是剛一上路，就遇到了江南，情不知所起，先受了一番作弄，心底雖盤桓著一股不甘不捨的意氣，可至於未來怎樣，方向如何，她也是一片迷蒙，只得全權托付道：「菩薩大慈大悲護念眾生，請賜我一個最好的結果，未來撥雲見日，得償所願，不負此情。」睜開眼，蓮花寶座上，觀音低眉含笑，她的熱切、相思、懷恨和猶疑，在這眼對視中，全都青天白日，一覽無遺。洞中此際悄無聲息，只聽岩間泉水順著古老的排水渠，滴答——滴答，敲打在石板上，悠長不盡，緩緩徐徐……

駱陽此時就站在雙城身後，擰著脖子去瞧洞窟頂上那些盤繞的

浮雕。來的路上，她窮追猛打盤問出雙城的心事，眼見這樣一個聰明人身陷情網，徬徨到大老遠跑來這裡磕頭求助，不免偷笑。駱陽還沒有愛人，感情上，她依然堅持自己的路線，跟師兄師弟們一視同仁地交往著，對他們的明追暗戀不迎不拒，不偏不倚。偶爾開恩，答應和某人單獨約會，說上幾句似是而非的體己話，也休想連續約到她第二次，抑或在她身邊保留任何固定的位置。大二里像雙城和她這樣出挑的女生，大都名花有主，甚至幾易其主，但駱陽不急，她手裡起碼有個陣容：等不來她的男生陸續退出，自會有新的成員加入，她依舊活躍在各種社團和舞會上，青春煥發，招兵買馬。

接觸的男生多了，駱陽心裡的條條框框也多了起來，其中一個重要標準，就是雙城身邊的男人。早先一個賀嘉，校園裡得以比肩的男生就不多，如今又添了位神秘的江先生，讓駱陽心目中的男朋友成了陽光照耀下的雪人，原本就抽象的面目更是融化得一塌糊塗。她略感失落，語氣便帶了刻薄：「別忘了我們都是學生，即使你比別人早走出學校幾步，見識還是有限的。」出了石窟，駱陽一邊用手撥得鐵欄桿噹噹作響，一邊不以為然道：「你現在這樣崇拜他，把他看得那麼重，多半還是接觸的人太少，等出了社會，有了閱歷，你未必還會在乎他。」雙城聽了先是後悔不該和盤托出，惹她吃醋，另一方面也明知此話有理，因而更覺添堵。

北山下來，又去寶頂。行至大佛灣華嚴三聖腳下，正逢一群人圍著一位銀髮老者聽其解說。老人年事雖高，卻口齒清晰，嗓音洪亮，說那文殊手中七級浮屠，高近兩米，重達千斤，八百年風雨巍然不動，全賴兩幅袈裟廣袖左右支撐，將重量引到了石像的軀幹上。「這是建築力學的完美體現，用的是中國古建築中撐弓、斗拱的原理。南宋工匠們刻意將菩薩的頭部放大，腿部增長，身體前傾，不僅符合信眾仰視時的透視關係，更讓人覺得菩薩慈悲，俯瞰著人間疾苦，人與佛有了眼神的交流，皈依之情便油然而生。」

雙城聽得入迷，便一路尾隨而去。隊伍行至寶頂石刻鎮山之寶「釋迦牟尼臥佛像」前，只見佛體安詳，頭北腳南，背東面西，右手支頤而臥。老者便說臥佛只現半身，另一半隱入岩中，右肩亦沈沒於地下，乃意至而筆不到之法，恰顯得博大無邊，因此素有「頭在大

足，手撫巴縣，腳踏瀘州，鎮佑四方」之說。他又指著佛前一列半身湧出的造像道：「釋迦涅槃之際，眾弟子送行不捨，尤其年少的徒弟阿難，痛哭流涕，苦苦拉著老師衣角央求不要分離。釋迦帶笑推開阿難，伸手一劃，地面湧出濤濤大河把自己和徒弟們隔開……」說著他又一指佛前的溝渠飄帶說：「佛家常言人有八苦，最難渡是愛別離，說起來就三個字──捨不得。捨不得啊，捨不得。要成佛，先得渡過這條河。」

　　駱陽得趣，向雙城耳語道：「你就是那小徒弟阿難，扯著江南的衣袖捨不得啊捨不得。」說話間，見雙城淚珠晶瑩，知她觸痛，方才忍住笑讓到一邊。這裡雙城正聽到釋迦降生娑羅樹下，「一手指天，一手指地，行走七步，步步生蓮……」只覺胸中暖流奔湧，美不可名狀，感懷處忽見石壁上筆墨蒼勁四個大字，「與佛有緣。」猛然想起那日華岩寺中，江南贈她的八字箴言，連同當時的「七步蓮池」一並找著了出處，心中激蕩，一時怔住。她與駱陽此時年少，未經世事，並肩站在那四字行書之前，像被看不見的手指在眉心點了一點，雖若有所悟，但到底惘然。

　　大足老街上石板橫斜，兩邊俱是低矮板房，每家每戶都在門口擺攤，出售些臨摹小像，可惜大多刀法粗糙，盡失風采，正應了才剛老者一句話：「心中有信仰，手裡的活兒才好看。」此時已過中午，天氣轉陰，鉛灰色的雲朵越積越厚，終於承托不住落下雨來。才幾分鐘，就淅淅瀝瀝成了勢，倆人只好胡亂揀了間飯鋪避雨歇腳。雞毛館子連張餐單都沒有，老闆娘過來報了幾道菜名，看樣子買什麼做什麼，做什麼吃什麼，也沒多的選擇。於是駱陽要了魔芋燒鴨，雙城加了份酸蘿蔔老鴨湯。鄉下人花樣雖少，分量給得卻很足，各自一碗甑子飯下去，桌上的菜才只吃掉一半。

　　雨勢漸大，順著瓦檐流成了一道水簾。路過的鄉民沒帶傘，又捨不得花錢進來坐，便擠在窄窄的屋檐下，打望店中兩位美女。駱陽往門外橫了一眼，側了側身，向雙城問起英語過級的事情。雙城正望著雨水洗淨的石板路，憶起大昌古鎮的一幕，被她這一問，立刻回到了嚴酷的現實中：「是啊，要考試了，還一點沒復習呢。你呢，把握大嗎？」

　　「我上學期就過了，哪像你，玩得校門都找不著。老實告訴你，

我準備試試專升本，說不定還想本碩連讀。我不著急，當學生挺好的，我想一直讀到國外去！」駱陽俊美的面孔在潮濕的空氣中熠熠發亮，希臘雕塑般的線條顯得神采飛揚，眉宇間俱是驕傲。雙城突然覺得她如此漂亮，猶在自己之上，不禁問道：「駱陽，你愛過誰嗎？」

「沒愛過，沒有誰能真正吸引我，現在談愛還太幼稚，我可不像你這麼容易心動。」

「那就先別愛。也許你是對的，我感覺愛情在付出的同時就已經貶了值。」

「那是你的愛情，而且這恰恰說明它並不適合你。只不過你現在正發著高燒，還不肯吃藥。」駱陽呵呵笑著，停了停又道，「畢了業，你打算去哪兒？北方還是南方？」

「不知道，但離開重慶是肯定的。也許，去更遠的地方。」

「比如呢？」

「比如……愛丁堡？」雙城沒由來地說道。

「那不是英國嗎？你也想出國？」駱陽興奮道，「不謀而合啊！所以你知道了吧，我不能被任何人捆住手腳，沒有什麼比這個計劃更重要。我一定要出國。」對這最後兩個字，她加重了語氣。雙城這才明白那熠熠發亮的東西到底是什麼。

從大足縣回來，那雨就沒歇過，半年不見陽光的陰霾天又開始了。雙城討厭這樣的季節，她還年輕，又極為敏感，對凋零和蕭瑟懷有單純的不滿，似乎好日子都離她而去，只等著寒冬來將她掩埋。這天，雙城突然收到陶沙的電話，說她已在一家廣告公司做了總經理助理，公司新開張，人手還不夠，碰上健力寶明星李寧到訪重慶，合作方想找幾個女孩子接待一下……掛了電話，雙城便把這事兒轉給了駱陽。隔天，「健力寶禮儀小姐」的廣告由學生會張貼了出去，校園裡七八個出挑的女生很快被召集到一起。

接機那天，重慶陰雨綿綿，身著旗袍、斜掛綬帶的女生們在沒有暖氣的機場大廳裡凍得渾身發抖。瑟瑟中，雙城憶起當天河灘上馬可波羅號的下水儀式，短短一年，已是滄海桑田。約莫兩個鐘頭後，才

亂哄哄地迎來了貴賓。雙城走上去，將尼龍花環掛在一位南粵面孔的中年人身上，相機快門頓時響作一片，雙城的照片於是出現在第二天的晚報上。讀完報她才知道，那人叫李經緯，當時剛剛買下了紐約帝國大廈的一整層樓。

中午在解放碑的歡迎宴也讓雙城走神，眼前不斷閃回跟著江南出入應酬的日子。心裡揣著事，她顯得沈默了許多。好在外語系一位姓童的女生長得嫵媚，又善辭令，配搭陶沙頻頻敬酒，這才撐起了場面。魚翅端上來，每人一份，盛在精緻的小碗裡。駱陽難得出來嘗鮮，兩口扒了，不禁贊道：「這粉絲好吃，我們學校食堂就做不出這味道！」眾人聞之皆笑，她身邊一位老闆連忙喚道：「服務員，給我們這位小姐再來一碗粉絲！」

飯後，陶沙給學生們每人結賬三百元，獨雙城、駱陽和那位姓童的女孩每人加多一百，又說晚間還有活動，請她們三人繼續參加，工資六百，事後結算。雙城笑笑，抽出那一百還給陶沙，只說晚上還要復習。陶沙避過眾人，暗中攔住她說：「你別沒眼色，這幾位可是國內數得著的富豪，比那幾個台灣佬實力強多了！」陶沙之前因嗔怪雙城的失勢連累了自己，心頭餘怒未消，忿然又道：「你跟那江南不也沒怎麼嗎？何必苦著一張臉，扮什麼守身如玉？讀書不也是謀個前途嗎？如今機會送到手邊，倒擺起架子來了？好歹也是見過世面的，還不如人家小童會來事……」雙城聽不下去，只得打斷道：「你別瞎扯，這事跟江南有什麼關係？再說，我的前途，我自己有數。」陶沙還欲糾纏，被雙城一句話堵在了嘴邊：「得了吧，陶沙，就跟你真關心我似的。咱們路數不同，我讀我的書，你發你的財，再見！」雙城走後，駱陽和小童留下赴了當晚的飯局，日後在學校碰見，雙城一句不問，駱陽也只字未提。

機場吹的冷風引發了一場流感，雙城一躺十來天，體重掉了好幾斤。才好些，週末學校禮堂上映奧斯卡電影《末代皇帝》，雖說是幾年前的舊片，校門口和饒家院海報一貼出，電影票還是供不應求，就連駱陽這樣人緣廣大，也只弄到兩張下午場。不過她真有本事說服排隊的男生乖乖棄了權，讓出一張票給她拿去慰問雙城。

這部電影剛出爐的時候，雙城就在文化館錄像廳裡看過，片子剪

得七零八落不說，偷拍的效果像在水裡浸過，各種顏色模糊在一起，畫面總是影影綽綽。時隔幾年，雙城唯一記得的，只有年輕皇帝那張冷峻的臉。如今她情竇已開，萬事萬物看在眼裡，都有一種將心比心的同情，所以此番與前不同，一段故事看得跌宕滄桑，感懷惆悵。待末尾溥儀從龍椅下哆哆嗦嗦掏出竹簍，宿命的蟈蟈輕輕一躍跳出樊籠……雙城禁不住在觀眾席裡淚流滿面，哽咽出聲。駱陽替她難為情，怕被周圍同學笑話，少不得左右遮掩，就這樣緊貼著一前一後隨著人流往外走。

這個時候，江南在一牆之隔的馬路邊已經站了足足半個鐘頭。他姿態悠閒，臉上看不出任何的焦急，也沒有過多的期許。他倒寧願在這兒多待一會兒，看看身邊三三兩兩走過的女學生，想象雙城夾在她們中間的樣子，也想象當她從人群中看見自己時，那張多情的小臉會是什麼樣的表現。喜形於色還是怒不可遏？熱淚盈眶又或者形同陌路？當然，她更有可能根本不在其中，等不到也是他活該。想到這裡，江南微微一笑，無論哪種結局都讓他覺得有趣。

但他還是輕而易舉就從散場的人潮中發現了她。仍是一頭瀑布般的長髮，裹得緊緊的黑色高領衫外，套著件寬鬆的棒針白毛衣，看上去和身邊的同學一樣年輕，卻比他們顯得更為精緻、典雅、卓爾不群。即便置身嘈雜之境，她仍顯得孤獨而冷清，彷彿雲縫中投射出一束光，卻只照在她一個人身上，使得她從人群中凸顯出來，從頭到腳煥發出一種明亮。

這樣的清麗脫俗不僅讓周遭側目，也令江南一看見她就生出一種驕傲，為她的美好而驕傲，為自己佔據她的感情而驕傲。雙城的身影被旁邊的女孩遮擋得忽隱忽現，江南因此注意到走在她身邊的女伴也很漂亮，可惜線條、氣質生硬了些，挨在一起，做了雙城的畫框。也許是自己偏心，他想。

江南這天穿一件咖啡色立領皮夾克，顏色帶點棕黃，窄腳褲束進一雙做工考究的高幫靴裡，使他整個人顯得既年輕又時尚。雙城後來才知道，那叫馬丁靴，英國貨。他斜倚著一排石欄，雙手插進口袋，稍稍仰著下巴，一身的瀟灑不凡，吸引了所有路經的目光……誰都不可能錯過他，包括駱陽。當駱陽意識到必須收回自己停駐太久的注意

力，並挽著雙城昂首走過的時候，卻驚奇地發現這兩人的目光早已膠著在一起。雙城止住腳步，那男人則迎了上來。「天哪，這就是江南！」駱陽回過神來，嚇了一跳。

雙城臉上有一種複雜的平靜，既不是歡喜，也沒有埋怨，她篤定他必會出現，只是不知道在哪一刻，在什麼地點出現，她像從黑暗的海底迅速上浮，一路不見光，亦沒有聲響，只有一個不甚明確的方向，興許這深淵連接著宇宙黑洞，那麼絕境將永無盡頭。她不是沒有這樣害怕過……可就在她快要迷失的剎那，突然「嚯」的一聲，她衝破了海面，天地久違，乾坤朗朗，刺目的光亮中，江南就站在岸上，望著她，一步之遙。三個月來的反復練習瞬間就已忘記，雙城屏住了呼吸，抑或已經無法呼吸，她不想露出痕跡，卻無奈眼中閃電霹靂，千言萬語，早由不得自己。

江南走近她，笑著問道：「電影好看嗎？」還是一貫地閒適、溫和，就好像今天上午他們才剛在武漢的酒店分了手。「你怎麼會在這裡？」雙城盡量鎮定。江南聳聳肩，只略一笑，又再問她：「電影好看嗎？」「電影那麼重要？」雙城的聲音裡有劍光。一縷碎髮被風吹到她臉上，在唇邊輕舞飛揚，她一動不動地站著，姿態有些僵硬。江南瞧著她孩子氣的英烈模樣，幾個月不見，小巧的臉型愈見單薄，在黃昏的光線下白得幾乎失去血色，想是為自己嘗盡了相思之苦，便忍不住伸手去拂拭她面上的頭髮……駱陽這才警醒過來，告辭先走。江南衝她一點頭，算是打過招呼。

他和駱陽想象的大不一樣。她走出兩步，返身又道：「明天放風箏，你還去嗎？」「去！」雙城答得很快。江南不禁問：「秋天放風箏？」駱陽衝他笑道：「有風就能放，江邊風大。」

駱陽一離開，雙城便轉身往沿江路方向走去。江南不緊不慢地跟在她身邊，雙手仍舊插在褲兜裡，皮夾克的袖子摩擦到雙城的毛衣，每一次微小的碰觸，都震得她心如浪擊。她用盡了力氣，不讓淚水在眼底積聚。終於，江南重又開口道：「沈小姐回台灣了，忘記給我你的電話。我今晚飛北京，後天去香港，上午辦完最後一件事，就剩下半天時間，突然很想見你。今天是週末，你們系裡頭沒人，那位龔老師也不在。我問羅軍，要不要到校園裡碰碰運氣。他說如果是他，就

在校門口死等。」說到這裡，江南伸手撥了撥頭髮，像是有點不好意思。他發跡線生得高，因此髮型很重要。「到了校門口，看到電影海報，我想，這麼好的電影，你應該不會錯過。一看只放兩場，大不了站到夜場結束，這半天也算等過你了，還好運氣不錯。」

「萬一我沒來呢？」雙城只顧走，並不看他。「我讓你等了三個月，白等你半天也應該。」江南停下來，擋住她的去路：「我時間不多，今天晚點回家可以嗎？一起吃飯吧。」三個多月，她就等來他的幾個鐘頭，而對於這樣不合理的約會，雙城卻無法拒絕。誰知今晚以後又有多少山長水闊？「那我得打個電話回家。」她垂下了頭。

羅軍的車就停在校門口，上車的時候，他回頭朝雙城笑笑，什麼也沒說。江南大大方方陪雙城坐了後座，雙城想，他今天特意著了便服，是要重申二人工作關係的結束，那樣當著所有人的面被解雇，也是為成全他今日的方便。江南讓雙城用他的手機往家打電話，然後側過頭欣賞她為了自己撒謊。羅軍在前一言不發，連後視鏡也不看，雙城的臉卻紅到了耳根下。

「你還沒告訴我，那電影好看嗎？」待她打完電話，江南又一次問道，這一回像是要化解她的尷尬。雙城只好接茬：「幾年前的奧斯卡了，你難道沒看過？」「看過，所以想知道你喜不喜歡。」雙城沈吟道：「以前不怎麼喜歡，但今天看的時候，感覺不一樣，很傷感。」「為什麼傷感？」「我感覺它在講人的一生就是不停地失去，失去親人，愛人，朋友，最後失去自己，就算他是皇帝也躲不過去。越是在乎的，就越會失去，等到一無所有了，就……」「就什麼？」「就自由了。」江南聽罷，不由得握住她的手，感覺冰涼，便用力搓了搓：「你是看懂了，但還是不懂的好，小小年紀，何必這麼通透。」

車開到兩路口附近的鵝嶺公園，天已黑盡，因鵝嶺頂上的兩江亭歷來是重慶賞夜景的去處，所以公園並未關門。江南吩咐羅軍自行晚餐，兩個半小時以後過來接他。「兩個半小時……」雙城心裡微微一黯，也不說話，自顧自往坡上走。江南在身後追趕，她卻愈發加快了腳步……秋天，鵝嶺有一年一度的菊展，坡道兩邊，連綿不斷地擺放著大小層疊的花盆，夜色里看不見菊花之嬈，疾行中卻聞得芬芳撲面，正是菊花獨有的清苦之香……在轉角的花架旁，路燈外的陰影

里,江南追上來一把捉住了雙城的雙肩,然後將她反轉過來面對自己,俯身便吻了下去。雙城來回擺著頭躲避,長髮拂到臉上,像一張網:「要是羅軍說不來,你就不來了嗎?」她低著嗓子嚷道。

「他敢說不來,我就炒了他。」江南帶著笑,輕輕箍住她的臂膀。雙城依舊別過頭道:「要是我不去看電影,你就不見我了嗎?那我真不該去!」「為什麼,你不想見我?」「不想你那麼……輕易!」雙城咬著嘴唇,淚光在眼眶中打轉。江南這才收了笑,認真在她額頭上吻了一記:「這些日子,我可一點都不輕易。」

重慶市內數鵝嶺海拔最高,山頂上有一間餐館,看上去生意冷清,雖然正值飯點,上座卻不過兩成。江南向樓面經理要了一間能看夜景的包房。包房在走廊盡頭,面積不大,探出窗口,卻發現整個房間凌駕在懸崖絕壁之上,一枝黃桷樹丫從窗櫺上搭下來,為嘉陵江的夜景鑲了個框。江南飛快地點了菜,打發了經理出去。廚房顯然不忙,一會兒菜就齊了。江南胃口倒好,飛快地填了兩碗米飯下肚,拿茶水漱了口,見雙城基本沒動筷子,擦了擦嘴笑道:「菜不好吃是吧?所以生意不好,人少,才能安安靜靜地和你說話。」雙城道:「你才住了幾個月,比我這本地人還熟。」江南故意忽略她話中的含意,只笑問:「怎麼,你沒來過?那太可惜了,我應該白天帶你過來。這裡的菊展品種很多,你那麼文雅,一定懂得賞菊。」

上著班開著會,突然偷空去看菊花,這種逸事自然是江南的風格;而鵝嶺賞菊和當日華岩寺觀蓮,身邊卻有不同的伴侶,這大約更是他的風格……只有兩個半鐘頭,江南沒給她機會發作。雙城按下性子,嘴上只說:「小時候學校組織來看過,菊花雖好,一想到回去要交作文,就沒那麼開心了。」「作文怎麼寫的,還記得嗎?背兩句給我聽聽。」「'帥旗紅迎風招展,獅子頭金光燦燦。'……能怎麼寫,還不都是幾句俗話,東拼西湊來的。菊花是花中隱士,得要南山東籬下拜見,淨瓶清水里供奉才顯出品格,如今隨隨便便堆在街邊,讓人想來看就來看,沒人看就風吹雨打冷落在那裡,哪兒還有什麼風骨氣質,不看也罷!」雙城說著抬眼望他。她雖兩頰消瘦,但雙眸如星,異常清亮,有一種凜然的味道。

「還是這麼伶俐!」江南嘆道,「不是不想來看,是想等一個更

好的機會，好好地看。其實，今天也不合適，太匆忙，總覺得與其慌張潦草，不如不見，見了反倒對你不起，但我終究忍不住，所以交給老天爺去碰碰運氣。就像在三峽的時候，並不是你我的好時機，但發生了就是發生了，我也沒辦法。」江南說著握住雙城的手，停了停又道，「是我打攪了你。」

雙城聽到這最後一句，心底抽痛道：「不用抱歉，我沒事，我很好。」說完抽回手，起身走到窗邊。隔江對岸萬家燈火，在城郭中星輝閃爍，最後暈開在她眼底，化做一片光影模糊。「你不要誤會我的話。」江南站到雙城身後，伸出雙臂將她整個摟入懷中。又一次，他身上剃鬚水的香味縈繞鼻底；又一次，那深沈而熱暖的呼吸觸動肌膚，令她虛弱，令她起伏。「我當然愛你，想得到你，從我第一眼見你。可你知道的，馬可波羅號如今一團亂麻，我身不由己。我想處理好這些事再安安心心去找你。我怕我現在給不了你一場優質的戀愛，懂嗎？而且，我也希望你好好待在學校，不要再攪進亂七八糟的男人堆里，他們會傷害你。」說到後來，聲音已變作呢喃，江南的嘴唇輕輕摩擦雙城耳際，感覺她的皮膚一點點有了熱度。

終於聽到那一句，雙城心痛如絞，又冰消雪融。她扭轉身望著他說：「只有你才會傷害我，」一語未了，忍了整晚的眼淚崩壞決堤，撲簌而落。這眼淚一斷線，她的話也跟著亂了秩序，顛三倒四說：「我給你寫信……寫那麼長信……你沒電話……還解雇我，讓人來笑話我……我不明白，明明先開始的人是你，為什麼最後割捨不斷的只有我自己，這不公平……你明明在重慶……可你不來……不來就不來，永遠別來，你把信……把信還給我……」她越急，話就越說不清，江南看得又是心疼又是有趣，只捏住她下巴道：「原來我的雙城也有嘴笨的時候，好啦好啦，你的信我寶貝著呢，反反復復讀得都能背下來了，來來來，不信我背一段給你聽……吶，江南，回到重慶三天了，三天以來，我一直在想以後該怎樣稱呼你，想來想去，還是決定叫你的名字，世上再沒有另外兩個字可以概括你的美好，可以讓我如此心動，如此從深處源源不斷地噴湧出幸福……」

「別念了！」雙城紅著臉伸手擋在他嘴邊，「別念了，你要真記得，就一輩子記得，反正這樣的信，我是再也不會寫了。」江南便笑：

「學生背得這樣熟，老師卻不來考試，豈不浪費苦心？」「不浪費，等有一天你不想要了，就從頭到尾再念一遍給我聽，聽完我就走，絕不怪你。」「可如果想走的人是你呢？」「那你也從頭到尾念一遍，念完我就留下，哪兒也不去了。」雙城陷在自己編寫的劇本裡，繾綣纏綿，愈發淚如散珠，彩線難收。江南只說：「真有那一天，我就把信還給你，好好地送你走。」見雙城發愣，他接著又說：「我說過我恐怕給不了你理想的戀愛。雙城，你真的願意一試麼？」雙城淚水堵住了鼻子，悶聲答到：「這話你怎麼不在那晚之前問我？」江南只得嘆息道：「我說過，都怪我，我先動了心，我沒忍住。」

說完這句，他的嘴唇便向雙城覆蓋上來。雙城左抵右擋之際，只聽得他在耳畔哀求：「罰夠了沒有？」才一恍惚，便城池失守，感覺江南千軍萬馬，闖進關來。太多的相思，太長的等候，數不清的怨恨哀愁，瞬間化為烏有。愛情變得如此真切，毋庸置疑，一切道理退隱而去，只見當下，唯求此際。與江南的初吻，她是完全失憶，此時只覺江南像在她嘴裡搜尋一樣東西，每個角落都細細勘察不漏毫釐，她只能袖手旁觀，放任他在自己身體里翻箱倒櫃，掘地三尺……過了一陣，江南只好抽身出來，掰正她的臉，喃喃自語：「一點基礎都沒有，看來我得從頭教你。」他那邊再三鼓勵，雙城終於鼓足勇氣回訪過去。這點回應已足夠江南歡喜，立刻化身一個巨大的漩渦，引導著她不斷向前，墮入那天花亂墜的深淵。

餐館朝向懸崖那一面都是雅間，一間連著一間，長龍般攀緣在石壁上。如果這時候有一雙眼從空中眺望過來，便會看見有人在頭兩間房裡碰杯划拳，有人在中間的房裡打牌抽煙，而隔著幾扇沒亮燈的窗戶，長龍盡頭的那扇窗前，則有兩個人的剪影糾纏在一起，緩緩游動，像一尊正在復活的火山……

餐廳打烊前，經理進來結了賬，續了最後一輪茶水。江南又向窗外看了一眼，說這懸崖上的房間讓他想起他大伯早年留學日本的一段奇遇來。那時學校放假，幾個中國同學相約去箱根泡湯，住在鄉下的溫泉客棧，也是這麼一間懸掛在絕壁上的小屋，夜裡聊到這一帶自古以來是情侶殉情的勝地，應是魂魄不散，便有人提議請碟仙玩。「那個遊戲我聽過，沙盤上會顯出字來。」雙城插嘴道。江南說：「通靈的

遊戲不能隨便玩，一旦魂靈留字，那便是找上了你，托付的事就沒法再推辭。」「那他們看到字了？」「是的，更奇怪的是，留的是個漢字，冤枉的冤字。」雙城聽得身上發冷，不由往江南懷裡靠了一靠。江南摟緊她，接著道：「第二天大家忍不住好奇，跑去向客棧老闆打聽，才說一年前這屋裡住過一對東京來的情侶，雙方都是中國人。夜裡聽到二人爭執，說的也是中文。第二天一早，男子獨自離去，留下年輕女人在屋裡哭哭啼啼。到第三天，女人也失蹤了，老闆不見人出來，進屋查看，卻發現窗戶大開，趕緊報警聯合鄉民到懸崖下搜尋，天黑後才找到屍體，據說還懷著身孕。人是從窗戶那兒掉下去的，摔得七零八落，很慘。大家聽完不勝唏噓。原本就算了，偏我大伯多事，覺得如果賭氣自殺，沙盤上不該是‘冤’字，應該是‘情’，或者‘恨’之類的字眼。店裡登記用的是假名，但查看當地舊報紙，卻零零星星拼湊出了男方的線索，甚至還有他的姓名。很多年後，也是機緣巧合，我大伯竟然在台北遇到了那個男人，他早已娶妻生子，成了一位體面的紳士。但當我大伯一提起箱根那間客棧的名字，男人就臉色劇變，手抖得握不住茶杯……回來以後，我大伯認定就是他殺了那個懷孕的女人，因為他臉上就寫著兇手二字。」雙城恍然道：「他假裝離開，然後夜裡悄悄回來，乘她不備，把她從窗口推了下去，是這樣嗎？」江南撫著她的背脊說：「我大伯也是這樣猜的，但那麼多年過去，早沒了證據。可憐那女子魂散他鄉，難歸故里。」

　　沈默了幾秒鐘，雙城突然問：「為什麼想起這個故事？」「我說了，因為懸崖小屋。」「還有呢？你到底想對我說什麼？」見雙城不依不饒，江南便笑：「真沒什麼了，我只是想，即便是這樣陰暗的故事，剛開始的時候，他們一定也兩情相悅過，是愛情裡的佔有、怨念和執著才讓結局變得不堪。」雙城聽罷再次走到窗前，夜風拂動她的長髮，像一個戚戚的幽靈。她回身望著江南，徐徐說道：「不在乎天長地久，只在乎曾經擁有。你想說的話，送那塊表的時候，我就知道了。」

　　秋天的嘉陵江，河水澄清了不少，變成一種半透明的瓦灰。河道狹窄，裸露出嶙峋的河床。「雙城，下來吧，別老坐著！」駱陽喊了不止一次，雙城只是擺擺手，獨自坐在高高的岩石上，望著河灘上的駱陽和同學們七嘴八舌地商量怎麼把風箏升起來。她病剛好，不該這

樣坐在風地裡，可從昨天到現在，突然間紛紛擾擾，太多的歡欣和遺憾堆積在腦子里嘰嘰作亂，很需要被這秋風理個清爽。時間太倉促，她有一百個一千個問題，統統被江南閃電式的出現和退場封殺在了肚子里。才一句「罰夠了沒有」，幾個月來的決心便土崩瓦解，連她自己都覺得荒唐，如此輕易就原諒，那麼那些深宵獨坐、淚流滿面又有何重量？

河灘上傳來一陣歡呼，五彩繽紛的大蜻蜓終於攀住一陣風爬上了高空，一陣顛簸後，總算平穩下來，駱陽用白紙剪成一個圈，小心翼翼套進線軸里，一鬆手，那紙圈便打著轉兒，沿著風箏線一路爬上了青天。「看吶！雙城！這叫‘寄給未來的信’！你也來寄一封吧！」駱陽揮著手，為自己的浪漫感動不已。看著那「信箋」越升越高，直到遠成一個小小的白點，雙城也禁不住鼓起掌來。

臨別的時候，江南留給她一隻厚厚的信封，那裡頭當然不是情書。他說他依舊付她工資，更高的工資，但她唯一的工作就是念書。從現在開始，她不必再靠家裡養活，江南那裡給她建立一份基金，考得好，就拿走，考不好，就一直攢著……他問學校什麼時候放假，雙城說得明年一月。「那差不多又是三個月，」江南摟緊雙城，埋首嗅著她的體香，「三個月就三個月，估計到時候馬可波羅的事也有個了結了。你安心讀書，把功課補上去，寒假我們去旅行……你想去哪裡？」雙城遲了幾秒才回答：「去一個你不急著接電話，不急著趕飛機，也不急著去開會的地方，哪兒都行。」江南聽罷，又再吻她：「你還沒見過大海吧？那咱們就去海邊，就我跟你兩個人。」

雙城走下河灘，從駱陽手裡接過一張「信箋」，寫上「海邊見」，再照著樣子套進線軸里……白蝶翩躚，盤旋而去，轉眼便消失在風箏線的盡頭。

雙城突然發憤圖強起來，無論是來自陶沙還是駱陽的活動邀請，通通推掉，除了上課，她總把自己關在三樓小屋裡學習，密密麻麻的稿紙寫滿一本，扔掉，又寫第二本。為了集中精力不分神，她嘴裡總是大聲讀著，不是單詞就是課文，一天下來，常讀到喉嚨沙啞，卻只覺痛快。漸漸地，不用朗讀，她也能充分理解她所閱覽的內容了，外界的嘈雜和內心的騷動不再能夠打擾她。她沒再給江南寫信，如今江

南行蹤不定，寫了也不知寄往哪裡；再說上一次江南並沒有回信；再再說，自她收下那只裝錢的信封，就不知該寫什麼好了。說愛，不說愛，都不合適，只好埋頭念書，一想到江南，她就大聲朗讀，把所有的尷尬和疑問都留給未來去修補。他又一次音信全無，她只好收起羽毛，將頭埋進沙堆裡，假裝忘了自己發憤圖強的理由。

好幾次雙城趴在書桌上睡著了，一覺醒來，已是深夜。窗外老樹掉光了舊年的葉子，余下一副骨骼顯露出來，才見滿樹麻雀和高高低低的鳥巢，如一幅筆墨淒清的枯木寒鴉圖。透過這一樹屏風，對岸人家燈火未眠，這一年來似乎又密了些。濃黑的部分依舊是鄉野，伸展到快要看不見的地方，便出現了一段沿江公路。轉彎處有一盞路燈，細雨迷蒙的夜裡，那點燈光和地面反射出的亮，融成濕漉漉的一團橘黃。在那舞台追燈般的光團里，每隔一小會兒，便有車輛飛閃而過。隔著玻璃窗和嘉陵江，雙城默默地注視著那團光……她想江南會不會就在某一輛車上，眨眼之間，便離自己近了一點。有時她索性熄滅台燈，趴在窗口，慢慢放虛了焦點，透過那一樹清奇的輪廓，讓燈光在眼裡浸潤開來，放大成一顆顆寶石，閃爍在枝丫上，成了她的聖誕樹。「江南，聖誕快樂！」她在心底默默地說。

冬天長江枯水停航，靜融終於回來了。雙城一見她，就被她的風韻嚇了一跳。靜融的長辮子打散在背後，燙成了一頭蓬鬆的波浪。原本單薄的身材添了兩分豐腴卻未失苗條，皮膚有說不出的鮮亮，笑眼清靈，波光蕩漾。「那誰，小鄧，我和他好了。」靜融宣佈時帶著一點傲嬌，儘管她知道雙城不以為然。

下午雙城和小鄧打過照面，那人還是老樣子，對靜融千叮萬囑、無微不至，簡直像在表演。但又有一點不同，神態中多了一種宣示主權。他打量雙城的眼神也帶著點敵意，這讓雙城立刻意識到靜融已經轉達了自己對小鄧的評語。她之前總以為小鄧和自己保持距離是為了讓靜融寬心，眼下看來卻不盡如此。在他倆彼此靠近的過程中，雙城感覺自己成了二人結盟的投名狀……而最讓她彆扭的，是小鄧那種割愛的表情。什麼時候靜融跟她在一起，還得由著小鄧高興？從前和黃濤說說笑笑畢竟隨和，如今這小鄧竟是完全不買她賬，靜融卻因此更加服氣，只能對雙城抱歉地笑笑——那笑，在雙城看來也有得意。她

不得不承認一點，小鄧對自己的放肆正是源自靜融的加持。

天已經冷了，雙城一邊說話，一邊把手插進靜融的棉衣腋窩里，像她們小時候依偎著上學那樣。靜融下意識地夾緊了胳膊，好讓她暖和。她又聞到了靜融身上獨有的清潔的芳香，如此安心，令人舒暢。可一想到小鄧的臉色，一想到靜融對自己的背叛，一想到這種光景只會越來越少，一陣酸楚便湧上了眼角。

還是沿江路上外語系旁那家麻辣燙。還是靠邊的小桌坐下，還是一個人就把「耗兒魚嫩鴨血豆皮藕片……」一一勾上，彼此不用問，都知道要點啥。油鍋還沒滾，雙城握住靜融衣袖，皺眉道：「他現在對你千依百順，總歸還是誘餌，沒達到目的之前，誰知道是不是假象……」話沒說完，靜融便打斷：「你別總把他當成壞人好不好？不是人人都像你想的那麼複雜，他喜歡我，對我好，是真心的。你知道我來例假會頭暈，天一冷更厲害，這些他都記在心上，到了那幾天，他就會打熱水過來給我泡腳，泡暖和了再睡覺。不讓我沾冷水，洗衣服、拖地板就不說了，等我眯一覺起來，幾雙鞋擦得乾乾淨淨，烘得暖暖和和，上了油打了蠟，整整齊齊碼在那兒。他說看我在前台一站一整天那麼辛苦，又幫不上忙，只能把鞋子弄舒服些，算是一點分擔。說實話，從小到大，還沒誰這麼疼過我呢。」

據靜融說，他們確定關係也就是最近的事。那晚，王朝號回程停靠寸灘碼頭。除了輪值的幾個，船上年輕人都去岸上宵夜燙火鍋。下船的時候，靜融落在後面，夜裡風大，跳板晃得特別凶，她稍一遲疑，小鄧便回頭一把握住了她的手。這一握就再不肯撒開，靜融彆扭了幾下掙不脫，心裡好笑，也就任他牽了走。好在黑咕隆咚的，河灘上又冷，大伙兒走得飛快，倒也沒人注意。後來一班人圍著土灶吃得正熱鬧，神不知鬼不覺地，小鄧的手又在桌下抓牢了靜融……台面上不動聲色，桌底下卻汗津津地十指相扣，那種緊張、快活，要說銷盡人魂也不為過。

雙城聽著靜融甜蜜地述說，想象著冬夜碼頭上那一桌火鍋，因而又想起萬縣的畫舫，巫山的柳葉舟，想起維多利亞號上的種種，想起這一江春水，如何牽動兩岸兒女情長，惹古今風月，盡付其中……

　　靜融又講：「小鄧以前跟何敬東同屋，那人你知道，徐曉嵐的事過去沒多久，又開始吊兒郎當，鬧騰得他沒法學習。後來他把庫房整理了一下，旁邊隔出一塊來睡覺。領導想讓他兼了庫管的職也不錯，夜裡急用東西更方便，就同意了。所以一下班，我們就窩在那房裡，他復習他的功課，我看我的小說，也沒什麼可做，但只要待在一起，就覺得時間容易打發許多。還好有他，否則就這麼一趟一趟悶在船上來回跑，叫人怎麼熬？」雙城也道：「是啊，聽說遠洋輪的船員，有的還精神失常呢。」靜融笑：「倒沒那麼嚴重，船靠碼頭的時候，我們也上岸玩。不過，都是些小地方。停寸灘去燙火鍋，到萬縣就吃烤魚，靠奉節的話，可以買臍橙回來剝，宜昌熱鬧些，逛逛碼頭夜市，買點小東小西。有時候碰上誰過生日，大家也湊份子去唱卡拉OK……」「幹嗎花錢唱，船上不是有卡拉OK嗎？」「天天待在船上，早都煩了，領導又走來走去的，哪還有心思唱？再說，每天都是我們服務客人，偶爾也讓別人服務一下我們！」

　　靜融的面孔在燈下愈發光亮，雙城突然悟到一點：離了她的靜融並不寂寞。眼前的她如今是王朝號上的公主，有同事圍著，有小鄧寵著，時不時地，還有客人追求著，離開雙城的日子，靜融不但沒有缺失，反而更加快樂。她們分離的結果只是她一個人的失落。這念頭一閃而過，歸根結底，雙城還是願意靜融快樂，更何況，她自己的心思也全系在江南身上。世間的青梅竹馬，結局總不過各奔西東。

　　「剛上船那陣，我心裡常發慌，一到夜裡就想家，你又不在。犯了錯吧，怕丟工作；不犯錯吧，又怕一輩子就耗在這船上看不到前途。現在和他有了長遠打算，也就有了盼頭。你別看他傻傻的，其實心裡特別有數，現在考試準備得差不多了，等錢一攢夠，他就辭職上岸，脫產讀書。」「那你豈不得養他？」「談不上養，他有積蓄。再說，養，我也無所謂。他的計劃，一步一步地，都看得見，摸得著，就算先吃點苦，也值得。」

　　對岸山丘在夜色里只剩起伏的輪廓，冬天江流平緩，燈光倒映水中，金紅、銀白，串成一條條珠鏈和彩帶。靜融說：「你看那邊，建了好些新樓。我們廠也賣了一塊地，將來要蓋商品房。小鄧說等賺了錢，就買一套望江的房子，江風吹著，景色又好。」「天天在船上還

沒看夠？」「他說望著這條江，就會記住我們的現在。」「行了吧，那是長江，這可是嘉陵江，別謝錯了媒人。」靜融笑著從鍋里撈起兩片海白菜，放進雙城碗里道：「我知道，我們這種平平淡淡的活法不合你胃口，給你，你也瞧不上。」雙城接過碗說：「什麼瞧得上瞧不上的，各人有各人的經歷，我還羨慕你們耳鬢廝磨心心相印呢。」

店家往鍋里添了湯，靜融將台面上的東西一股腦全丟進去，低頭撥大了火苗。「對了，天還熱著的時候，有趟在大寧河換小船，看見江南了，葉丹、米拉，還有一個叫什麼……」「杜鵑？」「對，反正是旅遊學校的幾個。江南和葉丹走得很近，大家都看見了。聽說其中還有幾個台灣來的明星，隔得遠，我也沒看見。」雙城瞭解靜融說話的風格，她要說「走得很近」，那麼別人看上去江南和葉丹便確定是情侶無疑。江南在記者團之後又組織了明星團，繼續為馬可波羅號造勢，這點雙城倒聽沈小姐提過。如今想來，也是遣走她後補償葉丹的一次旅行。靜融既說「大家都看見了」，雙城便可想象眾人的反應如何。這恐怕也是小鄧眼中輕蔑的來由——他是要把這貪圖榮華的榜樣貶低個夠，才好讓靜融死心塌地和他粗茶淡飯地廝守。

見雙城沈默，靜融當她還在為江南費琢磨：「那些事你不打算弄個清楚？」雙城放下竹筷，抿了口茶說：「如果不是真的，就沒必要審；如果是真的，審也沒用。」見靜融欲言又止，雙城傾身向前道：「我和他的事，跟你們不同。我是打算走遠一點，出去看看的，既要出遠門，過河我需要一艘渡船，登高我需要一把扶梯，讀書不是我的強項，我得找人帶路。」話一出口，雙城就後悔了，她知道她說的並非實情，至少不全屬實。她不明白自己為什麼要加以歪曲，彷彿由得別人誤解，反而簡單些，好過她的驕傲敗在江南手裡。愛情突然讓雙城心虛，她愛的人並不和她站在一起，這使她每每想起都感到恐懼。

「你的意思是，你並不愛他？」靜融皺了皺眉。少頃，雙城方道：「還是愛的吧，否則也太難了。我是說，那樣的話，也就不必是他了。」「什麼意思？又愛又不愛？聽起來好複雜，你做得到嗎？」這一次，雙城答得輕快利落：「他做得到，我就做得到。」

第十二章 天涯海角

　　飛機進入平流層後，耳畔噼里啪啦響起一陣解開安全帶的聲音。雙城往旁邊瞥了一眼，然後為自己解了扣，還好，這比扣上的時候順利多了。剛才因為不得要領，差點被人發現她是第一次坐飛機。舷窗外一片炫目的蔚藍，雲海在低處均勻鋪開，像一床寬闊的羊絨被，一湖靜止不動的波瀾……差不多有一個小時了，雙城一直這樣安靜地注視著窗外，生意人模樣的鄰座男子兩次三番想搭訕卻毫無機會。

　　只有她自己才能聽見胸腔里如鼓的心跳，一陣接連一陣，從拿到機票起就不曾平息。三個月來，她埋頭讀書、備考、衝刺……不許自己分心去想等在終點的究竟是什麼。期末考試結束，雙城的成績從排名末尾反超了班上一半同學，長這麼大，她從未如此苦讀，幾乎累到虛脫。家人都說高三那陣要能拿出這等鬥志來，估計一本線也都過了。

　　空姐送來飲料，身邊的男人忙接了替她遞過來，瞅空問道：「小姐出門旅行？」一口廣味普通話在當時也算一張身價名片。見雙城搖頭，男人便接著猜：「那是出差咯？這麼年輕，很能幹嘛！也不是？那就是見男朋友？不過廣州這個地方很複雜的啵，如果沒有朋友帶路，小姐這麼漂亮，那是很危險的哦……」他一邊說，一邊漫不經心地旋轉著手腕上黃澄澄的一塊金表，彷彿那東西勒得他很不受用。雙城明白這是在划重點，可她到底也沒認出來那是個什麼名牌。

　　抓住男人喝水潤嗓的機會，雙城忙戴上耳機，世界才又清靜下來。愛華隨身聽里轉動著她聽了一冬的磁帶，每首情歌都唱得絲絲入扣：

　　　　為你我用了半年的積蓄，漂洋過海的來看你，
　　　　為了這次相聚，我連見面時的呼吸都曾反復練習。

言語從來沒能將我的情意表達千萬分之一，為了這個遺憾，我在夜裡想了又想不肯睡去。

記憶總是慢慢的累積，在我心中無法抹去，為了你的承諾，我在最絕望的時候，都忍著不哭泣。

陌生的城市啊，熟悉的角落裡，也曾彼此安慰，也曾相擁嘆息，不管將會面對，什麼樣的結局……

雙城趴在小桌板上，細細密密地寫信給江南，沒有信箋，這第二封信就寫在一疊餐巾紙上。飛機穿越雲團，機身一陣顛簸，筆尖打滑，戳破了紙巾，雙城不由得緊張起來，伸手按住桌面，不等那波搖晃過去，就歪歪斜斜地接著再寫：「飛機顛簸的時候，我是最怕的一個。還沒有見到你，我不能半途死掉。我祈禱如果命中有難，就請發生在歸途，使我無憾。」寫著寫著，抖動逐漸平息下來，雙城舒了口氣，轉頭再看窗外雲海，純淨無極，乾坤安定……忽而想起小時候和靜融躺在江邊烏龜岩上，看藍天白雲變化出海市蜃樓、萬馬千軍，如今她終於登上雲端，看到了神話的彼岸，夢想卻一揮翅膀，輕輕飄去了更遠的地方。

白天鵝賓館高聳於珠江北岸，樓高百米，雙城一走進，立即想起「大外有大」四個字。大理石水晶燈也就能了，中庭竟然還藏了一處山水園林。只見綠蘿翠蔓之中，一道瀑布三疊而落，下面池塘清淺，錦鯉悠閒，棧橋曲行，芳草清新。假山頂上築有一亭，匾題「濯月」二字。雙城心嘆如此繁華之境，卻有這等古意，此種氣派顯然又在重慶揚子江之上了。

遞上身份證，雙城拿到了十六層面江的房間鑰匙。屋裡擺放著一張近兩米寬的大床，貢緞床罩平整得如同剛剛熨過，一窗夕照之下，滿屋都是暖黃的柔光。厚重的房門在身後咔嗒一聲鎖上，雙城略微一驚，感覺像走進了一個陷阱。可這是多麼華麗的陷阱啊，藕荷色的地毯又厚又軟，像一片溫暖的沙灘，靠窗放了一張美人榻，上面擱著兩只香妃色的抱枕，四角垂著流蘇，像是電影道具。茶几上一瓶蓬勃的非洲菊，造型稍嫌死板，卻透著此中規矩的紋絲不亂……掃視完一

圈，雙城的目光最後落到大鏡子裡的自己身上。頭髮又長了一截，像栗色的緞子垂蕩在腰間，大紅色的針織開衫，因為領口太低，出門前從裡面鎖了一枚別針，剛好露到那粒朱砂痣為止，多一分少一分都不是她雙城。底下是今年流行的靛青色喇叭褲，上下裹得裊娜勻停，如同一枝玫瑰初開，連她自己都不禁看到入迷。

剛把行李袋打開，房間裡的電話就叮零零響了起來，雙城飛奔過去，差點撞到矮櫃上的電視機。自然是江南打來的，說他自己跟幾位客人住在十二樓，中午一直會談到現在，等等還要去樓下粵菜館辦招待。「脫不開身上來看你。」江南的聲音溫柔平靜，聽不出任何急切之情。他讓她自己下樓四處逛逛去，不必悶在房間裡，找地方吃個晚餐，到商場買買東西。「只要帶著你的房卡，簽個字就行，消費都記在賬上，我來買單。」雙城一連嗯了幾聲，也不知怎麼答應，只輕聲說：「我會照顧自己，你忙你的去。」電話那頭安靜了兩秒，才聽江南道：「放心，你已經到我身邊了，我們很快就會在一起。」

「嘩啦」一聲揭開錦緞的窗簾，樓下珠江波光閃耀，跟雙城窗外的嘉陵江寬窄相仿，卻貨船往返，十分繁忙。沿江碧綠一帶，皆種著年深日久的老榕樹。雙城知道這片地方叫沙面，從前是租界，小說《三家巷》裡的周炳和區桃便離這兒不遠。一念及此，她心中不由添了幾分出門在外的歡欣。

順著芙蓉鯉魚圖案的提花地毯，前方雕龍砌鳳的紫檀木月洞門上掛著「玉堂春暖」的匾額。粵菜館身著旗袍的迎賓小姐上來招呼，雙城笑著搖頭，往門口略站了一站，便轉身向樓下走去。賓館商場出售的大多是瓷器玉雕、筆硯屏風之類的工藝品。雙城無甚研究，只一路匆匆瀏覽過去，直到繡品櫃台前，見一位畫師端坐其間，架著一副老花鏡，往絲巾上描畫著工筆花鳥。湊近看時，見有鳳棲梧桐、鶴立寒秋、鵲弄梅花、魚戲蓮塘各色花樣，筆法細緻，顏色柔艷，襯著牙白的真絲，精美異常。畫師從花鏡上方瞅著雙城問：「小姐，要不要選個圖樣，畫上一方？」雙城好奇地問了個價，回答連畫工每幅兩百元，她便笑笑走開了：就算江南買單，她也沒那個底氣。

一樓臨江的流光閣是間自助餐廳，透過玻璃幕牆，暮色中的珠江一覽無遺。餐台上的美食皆被鮮花環繞，顯得身價不凡。玫瑰牛排、

北極貝、生魚片，碎冰上凍著大蝦和生蠔，青花甕里盛著名叫「冬蔭功」和「佛跳牆」的羹湯……好些都是雙城聞所未聞的名字。一口氣吃掉三盤，她才停下來。頭一回在這樣富麗的場合，沒有別人在旁，無須那些小心翼翼的矜持與端莊，只由著自己的好胃口，自由自在地吃個夠……再加上十六樓上屬於自己的那間房，想到這些，春風得意的笑容再度浮現在雙城臉上。

簽好單，雙城從餐廳後門出去，還沒走到江邊，先嗅到一股混合著魚腥和水藻的氣味，隨晚風層層蕩來，提醒她今宵此刻身在異鄉。廊檐下臨水掛了一排紙糊的燈籠，光暈朦朧像孔明燈，紙面上影影綽綽映著周圍搖曳的水竹。雙城心想，若不是腥味濃重，這裡倒應該擺一套琴案香爐，做成水樹聽音的模樣……正琢磨，不防身後花園中有人沿著鵝卵石鋪就的小徑朝她走來，說的是國語，聲音格外熟悉。雙城一回頭，與來人正打個照面，燈光下看得分明：不是江南又是誰？

這邊江南也是一愣，鵝嶺一別，已經數月，此時猛然相見，滿腹驚喜卻不能言，各自怔在那裡，惹得他身邊那人不禁相問：「怎麼，這位小姐是……」雙城這才發現說話的男子竟是當日在渝都九重天見過的向鳴。江南忙攬過雙城，朝向鳴笑道：「這下藏不住了，我來介紹一下，這位是林小姐，跟我從台灣過來看看。怕她嫌我煩，這兩天都是放她自己到處去玩。」雙城定神與向鳴握過手，問了聲好，不敢多言，生怕自己的口音露了餡。那向鳴見她如此年輕，又從未聽江南提及，心料不過是他帶在身邊的閒花野草，便不在意，只拿金屋藏嬌的話隨便打趣了幾句。

三人行至大堂，雙城藉口剛吃過飯，想去周圍走走，讓二人自去詳談。江南順勢笑道：「你看，才陪了幾分鐘就嫌我們煩。好了，自己當心一點，別走太遠，逛完了回房間等我！」顧不得二人在身後打諢，雙城連忙抽身出來，行至酒店外的榕陰下，仍感覺一顆心怦怦直跳。

沙面島作為廣州埠口，一百多年前始建租界，眼下仍有不少外國領館。雙城見島上古樹成蔭，比比皆是西洋小樓、歐式庭院、尖頂教堂、雕花拱廊，羅馬式的圓柱，地中海的窗戶……餐館、酒吧出入皆是衣著考究、舉止洋派的男女，讓她羨慕不已。一天之中，雙城從自

己清簡的小屋穿越到這異國情調的環境里，感覺像在做夢，不知不覺迷了歸路，站在街口四面躊躇。夜色已濃，半天竟不見有的士路過，她只好估摸著前行，想先找到江邊，再沿著堤岸回去。

叮鈴一聲自行車鈴響，幾個年輕學生騎車經過，談笑風生，說的都是粵語。雙城喊了句「請問……」見他們騎得飛快，又住了口。不料走在最後的一位竟然掉頭，慢悠悠地踩了回來，車上的少年松垮垮地穿著件襯衣，胸前別著一枚看不清字樣的校徽。雙城上前打聽白天鵝賓館怎麼去，少年便用普通話答她：「那你走錯了方向，應該往後再右轉過去……要不，我給你帶個路。」借著路燈，雙城見這少年膚色頗深，五官輪廓有著南方人獨有的深邃，跟她小時候追過的香港明星有幾分神似，便道過謝，跟在他車後一路往回走。少年沒再說話，兩人行至江邊，遠遠見白天鵝披掛霓虹，佇立前方。雙城於是又道聲謝，那少年朝她粲然一笑，便一陣風似的拐入了街巷之中。雙城再望兩岸夜色繽紛，江風襲面，潮濕而溫暖，哪裡像是冬天。

這個晚上，江南沒再出現，他只打了個電話確定雙城回到房間便沒了消息。雙城佔山為王，在大床上盡情翻滾，在浴缸里享受泡泡浴，打開電視調到內地看不到的衛星頻道，跟著MTV赤腳在地毯上蹦蹦跳跳……玩夠了再伏案繼續那封寫在餐巾紙上的長信……夜深後沈沈睡去，醒來時已滿室晨光，電話鈴正在瘋響。雙城一把抓起，聽裡頭江南說道：「收拾一下，二十分鐘後，在大堂等你，我們去機場。」「機場？還要去哪裡？」「去我答應過你的地方。」雙城從被窩中一躍而起，子彈一般衝進洗手間。對著鏡子刷牙的時候，她看到自己兩頰紅暈，雙眼熠熠。這就是她戒不掉江南的原因：每一次相見都跌宕如戲，從不知下一分鐘他會帶她去哪裡。她只能日復一日等待，忠實地沈迷於這部漫長的連續劇。

前往三亞的小飛機一排兩座，只容十來人，在天上顛簸得像一隻風箏。降落的時候，雙城吐了，捧著紙袋嘔得涕泗橫流。江南隔著走道伸過手去撫著她的背輕聲安慰，雙城聽出他臉上有笑，想自己好不容易盼到這次旅行，準備那麼久，一出場卻如此狼狽，心裡諸多懊惱，胃里吐空了，眼淚卻還在流。江南瞧在眼裡，只是微笑，待二人走下舷梯，才攬過她，輕輕揉著她後腦勺道：「別著急，我們的假期

才開始，就我跟你。」

　　大東海金陵度假村是當時三亞海邊為數不多的酒店之一，他們的房間訂在一樓，這次，只有一間。才進屋，江南就拉著雙城站到玻璃門前，然後他上前一步，像拆封一份禮物，嘩的一聲拉開了窗簾。一片純淨耀眼的藍色立刻映入眼簾，僅僅隔著幾十米的沙灘，大海平靜、遼闊，如一塊閃閃發光的藍寶石呈現在雙城面前。「大海！」她輕呼一聲，轉頭望了江南一眼，眼睛亮亮的，滿是閃動的欣喜。緊接著，雙城彎下腰去，脫了涼鞋，江南還未回過神來，她已突然翻過陽台欄桿，像只靈敏的小猴，奔過了細軟的沙灘……直到一腳踏進溫暖的海水里，激動得氣喘吁吁。

　　江南追上來，笑著繞住她的腰，下巴擱在雙城肩上說道：「這樣你就會記得，第一次看到海，你是跟我在一起。」海水沒到了雙城膝蓋，輕輕地在那裡蕩漾，有點癢。江南吻她，細緻而漫長，每次她掙扎出來透口氣，就立刻又被拉回懷裡繼續吮吸……她才知道他這樣想她。原以為只是自己一個人，此時方知相思不能已，概因暗中有呼應。

　　眼前的江南，白襯衣敞開著，露出緊實的肌肉和焦糖色的皮膚，他笑的時候，嘴唇和下巴展現出優美的弧度，還有冷峻的劍眉、高挺的鼻梁以及細緻的雙目所構成的眉宇間那一小塊猶如山巔般軒昂的三角地帶……那最是雙城著迷之處，讓她聯想起幾百年前的古代，手持長劍行走於大江大海，又像時空清冷的未來，從另一個國度而來，不消言語，就能接通她的內心。他總叫她突然間充滿文採，又突然間語言蒼白，他有一種獨特的質感，朗潤而鋒利，孤清又柔情，他整個人就是一身氣質，是的，他的美就在於他的氣質——雙城找到了答案。

　　盡情端詳這張朝思暮想的面龐，雙城克制著自己每時每刻都想要親吻他的衝動。她只好掉過頭，大聲唱著歌，在淺水里跑來跑去，踢起的浪花濺濕了自己。雙城仍穿著那件紅上衣，下身換了條南瓜形的小短褲，歡騰在水中，像一朵碧海紅花。她綻放天地的活潑令江南滿心感動：「總算又聽見你唱歌，又看到你笑容了，這真好，雙城。」他手指了指身後的酒店問：「知道為什麼選這兒嗎？」「為什麼？」「除了它離海最近，可以讓你看個夠，還有這建築的外形，像不像一艘輪船？」「維多利亞號？」江南不答話，兩人又擁在一起。雙城湧

上一陣心酸，可她知道，她只是太過甜蜜。

　　再想從陽台翻回房間，才發現門從裡面扣上了，兩人只好赤著腳濕漉漉地穿過酒店大堂。眾目睽睽下，江南牽住雙城的手，走得氣定神閒，任由身後留下兩行潮濕的腳印和細碎的白沙……直到關上房門，兩人才笑作一團。

　　雙城站在浴缸里，拿著淋浴噴頭彎腰洗腳，浴室門開著，江南也跟了進來。雙城笑著用蓮蓬澆他，江南濕了一身，不躲也不說話。空間這樣狹小，她感覺到他呼吸變得粗重，看她的樣子也有點凶……她收斂了笑容，惴惴中見江南奪過蓮蓬掛到壁上，報復似的，順手將水量擰到最大。大雨傾盆而下，雙城瞬間濕透，長髮貼在臉上，樣子有點狼狽，她想躲起來，但沒有動。江南一言不發就去解她領扣，發現那枚別針，歪了歪嘴角道：「用這個，就想把我鎖外頭？」幾下動作，濕透的衣裳就被捲成一團，重重扔到了角落。雙城的文胸只是薄薄一層棉布，純白，沒有圖案，簡單到寒酸。出發前她想過要去買一條蕾絲的，但她又哄自己應該用不著。

　　雨太大，連那層棉布也被衝了去。雙城垂著的手慢慢攥成拳頭，她克制著不去遮掩，不看江南也不看自己的身體，只死死盯著浴缸一個角落，好像那裡隱藏著什麼。江南抬起她的下巴，在暖雨中吻她，空前地溫柔，等她卸下了恐懼，才帶領她的目光，順著瀑布的方向，一起看去……熱水讓她的皮膚格外柔軟，小小的兩朵粉紅，晶瑩得像珊瑚珠。他曾擁抱、撫摸過她的身體，但從未像現在這樣，纖毫畢現，袒露眼前。她比他想象中還要苗條，比他想象中還要豐滿，比他想象中還要妖嬈……江南不曾料到，她身上竟藏著如此美景，他拾得珍寶，不禁慾念如燒。

　　她想靠進他懷裡，卻被他輕輕撐開，執意要保留一段距離，好仔仔細細地觀察那乳房如何在他的塑造下柔軟變形，那蓓蕾如何在他的觸摸中茁壯而起……當這一切發生時，那動人的小臉又如何變得虛弱、迷離，惹盡憐惜。熱水似乎帶走了雙城體內所有的氧氣，她即將昏潰，搖搖欲墜。江南這才從架子上扯過一條寬大的浴巾，將她一裹，捧出浴室，輕輕放在了大床中央。

　　「這是怎麼了？」他正用毛巾吸乾她身上的水漬，忽然指著她大腿內側問到。那片瑩白如雪的肌膚上，印著一小塊暗紅色的蛛網。雙城急忙併攏雙腿，臉紅道：「是熱水袋燙的。冬天冷，我坐著復習，就把熱水袋夾在腿縫裡。夾久了，就變成這樣，醫生說是毛細血管擴張，慢慢會褪掉的。」「這麼用功，就是為了來見我，對嗎？」江南胸中百丈千山次第消融，汪洋萬頃蕩漾生波。她的雙臂舉過頭頂，被江南一手摀在枕上，控制得如此輕易。他的手掌滑過那平坦得幾乎微微凹陷的小腹，沿著一條幽深的線路來回巡梭，耐心蒐集她細微的反應。雙城像個不擅說謊的孩子，所有想隱藏的弱點，都在被觸及的剎那暴露與他：她湧動得像一池漣漪，就在那漣漪的中央，江南的手指毫不遲疑摁了下去，嵌入她的皮膚裡，開始耐心而堅定地研磨那個水落石出的秘密……雙城置身雷電的中央，被一陣連一陣的霹靂擊得粉碎一地，她的臉就清清楚楚仰在那裡，每一下失控的戰慄，每一絲悲哀的表情，都吸納進江南冷靜至冷酷的目光裡……雙城想叫，可身體給出的反應，只是大口大口地吸氣，在光線漸暗的房間中，在隱約可聞的濤聲裡，她無望得像一條擱淺的魚。

　　突然，江南的動作停止下來，一隻手離開了她的身體。在他攤開的掌中，有一抹緋紅的血跡。「例假？」「原本應該再晚幾天的，可能期末考太累的關係。」雙城嚅囁著伸手去抓被單，卻被江南一把擋開。他重新俯下身來，將她摟到懷裡繼續愛撫，動作變得愈加小心。「你這不是害人麼？」雙城聽到他在耳邊呢噥，不禁哼了一聲，將臉貼緊他赤裸的胸口，聽得裡面心如撞鐘，每撞一下都令她愛到生痛……她再度開始扭動，波濤起伏，既躲避又迎合，直到被江南重新固定住：「望著我，不許閉眼，望著我！」江南按捺著怒火，聲音乾燥得有了裂紋。雙城半睜開眼，微張著唇，身體不自覺地繃成一把拉滿的弓。她喉嚨裡有一種嘶嘶的聲音，成千上萬隻黑色的螞蟻潮水般爬上她的身體，從腳尖到頭頂……螞蟻密密麻麻聚集到她火焰的中心，噬咬著她的神經，她難以忍受地抬起頭，彌留之際看了他一眼，喚了聲「你——」便闔上雙目，面向一側倒了下去。

　　原本已經暗下來的房間突然沐浴在金砂金粉的光芒里，銀剪一揮，萬千隻氣球轟然離去，帶著她急升上高空，巨大到驚悚的歡喜：

火山、地震、蘑菇雲……她聽到一串陌生的呻吟，既放肆，又造作，完全不似她自己……她喘著粗氣，登上峰頂，然後張開雙臂，朝著無邊雲海，茫茫深處，滑翔而去……天之涯，海之角，世界的盡頭就在這裡。

雙城放任自己休克過去，不知幾朝幾代，才悠悠轉醒。「寶貝……」江南的嘴唇輕輕印在她額頭上，結束了這場洗禮。「你把床單都弄濕了，今晚我們睡哪裡？」江南的手指沿著床上那灘濡濕的印跡不緊不慢畫著圈兒：「你畫的地圖很象海南島。」雙城嗔了一聲，抓過枕頭將臉整個埋了進去。江南撫摸她光潔如玉的背脊，嘴湊到她耳邊，講盡了輕薄的話語，直到她連後頸都泛起了紅暈，才低頭吻著那裡道：「你再躺會兒，等下收拾收拾我們吃海鮮去。你這麼嗨，這麼賣力，可得補補身體。」說完他笑著縱身而起，走進了浴室。淋浴嘩嘩的水聲重新響起，雙城這才睜開眼，見日已西沈，天空是一片微微泛紫的深藍，她面頰火燙，兩眼亮得像初升的星星。這是她的生命，美得無與倫比。

三亞日日好天氣，剛剛開發的海島遊客很少，陽光下空氣清冽透明，一切都鮮活閃亮，包括他們的心情。江南包了一部出租車，幾天裡帶著兩人跑遍了山水海灘，黎寨椰林。雙城那盒磁帶一直在車裡反反復復地播放，倆人摟著肩聽，握著手聽，不管不顧地接著吻聽。「捨不得把眼睛睜開，我的心整個被幸福掩蓋，微風輕輕吹開一片海，愛是綠色水草搖擺，捨不得把眼睛睜開……」

陽光透過路旁的樹影明滅在雙城臉上，她甚至將身體探出窗外，仰望著頭頂無盡延伸的綠蔭，想象自己是一隻快活的獼猴，蕩漾在樹梢叢林，多麼自由，多麼寫意。

抵達亞龍灣的時候，太陽才剛升起，退去的潮汐困住了淺水中的魚群。漁民在月牙形的沙灘上高高低低站成行，不慌不忙地一把把收起黑色的大網。雙城看得高興，跑去站在他們中間，幫著傳遞漁網，黧黑的男人們也不見怪，都望著她笑。收回的網裡有滿滿的收穫：淺灰色半透明的蝦蟹，巴掌寬大的銀魚，各式各樣的貝殼和蛤蜊……一個赤膊的漢子從裡面揀出個兒大的海螺遞給雙城，她接過來便歡天喜地地舉著給江南看。海風拂著她的臉，上面沒有一點妝，皮膚柔潤得

像花瓣，散發出怡人的清香。

亞龍灣此時初為人知，尚未開發，純淨的沙灘上泊著幾艘被人遺棄的破船，木板間爬滿翠綠的藤蔓。海面平靜無波，隨著太陽的升高，顯現出越來越鮮明的藍色。江南指著海面前方遠遠浮起的一座小島：「你看著，我游到那兒去，然後再回來。」說完脫掉衣服，一頭扎進了海中。他游的是自由式，速度很快，動作優美，像一尾被放生的魚，迫不及待地離岸而去。

雙城站在海水裡，望著江南漸漸縮小的背影，想起緣起情生這一路，她曾怎麼徬徨孤獨，又如何掙扎無助，而今在三亞的海邊，她終於放棄了抵擋的藉口，承認自己不過是愛上了江南，女孩第一次愛上了一個男人，就這麼簡單。這個結論使她淚如泉湧，不禁往前跨出幾步，把手罩在嘴邊，拼盡全力喊道：「江南——我愛你！」因為太過用力，聲音有些破裂，但她毫不在意。江南已經游遠，根本不可能聽到她的呼喚，但那一刹那，猶如心電感應，那個小黑點停了一停，在海浪中轉過身來，衝她揮了揮手臂。

短短幾天，長長的時間，他們沒有片刻分離。陽光下，三亞的海水清冽得如同淡綠的玻璃，銀色的小魚不緊不慢地在淺灘游弋。江南教雙城浮潛，兩個人牽手在水下，溫暖，明亮，一片安寧，魚群擦著皮膚經過，他們感覺自己也幻化成其中的一員，被那寧靜的水波擁抱著，忘記過去，也沒有未來，只兩顆醉了的心隨浪搖擺。

深夜，一島皎潔的月光，海面、沙灘、酒店皆籠罩在清輝之中，泛著淡淡的銀白。海島靜謐，唯有雙人床上喧鬧不已，他是嚮導，帶領她尋幽探密，領略世上最美的風景，在那個看得見大海的房間裡……海灘漲潮了，「嘩——嘩——」一波一波幾乎拍打到枕頭上，初時聲音很大，聽得久了，慢慢柔和起來。雙城累了，蜷在江南懷裡，安心嗅著他身體的氣息，聽他輕聲解說：「……海水受到月亮的引力……三大星體連成一線，月圓之夜便會有最大的潮汐……」潮水真的漫了上來，漫過白天徜徉的沙灘，漫過江南的聲音，漫過雙城意識中最後一點零星。這一覺她睡得極沈，潛入海底，無夢，無光，無聲。

離開前的一晚，仍舊去附近夜市吃海鮮。江南發現雙城愛吃蝦，卻不會剝殼。「重慶人不吃海鮮，」雙城為自己辯解，「河蝦就只這

麼一點點，再剝殼就沒有了。」她用指尖比畫著笑了。江南細心地替她剝去蝦殼，用牙籤剔掉蝦線，再蘸上醬汁一隻一隻遞給她吃。大排檔周圍吊起白熾燈泡，燈光下雙城穿件海魂衫，光溜溜綁一根馬尾在腦後蕩悠，既俏麗又帥氣。江南端詳她道：「我賭你三十歲後會更美。你是那種只會越來越好看的女人，你有自己的理解力，不光靠曇花一現的年輕。但願我有那個運氣，可以慢慢欣賞你。」

　　雙城被讚得有些不好意思，換了個話題問他那晚遇到向鳴，為什麼介紹自己是台灣人。江南笑說向鳴素來謹慎，現在沾了事，更添心虛，在廣州見面就是為圖安全，突然鑽出個重慶人來，恐他疑心。雙城又問現在見向鳴還有何作用，江南抿了一口手裡的啤酒，眯眼說的確無用，肉到了狼嘴裡，除非開膛破肚，否則什麼也追不回來。「不過這次是應他邀請，他還想把戲唱下去，假裝通風報信，好把事情都推到楊學堅身上。肉咽到肚子里，渣總得吐點出來。」

　　據江南說，為防要挾報復，楊學堅早就與香港的老婆悄悄離婚斷絕了聯繫，如今大隱於市，徹底消失在江南的視野中。另一面，「和泰」股東們得了消息，急起來只拿江南是問，追不到錢，他便無法在台灣出現。「所以，篡權謀位也好，引咎離職也好，事實上我已經跟‘和泰’沒有關係了。重慶那邊，如果向鳴的報告屬實，那麼現在‘環宇’、銀行、政府都樂得跟楊學堅重新搭台，分贓發財，誰也不會再認識我。一開始我小看了楊學堅，如今想來，他要的不僅是錢，而是整個取代我。」

　　江南用手輕輕刮蹭著下巴上的胡茬，望著遠方黑色的海平線，緩緩說起楊學堅從前在香港經營髮廊，生意不錯，但不知怎麼沾上了賭博，葡京酒店一個來回就成千上萬地輸，直到把好好一份家業全頂當了出去。雙城聽到這兒，險些脫口而出「原來不是股票失利」，話到嘴邊才踩了剎車。這邊江南繼續說敗光了家產的楊學堅如何被大耳窿追債追到老婆鬧離婚，有家不能回，赤條條跑去台北投靠在他門下求援。江南不但幫他擺平了高利貸，還收留他同吃同住在一個屋檐下，渡過了楊學堅這輩子最落魄的幾年。戒賭如戒命，斷骨離筋。因發現他悄悄再犯，江南甚至有回動手將楊學堅揍得躺進了醫院……就這樣，當有一天江南終於相信跪在他面前感恩流涕的楊學堅已經浪子回頭、洗心革面，便以為自己馴養出了一名可以信託的家奴，殊不料世

道人心，幾年的恩義沒抵過馮志凡的策反和唐小姐的枕旁風。末了江南一聲長嘆：「大恩如大仇，我忘了他最恨的，正是他報答不了又無法抹掉的人。為這一天，他等了很久。」

雙城早聽得心驚肉跳，耳畔滾滾而過那晚的雷聲：「你會看到的，雙城，你等著。」雙城放下筷子，手心裡都是汗。楊學堅陰鬱蒼白的面孔就在眼前，那個始終被輕視的男人，正在央求她等自己翻身。

雙城的臉色沒能瞞過江南的眼，他偏過頭，漫不經心問道：「楊先生這樣決絕，也是因為你，對嗎？」雙城忙道：「怎麼可能？」「怎麼不可能？男人要做點事，無論是好事還是壞事，膽氣無非來自錢和女人。三千萬擺在那裡，誘惑了他，而我搶走你，又刺激了他。前一條算我疏忽大意，後一條怪我對你，情難自已。你看，我在重慶泡了這兩年，搞了幾千萬，想弄一艘馬可波羅號，結果一場空忙，倒為楊學堅做了嫁衣裳。要說唯一的收穫，就是你。」雙城低眉道：「我可背不起這罪名。」江南便笑：「衝冠一怒為紅顏，古有吳三桂，今有楊學堅。要做陳圓圓，唐小姐和小魚兒都不配，你倒可以。你身上藏著不同的臉，只有會變的，才是妖精。」

雙城被他說得心虛，只問他下一步計劃如何，江南答道：「商場上爾虞我詐、跌倒爬起是常事，對我而言，既非頭一次，也不會是最後一次。當然，我需要時間復原，這就是為什麼我要你安心念書。你乖乖待在學校，我才能全神貫注。重慶的事，只能先放下了，接下來具體做什麼，我還在考慮，但無論做什麼，第一步都是相同的：得先弄到一筆錢，凡事才能起步。山水有相逢，這也是為什麼我還不能和向鳴撕破臉。難以置信吧，你這個男朋友其實已經囊中空空。我說過，這實在不是戀愛的好時機，我怕我委屈了你。」

雙城沈吟道：「我記得公司賬上的錢，你表弟陳先生也有份管的，難道就沒保住一點？還有那部凌志車呢？也值不少錢。」江南開了第二瓶啤酒，呷了呷嘴說：「你有聽過'樹倒猢猻散'吧？馮志凡是地頭蛇，我拿他沒辦法；楊學堅雖跟我多年，畢竟還是外人。但陳少飛是我表弟，是我用來牽制楊學堅的人，可事到臨頭親戚又怎樣？你說得對，賬上還有錢，那部車也值點錢，眼下陳少飛回了蘇州，說是姨父生病需要照顧，可電話打過去根本不接。他是早就在重慶待不

住，根本無心幫我，只想賺筆快錢回家抱老婆。如果我沒猜錯，應該是楊學堅偷偷開走了車，而陳少飛則拿走了錢，說不定兩人還吃了頓慶功宴。眼下上清寺那邊已經人去樓空，鐵門一鎖，馬可波羅這場夢算是告一段落。」聽到這裡，雙城方知他這幾日心境複雜，原不似自己無憂無慮，不由負疚：「難為你，這樣還來陪我。」

「我答應過你呀，大事砸了鍋，這點小事，不能再搞砸吧？何況江山美人，孰輕孰重，算我輸了生意，贏了風流，也不錯！」江南笑著往椅背上一靠，微微伸了個懶腰：「你看，我炒了你的魷魚，他們又炒了我，這下咱倆扯平了。」

新建的鳳凰機場在三亞北面，候機廳巨大的玻璃穹頂搭成貝殼的造型，雙城穿件薄薄的白毛衣，亭亭玉立在穹頂投射進的一束陽光里，在江南眼中，正如貝殼含著的一粒珍珠。已然做了一半女人，雙城芳澤柔艷又與來時不同。「回去好好念書，不要像我母親，為了戀愛荒廢學業，到時候嘮叨一輩子，我可頂不住。」聽到「一輩子」這三個字，雙城既甜蜜又心酸，千言萬語盤桓心頭，只定定瞧著江南，眼波流轉，訴盡離愁。

江南忽然想起什麼，從口袋里掏出樣東西來。「那天在白天鵝看見有人畫絲巾，工筆花鳥，想你一定喜歡，就替你選了個花樣。」那是一方疊起的白絲巾，角上畫著一枝玉蘭，粉嫩清香，花葉娉婷，極為雅致，正是雙城當日所見之物。江南調笑道：「原本想仿效古人，跟你花好月圓，海棠落紅，拿它做個紀念。誰知你金牌護身，送我一場空歡喜。只好你先存著，我跟它後會有期。」

飛機升空後，先側飛了一圈，再調頭北上。雙城緊貼舷窗，注視著窗外三亞灣的海面漸漸變成了一汪碧藍的弧形。她想起早晨悄悄塞進江南行李中的那封信，寫在餐巾紙上的信，不知何時才會被他發現；想起大東海的夜晚，銀白的月光照著不肯入睡的雙人床；想起江南像魚歸大海游向遠方，在他身後，她第一次說出了「我愛你」，卻無人聆聽……

「天涯海角。」雙城手指在玻璃窗上畫出一顆心，然後望著無盡的藍天，喃喃說道。

第十三章 美人計

不知從什麼時候起，重慶也過起了情人節。剛剛開學，整個寒假不見的學生們重聚在一起，借著這舶來的主題，校園裡紛紛舉辦聯誼舞會，上映應景電影，宿舍門口還擺著論枝出售的紅玫瑰。這天又恰逢元宵，氣氛於是更濃，談著戀愛的，沒談戀愛的，都忙忙碌碌安排著各自的節目。可惜花好月圓都與雙城無關，她既沒有戀人在旁，又失去了製造戀愛的自由，只好趁上午沒課在家蒙頭補覺，夢里回味她在三亞預支的節日。

臨近十點，雙城被重重的敲門聲驚醒，家中無人，她忍了半天，敲門的卻打破砂鍋不肯放棄。她只得胡亂套了件襖子，趿著拖鞋去開門。「雙城女士，簽收鮮花快遞！」穿著禮儀公司制服的小伙兒將一大束新鮮的玫瑰塞進雙城懷裡。像是對這個蓬頭垢面、開門來遲的女主角不甚滿意，那人冷著一張臉，簽好字未多一語便「噔噔噔」下樓而去。包裝用的玻璃紙雖然簡陋，玫瑰卻朵朵朝氣。花叢中藏著一張卡片，上面兩顆金色的桃心有些掉粉，染得雙城的指尖晶瑩閃爍。油墨打印的一行留言再簡單不過——「情人節快樂！——江南」。

雙城摟著花束回到床上。被窩仍有餘溫，雙腳卻已冰冷。她曲起兩腿，靠在床頭用手輕輕撥弄那嬌柔的花朵。這是江南送她的玫瑰，深紅色，整整十二朵。這突如其來的無用的美麗，竟然讓她如此寬慰。這與賀嘉痴痴捧在手裡，站在她辦公室樓下，讓她百般尷尬的，果真是同一種花嗎？

下午上完大課，雙城與駱陽一同往回走，見校園裡一棵黃桷樹身上，被人用紅色噴漆歪歪扭扭寫著「某某我愛你」的字樣，前兩個字已經被某某本人不好意思地塗掉了，變作圈圈一團。駱陽不屑道：「塗鴉噴漆也用上了，聽說還有鮮花快遞，這幫人洋招兒倒是學得挺

快，瞎起哄。」雙城一笑：「那是因為這招那招的，沒使到你身上，等你自己中了招，估計受用還來不及。」駱陽聽了便歪著頭問：「那麼你那位江先生，今天使的又是哪招啊？」雙城不應她，回頭又看了看樹幹上的塗鴉：「你知不知道哪兒能買到玫瑰花的種子？」

雙城屋裡沒有花瓶，平時她從菜市場買來的梔子花就插在剪掉一半的飲料瓶里，今天倒覺得委屈了那束漂洋過海的玫瑰。從前她不大喜歡紅玫瑰，覺得俗氣，幻想心上人應該送她一束馬蹄蓮才夠文藝，眼下撫著那絲絨般的花瓣，又覺得這花也好，好在涵義確鑿。台燈下總是擺著一面圓鏡，讓她隨時隨地一扭頭就能看見自己，鏡中一張俏臉映著玫瑰，千嬌百媚，試問江南如何丟得開去？雙城以為她的情人節到此結束，攤開書本，才溫兩頁，屋裡電話就響了起來。想是江南早送鮮花晚問安，雙城拿起聽筒，臉上已然掛滿笑容，可一秒之後，那笑容突遭霜打，跌落下來。

「是，雙城嗎？」男人聲音微弱，帶著一點顫抖，像站在風地裡說話。雙城感覺一絲涼意沿著電話線鑽進了她的身體。那是楊學堅，江南正在苦苦尋找的人。藏在洞穴里的楊學堅終於自己鑽了出來。

雙城停了兩秒，心中轉過一百個念頭，方應道：「是我，請問你是？」「半年不見，連我的聲音都聽不出來了？」雙城再轉一百個念頭，低聲答道：「楊先生，好久不見。」那邊便問情人節怎麼沒出去玩玩，雙城立刻明白他是特意挑這晚打來，但凡她身邊有男人，這時候就絕不會待在家裡，那麼他也就罷了。雙城只說剛開學，一大堆功課要看，沒心思忙別的。楊學堅便不咸不淡兜起圈子來，扯些年輕人用功雖好，也需要偶爾調節的閒話。

雙城耐著性子待他停下，方說自己打算轉升本科，如今閉門讀書，其他一概不理。楊學堅嗅到氣味，忙問：「江先生到哪兒去了？也不說帶你出去散散心。」雙城答：「不是楊先生您讓我離開公司的嗎？怎麼我走了這麼久，您倒來問我江先生的事。」楊學堅乾笑一聲道：「你也知道，讓你走不是我的意思。再說你走之後，公司發生了很多事，你也都聽說了吧？」雙城見他一味試探，料他實不知底細，便沈住氣道：「楊先生，這些都跟我沒關係了，要沒別的事，我先去溫書了。」那邊見她要掛電話，忙說：「等等雙城，你不要多心，楊

先生打電話來沒別的意思，就是好久不見，心裡牽掛，想看看你現在怎麼樣，需不需要什麼幫助。照理說，有江先生來照顧你，我不該多事，可他也常常不知道人在何處……」雙城打斷他道：「江先生是江先生，我是我，那些事都過去了，請楊先生也不要再提了。您要真想打聽他在哪裡，應該去問葉丹。好了楊先生，我明天還有課，謝謝您的關心。」雙城說完，一咬牙直接掛斷了電話。她往旁一靠，像要躲避一枚被點著的火炮，背脊貼著牆皮陣陣發涼。電話機歸然不動，危險地沈默著。「你若再打來，就不能怪我了。」雙城盯著電話，不知道自己是盼著它響，還是盼它不響。

電話終究還是響了，她看了看時間，才不過兩分鐘，並不像她感覺的那麼長。她任它響了五六聲才輕輕拿起，楊學堅的聲音越發溫和，恢復了他一貫的囁嚅。他說要離開重慶一段時間，走前有意請雙城吃個飯敍敍舊，但自己事務纏身，又恐雙城介意。雙城聽出他猶疑顧忌，尚未拿定主意，便再次推脫：「有什麼事，還是電話里說吧，不過不好意思，我家裡人在，講話不方便，等有機會再聊吧……」「明天！明天晚上！我到沙坪壩來，我有話想當面跟你講。」楊學堅搶在她再次掛斷電話前急急喊道。雙城只是沈默，等他重復了一遍邀請，方輕聲道：「沙坪壩不好，這邊熟人多，萬一被同學看見……還是解放碑吧，我自己打的過去。」楊學堅聽罷喜不自禁：「那就七點鐘，‘重賓’大門口。」

雙城從前乘電車進城，經過七星崗，打重慶賓館門口過的時候，總覺得那像座巍峨的廟宇，琉璃瓦下寶相莊嚴，跟上清寺的大會堂兩相輝映，都是這座山城的門臉兒。半個世紀前的勝利大廈，在舉辦了國共和談，招待過西藏喇嘛之後，如今變成了外商往來的星級酒店。雙城在馬可波羅公司打工時，跟著蔣培軍一干人上裡面阿波羅夜總會看過歌舞表演，滿場金碧輝煌，據說都是參照賭城拉斯維加斯裝修的。美國學得像不像，雙城不知道，一晚上酒池肉林旁觀下來，廟堂森嚴的印象算是徹底顛覆了。門檻還在，也還高，不過是十公分高跟鞋的高。裡頭站前台的唐小姐踩著這高度走在楊學堅身旁，從來都是眼角上揚，總也掃不到雙城身上。

楊學堅將雙城約到這裡，原因有幾個。一是重慶賓館地處鬧市中

心，人來人往夠安全；二來他在此長住過一段，周邊地勢很熟悉，萬一有何變故，迅速脫身應該不成問題；第三，賓館門口的士多，叫輛車再去下一站也很方便……隔著一條民生路，楊學堅此時隱身在一間煙酒店裡，透過貨櫃玻璃正打量著準時出現在街對面的雙城。和他正好相反，雙城找了處從丁字路口三個方向都能一眼看到的位置，以一種沈著又不失窈窕的姿態站在那裡，迎著明裡暗裡投射的目光，既不羞怯，也不張揚。立春已過，雨水將至，重慶的天氣正讓人猶豫要不要脫去棉衣。暮色中，雙城穿一件淺鵝黃的寬鬆毛衣，脖子上一條鴿灰色圍巾包裹得嚴嚴密密……好幾個月不見，楊學堅恍惚覺得，和馬可波羅公司小樓里那個柔媚而狡黠的女孩相比，眼前的她多了一層霜雪之氣。

　　隔著十幾米寬的大街，楊學堅當然聽不到雙城此時一陣急過一陣劇烈的心跳，也察覺不了她周身上下抑制不住的戰慄……心底的寒氣從她每個毛孔滲透出來，看在楊學堅眼裡，卻分明是被江南涼透了心的淒清，是寂寞開無主，黃昏獨自愁的楚楚動人。而且這寂寞說不定也和他自己，和他們的離散，多多少少有幾分關係……想到這裡，楊學堅再也按捺不住，從玻璃門後抽身走了出來。

　　演員在帷幕後緊張得牙齒直打戰，可走上舞台一張嘴就忘記了害怕。雙城淺淺一笑，喚了聲：「楊先生。」心臟像被繮繩一拽，瞬間平定下來。楊學堅的目光只跟她短短一接觸，就急忙划出一道弧線躲閃開去，連同他蒼白的手一起落在了她的肩頭。因為著力太虛，這表達親切的動作看著像是給雙城撣了撣灰。她心裡厭惡，覺得他還是老樣子，並沒有因為狸貓換太子的得手增添半分氣度，又奇怪自己先前對他的觸摸並沒有反感到如此地步。她不知道她的心一旦歸屬，身體便也跟著認了主。

　　楊學堅一邊朝的士招手，一邊解釋說「重賓」他很熟，裡頭沒什麼好吃的，難得請雙城出來，不如去試試富麗華的海鮮。雙城面上順從地應著，心下暗忖那富麗華酒樓坐落在一號橋橋頭，飯後她往回走，必然行下半城過上清寺……應是沒錯，便躬身坐進出租車的後排，也不往里相讓。楊學堅見狀便笑笑坐到了司機身旁。事到如今，雙城還對他端著驕傲，在楊學堅看來，實在沒必要到可笑，但這一點

作態更叫他放了心，便轉頭操著洋涇浜的重慶話提高嗓門兒向司機指揮道：「去一號橋，富麗華酒樓。」

兩人一前一後在車上不便講話，楊學堅便一路跟司機擺著龍門陣，賣弄他方言學習所取得的進步。初時，雙城想，他只是為打破尷尬，博自己一笑，後來想起江南說過楊學堅別無所長，只有兩點過人之處，一是能忍，二是語言天分。住到台灣時間不長，就能跟家裡的傭人結結巴巴說上幾句閩南話，後來跟和泰股東們打交道，多少派上了用場，不像江南，在台灣從小到大，仍是一口國語，終究是個外省人……如今楊學堅翻身壓倒江南的地方，已遠不止這點，雙城聽著他愈發爽朗的說笑，恍惚明瞭。

北區路上的街景一閃而過，都沒入一片濃重的灰色中。雙城望著窗外，想起曾經從陶沙嘴裡聽到過富麗華的名頭。這重慶頭一家「天天空運生猛海鮮」的銷金所，傳說「四人買單六千塊」，這個價格著實讓雙城嚇了一跳。富麗華樓高五層，臨街的一面皆為玻璃幕牆，行人往來便能一目了然其中的繁華氣象。雙城印象最深的是包房裡懸掛的簾幔，圓桌上擺放的鮮花……有點像那種剖面敞開的玩具屋，眼下她正置身其中，坐在緞面的高背椅上，隔著滿桌的佳餚，望著滔滔不絕的楊學堅。

「……所以江先生用我的目的，一開始就是為將‘和泰’的錢揣進他自己腰包裡，否則他何必籠絡農行那個向鳴？」聽見這麼一句，雙城的注意力才一下子被拉回到這間包房裡。「你說什麼？江先生想霸佔黃董他們的錢？」楊學堅用手背扶了扶滑到顴骨上的眼鏡，又用包金的龍蝦鉗敲了敲面前的瓷碟道：「我說雙城，你到底有沒有在聽楊先生講話啊？你太年輕，太多幻想，根本不瞭解江先生是個什麼樣的人。他可不是什麼童話裡的白馬王子，我告訴你，江先生從前可是替竹聯幫做事的。竹聯幫、天道盟，聽說過沒有？台灣最大的黑社會啊！」雙城手裡的老虎蝦「撲騰」一下掉進了手邊茶碗裡。等服務員上來換過茶，她才定神問道：「江先生怎麼會是黑社會，黑社會又怎麼會到重慶來投資、造船？」

楊學堅正細心地從一隻大鉗裡掏出整片龍蝦肉，心滿意足地咽下肚後才回答說：「你是不是以為黑社會都是滿臉橫肉、胸口紋著青

龍白虎？當然了，綁架殺人他還不至於。但你知道，這些年台灣的幫派也商業化了，什麼生意都做。黑錢要洗成白錢，就需要一些像江先生這樣跟各行各界都打著交道，家世背景也上得了台面的人物。借他們擺幾鋪生意做幌子，交易、應酬、現金往來都方便很多。江南沒告訴過你吧，當年台北生意最好的酒樓，差不多三分之一都捏在他手裡啊！那時候他血氣方剛，做事也蠻拼的，為了一筆資金週轉，連他父親留給他母親的那所大房子也拿去銀行做了抵押。可是江南這個人，怎麼說呢？聰明是夠聰明，運氣卻總是差了那麼一點點。後來有個大案子把酒樓的錢連同他自己的錢統統卷了進去，銀行收走房子，他母親那麼大年紀，也只能搬去老人院。說來可惜，那房子還是從前日本人修的，質量好，又特別大，花園、走廊、四合院漂亮得不得了，還有個魚池，就在我住的那間客房窗下。那房子要是還在，我都想買下來……」見楊學堅跑題漸遠，雙城只得打斷道：「後來呢？江先生的錢追回來了嗎？」楊學堅搖頭冷笑：「追？怎麼追？官字兩張嘴，哪裡都一樣，比黑社會還黑。江南這跤跌得狠，好幾年才緩過勁來。還是托一個女人的關係，才結交上姓黃的那幫土財主……」

　　講到這兒，楊學堅停下來，給自己斟上了第二杯葡萄酒，見雙城聽得入神並不動筷子，便從盤中挑出一隻個頭最大的梭子蟹，替她剝好了遞到面前，再繼續說起江南如何從一開始就覬覦馬可波羅號的投資，如何搞出個「和泰」公司來哄得股東們相信，如何搭上「環宇」、向鳴和市政府搞大陣勢，又如何借用自己操控全局，以圖完全將馬可波羅號攝入私囊……「這才是江南一定要通過'和泰'中轉的目的，你以為重慶人那麼傻？香港的錢才肯要，台灣的錢就不認賬？還不是他怎麼說，股東就怎麼信！哼，三峽、游輪、環保，玩得跟真的一樣！」

　　「所以你知道吧，現在'環宇'、銀行，還有'和泰'的股東，都不買他的賬。換句話說，馬可波羅號，和泰公司，這些原本就不屬於他的東西，眼下統統都和他沒有關係了……」楊學堅說到這裡，取過熱毛巾擦了擦嘴，再雙手合拳抵住自己的下巴，目光從鏡片後探射過來，死死盯住雙城問道：「……那麼你呢？是不是也和他沒有關係了呢？」雙城心中凜然，眼見楊學堅一朝得志，連先前對江南殘存的一點愧疚都已蕩然無存。他是要把江南擁有的一切全都掠奪過來，包括雙城自己。

　　雙城並不接茬，只淡淡說：「謝謝楊先生告訴我這些。雖然知道得晚了點，但總比一直蒙在鼓裡強。」楊學堅忙說：「雙城，你要理解楊先生的難處，當初你從三峽回來，滿世界的人都知道你們……都知道他喜歡上你了。我當時那個處境，事情還沒搞定，哪有把握跟你說這些。再說你年紀還小，理解不了男人，也理解不了生意場上這些是是非非。」雙城幽幽地嘆了口氣，抬眼望著楊學堅，蹙眉道：「我是理解不了，到現在也還一頭霧水，該相信誰？不該相信誰？就像個傻子，被你們調來遣去，再被葉丹、陶沙她們恥笑……」楊學堅見她眼波盈盈，幾句話說得我見猶憐，不由得伸過手去想觸摸她，無奈桌長臂短，懸在了半途，只得好聲安慰：「你也不用多想，別人愛說什麼由她們說去，無非是女孩子之間的妒忌。現在，你只要相信楊先生我就夠了，懂嗎？」

　　雙城瞅著盤子裡楊學堅親手給剝的蟹肉，想起在三亞海邊的大排檔，江南也曾這樣照顧自己。眼前這個男人，就算猥瑣卑鄙，對自己多少也有一份真心。她略一遲疑，忍不住問道：「楊先生，生意上的事我也不想知道。我只問一句，您這樣做……我是說，馬可波羅號的事，會不會……是因為我？」聽到這話，楊學堅總是皺在一起的眉頭終於舒展開來，他將杯中紅酒一飲而盡，然後訕訕地笑道：「要說都是因為你，那楊先生是在講大話騙女孩子；可要說和雙城你沒有關係，那也不對。你知道的，楊先生捨不得你。」

　　走下富麗華門前的台階，雙城看了看腕上的手錶，已近十點。貝殼的表面迎著光微微發亮，給身旁的楊學堅看到，鼻子裡輕輕一哼。這點細微的聲音如螢火一閃，卻被雙城聽得分明，剎那間，她拿定了主意，抬頭朝楊學堅莞爾一笑：「很少有機會吃到這麼豪華的大餐，謝謝楊先生款待。」應景喝下的那點紅酒讓雙城微微發熱，摘下圍巾後赤裸的脖頸愈發顯得頎長白皙，夜風撩起及腰的長髮，燈光下，她星眸閃閃，晶瑩剔透，如一件失而復得的寶物，點亮了男人的眼睛。楊學堅伸手撥了撥那如絲如瀑的長髮，愛不釋手道：「又長長了一截……」雙城將身一撐：「楊先生莫不是看得手癢了，又想給我剪頭髮？」要說雷雨那夜，楊學堅雖未得手，小樓中風光旖旎卻叫他銷盡魂魄，竟抵得過與唐小姐這兩年的耳鬢廝磨。此刻忽聽雙城重提舊

事，當下一股酥麻沿著背脊直爬上後腦勺去，周身頓時軟的軟，硬的硬，開弓靠弦如驚蟄一般……便揮手叫來一部的士，打開車門，不由分說推了雙城進去，嘴裡只嘟嚕一句：「讓我送送你。」

車行過黃花園、大溪溝，沿下半城的嘉陵江岸一路向前，車廂里的光線隨著外面的燈火忽明忽暗。自打溜出包房發送那個傳呼留言之後，雙城的手就沒停止過發抖，此時被楊學堅緊緊攥在掌心裡，更是密密地滲出汗來。楊學堅不動聲色地用自己的手掌替她擦了一擦，猜想那是少女的羞怯抑或重逢的悸動。每種念頭都讓他心尖舔蜜，一絲笑意浮上嘴角。

從上清寺回學校有兩條路可走，此時已經遠遠望見人民大禮堂燈光璀璨的巨頂。司機歪過頭問：「前頭嘟個走？」雙城搶在楊學堅開口前答道：「晚上不堵車，就走下半城吧。」說完飛快地瞥了一眼楊學堅，見他眼角眉梢只是堆笑，並未起疑，心下稍覺安定，穩住一口氣，輕聲又問：「楊先生還住在公司嗎？」一語剛落，楊學堅的手稍稍往回一縮，雙城立即感覺他的目光朝自己臉上逡巡而來，不由心頭髮緊，只得一面低頭去瞧兩人糾纏在一處的雙手，一面心如沸水，翻滾不休。再往下套，恐楊學堅一時覺醒，掉轉車頭，這一晚的鋪墊前功盡棄不說，自己人還在車上，難保周全；若就此打住，時機轉瞬即逝，再引他出來怕就難了……交通似乎比任何時候都要順暢，眼睜睜上清寺轉盤已過，雙城心跳得快要蹦出胸口。現在該怎麼說、怎麼做才能讓車停下來，她的腦子里卻還是一片空白。

「噢，我換了個地方住，那裡畢竟不是長久之計……」楊學堅突然續上話頭，打破了沈默。剛說一半，靜默整晚的手機突然響了起來。那是部一掌寬的翻蓋摩托羅拉，比先前的大水壺時尚了許多。楊學堅剛「餵」了一聲，雙城便聽見電話那頭唐小姐尖細的嗓音傳了出來。楊學堅壓低聲音，一邊應付對方，一邊拈起雙城的髮梢，來回輕輕拉拽，是討好求和的意思。彷彿天邊有閃電劃過，亮了一亮……雙城往前探著身子，突然朝司機大聲說道：「師傅，前面停一下！」楊學堅一愣，下意識地捂住了手機，鏡片後兩只小眼睛瞪得溜圓。司機踩下剎車，速度慢了下來，但猶豫著仍舊往前滑行了一段。四五秒工夫，雙城看距離差不多了，又再喊道：「靠邊停車！」車剛停穩，她

轉頭向楊學堅拋下一句：「你快去她那兒吧，我自己回家！」說完打
開車門，衝了出去。

這是城市中一段相對冷清的馬路，路燈與路燈之間有著短短的黑
暗。馬可波羅公司的小樓就佇立在幾步之外，沒有亮燈，黑黝黝的，
像一個龐大的陰影埋伏在那裡。雙城緩下腳步，讓身後的楊學堅追趕
上來。「不要這樣嘛雙城，我和小唐的事，你早就知道的呀。」他一
邊說一邊試圖摟她入懷。「是的，我知道，我知道你有唐小姐，江先
生有葉丹，可那又怎麼樣？知道了我就該接受嗎？你們當我是什麼
人？」雙城一邊掙脫，一邊又向前走了幾步。楊學堅偎過身來，賠著
笑箍住她，附在她耳畔道：「怎麼這段時間脾氣見長嘛，好了好了，
別鬧了，是楊先生不好。你放心，我會處理好的……」出租車跟上
來，在他們身後按了按喇叭，車燈晃著了雙城的眼，她皺緊眉頭背過
身去。楊學堅見狀，往那半開的車窗里扔進一張鈔票，打發了司機，
回身再次摟緊了雙城。

躲閃著那張酒氣醺醺的臉，雙城低聲抱怨：「我要是沒來過這裡
就好了。」聽她這麼講，楊學堅不由抬頭望瞭望陰影里的小樓：「這
兒有什麼不好？我看就挺好。這兒可是我楊學堅的福地啊，你看我，
不僅在這裡打了翻身仗，還在裡頭……抱過你，記得嗎？」黑暗壯起
了楊學堅的膽子，架在火上烤了一晚，早已滾燙難當，隔著毛衣，他
用熟悉的姿勢抓住了雙城的胸脯，不可抑制地用力搓揉了幾下，喉管
里模糊地一響，像是弄痛了自己。「想死我了，雙城……別忘了，我
可是第一個看到你身體的男人，你本就該屬於我……」又一輛車從身
邊駛過，車燈晃了晃兩人的臉，雙城用力掙脫：「楊先生你住手，大
街上呢！讓人看見！」說著快走幾步，到了小樓門口。彷彿人去樓
空，鋁合金的鐵門並未上鎖，被雙城一推，便「吱呀——」開了一道
縫，像一條分界線，劃開了黑暗與更深的黑暗。

「看見就看見，怎麼啦？難道楊先生現在還沒有抱你的資格啦？
」楊學堅說著跟了過來。雙城一腳邁過那條界線，如同踩響了一枚地
雷。突然，她又聽到了大雷雨那晚的霹靂，一連串驚天動地，像要把
整幢小樓劈開……那是幾個人肢體猛烈搏擊產生的動靜，還夾雜著楊
學堅被什麼東西堵住嘴後發出的嘶吼。雙城什麼也看不見，卻清楚地

感到氣流鼓蕩起灰塵，直撲上臉。恐怖讓她幾乎尖叫起來，可剛要張嘴，背後就被人用力一推，跌出了大門。「不許報警，不許叫！叫就整死你！」黑暗中狠狠擲出一句話。雙城剛剛穩住腳，就聽鐵門咔嗒一聲從身後鎖上了……街邊一片死寂，彷彿什麼都沒發生過。

　　她跟跟蹌蹌向著遠處的路燈奔去，那裡擺著一個宵夜攤子，厚紙板掛在白熾燈下，寫著「麻辣燙」三個字。一輛紅色奧拓正放慢速度擦著路沿兒駛過，想拉上一筆生意。「出——租——車——！」雙城用盡全身力氣，大喊著撲了過去。這時，她驚恐地發現，自己根本發不出任何聲音。空氣徒勞地在喉管裡打轉，像枯井底盤旋的冷風……就在那一瞬間，她突然啞了嗓子。

　　接下來是重慶一年之中最適宜的季節，像是要補償這個城市之前半年的陰冷和霧霾，突然就有了那麼一段晴空萬里，春光和煦的日子，蟄伏一冬的花草鳥蟲在短短幾天中爭相而出。彷彿一夜之間，黃桷樹滿枝嫩芽，一樹一樹的新綠，看醉了人的眼睛。校園裡最早盛開的是寅初亭外幾蓬金黃的連翹，枝還禿著，花就迫不及待一哄而出了；跟著綻放的是綜合大樓外一圈粉紅的八重櫻，花開時滿樹雲霞，壓彎了枝條……等到校運會結束，換上長裙的時候，沿江路和松林坡上，淡紫的鳶尾又將漫山遍野地成為主角，花瓣上藏著小小的孔雀花翎，圖案精細如工筆，像是趁夜深人靜逐朵描繪上去的……春暖花開，一切變得可以盼望。

　　慢慢地，學校的時光也沒那麼難熬了。沒排課的下午，雙城便去圖書館自習。她愛聽筆尖摩擦紙面的聲音，書本翻頁的動靜，以及壓低嗓子的耳語。讀得困了，就去四樓閱覽室，隨便抽出一本小說，走到一行行書架的盡頭，攀上寬闊的窗台，屈膝靠牆而坐，在溫暖的陽光中安安靜靜讀上一陣，管他是陀思妥耶夫斯基，還是維克多·雨果。她渴望加入小說裡的生活，轉念又為做一個安全的旁觀者而感到幸福。她的心像困在掌中的一隻蝴蝶，振著翅膀蠢蠢欲動，每次打開一道縫想偷瞧一眼，馬上又下意識地合攏了雙手……那段時間，她身邊非常安靜，駱陽的社團活動拒絕過幾次，邀約電話便不再打來。她一個人來往於花木扶疏之間，沉浸在課本、小說裡面，她想忘記那個驚心動魄的夜晚，也忘記那晚飯桌上楊學堅口中的江南……事情發生

後，雙城提心弔膽地過了兩周，始終不見任何動靜，沒有楊學堅，沒有江南，也沒有公安局的電話。沒人報警就表示沒出大事，她松了一口氣。可是接下來，雙城發現不止是她想忘記那晚發生的事情，還有整件事和其中所有人也都把她給忘記了。一片沈寂。

前些天江南生日，雙城以圖代文，親手繪制了一張賀卡，壓好塑料封膜寄去給他。畫的是江南和她自己，一男一女兩個小人兒背對觀眾，牽手站在一起。江南光溜著身子，前後就掛著幾片樹葉，而她自己也只圍著一條草裙而已。二人腳下踩著一叼孤島，四面汪洋一望無際，唯見游魚飛鳥白日荒荒。須髮蓬亂的江南握著一柄魚叉，雙城則渾身泥垢，將一隻手藏在身後，做出勝利的V字形。畫完後，雙城自己也笑了，這與其說是兩相廝守的祝願，不如說是對他們戀愛的諷刺以及開誠布公的無奈。這樣一張卡片，寄出後依然石沈大海……雙城明白，孤島上原只有她一個人。

首先想起她的，竟是葉丹。突然而至的電話里，葉丹說：「有些事你應該知道。沒人告訴你，就由我來說好了。」學校門口的茶餐廳，到了下午，許多人只是要一杯飲料坐著閒聊。她們進去時，靠窗的位置已經滿了，揀店堂中央一張桌對面而坐，倆人立刻成了整間餐廳的焦點。葉丹穿一件寬松的丹寧藍襯衫，襯衣在高腰處打了個結，已經蓄長的頭髮裹著烏黑蓬松的發卷，妝很淡，精緻的鼻梁旁撒著淺淺幾粒雀斑……半年不見，她似乎瘦了一點，較先前愈顯得玲瓏秀美，麗質天然。雙城很難令自己將目光從她臉上移開，這種深陷，一如初見。她自己也弄不明白，為何葉丹對她具有如此強大的吸引力，與其說是情敵，倒更像是情侶。

雙城先問葉丹怎麼會有自己的電話。她不信江南不護著她。

「問米拉要的。你們以前不是同學嗎？」

「你們常在一起？」米拉只是雙城在培訓班的同學，但她懶得去糾正葉丹。

「不常。米拉現在是黃董的女朋友，三峽回來就在一起了。噢，不是你去那次，是第二次，明星團那次。」葉丹掃了雙城一眼，雙城紋絲不動，她的意思她懂。

「那位交警呢？」

「原來你也知道。她跟我說過，人太帥了就不安分，拈花惹草沒完沒了，忍得了一回兩回，忍不了一輩子，又沒什麼本事，米拉當然咽不下這口氣。正巧有黃董這條大魚上門，既然談感情靠不住，就先談點別的咯。」

「她倒比陶沙動作還快……」雙城彷彿看見米拉閃著睫毛翻飛的大眼睛，靠在男朋友送的玩具熊上……畫面一晃，發現那熊原來是黃董。

「你太小看陶沙了，誰的動作也快不過她呀！」葉丹頓了頓，想忍又沒忍住似的，接著說，「她跟那吳社長，在維多利亞號上就睡到一塊兒了，夜裡也不回房，你是知道的吧！」

聽到維多利亞號的名字，雙城心頭一顫，嘴上卻問：「你又如何得知？」

葉丹一笑：「見人就貼的貨色，難道吳社長會跟她來真的？還不就當個笑話到處講講罷了。人家說還沒怎麼樣她呢，自己就先把胸罩摘了，'兩挺機關槍似的對著，躲都沒處躲。'這可是吳社長的原話。可不是嘛，陶沙總以她那兩坨肥肉自豪，到處獻寶也不止這一回。就江先生聽了氣得要死，他手下的人搞得這麼賤，比只雞還cheap。」雙城聽她嘴裡忽然蹦出個英文單詞，便知是江南私底下的話。思忖其中不諱之處倒是關起門來對自己人才有的態度。

見雙城不語，葉丹才意識到自己語言粗鄙，一時懊悔，忙打住話頭叫服務員來點些飲料。雙城喜暖，叫了奶茶；葉丹貪涼，要的是芒果冰沙。「我聽羅軍講是你把楊學堅引出來的，這事你幫了我們大忙，得謝謝你。」雙城聽「我們」兩字甚為刺耳，便抿了口奶茶等她往下說。「楊學堅那副小身板，經不起修理，扛了沒幾下，就把車給吐了出來。龜兒子手腳倒快，都弄到璧山去了。」「賣了？」「正要賣。羅軍他們連夜押著走歌樂山過去，在一個旅館停車場給截住了。再晚一步，車就賣到內江了。」「那車現在呢？」「賣掉了，可惜價錢很賤，才十五萬，沒辦法，沒牌照的車誰敢收？還好羅軍腦子快，找人牽線直接賣給了公安局，也就他們有辦法給上牌照。諒他楊學堅

將來也不敢去鬧。」

「就一部車？」「當然不止。回來接著再揍，用自行車鏈條抽，到天亮的時候，總算又吐出一筆，大概六七萬美金吧，聽說下手重了點，那傢伙嚇破了膽，以為要被做掉，乘他們弄吃的，從三樓翻窗跑了，好像還摔傷了腿，當時路上人也多了，就沒再追。」「就不怕他報警？」雙城畢竟擔心。「報警？」葉丹一聲冷笑，「他楊學堅也不是第一天出來混，就他這種反骨仔，揍一頓算便宜的。除非他不想再在重慶混，也除非他這輩子再不回香港，否則的話，他這條小命可得掂量掂量。再說，吐出來的這點錢跟那三千萬相比，連個零頭都抵不上，案子真要審起來，說不定他連個屁也撈不著，辛苦一場豈不統統打水漂？所以你也不用擔心，就算給他十個膽，他也不敢報警。不過這王八蛋也夠狠，知道江先生不會放過他，就和黃胖子做了交易，頂下了馬可波羅號的股份，再把剩下的錢轉回船廠，就算江先生找到他，也拿不走那艘船，這下子生米煮成熟飯，那船算是歸他了。最後那個樣子，再打就出人命了，他們也沒辦法，楊學堅這是在搏命。」

「所以那天晚上……是羅軍。」雙城想起黑暗中那個惡狠狠的聲音，那種她從未經歷過的凶險和暴力，仍舊不寒而慄。葉丹沒有直接回答，只說另外還找了兩個道上的人。

「你根本不瞭解江先生是什麼樣的人，他可不是什麼童話裡的白馬王子。」葉丹的聲音裡夾雜著那晚楊學堅的告誡，令雙城心中一陣恍惚。

「另外有件事要告訴你，」葉丹在開口前挪動了一下自己的身體，換了個更為穩固的姿勢，「我和江先生訂婚了，上個月的事情。」這才是她今天來的目的。魚雷在水底炸開，巨大的力量在深處掀起風暴，而水面之上，只是微微一層浪花。雙城的下眼皮輕輕跳了幾下，等了兩三秒，才道：「這句話，應該他來告訴我。」

「他不會告訴你，就算你去問，他也會說那是假的，是為了把陳少飛哄出來。」葉丹臉上浮起一絲苦澀。「陳少飛覺得江先生沒戲了，跟姓楊的狼狽為奸，分了賬上一筆錢就撂手跑回蘇州了。江先生要找他出來，才想出這個法子，借著擺酒訂婚，把蘇州親戚都請上，

把江媽媽也從台灣接過來，老一輩兒的面子拗不過，陳少飛才總算在酒席上露了臉。」

「江先生母親來了？」

「來了。老太太人挺和氣，那麼大年紀還特考究……就是身體不大好，待了兩三天就回去了。」

「她知道擺酒的目的嗎？」

「你是說陳少飛的事？應該不會告訴她吧，老太太要是知道，就不肯來了。」葉丹說著，輕輕轉動了一下手腕。雙城見那兒多了一隻鐲子，羊脂白玉上飄著幾縷翠色，顯然是見面禮。

雙城收回目光，掰正話題道：「陳少飛還錢了嗎？」

「最後拿了五萬美金出來，多少給他留了點錢，也留了點面子。他老婆懷裡還抱著個奶娃，當著老老小小一大家子，再加上江媽媽的面子，也不好把事情做絕了。」

雙城聽罷微微一笑：「這麼說也得謝謝你。」

葉丹一愣，自知言語上多半不是雙城對手，不如捅破窗戶紙直截了當，便昂首道：「現在你知道江南和我的關係了，這訂婚，你說是假也是假，你說是真也有真，所以我希望我們三個人之間能夠清清楚楚有個了斷……」葉丹咬了咬下嘴唇，後面的話終究還是咽了回去。

雙城默默望著桌上奶茶和冰沙之間的那塊地方，好像那裡寫著一切的答案。過了一會兒，她才向葉丹肅然道：「那次在維多利亞號的甲板上，過神女峰的時候，我問過你什麼？你是怎麼答我的，還記得嗎？」

葉丹又一次感到了虛弱。眼前這個女孩並不比她漂亮，卻總讓她感覺自卑，繼而惱怒，不時生出一種想一耳光甩過去，響響亮亮炸開在對方臉上的衝動。她葉丹從前不是沒有這樣幹過，但她明白剽悍潑辣對雙城起不了任何作用，怒火只會使對方優勢更大，讓自己輸得更慘。雙城在激怒她的同時，也化解了她。最令葉丹沮喪的是，她越來越意識到雙城的可惡不單止於奪走江南，而是她的存在讓她一次比一次更加討厭自己。

「我認識江南的時候，只有十七歲，我比陶沙她們低一屆，還沒畢業，'環宇'的人說沒關係，我當然也沒問題，反正沒打算考大學。職高的畢業證嘛，有沒有都無所謂。何雲鵬那老色鬼，一來就想佔我便宜，被我給踹了襠。我以為他們會炒我魷魚，結果並沒有。過了幾天，馮志凡找我談話，說要交代特別任務給我。哼，搞半天就是陪台灣老闆吃吃喝喝，順便當當間諜。他們自己得不到，就想換個法子利用我。我清楚得很，但我需要工作。馮志凡跟他們說我二十五歲，黃胖子一天到晚纏著我，有回把我灌醉了……是江南救了我。他問我到底多大，我實話告訴了他，從此以後，他就特別保護我，把我從'環宇'弄出來，跟在他身邊，到哪兒都帶著我……所以我跟你怎麼說的都不重要，重要的是，我們早就好上了，這是事實。但在一起做事，他怕影響工作，不讓我跟別人說。」講到最後，葉丹握緊了面前的玻璃杯，臉上微微發紅。讓她感到羞恥的，並非是和江南的關係，而是這段關係的身份不明。

「那你就眼睜睜看著他追我？」雙城仰起了頭。餐廳里的人都在打量這倆針鋒相對的美人兒，但生死攸關，她不在乎。

「可天天和他在一起的人是我，你不也眼睜睜地看著？」葉丹提高了嗓門兒。

「所以我不會對你有任何要求，因為我跟你，都沒有這個資格。」見葉丹一時還陷在邏輯的突圍之中，雙城迅速說，「你以後不要再來找我了。記著，只有三種情況，你可以如願以償：第一，我放棄了他；第二，他放棄了我；第三，你們真的結婚了。你能努力的只有最後一種，所以我勸你別把力氣浪費在我身上，你永遠做不了我的主，還是多在江南那兒下功夫吧。」

葉丹的臉色由紅轉白，頜角那裡往外一錯，咬牙道：「你的意思是不肯退出了？」

雙城望著葉丹緊繃得有些變形卻依然俏麗的臉，情緒突然有些緩和，嘆了口氣說：「我不知道。就如同現在，也不是你我的初衷。至於未來，就要看那時的想法了。包括江先生，每個人還是考慮自己的選擇吧。」

「他這會兒人在成都，我今晚就能見到他。」

「是嗎？那麼請你轉告他：要麼再也別來找我，否則的話，請他準備好一個解釋給我。」雙城摸出一張鈔票放到桌上，起身又道，「謝謝你特意來告訴我。對了，手鐲很漂亮，結婚是假的，玉鐲倒不假，你應得的。」說完她轉身離去。跨出大門的瞬間，身後傳來玻璃杯在地板上碎裂的聲音。她知道那杯子原本是要砸在自己身上的，但葉丹總是缺了那點勇氣。

雙城想笑，眉頭未及展開便又蹙了起來。羞恥的不止葉丹一個。她自己何嘗不是膽小鬼，無論她有多少理性和聰明，就是抵擋不住與江南的戀情，也無論她找了多少理由為自己辯護，在心底她早就明白，繼續下去並非因為堅持的勇氣，而恰恰是因為她沒有勇氣放棄。人潮迎面而來，擦肩而去，雙城加快腳步，幾乎飛奔起來，孤獨嘯叫著，緊隨身後。

春季糖酒交易會是成都每年最熱鬧的日子之一，會展場地外，密密麻麻垂掛著數十米高的宣傳條幅，紅艷艷地在風中飄擺，像一場喜宴。熙熙攘攘的人流之中，身穿駝色風衣，頭頂一副墨鏡的沈碧茵看上去十分顯眼。兩天前她離開台灣的時候，上國中的女兒正在感冒發燒，丈夫為她又一次拋家棄女奔赴大陸大為光火。臨走時吵的那一架，到現在還沈沈地壓在她眼角眉梢上舒展不開。

丈夫大她十六歲，是她第一間公司的老闆，如今在家說起話來，仍脫不了上司對下屬的口氣。儘管生意失敗後，丈夫就一蹶不振，說是蓄勢待發，但漸漸坐吃山空，不得不由她出來工作，維持一家三口的吃穿用度。剛進江南公司的時候，餐館酒樓生意紅火，沈碧茵到手的報酬十分豐厚，家裡日子漸漸寬鬆許多。可惜好景不長，江南捲入一場官司之中，苦心經營的成果一夜間付諸東流。對台灣失望後，江南集結剩下的財力轉戰大陸，她義不容辭隨行左右，才剛有些眉目，又遭馮志凡的算計、楊學堅的反骨……屋漏偏逢連夜雨，一連數月的薪資只能部分支付，家裡既見不到人又見不到錢，埋怨自然就多。

沈碧茵可以不來，丈夫女兒都希望她留在台灣，事實上，也有朋友在別家公司介紹不錯的職位給她。可如果不來，江南身邊就連一個

搭把手的人都沒有了，在這非親非故之地，又沒有立足的資本……她不忍替他想象。上個月沈碧茵陪江南去蘇州唱完那出「訂婚計」，再護送他母親回台北養老院安頓好事宜，本以為自己仁至義盡，是時候脫開手另尋出路，可江南電話里一句「我只剩下你」立刻就動搖了她的決心，翻來覆去一夜後，她最終還是來了大陸。從機場回來的出租車上，江南握緊了她的手。沈碧茵連忙轉向窗外，不想他看見眼裡淚水滾動，相識這麼多年，自然都懂。

江南說真是難為了雙城、葉丹兩個，虎狼口中好歹奪回一點，手裡有了些基礎。但具體該投到哪裡，做些什麼，探了幾個月的路，卻至今毫無眉目。存了馬可波羅號的切膚之痛，沈碧茵難免杯弓蛇影，躡了手腳，幾乎時時都在提醒江南：當心，再當心。糖酒會是羅軍出的主意。如今沒了車開，他親戚蔣培軍也另謀了出路，羅軍自己卻甘願留下給失勢的江南繼續當差，其中緣由，無人追究，他也樂得緘口。

跟當初攜巨資登陸重慶，各界青眼相加、紅毯鋪路的光景不同，眼下沈碧茵像獨自被拋進了角鬥場，周遭都是嗓門兒洪大、舉止粗俗的販夫走卒。沿著人頭攢動的展位逐一打聽過來，半日光陰已耗，卻無實質收穫。男人們看她的目光，和她說話的語氣，既好奇又猥瑣，堅持不了幾個回合，她就知難而退，只求脫身了。

「沈碧茵？」有人試探著叫她，聲音不大，卻是親切的台灣口音。「真的是你，沈碧茵！」一位身形魁梧，濃眉大眼的中年男子排開人群，向她突圍過來。打量五秒之後，沈碧茵才想起這是她一位國中同學，當年多少對她還有過一段仰慕。

「哎呀！朱天祥！你怎麼會在這裡？」

這朱天祥大學畢業當完兵後就進了崇光太平洋百貨。他人雖不很機靈，但勝在勤力，也沒有太大的野心，步伐穩定，從櫃長、樓長，做到襄理、經理，直到總監。又因身材高大，形象上比較佔優，太平洋百貨進軍大陸，便選中他做先鋒派遣成都，任了春熙路總店一把手。彼時的太平洋百貨作為第一間空降大陸的外資商場，所到之處，無論是上海還是成都，皆風光無兩，萬眾矚目。朱天祥從台北街頭一

介平民搖身一變成為成都商界名流，春風得意自不必說。為了讓老婆安心，他乾脆舉家遷到成都，此種封疆大吏的自在快活，比起從前殖民地的領主也不差什麼。

沈碧茵說起自己出師不利，眼下正尋找新的機會，但人生地不熟，要麼受欺，要麼被騙，種種苦楚……朱天祥見她示弱，便出主意說自己手下春熙路太平洋百貨餐飲部下半年對外招租，場面雖不很大，但畢竟是跟自己人打交道，讓她不妨去瞧瞧：「地點肯定是最好的，只是租金貴一些，這就得看你們自己了。」沈碧茵聽罷，望著他感激地笑笑，依然有少時的嫵媚。但一連幾天沒睡好，眼尾紋上了色似的明顯了不少。朱天祥看在眼裡，只嘆女人貶值快，任憑當年怎麼驕傲矜持，年紀上去了，身段也就下來了。

回到賓館，沈碧茵就跟江南算了一筆賬：楊學堅吐出來的車和錢，加上陳少飛好歹沒讓撕破臉的「訂婚禮金」，全部加起來，再扣除七七八八的開銷，折合人民幣不過一百二十萬，而朱天祥那邊各式各樣租金押金加起來，門檻就得一百五十萬。

「朱天祥的意思，一百五十萬只是競標資格。報名的已經有好幾家，單憑我和他這點關係，勝算不知能有幾分……」沈碧茵走到窗前，將雙臂反撐到身後，活動了一下僵硬的身體，然後將玻璃窗推開一線，清冷的空氣混合著鬧市喧囂立刻飄進了房間。這是錦江區人民東路上不大起眼的一間酒店，從十二樓窗戶望出去，正對著電信局鐘樓、熙熙攘攘的廣場和高舉右手的主席像。自脫離「和泰」各地輾轉，花的都是自己口袋裡的銀錢，今非昔比，各種排場略去不說，吃住交通也免不了大打折扣。

「你只管搭橋，競標的事我會搞定。幾十萬的缺口不算大，一定會有辦法……」江南說著走到她身後，手摁在她肩胛骨邊緣凹槽的地方，揉捏了幾下。那是她早年間加班做賬落下的痛症，一旦休息欠佳血脈不暢，肌肉就會酸痛緊張，如芒在背。江南著力總是比按摩師還要精准，下手不輕不重，順三圈反三圈，耐心往復，漸漸化開了淤積的脹痛……沈碧茵長舒一口氣，睜開眼來，像是自言自語地說：「要說我的朋友，不是家庭主婦，就是普通上班族，這個時候拿得出錢來的，也就是以前跟你提過的馬小姐了。她如今身邊有沒有人還不

知道，死馬當活馬醫，只好跑一趟碰碰運氣。」說到這裡，沈碧茵一時警醒，擰著頭對江南說：「萬一我把人給你帶來，成不成是一回事，可千萬別把她得罪了，否則以後回去，可怎麼跟圈子裡的朋友交代……」正說著，江南手裡的勁道忽地猛烈起來，捏得沈碧茵哎喲直叫。

「怎麼個不得罪？嗯？跟我還這麼囉唆？」

於是，五月里的一天，台灣來的馬小姐走進了新成立的錦城公司辦公室。朋友沈碧茵跟她提的那筆錢雖不很多，但馬小姐還是決定親自過來看一看。如果人和事都確鑿，自然是好；但凡不是，也權當一次大陸旅遊。機票自己買了，其他食宿交通說好是沈碧茵招待。她又多長了個心眼兒，把成都安排到行程最後，這樣一來，萬一事情不成，旅遊的部分至少沒虧。馬小姐家世不錯，父母去世雖早，但留下一筆不薄的遺產，一個人兢兢業業地守著……她也念過大學，只是欠缺點姿色，尋覓到三十七八，圖錢不圖人的例子遭遇太多。如今她心裡只有兩點擔憂：一是怕找不到丈夫，變成孤老太婆；二是怕找錯了丈夫，變成手裡沒錢的孤老太婆。

馬小姐認識江南，是在一個叫「雙魚會」的社團里。這原本是個全由女性組成的聯誼飯局，成員大約二十人，表面的共同點是都生於雙魚座。多聚兩回後，馬小姐發現大家還有另一點相同：都不缺錢，但缺男人。缺的原因有的像她一樣是長期單身，有的是丈夫不著家日子冷落，還有的是男人去了大陸，自己留守台灣照顧小孩，守著個名存實亡的婚姻……馬小姐覺得這並不稀奇，總歸是寂寞的人才願意結伴消磨光陰，對她一個單身女子而言，多結交朋友總是好的，何況大家家境相仿，也省些提防。

事情起變化是從沈碧茵的老闆江南現身以後開始的。雙魚會由江先生名下茶樓組織，也是推銷宴席，建立長期客源，順便拉些投資的意思。江先生作為唯一一條雄魚，偶爾客串出席，英俊瀟灑，女人緣又極好，引得一缸雌魚雀躍不已，從眾星拱月、恃嬌爭寵到醋海翻波、互生嫌隙，最後幾乎不歡而散，末了隨著茶樓生意敗落，雙魚會最終不了了之。事隔三年，沈碧茵突然又提起江南，說在大陸初戰折戟，如今正蓄勢待發，欲東山再起……又說他至今單身，遇見的女孩

子雖然不少，但總歸靠不住，不如自己是台灣人，知根知底，內外輔佐才是正道。

馬小姐並不糊塗，知道江南眼裡原是看不見她的，但她又尋思今非昔比，或者他這種人就是要到虎落平陽、英雄末路之際，才知什麼樣的伴侶適合自己。姻緣之事難以預料，送到手邊的，總歸都是機會……好歹她也拿定主意，眼下投資大陸是島內風潮，她手裡既有餘錢又機會適宜，拿出這一百萬跟一跟也無妨，自己眼睛放亮，又有沈碧茵從中作保，基本還算安全。至於別的，栽花插柳只須盡心，結不結果成不成蔭，全憑命定。

沈碧茵草擬的合同薄薄三頁，並不複雜。馬小姐卻不敢馬虎，心裡覺得沒問題，嘴上還是小心翼翼地說拿回去仔細瞧瞧，隔天再簽。正好這天朱天祥請江南和沈碧茵過去議事，馬小姐便和他們相約晚上再見，空出幾小時正好逛逛街。不想午後飄起雨來，淅淅瀝瀝雖說不大，卻澆滅了馬小姐逛街的興致。花二十元在街邊髮廊洗了頭，享受了肩頸按摩，馬小姐見天色還早，想起江先生說他新租的辦公室就在附近，便照著名片上的地址打聽著走了過來，想親自看看公司的情形，明天簽字才好放心。

辦公室原不過三五號人，見老闆不在，又溜出去幾個，只剩一位年輕女郎抱著電話正煲粥，見馬小姐進來，周身掃了她一眼，也不招呼，身子在桌前轉了個角度，手指繞著電話線繼續說個沒完。四川話馬小姐聽不太懂，但女郎語氣里的抱怨卻是明白無誤，看樣子壓根兒沒打算回避任何人。馬小姐奇怪江南從前何等精明的一個人，如今手下竟如此失教，又見那女郎出落得花容月貌，舉止輕佻，不由生出幾分懷疑。

枯坐了足有五分鐘，才聽那女子「砰」的一聲砸上電話。馬小姐好似怡紅院外吃了閉門羹的林妹妹，強壓著一肚子氣，只用漫不經心的口吻輕聲問道：「一直佔著線，就不擔心客戶電話進不來？」一句話扔出去，對面竟是空的，什麼也沒彈回來。馬小姐尷尬到下不來台，好半天那「晴雯」才冷冷開腔：「公司剛開張，哪來的客戶？」馬小姐給話噎住，半晌回過神來，明白來者不善，事出有因，但無論何故，她自恃江南的貴賓，怎可受此奚落？心頭火勢已成，便提了提

嗓門兒問：「請教小姐貴姓？」

「免貴姓葉。」葉丹這才轉過身來，艷若桃李，冷若冰霜。前一段江南在糖酒會上聯繫到一家遠在廣東的食品企業，派了她一趟差，這幾日剛回到成都，總不見江南人影，葉丹生疑，再三盤問羅軍，才知好事多磨，天上又掉下位馬小姐……雙城那邊一波未平，這裡一波又起，且是位台灣富婆，葉丹心知如今江南最需要的就是經濟援助，等這位財神婆在江南身邊立穩腳跟，估計就沒有她的容身之所了。沈小姐和江南這幾日行蹤飄忽，定是寸步不離陪同來客，故意避開自己，怕壞了好事。諸多焦慮、委屈，越想越氣，怒火攻心，這才瞅空打電話向她的姐妹杜鵑訴苦，順便討個商議。不想苦未訴完，馬小姐倒自己送上門來。

「葉小姐幸會，我姓馬，是你們江先生的朋友。」

葉丹往後一靠，雙手環抱道：「巧了，我也是江先生的朋友。」

馬小姐一愣：「你也來找江先生？」

「不用找，每晚都能見。我是他的——女朋友。」葉丹一不做二不休。

馬小姐大驚道：「江先生的女朋友？怎麼沒聽他們提過？」

見她慌亂，葉丹愈發譏笑道：「聽說馬小姐是來投資的，生意就是生意，沒必要跟你提這些。除非，馬小姐想順便把自己也投進去？」

「這叫什麼話？你說的這叫什麼話？」馬小姐急得聲音發顫。

「馬小姐想聽什麼話？你倒是教教我，換了在你們台灣，遇到這種一把年紀，只能拿錢出來勾引男人的老女人，我該說什麼話？」

「我不跟你廢話，遇到你這種沒教養的女人算我倒霉！神經病！」馬小姐氣得頭暈，轉了兩圈才找准大門的方向，跌跌撞撞奔了過去。等到了門口，回過神來又覺不甘，轉身向葉丹道，「我告訴你，我跟江先生就是普通朋友而已，沈小姐特意去台灣請我，我才答應過來看看。至於你到底是他什麼人，我一點興趣都沒有。」

「沒有興趣就對了！我建議馬小姐跟江先生這樣的男人打交道之前還是先照照鏡子。」葉丹說完抓起桌上的「毒藥」香水對著門口一

陣亂噴，嘴裡兀自罵道，「一股酸味兒餿味兒騷臭味兒！怎麼蓋都蓋不住！」

馬小姐被香水噴得躲避不迭。她雖自恃矜貴，但這些年身無所依，給人逼急了也不是豁不出去，當下便穩住身體厲聲回敬：「台灣男人嘛，哪個不好色？我跟江先生是沒有什麼關係，不過我也奉勸你一句，不要因為床上那點交道就自作多情，誤會了自己的地位。坦白講，我實在不認為江先生會拿你當女朋友……」她一邊說，一邊又往外走了幾步，生怕葉丹會撲上來傷了自己。「這麼cheap的女人，他怎麼好意思帶出去！」馬小姐丟下最後一句，便閃身從門外消失了。葉丹陷落在座椅裡，難說是解氣還是生氣。殺敵一千，自損八百，她的胸膛起起伏伏，心臟跳得生痛。

馬小姐當天就去航空公司改了機票，提早了回台灣的日期，下決心不再與江南碰面。沈小姐那邊，她雖惱怒，但為了報銷旅費，也不好把臉撕破，只說見到了江先生的女朋友，對方非常無禮，也明確表示反對她來投資，既然如此，她本人絕不願再夾雜其中，與不相干的人橫生誤會……沈小姐一路賠著不是，將她送到機場。馬小姐末了又道：「江先生週轉上有困難，需要資助，這我理解，既然是朋友，能幫忙就幫一幫，無所謂的。可明明有女朋友，還拿單身來哄人，堂堂一個男人，我真不好再說什麼。碧茵，以後你可要以此為戒，凡事先搞搞清楚，否則說出去多不好聽。我倒沒什麼，孤家寡人一個，讓你家先生知道，恐怕就不大體面了。」

沈小姐送機回來，氣得眼淚汪汪，一五一十向江南轉述了馬小姐的話。「江先生你也知道，朱天祥那邊已經說好，九月初進場費和押金必須到位，再加上內外場的裝修、電器、傢具，中間只剩三個月，我的法子是用完了，臉也丟盡了，人也得罪了。江先生你想想，怎麼再去籌那一百萬吧！」

「怎麼籌？怎麼籌也不能賣身吧？」葉丹受了責罵，憋不住衝口而出。江南如今急欲借太平洋翻身，所幸沈小姐動用人脈搬來了金主，眼見救命錢幾乎到手，卻被葉丹拈酸吃醋砸在了最後一步。功敗垂成，江南本就急火上頭，又被此話一激，忍不住霍然起身，掄起一巴掌就朝葉丹扇了過去。

　　一聲脆響，把屋裡幾個人都嚇了一跳。葉丹被抽得身子往後倒退幾步，半邊臉頰頓時腫得老高，還來不及痛，只睜大著眼，呆呆愣在原處。直到江南追著沈小姐出了門去，她才一下子癱坐到沙發里，兩行眼淚奔湧出來，開始無聲無息地慟哭。一方濕毛巾裹著冰塊向她遞了過來，是羅軍。葉丹一揮手，將冰塊打落一地，有幾顆滾到腳邊，冰冷、晶瑩，像她碎了的心。

第十四章 一枚月餅

　　歌樂山盤桓在城市西面，像一道屏障。這山不高，六七百米海拔，山頂名為雲頂寺，從前有廟，1949年後僧人還俗，廟宇拆除，最終只留下一個地名。

　　夏天里滿山青翠，萬樹蟬鳴，遊客不多，索道纜車一輛輛空空來去。雙城瞧著腳底田園農舍漸漸變成山谷密林，涼風拂來，暑氣消去一半。盤山的梯坎蜿蜒腳下，時而隱入叢林，時而又探出樹蔭。零星有人走在長梯上，很快便被拋在後頭。離地漸高，座椅稍稍搖晃，雙城便往回縮了縮腳。江南見狀搭住她肩膀道：「跟我在一起，有什麼好害怕？」雙城俏皮道：「誰陪我死我也不樂意。」接著又說：「這附近有座雞公嶺，基本沒路，得手腳並用往上爬，我小學六年級去過一次，因為膽小，落在最後，困在一處陡坡上，嚇得哇哇叫。同班有個女生，體育特別好，但總愛跟我作對，聽見我嚷嚷，覺得是在撒嬌，就跟老師請命回頭去接我……」

　　「必是想捉弄你。」

　　「可不就是。說是帶路，故意引我去更危險的地方，假裝聽不到我叫喚，自己一晃就不見了。這時候我才知道她有多討厭我，這麼一想，反而不怕了，一心一意只顧著生氣，腳也不抖了，手也有勁了，咬著牙一狠心，就這麼上去了。因為那坡最陡，所以路線最快，我反而第一個登頂，贏了所有人。等那女生上來，我也不說什麼，只狠狠瞪了她一眼，從此以後，她就老實多了。」

　　「看來要你做事，就得像那女生一樣，先想個法子激怒你。」

　　「也不光是生氣，是想通了害怕沒有用。她也是女孩，又不是母猴子，她能爬的山我也一定能爬。誰也別想看我笑話。」

　　「妙就妙在這點狠勁。」江南將手攔在雙城腦後，抓了抓她濃密

的秀髮。這半年他多在成都,當時成渝之間唯靠火車往來,單程五百公里,需行整日,他只能每一兩月抽個週末過來看她。雙城便揀那野外僻靜之處與他遊玩,要麼爬山,要麼划船,照樣興致勃勃,不教他看出那都是些省錢的節目。儘管如此,雙城依舊精心打扮,身上一襲新衣,嫩綠之中透著鵝黃,真如春芽一般嬌艷,可惜森林公園裡人跡寥落,此番錦衣夜行,連江南都不禁為她遺憾。

行至視野開闊處,二人於崖邊止步。重慶縱然夏季天晴,也似籠罩在一層煙霧中,山下楊公橋一帶的街道房屋望去皆不甚清楚。

「我父母結婚後,日本飛機轟炸得最厲害的時候,父親不忍看母親大著肚子跑來跑去躲飛機,就在這山上租了兩間民房。一到夏天,飛機天天來炸,他們就躲在這兒種菜、養雞、畫畫兒,苦中作樂。等天冷了、起霧了、飛機不來了,再搬回城裡住。據說當時屋前屋後種了一圈牽牛,天熱,飯桌就擺在花棚下,對酌兩口,自比秋翁。」江南緩緩說。

「歌樂山什麼地方你知道嗎?」雙城聽得神往。

「這連他們自己也說不清了,只提到附近有所小學,不遠處還有一個湖,那所房子就在學校與湖之間的某個地方,只在此山中,雲深不知處。」

雙城說這附近的確有湖,道路她也依稀記得,不如繞過去瞧瞧。兩人便穿林越嶺,分花拂草,一路尋找。行至中午,果然見前方盈盈一湖,湖邊築有涼亭,因遠離主路,罕有人至,早已破敗荒蕪,唯柱頭上墨汁寫的一行五絕尚依稀可讀:「獨坐四方亭,徐風拂面輕。群峰染粉黛,疏木未成林。」再看對面柱頭,後續卻被人塗毀了,江南便向雙城道:「也不知懸在這裡多久了。詩寫得雖不甚好,到底應當完結,不如你給續上?」

雙城環顧左右說:「大約風景都是隨人心情,新婚燕爾之時,縱使山中避難亦能亂世偷歡,對景作畫,月下彈琴,連山水都沾了人的靈氣、喜氣,所以好看。如今人走了,景也敗了,硬要作詩也難,不如忽略眼前,只按你父母的回憶,也不管格律平仄,寫個意向如何。」江南說好,片刻之後,便聽雙城緩緩續道:「……鳴雀成素譜,翔魚入丹

青。山中無今古，平生不遠行。」

　　江南笑著點頭：「果然靈巧！真應該雕刻上去，為此地增色添彩。」少頃又道：「可惜他倆後來遠行千里不說，而且一去不返，更糟糕的是，為生活所磨，漸漸淪為一對怨偶，辜負了當年的花好月圓。」

　　「可惜沒找到學校，舊房應該也拆了，拼圖看來完不成。」離了湖邊，繼續往前，雙城走得熱了，眉心微紅，鼻尖潤出一點油光，彷如新瓷透亮。

　　江南牽著她手道：「尋而不得，遇而不期，方成雅興。凡事得講究留白，全都滴水不漏地圓滿了，也就沒什麼可尋味了。」

　　「那愛情呢？也要留白、無果才好嗎？」

　　「愛情麼，就像你我現在這樣，說說笑笑，看盡花花草草，也不為什麼目標，一路盡興就好。」

　　「怎麼沒有目標？一生一世一雙人，可以不掛在嘴上，但心裡得有。否則，這一路花花草草的快樂就只是露水浮萍，未免淺薄。」

　　江南慢下腳步，轉頭望著雙城道：「一生一世一雙人，話是很美，多少人憧憬過，可在命運面前，人的意願很渺小，要麼別人放棄了我，要麼我辜負了別人……所以講老實話，我現在真不大瞧得起這個，我連我自己都信不過。」

　　雙城怔怔然只接了一句：「起碼你還相信過，可我連信一次的機會都沒有。」

　　江南笑著摟住她：「誰叫你喜歡老男人呢？學校里隨便交個男朋友，你要做魯賓遜，他就當星期五，兩個人耳鬢廝磨，這些山盟海誓保管你聽得想吐。可你真需要那幾句話嗎？還是你覺得就像給畫配上詩，給音樂配上一段舞，談戀愛就非得有幾句海枯石爛的話才應景？你有沒有想過，若單純為了佔有，彼此綁架、囚禁於孤島，犧牲各自的自由，放棄人生的豐富，這就是幸福？」他捏著她小小的下巴，皺了皺眉道：「所以我不喜歡那張生日卡，儘管你畫得很好。雙城，別被那些陳詞濫調洗了腦，聽著，男女相愛，最重要的是自然而然的吸引、喜歡，

沒有任何算計，不為任何目的，只簡單地想要在一起，彼此做伴。愛的可貴，在於它的自由選擇。所以，別把我們的關係築成困境，更別把它變成一場抗戰，因為無論誰輸誰贏，受損的都是愛情。」

　　雙城心底恍若有光照進來，既非感動，亦不是傷心，眼底漸漸升起一層霧氣，叫她睜大雙眼卻越發看不清，只聽江南繼續說道：「天長地久不是我不想，如果我是孫悟空，喊一聲‘定’就能讓你的心永遠凝固在這一刻，你以為我不想？可惜時間總是比愛情強大，雙城，我們倆合起來也未必打得過它。所以，就先別內訌了好嗎？」雙城聽了又是點頭，又是搖頭，她不作聲，生怕一張口眼淚就會掉下來。一時間，風吹森林，沙沙作響，都是她千言萬語的領悟。

　　「看！那兒有些花，我去摘了給你。」江南忽然鬆開懷抱，像猿猴一樣往陡坡下躥過去。只見數米開外，岩壁微突的地方，孤零零地開著一叢馬蹄蓮。

　　「江南，危險！那草是虛的，快回來！」雙城急得直叫。

　　江南只顧玩笑，一邊抓著藤蔓往下滑，一邊不回頭地喊道：「要是為你摘花摔死了，那可真是一段佳話！」

　　山谷裡的馬蹄蓮雪白、翠綠，美如天仙。雙城接過這一大束花，摟在懷中，驚惶未定又露出了笑顏，一路只顧愛不釋目，好幾次腳下拌蒜，口中仍喋喋不休：「有些花宜賞顏色，有些花取其芬芳，這花外形典雅，勝在姿態。可惜馬蹄的形容太粗笨，依我說，看著像寶玉送給黛玉的禮物，詩帕半卷，未著一字，不識香痕漬也無……也像漁夫送我的那隻海螺，湊到耳邊，就聽得見三亞的潮起潮落……」江南見她受一束花已然如此歡喜，可見一年來自己的給予何其空白，又瞧那花序粗壯，直插苞心，不免心生別喻，但眼前雙城並非葉丹，他不忍造次，只呵呵笑說：「可惜晚生五百年，否則我可得了個李清照！」

　　三百梯到頂的地方，彎腰立著一棵老黃桷樹，樹下開了間瓦房小店。兩人坐下點了辣子雞並兩樣小菜。土灶火頭猛，將一鍋雞肉和辣椒翻炒得香味十足，江南大口扒拉著飯菜，吃得額頭微微冒汗。雙城嫌鎮子飯卡喉嚨，斟了白鐵壺裡的老蔭茶泡飯吃。見江南胃口大好，想他一個台灣人，在成渝兩地盤桓日久，如今口味竟比自己還受辣，

不由生出一絲疼惜。

「我需要你幫忙。」江南放下竹筷，從骯髒的塑料筒里抽出兩張粗糙的紙巾抹了抹嘴，「太平洋百貨開餐廳的事，啓動還差幾十萬。我手裡沒這筆錢，但卻有一批貨，要是都能賣掉，數目就剛剛好。」

「什麼貨？」

「中秋月餅。怎麼樣？正好暑假出來打工，幫我跑跑買賣？」

「月餅能值幾個錢？跑斷腿也沒用。」

「那就看你怎麼個賣法了。」江南一指橫放在板凳上的馬蹄蓮，「這花從路邊採了來，一分錢也不用；但要是綁上緞帶，放在漂亮的紙盒里，帶著露水送到貴婦們的梳妝台前，可就難說值多少了。照這桌菜的標準，搞不好夠我們吃幾天！」

「我應該怎麼做？」

「現在是七月，一周之內，不管用什麼方法，你得搞到兩份名單：第一份，去年中秋節重慶月餅銷量最多的商場；第二份，你們學校最漂亮、最伶俐，像你一樣能說會道的女生。然後，不用我說，你也知道該怎麼做。」

「有樣品嗎？多少錢一盒？」雙城有了興趣。

「暫時只有宣傳資料，說穿了，就一個名頭，叫'柏屋'，台灣品牌，我自己也沒有嘗過。它好不好吃、值不值錢不重要，重要的是，我手裡只有這三千五百盒月餅，再多一塊都沒有。而太平洋那邊，還差五十萬，也就是說，就算盒子里裝的是石頭，我也得每盒到手一百五十塊才夠。非如此不可，別無選擇。從招兵買馬到鋪貨進場，總共還有不到兩個月的時間。如果做成，月底拿錢，剛好能趕上十月一號太平洋的最後期限。如果不成……」江南將一隻缺了口的茶杯送到嘴邊，轉了轉，抿了一口，望著雙城似笑非笑，「我就得打道回府，進山面壁，修煉幾年再說了。這兩車皮月餅，是我在大陸最後的機會。」

雙城想，江南如今孤立無援，方肯連自己都動用起來，此時很該說幾句應景的表白，但話到嘴邊終究沒出口。沈默了一陣，雙城才問：「哪裡來的月餅？」

「葉丹弄來的，」江南直言不諱，「前些日子，她一個人去了趟廣東。」

葉丹被江南一巴掌打到出走的事雙城是知道的，但她收到的風聲到此為止，後來的走向不得而知。如今才聽江南講葉丹投奔的正是糖酒會上結識的「柏屋」老闆，一去數月，前些天突然打回電話讓江南準備收貨，兩車皮月餅八月中運抵重慶。

葉丹的意思很明白，她既攪黃了馬小姐的投資，就有本事為江南再把這錢找回來。馬小姐有馬小姐的家底，她葉丹有葉丹的本錢。江南這邊，那一巴掌打完也著實心疼了幾天。如今葉丹又天兵天將地殺回來，帶回了「柏屋」的代理權，那一股江湖兒女的俠義不免讓江南刮目相看。

「幾千盒月餅，不是筆小數目。」雙城瞧了一眼江南。

「是啊，單槍匹馬，也不知她是怎麼搞定的。」江南答得敷衍。

雙城那邊笑：「先被對方搞定，便能搞定對方唄。」話一出口，她自己也覺得刻薄，不由紅了面孔，低頭去拿水喝。江南不常見她失控，估摸她因葉丹去而復返心中不快，只淡淡道：「這筆錢如果到手，是真的會幫到我。」見江南並未替葉丹跟自己計較，雙城才換了口氣道：「你只管忙成都的事去。我試著先做，遇到過不去的坎兒，再叫你來。」江南聽罷握住她的手：「這幾年生意雖不走運，但何德何能得此紅顏相助，實在難說老天不公。」

雙城想他所謂紅顏，自然也有葉丹那一份，心中酸澀，轉頭再瞧那一束馬蹄蓮，雖清潔如雪，但炎炎夏日中，比起剛才，似已凋殘了幾分。

這個夏天，駱陽畢業了。在校時，活動多得眼花繚亂，猛聽到終場哨聲，才想起自己升本考研的計劃已經成了海市蜃樓。家裡給聯繫的工作，她不甚滿意，便三天打魚兩天曬網，同時留意著外頭的機會，聽雙城提起月餅的事，便打趣說：「怎麼，你的江先生嫦娥下凡，放著游輪不搞，倒賣起月餅來了？」

話雖如此，駱陽還是很快找回了上次為「健力寶」組織的陣容。總是春色關不住，這幫女孩暑假正閒，聽說是商場促銷，既吹著冷氣

又不累，便都躍躍欲試。雙城列出了百貨公司名單，計劃自己打頭陣，疏通關節後，再交給駱陽她們分頭跟進。這樣流水作業下來，月底前就能完成第一階段的衝鋒。

兩路口的台資富安百貨佔地不大，但精緻堂皇，最為時尚。又聽說裡頭的售貨小姐都是本地拔尖的美人，於是人們逛「富安」便多了一道風景可看。食品超市設在一樓，部門經理是位發了福的台灣人，操著濃重的閩南腔，那還未嫻熟的架子擺起來像在做戲。逼仄的辦公室里，多擺不下一把椅子，雙城莞爾一笑，站著說明瞭來意。經理不肯接她的資料，只環抱雙臂說場地有限，月餅商家已經超員，愛莫能助，明年請早。

雙城空手進門，自然預料在先，不疾不徐道：「經理說得對，怪我來遲誤了先機，但月餅貨好，不敢再誤了顧客的口福。介紹產品只佔用您三分鐘，容我歇口氣再出門，就算明年趕早，也先給您留個印象，這趟就算沒白跑。」經理看雙城秀美，早存了幾分愛惜，稍稍作難，又見她言語妥帖，口齒伶俐，哪有繼續板臉的道理。雙城見有轉機，忙說這中秋月餅非止食品，更是時令禮品，最能代表商家檔次，富安百貨新貴登場，全城矚目，挑頭的招牌月餅自然要與別家不同，才能彰顯品位。

經理歪了歪嘴角，這才拿起桌上的資料。雙城繼續說道：「'富安'既主打台灣商業文化，怎能沒有一款同根同氣的台灣月餅來幫襯？綠茶、鳳梨、奶黃、玫瑰，這些口味本地人聞所未聞，必爭相一試。搭配凍頂烏龍茶的吃法又新鮮雅致，這價錢包含的除了美食，還有外來的風情文化。據我調查，往年重慶市場上從沒有過百元以上的月餅，如今大陸也奔小康，任何留白都是機會，'柏屋'要佔領的正是高端月餅市場，跟'富安'現有的大眾品牌並不衝突，而且同樣展位，'柏屋'每賣出一盒，'富安'所得利潤是別家的兩倍，經理您何樂而不為？」

「說得天花亂墜，怎麼連盒樣品都捨不得？你老闆太小氣了吧？」

「'柏屋'是大企業，怎會吝惜樣品？確實廠在廣東，種種原因，一時送貨不及。經理您看，今天外頭三十九度，我從沙坪壩來，又是公交，又是步行，折騰半天才到您這兒。我要不是貨真價實的'柏屋'

代表，何苦來曬日光浴？再說，咱們是先繳押金，驗貨入場，節後分賬。您只管放心，風險都在我們身上！」

「可是包裝再漂亮，月餅還是月餅，重慶可不是上海、北京，這麼貴會有人買？」

雙城笑說：「您做百貨比我更清楚，如今可不是禮輕情意重的年代了，誰說心意不能用價錢來衡量呢？對出得起價的人來講，操心的不是錢，而是送的禮配不配得上這份心。」

經理聽得有趣，問她是哪裡學的口才，如此了得。雙城趁熱打鐵道：「那您看，我要是站在您超市裡，拿著月餅，就照這麼推銷，每天二十個客戶，每人買我兩盒，沒問題吧？」

「嗯，這個我信，但我不信你能一個人不歇氣地說上二十天。」

「這您不用擔心，我那兒有個班底。我的促銷小姐一個個都比我漂亮，比我還能說，關鍵她們不拿您一分錢工資，就怕到時候月餅賣光了，經理您還捨不得放她們走呢！」

見經理聽得直樂，雙城再加一碼：「我押金在您那兒，倘若賣不出合同上承諾的數目，您就按應提的利潤從押金里扣足。」雙城說完，自己也嚇了一跳，錢是江南的，她本無權做主，可管他呢，這批月餅要是賣不掉，那點錢也留不住江南了。

一圈碼頭拜下來，雙城將摸索出的門道，糅合心得，擬了份《促銷手冊》，召集女生們搞了一次業務培訓。讓駱陽演推銷，自己扮作商場經理、競爭對手、刁蠻客戶、好色閒人……各種為難滋擾，如何應對，全都手把手過了一遭。等大伙兒看懂了，笑夠了，培訓也就差不多了。

暑假里，學院大樓空空蕩蕩，厚厚的石牆隔開了熱氣，背陰的教室一片森涼。窗外掩映著濃密的梧桐，葉色青翠，映照在室內粉白的牆上，將桌椅和少女都暈上了一層淡綠的光，像浸在一汪碧波之中，幽靜而靈動。這油畫似的景象讓培訓完的女生們流連不捨，或挨著肩膀趴在課桌上，或貼著牆壁倚靠窗前，你一言我一語，扯些閨房閒話。

　　駱陽坐到了窗台上，長腿屈起來抵住窗框，輕輕用腳尖刮蹭著上頭剝落的舊漆。小童則用粉筆在乾淨的黑板上書寫著一行行整齊的楷體，一絲不苟的端麗。雙城看了喜歡，拾起另一支粉筆，在旁也寫了起來。小童寫「錦瑟無端五十弦，一弦一柱思華年」，她就寫「莊生曉夢迷蝴蝶，望帝春心托杜鵑」。雙城的書法龍飛鳳舞、簾卷西風，貌似行草，卻並無門派，別有一番灑脫之態。

　　黑板寫滿，大家評點一回，各有所愛。雙城拿起黑板擦抹掉自己那一半，說道：「還是小童字好，一筆一畫看得出苦練的功夫，我的太過花哨，沒頭蒼蠅似的，給內行一瞧便露馬腳。」小童衝她一笑，也不客套，只顧行雲流水寫將下去。

　　「小童，你這麼漂亮，又有才華，一定有男朋友了吧？」有人問道。

　　小童並不轉身，只略略點頭，腦後馬尾輕顫，手裡仍專注地寫著，秀眉微蹙，一副慧極必傷的模樣。雙城初時只覺她眉眼風致，顧盼之間有種撩人的味道，如今想原是有幾分文墨做底子，綠肥紅瘦才出落得有看頭。

　　剛才那女生又問：「駱陽呢？早戀愛了吧？你人緣那麼好！」駱陽把頭靠在窗櫺上，半睞著眼答：「幹嗎非得找個人綁在一起才算修得正果？沒有就沒有，最好別有，想去哪兒就去哪兒，想做什麼就做什麼，多自由。」

　　「雙城肯定有，她那麼性感，又成熟。」有人插話，引得大家都笑：「對對對！就是這個詞兒，性感！雙城你給我們說說，這方面怎麼培養呢？」駱陽也說：「咱們好好審審她，是因為性感才戀愛了呢，還是因為戀愛才變得性感？」

　　雙城白她一眼，略想了想道：「那其實是一種敏感吧，體會生活裡各式各樣的滋味。當你心裡滿滿都是那種情緒的時候，你愛的人，你身邊的人，花草樹木，萬事萬物，都會沾染上一種溫柔的氣息。即便沒有對象，戀愛也會發生在自己心裡。」雙城說著笑了：「這也許不是性感，而是浪漫，是一種歡欣、豐盈，是生命美好的所在。」女生們一時跟不上她的表達，整間教室陷入沈思。樹影晃動在牆上，淡

綠的柔光中，各人若有所思，細品著她們的年華。

七月末，名單上只剩最後一家商場未被攻破。解放碑新世紀百貨經理李永紅，四十來歲，粗大的嗓門兒和瘦小的身材全不相稱，頭髮短得恨不能削髮為尼一表雄心。第一天見雙城，李永紅便不對付，雙城越是磨破嘴皮，她就越是玩起了貓鼠遊戲。幾個回合下來，雙城心知不妙，以新世紀百貨在重慶的地位，又不可放棄，她只能打電話向成都求援，請江南過來屈尊燒炷矮香。

這天從李永紅那兒碰了一鼻子灰出來，雙城正覺懊惱，忽見路邊一則廣告，落款是重慶賓館商座某室。她心中一動，想起落戶重慶的知名外企都扎堆在重賓裡頭，既是聯絡處，中秋佳節，豈有不上下打點之理？一看時間離下班還有半個鐘頭，忙打的趕到了七星崗。

雙城在大堂報了廣告上那家公司的名字，順著指引，走去側樓，果然見走廊兩邊一溜兒掛著和記黃埔、松下電器、聯合利華的招牌。可惜不是已經鎖門下班，就是被前台小姐兩三句擋了出來。快走到頭，才見左手玻璃門後，一位西裝革履的白領正和前台小姐閒聊。雙城閃身而入，三言兩語講明瞭來意。前台小姐剛要回絕，那男子掃了雙城一眼，倒一揮手將她讓了進去。越過前台帶刺的目光，雙城看到她身後牆上鑲嵌著一枚黃色三葉草標記，中文寫著「英國煙草公司」的字樣。

遞過來的卡片顯示那人只是這間公司的業務代表，名字是一行英文。史蒂文三十歲上下，戴一副款式時尚的眼鏡，雖算不上英俊，但衣著考究，舉止溫和。耐心聽完雙城的推銷，史蒂文面帶微笑：「你趕巧了，我們正在物色中秋月餅。」

雙城忙道：「更巧的是，這款'柏屋'月餅正適合貴公司的形象，您往商場里轉轉，都是俗套的鐵盒包裝，不比我這個新奇雅致。這禮送出去，讓人一看就知道是您這樣的公司送的。禮盒還配備上等烏龍茶，吃塊月餅，品口茶，接著就想起貴公司經營的香煙了，這享受都是成套的，一條龍配搭。您是營銷專家，關於這點，一定比我理解深刻。」

「大學生吧？勤工儉學？」

「您看人真准，我還在念書，暑假就兩個月，中秋一過，正趕上開學⋯⋯」

「到時學費也有了，不用跟家裡伸手了。」史蒂文笑著替她補充道。

兩人又聊了幾句，雙城估摸著前台著急關門，才把話題引向結束：「一不小心都五點半了，不耽誤您下班，月餅的事⋯⋯」

「不急，明天跟我們領導商量一下，需要的話會和你聯繫。」史蒂文說著打開抽屜，將雙城遞上的資料往裡一塞。雙城瞥見滿滿的抽屜裡，零散名片有一大堆，唯恐人走茶涼，心一橫，壓了壓嗓子道：「工廠遠在廣州，蒙老闆信任，讓我做這個重慶代表，所以這批月餅的賬目出納都是由我負責。到時怎麼開發票⋯⋯我覺得⋯⋯應該尊重客戶的意見。」

史蒂文抬頭看了她一眼，又迅速收回了目光。雙城熟悉這種表情，心裡便稍稍有了底。

來重慶的路上，江南發起了高燒。最近兩次會面，雙城都提前替他在學校外賓招待所訂了房間。說是外賓招待所，不過環境清靜些，地板上多了層紅地毯，床頭插著兩枝塑料玫瑰，別的一概從簡，跟江南之前住的酒店沒法相比。雙城看了只覺委屈，又安慰自己這只是過渡期，無論是江南還是自己，都絕不屬於這裡。此刻江南靠在床上，枕頭薄得兩個疊在一起都不夠墊背的，手邊只一杯白開水。雙城心疼起來如繭繅絲，一牽一繞。

「去醫院吧，只怕有三十九度了。」雙城探了探他的額頭，觸手滾燙。

「流感，去也沒用，我感冒從不吃藥，休息兩天就好。醫生給的抗生素，害處不比病毒小。」江南燒得兩眼微紅，口氣卻依然自負。三亞之後，兩人雖有見面，但雙城總有藉口不進他房間，直到這一病，再不能推脫。

「難為你等了我來又沒的玩，還要窩在這裡被我傳染。」江南說著握住了雙城的手。

「在哪兒說話都一樣。」雙城一縷秀髮拂到腮邊，因手被他握著，便偏過頭在肩上輕輕蹭了一下。江南見她新添一顆綠豆大的耳釘，凝脂般的耳垂淡金一點，煞是好看，便問：「之前並沒有，什麼時候扎的耳洞？」

「就兩個禮拜前。從三亞回來就想去的……一直拖著。」回想那日，她還拉了休假的靜融作陪。首飾櫃台前一個坐著，一個站著，扎針的時候，雙城將頭緊貼在靜融身上，忽然覺得她像自己的伴娘，兩人一言不發，依偎在人生的花燭洞房。訂書機式的打孔槍「咔嗒」一聲響，一枚耳針洞穿過她的耳垂，像被小蟲咬了一口，那疼來得比想象得輕，比想象得快，剎那之間，像道細細的閃電……

「可是為了紀念三亞？」兩人久不親熱，三亞那些畫面又層層疊加到眼前，江南不由手上加力，試圖將她拽上床來。

雙城不從，兩個手腕卻被江南鎖在一處，她只好板臉道：「生著病呢！我要是被傳染上，誰給你送飯買藥？」江南賴皮說傳染上才好，誰也別嫌棄誰，正好一塊兒躺被窩裡。雙城聽罷也不笑，倒狠了心去掰他手指。江南吃痛，皺眉問她究竟怎麼了。雙城不答，一雙眸子定定然瞧著他，漸漸蓄起兩汪清泉。

「說話！」見她含淚，江南更加著惱，低著嗓子吼她，聲音有些嘶啞。

「葉丹說你們訂婚了。」雙城說完，感覺自己也開始發燒，呼吸變得不大順暢。江南握住她的力量並無半分減弱：「那她有沒有告訴你這麼做的原因？」

「說了，因為陳少飛，可她也說了，她十七歲就和你在一起了。」

這一次，江南鬆開了手：「我說過，你愛的是一個比你大得多的男人，你還在襁褓裡的時候，我就跟人做過愛了，等你長到可以戀愛的年紀，我已經有過好多女朋友，十七歲、二十七歲、三十七歲的，大概都有。我並非待在修道院裡等你出現，可那些人都跟你沒有關係，我不會用我的過去打擾你，你也別追根究底。既然在一起，就開開心心在一起，不要自尋煩惱，好嗎？我和你，是嶄新的。」

雙城無語，她不是信，也不是不信。她猜這番話連江南自己也難

辨真假，她心裡何嘗不是忽暗忽明、陰晴圓缺，無法理清？雙城只覺得，每一次原諒江南，便也就原諒了自己。

從雙城家走去松林坡外賓招待所大概需要二十分鐘。先經過梧桐環繞的籃球壩，再經過柳桃花夾道的足球場，接著往前便看見饒家院門口的一灣池塘。水塘已長滿浮萍，黃桷樹低垂的枝丫差一點就要挨著池面，但那一點距離從雙城小時候看到現在依然觸不可及。青翠的葉尖就那麼渴望又遲疑地懸在水上，待它黃了，落了，第二年回來仍舊下不定決心……走出後校門，迎面一丘。這山丘乃由建校時挖出的土石堆積而成，從前多植松樹，喚作松林坡。現今上頭香樟、楠竹、芭蕉俱茂，樹種已雜，反不見當初的松柏。坡前百餘步台階筆直向上，另有左右環道，盤旋登頂，林蔭中立著幾幢青磚小樓，是早年間內遷的中央大學校舍，猶存民國遺風。雙城從前只覺好奇，如今聯想起江南父母，不由添了兩分情愫。

松林坡頂遠離馬路，自成一方清靜。小小的庭院花木扶疏，當中一個池塘，浮橋蜿蜒，彩鯉悠閒。外賓招待所是一棟綠色馬賽克鑲嵌的小樓，江南住在頂樓朝北的房間，室內陳設雖簡陋，臨窗俯瞰校園，倒是水木清華，景色悅然。雙城還捎來一束茉莉，換下了瓶中礙眼的塑料花，淡淡清芬多少給病中的江南增添了幾分精神。這幾日她頻繁往返，每次爬坡，手裡又是湯菜，又是花果，沈甸甸的兩大摞。這辛苦加重了她心中古典的感受，彷彿只要江南在那小樓中等候，她就願意一輩子這樣任勞任怨，風雨無阻。江南這一病，對雙城而言便有了一種珍貴之處。

空調機雖然開著，但烘烤得發燙的牆壁又持續在給房間加熱。雙城因施護士之職，便著了一條護士裙。雪白的裙子薄如蟬翼，底下山水玲瓏，若隱若現。這日江南燒退了一點，倚在床頭看她又是笨拙，又是熱心，滿屋搖曳的身影，懶懶笑道：「歷來的美人，要麼帶出去傾國傾城，顛倒眾生；要麼藏在屋裡，有風有化，宜室宜家。我看你更適合後一種，若關起門來細賞，誰也比不過你好看。」

雙城暗忖那「顛倒眾生」是指葉丹，便冷眼道：「什麼宜室宜家，就想說我難登大雅。」江南愛她拈酸，假意要水喝，待她走近來，便一把抓了壓在枕頭上，仔細打量那張春花秋月的臉龐。雙城等

他吻下來，江南卻沒有，只眯起眼從上俯瞰她，目光順著她的唇線描紅，又蕩進她眼波暢泳，既輕薄調戲，又由衷讚美。

雙城心跳如兔，隔著薄薄的衣衫，那不安的聲音直教她臉紅。江南神馳之際，逐個去解她胸前紐扣……剛鬆手，雙城便奮力一掙，坐起身來，掩上了衣襟。事到如今，她更不能失去這唯一能為自己開脫的藉口。

又折騰了一陣，雙城終是不肯，江南仍在病中，到底乏了，恨她一眼，便翻身睡去。雙城這才抿嘴笑著，取過一本書，往床頭椅子上坐下，傾聽他漸漸勻淨的呼吸。校園的喧嘩遠遠傳來，從窗縫中滲透進來，被碾成一種細碎的聲音，鑽進耳朵裡，像癢癢的沙。室內光線被西斜的太陽染得殷殷泛紅，空氣里都是江南的氣息。她只把自己坐成一幅畫，幀裱起來，留給日後去賞。

隔日，江南好起來，想出門走動。雙城恐他身體虛弱，容易中暑，一直阻攔到天黑，才陪他去校園散步。這晚，皓月當空，園中萬物皆沐浴在銀輝之中。沿江馬路旁的含珠開了，夜色中甜香四溢，縈繞於行人鬢角髮際。對岸燈火倒映在平靜的江面，如水中霓虹，別有洞天。江南止了腳步，倚著一個石墩說：「我還記得你在揚子江夕陽閣跟我說過，從你的窗戶遙望對岸燈火，像天上的星星落下來，等人撿了它們去。」

雙城只笑：「我會這麼酸？那晚你給我喝什麼了？」

「摻了迷藥的葡萄汁。別醒，好嗎？」江南坐到欄桿上，攬住了雙城的腰，盈盈一握，一尺七八，他在心裡估算道。

雙城一根手指在他挺直的鼻梁上來回輕刮：「還有兩年就畢業了，我不想待在重慶，但也沒想好去哪裡。我要是一直不醒，出去就會迷路。」

「看我的運氣吧。到時如果事情能成，我能緩過勁來，不如……就娶了你？」江南語調輕佻，笑得半假半真。

雙城一陣心跳，但馬上意識到不可當真，便有意忽略那個字問道：「萬一沒成呢？我們又會怎樣？」她一邊說，一邊忽閃而過「倘若他就此離去，於我是福是禍」的念頭。

「不成的話，我也會留下一筆錢，送你去留學。」

「就可以把我甩得遠遠的了？」

「你想說你不願意？」江南瞧著她一笑，心底雪亮。

再坐下去夜就深了，雙城依偎在江南懷中，感受他胡荏摩擦皮膚的酥癢。江南輕道：「好久沒聽你唱歌了，來兩句吧。」雙城搖搖頭，過了一會兒，才緩緩念道：「纖雲弄巧，飛星傳恨，銀漢迢迢暗渡。金風玉露一相逢，便勝卻人間無數。柔情似水，佳期如夢，忍顧鵲橋歸路。兩情若是久長時，又豈在朝朝暮暮。」吟罷只聽黑暗中江南的聲音道：「從前也被我媽逼著背過詩詞，那些情意綿綿的話，小孩子覺得沒意思，直到今晚，才知秦觀寫得這麼好。」靜了幾秒，雙城幽然又道：「你父母當年應該也曾坐在這裡，看過同樣的山城夜景。五十多年，彈指一揮間，不過換了一代人，多了幾盞燈。天上人間，奈何流年。」

第二天一早，不等與雙城會面，江南就直奔了新世紀百貨……晚間招待宴上，經理李永紅已然成了江南新認的姐妹，高高的顴骨喝得兩坨通紅，眼望江南笑得含嗔帶羞，幾乎讓雙城不敢相認。更讓她驚訝的是，曾經與市長、校長高談雅論的江南，面對李永紅這等人物，竟也能滔滔不絕，賓主盡歡。聚會以新世紀百貨撥出最佳展櫃給「柏屋」專賣，並在一樓大廳獨家懸掛「柏屋」廣告而結束。出了包間往外走，雙城識趣地落在後頭，遠遠瞅見江南說笑間，一隻手自然地搭在李永紅腰上。那女人頓時搖曳起來，從背後看，居然也有兩分媚態。雙城倒不著惱，只是胸口悶悶的，為江南感到一陣難過。

八月里的一天，兩車皮月餅從廣州花都出發，抵達梨樹灣火車北站。葉丹親自押鏢，人隨貨到，臉上那一巴掌早已煙消雲散，取而代之的是凱旋回朝的自豪。長得漂亮是一回事，如今這漂亮總算化作真金白銀，雙手捧到了心上人跟前，葉丹打從心裡感到一種開天闢地的揚眉吐氣。眾人皆贊，沒誰再去追究這戰利品的來歷。

月餅全部存入李永紅友情提供的一處倉庫。雙城和駱陽趕去一瞧，見大屋裡整整齊齊堆成了幾座小山。那禮盒果真華麗，鏤了金花的玫瑰色殷殷如血。駱陽興奮得圍著「小山」跑了一轉，雙城則佇立

山前，撫摸包裝上凸起的花紋，念及葉丹的犧牲，倒似比江南多出一縷心疼。

接下來是櫃台佈置，產品入場。江南租了輛皮卡車，讓羅軍開了，任雙城調遣。重慶的酷暑在八月達到巔峰，有了車，雙城好歹免去些辛苦。那段時間她得雇工搬運，押車送貨，還得打點上自老總，下至保安的商場人員，甚至跟別的餅家錙銖必較，你爭我奪……直忙得和江南吃頓飯的時間都沒有。偶爾她也想打個電話問問外賓招待所，頂樓那個房間退掉沒有，這些天有沒有人回來住過……但這念頭很快就被摁了下去。事實已然如此，細節何必追究。

雖說節前兩周才是月餅銷售的高潮，但雙城的美少女戰術提前發揮了作用。小童在「富安」站台第一天，便搶到了頭彩。一個老闆跟她嘰嘰歪歪調侃之後，捧場買了兩盒。消息傳來，雙城高興得直蹦。隨後她靈機一動，趴在桌上只幾分鐘，就編了條三百字的簡訊，說今年富安百貨「柏屋」專櫃有位兼職打工的「月餅西施」，身為大學校花，新青年的代表，勇於實踐，走出校門，挑戰自我云云……寫完便讓駱陽托一位報社工作的師兄當成社會新聞發了出去。很多時候，雙城幾乎忘了為什麼戰鬥，為誰而戰鬥，她只是一心一意，要贏得勝利。

小童業績好，難免話就多，打電話向雙城報數，順嘴就埋怨起了「新來的」葉小姐。「也不知是江先生什麼人，上來就板著臉挑三揀四，指指點點。」雙城只得玩笑道：「都怪你太漂亮，把人給嫉妒得。下回她來了，趕緊抹兩把煙灰。」小童本是家裡和學校都受寵慣了的，出來只為玩票，自不買賬，冷笑應道：「這可是你說的，下回江先生再來‘富安’，我只當是聾子瞎子，不看不聽不答話，估計她就消停了。」

這天下午，雙城去了「富安」，安撫好小童的情緒，又想著上樓跟經理打個招呼，剛踏上扶梯，忽見江南和葉丹正迎面下來。雙城像被什麼東西冷不防擊打了一下，等反應過來，再想調頭已不能夠，一時間只能站在扶梯上，呆望著二人十指相扣的一雙手。電梯走得像慢鏡頭，那雙手在鏡頭裡無限放大，直打在雙城臉上，驚醒了她。江南發現了雙城，本能地想抽回手，卻被葉丹緊緊握住。三個人徐徐靠近……更近……直至擦身。擦身之際，雙城忽然笑了笑，嘴角上揚，

目光卻是冰冷的。

富安百貨幾層樓，雙城不知上上下下跑了多少次，江南自然熟不過她。待他換了扶梯追上來，雙城早不見了蹤影。

羅軍正靠著車門抽煙，見雙城突然風風火火地從樓裡衝出來，直嚷：「開車！」他疑心有人追她，下意識往她身後瞧了瞧，才趕緊上車發動了引擎。等車上了路，羅軍方問道：「老虎來了？」

「是你老闆，更可怕。老虎傷人是為了生存，他傷人只是為了自己開心。」雙城恨恨道。

羅軍聽罷，猜著六七分，便單手擰開一瓶礦泉水遞給雙城，只說前面大坪堵車，不如換條路走下半城。見羅軍繞開話題，雙城自悔失態，忙按捺住情緒道：「難為你一個外地人，重慶這曲里拐彎的交通倒比我熟。」

「剛來的時候連走路都能走丟，莫說開車了。後來發個狠，每條公交線路來回坐，一兩個月下來就背熟了。這不用什麼本事，只要肯下功夫。」

靜了一會兒，雙城突然又說：「幾頭來來去去的，讓你看笑話了。」她胸口堵得難受，只想傾訴。

羅軍懂她意思，但手打著方向盤既不看她也沒接話，似乎在想如何措辭。沈默了一站路，他才開口道：「江先生說起你，有句話我印象很深，覺得有一定道理。」

「什麼話？他說我什麼？」雙城的好奇暫時覆蓋了怒氣。

「他說你只不過愛上了一種幻想，然後把幻想附加在了他身上。」

雙城一驚，這話出乎意料，有些時候，江南竟比她自己還要瞭解自己。而這話中的無情，彷彿也是她窮追不捨的道理。那緊緊相扣的兩只手，打破了些什麼，又鞏固了些什麼，她悵然若失，又似有所悟。

「那你覺得他說得對嗎？」雙城問羅軍。

綠燈後，前面有一段空曠的馬路，羅軍加大油門，駕車衝了出去。趁著那一腳馬力的轟鳴，他迅速答了一句：「照我看，他配不上你。」這句之後，羅軍不再開口。雙城也不說話，只將車裡音樂調到

最大，過了氣的港台歌手悲悲切切地吟唱著：「……枉我把你當作世上最親的人，你是最多情的人，說情說愛說恨，愛得心灰意冷，一顆真心半個吻。」

雙城家的冷氣機出了問題，小房間裡異常悶熱。天還亮著，窗外一樹夏蟬叫得正歡，往日裡她是愛這蟬鳴的，覺得那是盛夏的一塊拼圖，不可或缺，今天聽來卻格外聒噪，像火上澆油的一片嘲笑。雙城背抵牆壁，席地而坐，腳邊擱了盞蚊香，藍色的輕煙從描了金魚水草的漆盤中裊裊升起，在眼前曼舞飛旋。這情景她不知看了多久，心裡空空蕩蕩，卻容不下任何思考……直到江南的聲音突然將她叫醒。凝神又聽了一聽，的確是他無疑。他怎麼會找到家裡？雙城心一驚，慌忙起身探看，透過樹蔭的縫隙，見江南叉腰站在樓下，身上換了件夏威夷短袖，正似笑非笑仰著頭：他算准她不敢讓自己一直喊下去。

下了樓，雙城才發現自己穿了條淺松綠現扶桑花的吊帶裙，正好與江南配襯。她餘怒未消，這一發現更添了氣惱，只好板著臉，匆匆走在前面，不肯與他並肩。江南也不追趕，隨在身後不緊不慢。兩人默不作聲一路出了校園，直走到嘉陵江上的石門大橋。

雙城在大橋中央止步。已近薄暮，兩岸風景漸漸褪色，天地渾然，格外遼闊。她曾不止一次幻想過自己和江南在這橋上約會，不想今天真的來了，卻是如此氣氛，幻想的畫面裂成碎片，跌落進滔滔江中。她一聲不吭，等著江南的開場白。她以為照他的風格，准得先說上幾句風花雪月，再回憶一段民國往事作為開頭……但這次並沒有，江南一開口就直截了當：「她剛回來，興高采烈的，帶著她拼了命弄來的兩車貨。那不單是月餅，也是我在大陸唯一的甚至是最後的機會，換了你是我，會怎麼做？」

「我會感激不盡，以身相許；我會顧全大局，衡量清楚孰輕孰重！我還會趕緊撇清你我的關係，免得傷了她一顆赤誠之心！」雙城話說得飛快，江南還從未見過她如此激動。

「能不用這種口氣說話嗎？」江南忍著不快，「傷人的話往往最無用，為什麼還要說？」

「因為這是事實！因為我長著眼睛！」雙城提高了嗓音，「如果

以前是傻，那麼以後更糟，還得裝傻！我真不明白我憑什麼自信，憑什麼不去計較，憑什麼以為自己可以毫不在意。在卑微可恥、自欺欺人這一點上，我哪裡就比她高明？」

這些話江南並不陌生，但頭一回從雙城口中說出來，卻讓他有些吃驚。「事情不是今天才發生的，就不可能在一天之中被解決。我說過，我們沒有碰上好時機，所以才需要更多的時間去處理。」

「是的，你說過，所以才會走到今天，但是江南，我不要求你，不等於也不要求我自己。」雙城的聲音黯淡下來，望著江南狹長而俊秀的眼睛，望進去，觸到了深處的熱度，那是疼痛發出的溫度，她知道那疼是真的，「我剛說的未必是氣話。雖然一開始我很生氣，但我想，無論誰和誰，兩個人牽手都不容易，走著走著走散了，兜兜轉轉又回到一起，再牽起手，更不容易。要說患難之交，也是她和你，既然如此，何必再丟開？」

江南唯有嘆息，將她攬入懷裡，深深嗅著她的香氣：「你是誰，她是誰，我心裡分得很清。我有自己的選擇，不用你操心。我只要你別放手，等等我，給我些時間，先別放手……」雙城沒有回答，此刻她的真心就是毫無答案。

一隊卡車從身邊飛馳而過，轟隆隆的巨響淹沒了江南的耳語，橋身在共振下發出一陣顫抖，雙城貼緊了江南，恍惚想，這一刻如果橋斷了，他們就會緊擁著墜落，擊穿水面，沈沒到底……幸運的話，永遠不會被打撈起，然後順水流進長江，匯入海裡，在太陽下化作同一個泡沫，升騰而去。橋上的燈光一片暗紅，兩個人籠罩其中，變成一張底片，模糊不清地糾纏著。在這單調的光線中，江南無休止地吻她，試圖用舌尖撫平她體內的傷口。

大戰臨頭，總有一兩天異乎尋常的平靜，就像大軍對壘之間，挖好的戰壕裡那一支煙的悠閒。各大商場一切就緒，零星的售賣斷續進行。適逢週末，錦城公司幾位員工，連同編外的雙城、駱陽，加上從成都趕來觀戰的沈碧茵，一行人在興致來潮的江南帶領下，開著皮卡上了南山黃桷埡。

黃桷埡一帶，幾年前還是鄉村，農民種些花卉蔬果挑到城裡賣

錢。幺店子老闆宰殺土雞，切塊後撒上鹽和薑末，油里一炸，與事先酥好的花椒、辣椒、大蒜、大料、豆豉、冰糖……十幾種作料猛火爆炒，再浸入南山井里的泉水，土灶慢煨……成就出一道美味的江湖菜：南山泉水雞。山高路遠不阻肉香，城內食客聞風而來，幺店子天天爆棚，掙得盤滿鉢滿。到了第二年，同一條街上，眼紅手快的街坊們依樣畫葫蘆又開出十來家。離得不遠，就是南山夜景「一棵樹」，連美食帶美景，「泉水雞一條街」漸漸傳得人盡皆知。

飯館就建在馬路邊，兩層樓的土坯房，食堂並不在室內，而是設在寬敞的屋頂上。這倒是一手妙招，四面竹竿拉起電線，煊煊燦燦掛著一圈燈泡，暑天南山上本就比城裡低個三五度，更兼樓頂正對一處豁口，眺望著山城萬家燈火不說，黃昏後陣陣涼風從豁口吹來，叫人舒服得周身毛孔都要張開。

先是葉丹幾個去雞籠點將，駱陽鬧著也要參加，一幫人亂哄哄地下了樓。沈小姐問雙城怎麼不去。雙城覺得用手一指便開殺戮，太過殘忍，但嘴上只說自己不會選雞，去了只能添亂。待幾人回來時，那只出類拔萃的公雞已經踏上了黃泉路。火候要足，少說得燉個把鐘頭，店家於是鋪開一副麻將，再端上一鍋碧瑩瑩的鹽水毛豆，先給大家墊墊底。

幾位女賓分坐四方，葉丹率先嚷嚷，除了她，羅軍今晚再不許給別人抱膀子。雙城原以為江南一准會坐到沈小姐那兒去，不料他端過凳子，徑直坐在了自己身後。葉丹擺出姿態，原意也是讓位給沈小姐，誰知她讓出的面子半途被雙城截胡。她與沈小姐各自兩端，皆是一愣。

雙城素日不怎麼碰麻將，因她不住宿舍，各種牌技皆不靈光。今天倒是例外，越是江南坐在身邊，她越是心無旁騖，一心一意都擱在牌上。對面葉丹正好相反，大呼小叫、興頭十足，手底下牌卻打得破綻百出，一不留神還點了雙城和駱陽的雙響炮，連沈小姐都看得搖頭：「果然'財不動身，財不張口'，小魚兒太鬧騰，就算財神到了跟前，也早被你嚇跑了。」

葉丹抓起一塊牌，看也不看，只用手一搓便瘋了嘴說：「情場失

意，賭場還是失意，跟誰說理去？」

雙城笑笑：「千刀萬剮，不糊頭把。耐心玩下去，才知道誰是贏家。」

葉丹聽罷轉頭問羅軍：「軍哥你會看相，瞧瞧我會轉運麼？」

羅軍夾在三人當中，戲看了全套，這會兒只狡點道：「據說鼻頭大的財運好，我看你倆都不如駱陽鼻子大，搞不好最後駱陽才是贏家。」

駱陽正被新來的成都小伙兒許輝奉承著，渾然不理這一桌機鋒，突然被羅軍取笑，便抄起一顆骰子扔過去。不料羅軍反應快，一把伸手抓住，惹大家又笑了一回。

倒是雙城留心了羅軍的話，想起白首麒麟、黃雀在後的說法，不由多瞅了駱陽一眼。白熾燈下，駱陽一張雕刻般的臉龐，比起葉丹的玲瓏如畫，雖輸一段嬌美，卻贏三分英氣，伯仲之間，實在不差什麼。她這邊眼角暗掃兩人，卻不知沈小姐在旁目中端詳三方，只見一個艷麗，一個俊朗，一個靈秀，同處圍坐，將天下旗旌盡斂其中，心想這重慶美女聲名遠揚，果然不虛，莫說江南泥足不前，自己身為女人，也看得亂花迷眼，只能慨嘆造化心偏。

各人一份心事。江南此時亦神思遠游，想起一年前的這個時候，維多利亞號上也是一桌熱鬧牌局，也是四座美人濟濟……物換星移，當時萬般富麗變作眼下天差地別的場景，難得兩美仍在，都不曾因自己潦倒而遠離。繼而想起那晚甲板上，如何與雙城初吻定情，不由得將手覆在雙城肩頭上輕輕撫摸。眾人皆見，又裝作不見。雙城也當他是為富安之事，心中虧欠，故意要還自己一個場面，便將身子往旁讓了讓，依舊凝神打牌。

說話間飯菜上了桌，搪瓷臉盆裡，剛出鍋的泉水雞混合著各種作料香氣，惹得人饞蟲大動，蓋過了一切雜念。玩了這半日，眾人早已肚餓，忙收了麻將，杯箸齊動，大快朵頤，不在話下。酒足飯飽，店家又泡上老蔭茶疏解油膩，剛要重開牌局，卻聽沈小姐說她胃疼，催著回去。除了羅軍開車，眾人來時另叫了一部的士。這會兒灌了幾瓶啤酒，個個玩興正濃，葉丹又借酒發瘋，鬧著不肯放大家散伙，眾人

於是推了雙城去副駕，余下都往皮卡後面的拖車擠去，正好騰出一排座，讓沈小姐躺平歇息。江南正不放心羅軍喝了酒，索性拿過鑰匙自己掌舵，任由他們在後頭鬧作一團。

車自南山盤旋而下，經「一棵樹」，過老君洞，彷彿飛鳥收翅，緩緩降落，融入了山城燈海。後頭幾人一會兒拍打著車廂玩笑，一會兒又直著喉嚨吼些亂七八糟的歌曲，最後竟齊聲高唱「我們萬眾一心冒著敵人的炮火前進前進前進進」……聽得前面的雙城「撲哧」一笑，江南也嚷道：「要造反了！太不給老闆面子了！」跟著忍俊不禁。愛短情長，一時拋開，不過是群貪玩的小孩，一夕盡歡，囫圇為伴。

進了南坪，上新街交通擁堵，沈小姐胃痛加劇，忍不住「哎喲」出聲。江南當即直驅醫院，車流中左插右突，使盡渾身解數。雙城見他眉頭微蹙，神情專注，手裡方向盤打得瀟灑穩熟，搖擺間一股男人氣息撲鼻而來，似比平日更為性感，心底不禁又添愛慕。

醫生看過沈小姐，說是暴食油膩，引發了膽囊炎，讓去注射室打些點滴消炎止痛。不知是心理上得了安撫，還是膽石移位痛感即除，吊上瓶後，沈小姐感覺平復了許多。

重慶夏夜悶熱，城裡乾蒸一般密不透風，確確實實沒有一絲風，空氣都好像給汗液黏住了，電扇、蒲扇統統失去作用。這樣的酷暑天，急診部卻總是驚心動魄。熱得毛焦火辣睡不著覺的重慶崽兒一語不合便揮刀相向的事故不在少數，便時有血肉模糊的傷者被車拉了來扔在醫院門口。有好事的看完熱鬧，圍在壩子裡吹牛，說肚子上怎麼被西瓜刀捅出幾個血洞，那傷口又怎麼紅白肥瘦層次分明，活像案板上的五花肉，還說醫生怎麼拿一根七八寸長的棉簽插進傷口探看深度，沒至手指仍未到頭……雙城聽得直反胃，一回頭，卻見葉丹正從身後冷冷瞧著自己，立刻感覺背上也被戳出了一對涼森森的窟窿。

凌晨時分，龍門陣仍在繼續，雙城撇下眾人，走去裡間查看。濃重的消毒藥水和血腥味中，注射室的門半掩著，雙城剛觸到把手就停了下來。透過門上玻璃，她看見沈小姐背對自己，正在休息。江南側身坐在一旁，目光關切，低聲私語。他掌中輕輕撫摸的，是沈碧茵沒有扎針的那只手。

沈小姐這病，來勢雖猛，但從醫院出來就基本無礙了。江南得了藉口，執意要葉丹陪她立刻趕回成都，省得重慶酷熱，再添疾中暑。

當天中午，英國煙草史蒂文打來電話，說公司最終選定了柏屋月餅，加上同樓辦公的幾家外企，總共要訂三百盒。雙城當然明白他熱心的理由，但這並不影響她放下電話，興奮得一聲歡呼。好消息像結了伴，接踵而來。下午女孩們捷報頻傳，銷量猛增，電話兩頭一片沸騰，月餅的大賣終於到來。

那是讓雙城熱血澎湃的一個禮拜，羅軍載著她滿城瘋跑，又是計調補貨，又是上陣推銷，眼見倉庫「小山」層層下降，賬本數字卻節節升高。尤其小童那邊，衝著「月餅西施」的新聞報道，來「富安」打望的人絡繹不絕，櫃台前從早到晚人仰馬翻。小童忙得直喊救命，雙城趕去幫忙，這樣一來，西施成了雙，顧客掏錢，倒也賺了個口福眼福打包同享。

商場關門前，兩人總算輕鬆了一點。雙城吩咐小童去收銀部對個數，自己收拾了台面，便好一起下班。剛碼完貨直起身來，忽見對面走來一對男女。女的眉眼標緻，妝容考究，高跟鞋足有十公分。她手裡挽著的中年男子，半張臉藏在一副金邊眼鏡之後，那陰鬱的樣子雙城並不陌生——除了手裡那柄拐杖。雖有拐杖相助，男人走起路來仍是一步一頓，顯然瘸了。

「楊先生！」雙城不由呼喚出聲。她不知葉丹說的「摔傷腿」，後果竟如此嚴重。

楊學堅看了她一眼，雙城立刻察覺他眼神的改變：「聽說他改行賣月餅，順路過來看看。我倒沒猜錯，報上說的'月餅西施'，果然是你，好個不離不棄。」

雙城嘴唇打戰：「楊先生，你的腿⋯⋯」

「腿瘸了不大雅觀是吧？不好意思，也是拜你所賜。」

雙城語頓，唐小姐卻回過神來，厲聲問道：「阿堅，是不是她？」

楊學堅緊握拐杖，一雙蒼白的手因為用力過度而變得發青。他眼中百味雜陳，緊盯著雙城只是一聲不吭。唐小姐上前兩步，沈著臉向

雙城道：「我買你兩盒月餅，麻煩你替我念一句話。」

「什麼話？」雙城有些發蒙。

唐小姐的目光匕首一般扎在雙城臉上，一字一句道：「很簡單，就幾個字：師傅靠邊停一下！」

一聲驚雷。雙城眼光移向楊學堅，兩人對峙著，空氣彷彿凝固。唐小姐頓時心底雪亮，向前一個耳光就朝雙城扇過去。雙城毫無防備，這巴掌正打在左邊臉上，一聲脆響。剛巧小童對賬回來，見狀驚呼道：「怎麼回事？怎麼打人哪！」

唐小姐也不理會，只向著雙城道：「賞你耳光算輕的。西施對吧？果然是攤禍水。阿堅還一直護著，否則，拄拐杖的就不止他一個了。」

小童尖聲叫道：「說什麼呢！我叫保安去！」雙城忙向她擺擺手，讓她別管。

臨走之前，楊學堅最後看了雙城一眼，冷冷道：「一條腿換一艘船，你傳個話，我跟他兩清了。」

待二人扶持著走遠，雙城才向小童吩咐了一句：「沒什麼事，別跟人提。」打車回沙坪壩的路上，雙城沈默不語，小童也沒敢出聲。窗外街道飛馳而過，漸漸連成一幕電影，畫面不斷，都是楊學堅驚慌、閃爍、焦慮、哀求的神情……「對不起。」雙城脫口而出，聲音很低，不知是對已經退場的楊學堅，還是對那個不堪回首的自己。小童聽在耳中，應也不是，不應也不是，半晌才愣愣地回了一句：「沒關係。」

中秋節一過便是教師節，雙城家裡人出門旅遊，江南瞅空，終於走進了她的小屋。剛下過雨，雲未散盡，窗簾半卷著，室內空氣清新。江南一進門，先瞧見五斗櫃上方懸掛的照片。那是靜融的作品，放大成十寸，鑲嵌在一個蒼苔綠的老式相框里。照片上，雙城穿著「虞美人」，笑吟吟地站在洋槐樹底下……那時她和他還互不相擾。

江南端詳了一陣方道：「你不在的時候，每次想起你來，總是一副幽怨的表情，老在生我的氣。這張笑容多好，給一張我帶在身邊

吧。」雙城想說笑得開心，是尚未遇到不淑之人，話到嘴邊卻換了一句：「回頭洗了給你。」

　　屋裡只一把椅子，兩個人便坐上床，並肩靠著牆壁，床上鋪的是開縣水竹席，睡了多年，浸了人身上的油脂，黃澄澄的，光亮如玉，觸手一片涼意。江南說還缺點音樂，雙城說不必，窗外一樹蟬鳴，瓶中清水茉莉，沒有什麼比這會兒的聲音、氣味更好了去。江南點點頭又道：「月餅竟然給你做成了，換我自己來，也未必賣得這樣好……剩下就是太平洋進場的問題……」

　　「錢不是夠了嗎？還有問題？」雙城不懂。

　　「朱天祥這種人，一旦意識到手裡的權力，利用起來很快就變本加厲，這就是人性。競爭這樣激烈，光靠沈小姐那點關係，太單薄。得想法控制他，而不是被他牽制，要知道，貪婪的胃口一旦打開，就永遠無法填平。」

　　「有個問題，我想不明白。這批月餅，不用本錢嗎？'柏屋'那邊，真的不會收賬？」

　　「我猜葉丹已經用她的方式付過賬了吧。當然，如果把錢繳回去，會帶來更多的合作，但我要做的不是食品代理，不需要長期合同。信譽對我來說，現在還太奢侈。」江南直言不諱，「你看，剛說到人性如此，我自己就是個例子，被騙的人有朝一日也會成為騙子，在生存的前提下，我的底線可以放得很低。嚇到你沒有？」雙城不答，心底閃過楊學堅的拐杖。

　　「關於葉丹，等太平洋的店上了正軌，我會跟她談談……你說，我出錢送她念書好不好？進不了大學，職校、夜校什麼的也不錯。一來可以從工作上與我分割開，二來對她而言也是一次機會，否則除了美貌，她大概找不出第二種生存的辦法。」

　　雙城不想和江南討論怎麼安置他的妾室，這太過滑稽，像一齣戲，還是舊式得發霉的那種，於是只說：「先是遣我回學校，現在又要送她念書，每打發一個就得栽培一個，這樣下去，江先生你實業家還沒做成，倒先當上教育家了。」

　　江南哈哈一笑：「你這張嘴，真是把軟刀子。不過也挺爽，讓人

上癮啊。」說罷就去撲她。雙城忙起身道：「天熱，我給你泡杯苦丁茶，降降火氣。」

等她端茶回來，見江南正立身在書架前上下打量：「原以為你滿腹詩書，必汗牛充棟，誰知藏書這麼少，莫非應了'非借不能讀'？」雙城笑道：「寒門小戶，哪來的牛和棟？凡我讀過，便在腦子里復印了一套不會丟，再說，值得長伴的書實在不多。」江南便指著其中翻舊的幾本說：「比如這套《紅樓夢》？所謂海棠無香，紅樓未完，你是不是也討厭高鶚的後半部？」

雙城放下茶杯，笑說那倒未必：「小時候恨高鶚，因為他是把夢寫醒、寫破的人，現在慢慢琢磨，沒有山崩地裂，沒有比翼化蝶，才沒有流俗。他寫出了無奈和妥協，而那正是人生的真實之處。」

江南點頭贊許，目光又移向牆上的一紙作息。「從早到晚制訂得如此周密，百分之百完成的，是不是只有這條'準時就寢'？」雙城掩面笑道：「我愛熬夜，就連這條也沒做到。那又怎樣？人生既難得幾次如願以償的結局，何妨多一些興致勃勃的開始？」

說話間，江南坐到了書桌前，目光正落在那張童話洋房的日曆上。雙城解說道：「晚上學累了，就對著它做做夢，幻想自己住在裡頭。看了這麼多年，也不知道究竟何地，只希望有朝一日，能走進這畫面里，親眼看看去。」

「這應該是舊金山的一個地方，」江南說完，若有所思一陣道，「你問過我以前的戀愛，其實沒什麼可隱瞞，只是零零散散，不知從何說起。難得今天高興，如果不嫌煩，我就給你講一段。」

雙城立刻坐到床頭，擺了個洗耳恭聽的姿勢。要打開江南的過去並不容易，她得抓住機會解密。

「她名字裡有個月字，所以我叫她月兒。她跟你一樣，是我無法抵抗的天秤座，感性得要死，又理智得驚人。樣子也有點像，白白淨淨，瘦瘦高高，當然，沒你漂亮，不過比你用功，台大畢業，又考上了美國的研究所。我和她差異很大，但我真的很喜歡她，不願就此分開，最後決定她出國，我出錢，經濟上的聯繫也是一種紐帶，而且更實際、更有力。你看，我這個教育家從二十多歲就當上了。」

「二十多歲？你哪來的錢幫她？」

「沒錢就去掙啊，於是我開始跟形形色色的人打交道，白道黑道的都有，一開始是為了她，但生意做得越大，自己陷得越深，錢掙夠了，我卻收不住手了。我並非守身如玉，她不在的時候，我又愛上了另一個女孩——叫Coco，西門町的酒廊小姐。」

望著雙城瞪大的眼睛，江南笑笑說：「我對風塵女子向來沒什麼成見，更不會有惡感。我自己也不是什麼藍血。人和人的命運不同，從一出生就不公平。她們闖蕩社會，憑借的只有身體，那又如何？不偷不搶，雖然不太體面，也算自食其力。我上夜總會談生意，多去幾次，Coco就留意我了，聽說我在找一種緊缺的建築材料，便記在心裡，回去挨個兒給她的客人打電話。最後，我找了一圈朋友兄弟都沒解決的問題，居然被一個陪酒小姐給搞定了。說實話，她傻乎乎地告訴我可以幫上忙的時候，我除了高興，還有感動。以她的身份，求人辦事不容易，這個我懂。我的感動讓她更加感動，於是她拼了命地幫我，一次又一次，我不要都不行。她能出的力，總不過是她的身體，後來我忍無可忍了，只好跟她大發脾氣。她哭著問我為什麼，我還能怎麼說，我只能說，你要當我的女朋友，就不能再約會別的男人。她聽完後整個傻掉了，女朋友三個字讓她意想不到，回過神來就哭得更厲害了，呼天搶地，怪嚇人的。」

「她哭的是她的命，怕命不好配不上你。」雙城輕聲回應。

江南看看她，接著又說：「從那時候起，我同時有了兩個女朋友，一個遠在天邊，一個近在眼前，不同的類型，讓我對她們懷有完全不同的感情。這種狀況後來反覆發生，福總是雙降，禍也不單行，好像成了一種宿命。說出來讓你生氣，只有當我同時有兩個女朋友的時候，才覺得安全。其中一個一旦離開，就像失去了平衡，剩下那個也遲早會分手，逃不出的魔咒。你能理解嗎？」

「不能，但我理解你想說什麼。」

「幾年後，月兒回到台灣，在一家大企業做事，很快升到了總經理助理的位置。我跟她又好了一陣，但就像還願一樣，除了安慰彼此這些年的相思，並沒有產生出新的愛情。我是說，我們的差異越

來越大，大到沒法再騙自己，分手就成了定局。和我們自己的問題相比，Coco的存在並不致命，月兒知道有她，但是從不過問，她很要強，裝作不在乎……也許真的不在乎，因為那個時候，她最在乎的，不再是我，而是她的工作。」

「那Coco呢？她也不在乎？無怨無悔地跟著你？」

「那不成了偶像劇？Coco當然在乎，因為她自卑。她的憤怒表現得像她的愛情一樣驚天動地，她覺得我辜負了她，覺得我在玩弄她，大鬧了幾場就跟別人跑了，走的時候卷了她能帶上的所有錢和物，帶不走的統統砸個稀爛，牆上用油漆寫著'江南你個王八蛋去死'。好長時間，我都捨不得粉刷牆壁，想留著做個紀念。其實這才是我喜歡的Coco，她不是偶像劇，也拒絕演悲劇，她是一出武打戲，要麼大獲全勝，要麼壯烈犧牲，很有趣。月兒曾說我是她的貴人，那麼Coco這個酒家女就是我的貴人，她最後一次為我牽的線，就是'和泰'的黃董。」

「所以你在我身上看到了月兒的影子，而在葉丹身上找到了Coco，這就是你的平衡？」雙城的一顆心微微下沈。這個夏天，江南始終沒有跨越最後的界限。雙城明白，要保全這點，葉丹的存在便是他含而未宣的條件。

「我只能告訴你，這一切不是我的計劃，但它畢竟又在我身上發生了。葉丹確實讓我想起Coco，但她和Coco不同，她非常依賴我，就像那種給口吃的就再也甩不掉的流浪小狗。倒是你，有一股決絕的勁頭，所以你跟月兒也不同，月兒是我追不到的一個夢，而我，又成了你的夢。說實話，我很怕你醒，儘管我知道，你總有一天會醒。」

雙城想起羅軍的話，心中微茫，只好繞開說：「你是怎麼認識月兒的？能說給我聽聽嗎？」

「哦，她們學校去碧潭春遊，我騎著電單車正好同路，大概當時那個樣子在女學生看來算是很酷，她們一幫女生嘻嘻哈哈地湊在窗邊看我。我一眼就注意到她了，最安靜的那個，卻長著一對會說話的眼睛，這點很像你。我們本來只是同路一段而已，因為被她吸引，我乾脆一路追著那輛校車跑，幾次路口等燈，我跟她都會對視一陣。等車到了碧潭，她最後一個才下來，下了車反倒不敢看我了。從那個時刻

起，我就決定追她了，整整七年，就因為不小心多看了一眼。」

「那她現在呢？結婚了嗎？」

「早嫁了吧。像她那種人，該結婚的時候結婚，該生子的時候生子，標準的生活就是完美的生活。她和沈小姐也認識，這次聽說我遇到麻煩，還提出要幫我，說是至少要把留學的錢還我。」說到這裡，江南一聲冷笑。

「你沒要？」

「當然沒要。誰的錢我都要，用借的，用騙的，用搶的，唯獨她的錢我不能要。那是我七年的時間，很單純的回憶，她不稀罕了，想還給我，但我還想留著，所以不能要。」

雙城湊過身去，摟住江南的一條胳膊。江南望著窗外，下巴在她頭頂上來回摩挲：「我也會送你出國，正因為有月兒在前，我更不想逃避。該來的就來，老天自有安排。」他掃了一眼屋裡又說：「今天總算看到了你的小屋，跟你在這兒待上一會兒，一直是我的心願。」

這一刻，陽光重新露臉，正灑在窗前。窗台靠邊擺著一盆花，赭黃色的宜興花盆上雕刻著「月明風清」的字樣，裡頭土培得鬆鬆的，種著一株月季。雙城俯身趴在桌上，歪著頭望著那花兒不說話。順著她的目光，江南見那株月季葉子長得頗為豐茂，花卻只開了一朵，拳頭大小，粉色的花瓣已經完全打開，薄薄兩三層，微微顫顫。陽光傾瀉下來，在花瓣上照出密密麻麻亮晶晶的光點……細看時，才發現有人用針尖在花瓣上一點一點刺出了字樣：J——N——J——N——J——N，每一瓣上竟然都是他的名字。不光花瓣，葉片上也有，光從每個針孔裡透出來，點點綻開，融成一片，暈眩了他的眼。

雙城被江南拉過來坐到腿上，一雙手被他捏得生疼，有點不好意思地解釋道：「情人節收到你的玫瑰，就想找種子，自己種出來給你，比那外頭買的有心意。可惜街上花店都只賣花，不賣種子，最後只能去學校花壇裡偷了一株苗，也不知道品種，又不知道顏色，每天澆水，挪來挪去曬太陽，才總算開了這麼一朵，可惜不夠鮮艷。」

「帶紋身的玫瑰，這可是我見過的最美的花兒。要是我沒來，或是來了沒發現，豈不枉費你一片苦心？」

「該來的就來，老天自有安排，」雙城一笑，「不是玫瑰，是月季。」說完嘟起嘴緊緊貼在了他的唇上。

江南拎著一包現金回了成都，臨走時留下一盒月餅，「你也嘗嘗吧，倉庫里最後一盒，各處都斷了貨。」

這晚窗外月光皎潔，照著雙城一個人的慶功宴。她拿出那唯一的獎品，解開禮盒上的蝴蝶結，裡頭精精緻致十枚月餅，都包在印花綢紋紙里。另一面整整齊齊列著烏龍茶包，茶香餅香混在一起，剛一揭開，便撲鼻而來。她拿起一枚棗泥的，拆了包裝紙，一口一口咬下去，細滑不膩，香融滿口，吃完一個，又拿起另一個……雙城一邊吃一邊微笑著，望向窗前一輪滿月高懸，分明又是一次團圓。

第十五章 雪落錦官城

　　江南沒有說錯，台灣屏東縣人朱天祥自打降落成都以後，外在體型和內在意識的膨脹速度都是可以用天來計算的。府南河畔的茶捨，私秘而清靜。江南將裝了現金的提包推到兩人中間道：「這裡是一半，另外一半，事成之後立刻奉上。」朱天祥噘了口茶，說了通冠冕堂皇的廢話，任那提包攔在半路，既不去碰，也不去瞧。繞了半晌，才提到這幾年他老婆隨他扎根成都，空閒時想找些小生意做做，既打發時間也交交朋友。「比方合夥弄間餐廳。我估計她拿不出什麼本錢，但品位還可以，幫著策劃策劃，再提供點人脈關係，應該也能派些用場。」朱天祥說完衝江南一笑，便不再言語，只顧品茶。

　　話說到這個份上，朱天祥的路數雖在江南預料之中，胃口之大卻超乎了他的想象。江南索性打開窗戶說亮話，開出淨利百分之二十的乾股。「毛利，百分之十五。」朱天祥也痛快了一次。小店開在大店裡，大賬上的成本都在他掌控以內。江南沈吟少頃，也不多話，以茶代酒，伸過杯來，往朱天祥手裡碰了一下。

　　回去一說，沈小姐驚得直叫：「那怎麼可以？這不是明火執仗打劫嗎？」江南把手指立在唇邊噓了一下，低頭拉開了茄克拉鍊——一隻用膠帶綁緊在他腹部的袖珍錄音機赫然顯現出來。「還是在日本買的，第一次用，看看靈不靈。」他按了倒帶，轉了一下音量旋鈕，朱天祥帶著台南口音的大嗓門兒立刻在房內響起：「兄弟你也知道，我在太平洋不過拿份工資，總有退休的一日，不得不早做打算。不瞞你說，有個成都女人開給我百分之二十呢，但女人嘛，上下兩張嘴，沒一個帶鎖的，不比咱們弟兄上道啊……大家各行方便，招標的事你放心等消息吧。」

　　「這行嗎？會不會把他逼急了？」沈碧茵從前只是替江南打理財務，這種事並沒有親身經歷過，難免膽戰心驚。「黑對白，不一定行

得通。黑對黑，就難說了。姓朱的全副身家就這麼一份工作，他不可能豁得出去。光腳不怕穿鞋的，現在沒鞋穿的人是我。」江南說完，將錄音機裡薄薄的磁帶取出來，小心翼翼地放進了隨身腰包。

即便是在最手緊的時候，江南依舊會在每次開學前交給雙城一個信封。從江南手上接過錢，雙城心裡並沒什麼障礙，除了打工的理由外，她甚至從中尋到了某種平衡。在她看來，一腔痴情是要比錢更叫人難堪的東西。三年級開學，雙城憑借成績和家裡的關係轉入了本科。

「不能來看你，就送份禮物吧。」電話裡江南的聲音親吻著她的耳朵。

「什麼禮物？」雙城撫摸著一圈圈的電話線，彷彿那線連接著他的身體，讓她寸寸流連。

「為我的餐廳取個名字吧，有興趣嗎？」江南毫不掩飾他的喜悅。朱天祥終於就範，歷時半年多，舉步維艱，好歹讓他抓住了一次機會。

「餐廳拿下了？真的到手了？太棒了江南！」雙城歡喜不已。笑聲傳到江南耳中，他恨不能立刻將她摟進懷裡，好生愛惜。月餅一仗讓兩人之間多了層並肩作戰的親密。「可我從來沒給誰取過名字，不管是人還是餐廳，除了我的玩具豬。」

「那你的玩具豬叫什麼？」

「叫江南。」雙城呵呵笑。勝利在手，他們難得輕鬆。

「那它是不是已經被你凌遲洩憤了？下次回來，可得好好拜祭這位豬兄，伯仁因我而死。」江南笑道，「你也不要有壓力，別想著你取的名字會用金箔題在牌匾上，掛在太和殿中央，只不過是你男朋友用來糊口的小店而已。想想你喜歡的東西，最好的記憶，然後告訴我，那是什麼。」

雙城望向窗外，陽光尚好，十月的重慶仍有夏天的余味。明朗的光線中，她聽到海浪衝刷沙灘的聲音……微風輕輕吹開一片海，愛像綠色水草搖擺……

「陽光與海。」雙城輕聲念道，心尖那兒像掛了一架鞦韆，那鞦

韁繩正握在江南手中，將她蕩漾。

　　放下電話，雙城拿起紙筆，寫了幾行小詩。餐廳開業，讓她重新看到了希望，愛情的希望。她把詩寄給了江南，那幾行字後來被印刷在「陽光與海」西餐廳每一張精美的餐紙上：

> 等一個明媚的午後，翩然出窗，有了翅膀，
> 掠過田野，在路的遠方，
> 虞美人開放，知了在唱。
> 你要相信，美麗與愛情都可以永長，
> 因這春風，因這夏陽，因這秋光，
> 這飛鳥般的夢想，
> 夢想般的海洋。

　　幾周之後，「陽光與海」西餐廳於成都春熙路太平洋百貨剪彩開幕。以江南的經驗和品位，輔以絕佳的地理位置，餐廳自開張第一天起便顧客盈門車馬喧，成為本地潮人的新據點。生意火爆，急需人手，正好駱陽的新工作一直不見眉目，雙城於是將她舉薦給江南，雙方一說即合，幾天後便動身去了成都。

　　春節之前，葉丹突然辭職了，確切地說是第二次出走。據說人走了，線索卻留得明明白白，這回投靠的，還是台商，只不過換了位開影樓的老闆，用駱陽的話講：「真是為海峽兩岸的統戰不遺餘力！」節前正是餐廳最忙的時候，忽然短了人手，駱陽又要回重慶休假，無人與許輝輪班，江南只得請剛放寒假的雙城前來幫忙。

　　從亂哄哄的五桂橋車站出來，雙城費了老大勁，才擺脫了一群棒棒、旅館媒子和黑車司機的糾纏，小心謹慎地上了一輛夏利車。成都地平路寬，車流滾滾，較重慶看起來更具都會氣派。雙城下了出租車，沿總府路往南，快步登上一座天橋，沒走多遠，卻突然停步。在她的前方，太平洋百貨對面，高懸著一幅巨大的廣告，大到幾乎覆蓋了整棟商廈，黑白的畫面上，一個年輕女郎置身在一堆高高低低莫名其妙的燈泡中央，半仰著濃妝的臉，沒有一絲笑容，卻美到驚心動魄。圖像的右邊，寫著一行醒目的繁體字：絕色·驚艷。雙城睜大

眼，又看了看，沒錯，那正是葉丹。

她怎會出現在廣告里，凌駕於城市之上，還帶著那麼炫耀的批語？雙城一臉疑惑，在葉丹冷冷的注視中，她匆匆轉下天橋，才走幾步，見轉角一間店鋪外，赫然又是一幅葉丹的美人圖，依舊是黑白兩色，依舊是無可挑剔的臉麗帶著冰冷的憂傷……不過這一次雙城看得明白，「絕色·驚艷」的標題旁，另有一行字樣：來自台灣的攝影新概念。原來如此。她無奈地笑笑，望著這位絕色驚艷的情敵，在心裡打了個招呼。

雙城見到江南，微微吃了一驚。他倒不是瘦，而是憔悴了，臉上有一層灰色，整個人好像孤零零地站在陰影里。即便是馬可波羅號被人謀去的時候，她也不曾見過他如此失神。他看著她的眼裡只有疲憊、失落和心不在焉。兩人對視那一瞬間，她恨不能立刻掉轉身去，下樓，叫車，直奔五桂橋，搭最快的一班巴士返回重慶……但她站著沒動，最初的氣惱散去之後，彌上心來的，竟是憐惜。

她任他走上來摟了摟自己，順手接過行李。晚餐時間還沒到，兩百多平米的店裡就已滿座。「陽光與海」比她想象的還要美麗。闊葉的熱帶植物和鏤空的竹木屏風間隔了視線，藤編的圈椅搭配墨綠的靠墊，頭頂懸著一盞盞鳥籠吊燈，環繞整個吧台的大缸里，游動著色彩繽紛的熱帶魚……雙城在角落的位子上坐下，仔細打量著江南創造的奇跡，短短兩個月，那麼一點錢，她不知道這一切他是用什麼法術變出來的。

葉丹出走本就是全體員工的熱門話題，今天又來了這麼一位，往店裡亭亭一立，前後左右那些好奇的眼睛便聚集在她身上毫不掩飾地逡巡：「這才是江先生的女朋友吧？」「正牌的那個？聽說還是學生呢！」「就是她？好像不比葉小姐漂亮嘛！」雙城幾乎能聽到周遭興致勃勃的討論，但又疑心是自己的幻覺，隔得那麼遠，哪裡聽得清。

約一盞茶工夫，江南交代完畢，便領著雙城離開了餐廳。等上了出租，他一言不發將她摟緊。雙城掙扎出來，只說了一句：「我以為你現在想見的不是我。」「任何時候我想見的都是你。」江南迅速回答。他被她的語氣惹到，聲音里蹦出火星。

車子停在了琴台路的皇城老媽。當真南橘北枳，雙城頭一次見到火鍋館裝修得如此精緻。重慶火鍋一概是街邊檔、老虎灶，光膀子灌酒、搵胳膊划拳的場合，而這裡，紅木香案，楠竹屏風，座位臨窗，望出去，霓虹閃爍，沿街一色仿古建築，又挨著府南河，隔岸川音裊裊，情致嫵媚，正合了文君聽琴的傳說。雙城張望一回道：「巴蜀同屬一省，卻不可同日而語。這倒像瀟湘館裡燙火鍋了。」

「那不正好？不是瀟湘館也不配你。」江南斟了半盞菊花茶遞給她，「難得你來成都，應該陪你多逛逛，可惜最近太忙。」

雙城將那青花瓷的小盅握在掌心搓揉，只作聞香杯拿來暖手。「你忙你的，成都我來過，不急逛，只是我也不懂餐飲的事，未必幫得上忙。」頓了頓，她終究意氣難平，於是又說，「你心裡揣著事，遊山玩水也逛不出什麼味道。」

「那是你心裡還有事，不是我。我的事，已經解決了。」江南帶著幾分氣惱，在鍋里用力涮著一片牛肉。「葉丹走了，這次應該不回來了。我想，已經有人告訴你了吧？」雙城想說她沒有追瓊瑤劇的習慣，話到嘴邊究竟不忍，只笑了一下，沒有答話。

「她脾氣暴，在店裡跟人打架，事後又和沈小姐頂嘴，我叫她停職反省，暫時別來上班，順便也提了提上學念書的事，結果她就炸了，根本不聽我說，一心一意認為我卸磨殺驢，要甩她。她走，原本是我計劃中的事，可我不想讓她在這麼一個情形下離開，走得這麼難看，你懂嗎？」

「我不懂。我不懂你的審美觀怎麼變了。我記得你跟我說，Coco刷在牆上的粗話你都捨不得擦，覺得壯烈，怎麼葉丹發脾氣走人就變得不壯烈、不好看了呢？說實話，我覺得她這樣轟轟烈烈地走掉，至少比我當著所有人、捧著會議記錄本被你炒魷魚的時候漂亮多了。」雙城不再微笑，她裝不下去了。

「我說過，葉丹跟Coco不一樣。Coco認識我的時候，是酒廊小姐；葉丹遇到我時，只有十七歲。」

雙城冷笑：「一場緣分，也是可惜。難怪我來的時候看到滿街都是她的遺照，原來全成都都在給你們開追悼會。」江南不禁苦笑：「這也

是我不放心的一個理由。她好好找個男朋友私奔也就罷了，可那個影樓老闆，你是沒見過……她這是為了氣我，故意糟踐自己。」

雙城還要接話，卻被江南攔住：「好了好了，不說這個了。是我腦子有問題，在這件事上，我怎麼能指望你的體諒？」雙城心知他已經聽煩了自己的刻薄話，便作了罷，埋頭飲茶。湯已沸騰，成都火鍋配料複雜，香味甚濃，雙城卻沒什麼胃口。江南只跟她說些生意上的事，總不過商機無限、前途可觀。雙城見他一張嘴說個不停，自己卻半個字都沒聽進去，認識江南這麼久，這大概是他們吃得最乏味的一餐。

江南和沈碧茵還住在人民東路的酒店裡，雙城則住到了驛馬市員工宿舍。她來打工，這樣安排，也算合理。宿舍條件一般，三室一廳的民房。雙城也不計較，頭一沾枕頭就沈沈睡去，愛恨情仇都夢不相干。

雙城在家十指不沾陽春水，這一到成都，說是接替駱陽照看外場，但店裡人少事多，分工難有那麼清楚，一時廚房酒吧管事的不在，雙城硬著頭皮竟也學會了開單驗貨、對賬收秤一類的雜活。自她來後，江南就鮮少露面，甚至有那麼幾次整日都未出現，間或有通電話回來，關照的也是公務。雙城雖然委屈，卻不肯抱怨，好歹拿了江南的信封，她只當是一份兼職，由朝到晚盯在店裡十幾個小時，總得熬到賣場響起肯尼基的薩克斯風，才能舒口長氣，翻了這一天過去。

再有那總經理朱天祥，最後雖收了賄金，但參股不成，始終耿耿於懷，得了機會便指使手下拿些小鞋與店裡穿。這日應酬吃得油膩，架不住飲了兩杯，胃里便有幾分作梗，回到春熙路，為圖消食，棄了電梯不搭，只一層層樓面巡視上來，不巧路過陽光與海，見雙城面生，便止步詢問。雙城觀其架勢，猜到是朱天祥，忙畢恭畢敬打了招呼。

朱天祥隨同的人中，有位二樓襄理蔡小姐，是台灣班底里職位最低卻最刁蠻難纏的一個。蔡襄理不幸遭遇天責，矮、胖、黑三災俱全，對葉丹、駱陽兩個，本就暗結一段仇怨。如今見新來這位又是一路妖精，早生了不快，不等朱天祥開口，便搶著狐假虎威道：「餐廳更換管理人員，得向太平洋人事部報備，這些規矩你們江先生難道不懂？」雙城才欲解釋，就被蔡襄理打斷，拿著一套衙門規矩劈頭蓋臉好一頓訓斥。雙城情知多說無益，事關江南生計，只得低了眉眼任她

發飆完畢，扔下罰款單方才揚長而去。望著一干人作威作福的背影，雙城只想江南虎落平陽被犬欺，這半年來，他定受過太平洋無數矮簷之氣，自己替他抵擋兩天，也算聊盡心意。

「長恨人心不如水，等閒平地起波瀾。」春節前不久，店裡兩位大廚帶著小工突然辭職，說是回鄉辦事，後來才有人悄悄告訴雙城，原來是對面百盛商場餐廳開張，想照抄陽光與海的菜單，便高價挖了牆角。客人已經上座，後場卻只一個二廚並兩小工沒精打彩地應付著……雙城略定了定神，走去廚房火線提拔二廚做了大廚，當場許諾只要帶領墩子們頂過這兩天，事後另付他半個月工資獎勵；另一面又指派了兩位年紀稍長的服務員幫忙打下手，先應付了中餐這撥再說。

禍不單行，剛安排好廚房，外場又嚷嚷起來，說是找不到收銀員。一問之下才知收銀的女孩悄悄和廚子相好，也跟著跳了槽。雙城叫聲要命，只得自己套上工裝頂替上去，連問帶猜，一番摸索下來，竟也給她學會了收銀。一站五六個小時，待交出班去，雙城早已腰酸腿軟，疲憊不堪。

此時江南已在旁瞧了她好一陣。眼前這位穿著肥大工服，頭髮用支鉛筆亂蓬蓬縮成髻的收銀員，實在很難和維多利亞號上那個光彩奪目的美人兒聯繫在一起。江南笑著上前撥了撥她額前的碎髮：「辛苦你了，雙城。」雙城一見他，只道聲「阿彌陀佛，你可來了」，便脫下工服，也不與他多話，就馬不停蹄奔了九眼橋勞工市場而去。

時值年關，九眼橋市場冷冷清清，有經驗的廚師更是寥寥無幾，雙城費了半天勁，才勉強物色到三位，其中偏有一個騎了車來，還不識路。雙城只好搭在他自行車後，一路指引著往回轉，眼見到了春熙路口，卻被交警一聲口哨攔了下來。騎車帶人，原不過罰款二十，不料成都新立的規矩：違規者必得揮一面三角小旗，站在路口協勤，直到抓住下一位闖燈帶人的倒霉蛋，才能交棒離去。雙城一看時間又到了晚餐飯點，忙叮囑那廚子去某處進某店找某人，然後押下自己，顧不得難堪，老老實實揮起了小旗。從早至此，未有一口湯飯落肚，眼下寒風夾擊，雙城才覺渾身冰冷，虛弱無力。

這邊江南叫廚房收了新來的幫手，聽說雙城替罪被扣在路口，顧

不得店中忙碌，匆匆奔下樓，過了天橋，遠遠看見雙城正伶仃站在風地裡揮旗，又是心疼，又覺有趣，胸中一激，也不管黃燈剛剛亮起，就幾步跨過馬路，笑著將她一把裹進懷裡……周圍喇叭聲、自行車鈴、路人口哨立時響起，江南毫不理會，只緊緊摟著雙城不放，直到交警趕來，又一聲哨響，才將兩人分開。「嗨嗨嗨你！大街上摟摟抱抱幹什麼？你這也算違反交規！站住！舞旗！」說完將另一面小旗塞到江南手裡。兩人各站一邊，隔著馬路對望一眼，來不及心酸，先笑彎了腰去。

沒過幾天，出走的廚師因百盛那邊生意冷清，許諾的薪水未能兌現，都央著想吃回頭草。雙城在商言商，揀那老實肯幹的放一馬讓他回來，當眾罰了半月工資，私底下又給塞了回去。對那翻臉絕情、領頭鬧事的，便一口回絕，幾句話說得擲地有聲，道理分明。眾人初時只拿她與葉丹相類，如今見她行事妥帖，沈著伶俐，心中俱都服氣，從此收斂起草莽態度，各自安心幹活，不再生事。

再幾日，駱陽回了成都，二人得空閒聊，因講起成渝兩地這一比，才覺重慶雜亂擁擠，像樣的街道也沒兩條，更別說公園古蹟。雙城便道：「不如找個男朋友，長長遠遠住下來可好？」駱陽一瘋嘴：「怎麼找？雞叫喚就出門，鬼叫喚才回家，哪有機會？」雙城知她懷念往日盛景，可哪有往回開的一扇門？那些陪她彈吉他、放風箏的男生們，此時也都各奔東西，忙著立足……雙城不想代江南訓導下屬，只笑說：「可惜成都男孩太秀氣，不像是你喜歡的類型。」「我喜歡什麼類型，你怎麼知道？」駱陽聲音微微一低。

又聊及葉丹，駱陽才說店裡生意太好，尋釁滋事時有發生。那日來砸場的，為首叫作黃小妹，因仗著公安局刑警隊的姐夫，成日逗貓惹狗打架鬥毆，背地裡都叫她女衙內。她姐姐原是托人籠絡朱天祥，想拿下太平洋春熙店這家餐廳，百分之二十的乾股許出去，原以為十拿九穩，誰知半路殺出位沈小姐，竟把個熟透的桃子摘了去。黃小妹在麻將桌上聽了姐姐一通牢騷，當場拍著胸脯要替她出頭，但琢磨幾日並無新招，只得拉了兩個姊妹伙，想著吃頓霸王餐，順帶砸幾個盤子就算交差。

眾人見黃小妹頂著一頭稻草人似的粟米燙，塗著黑色唇膏，一臉

槍戰片里的囂張,都不敢上前,忙報與店長駱陽。那黃小妹欺駱陽年少,只嚷嚷叫朱天祥出來,她要投訴飯菜質量。駱陽正欲理論,不防葉丹衝出來一通怒罵,說飯菜不好你倒吃得毛都不剩才發飆。黃小妹有備而來,立刻回罵道:「這不是那位重慶二奶嗎?見過貼錢的,見過貼床的,這倒貼看門狗的還真不多。」葉丹氣得臉發白,當場就要報警。黃小妹等的就是這個,忙蔑笑說派出所的門估計你都找不著。想在這兒刨食,也不打聽清楚是誰的碼頭,說完罵罵咧咧往外走,順手往桌上一拂,杯盤碗碟立時咣咣噹噹砸碎好幾個。

駱陽急得一把將她拽住,那黃小妹飛起一提包就砸了駱陽的頭。包里顯然藏著重物,駱陽哎喲一聲,蹲了下去。葉丹見狀,想也未想就拿起一隻碗照臉扔過去,可惜失了準頭,砸在黃小妹肩膀上,湯汁飛濺,立時污了她半邊衣裳。

那黃小妹本來只圖一鬧,大不了她姐夫派人過來,讓店裡吃個啞巴虧,不料這重慶妹子性情火爆,加之葉丹個兒高,黃小妹動起手來竟不佔優勢,又怕在觀眾面前失了面孔,便作勢去砸那鎮店的魚缸……這當口,突見葉丹從後廚拎了把寒光閃閃的菜刀過來,杏眼圓睜,揮手就要砍人。黃小妹一驚,知道今天是凶的碰上不要命的,頓時認慫,胡亂扔下一把椅子,抽身就往外撤。葉丹還要追,卻被圍欄擋了去路。她當日穿了條裹身長裙,想跨想跑都抬不起腿,火頭上來一咬牙,嚯啦一聲將裙擺撕開,這才邁開了腳步。

雙城聽到這裡,幾乎要為葉丹叫好,駱陽也說當時一圈看客得了彩頭,紛紛加油,唯恐跑了一個這架打不起來,都恨不能攔住黃小妹不讓走。眼見她跟跟蹌蹌逃到扶梯口,葉丹一揚手,菜刀飛出去砸在牆壁上,好大一聲響。店裡人連哄帶勸才把葉丹拉了回去,七嘴八舌一商議,都說要提防黃小妹找派出所的人回來報復,讓葉丹先避避風頭。葉丹脾氣彆上來偏不肯走,只讓駱陽在她脖子上撓兩把,好有個自衛還擊的藉口。

雙城聽了好笑,忙問撓了沒有。駱陽咧嘴說可惜你不在,不然正合適交給你動手。雙城啐她一口,駱陽接著又說葉丹還囑咐她摳摳指甲洗洗手,再拿燒酒消消毒,不然撓了要留疤。誰知駱陽說啥也下不去手,葉丹只得自己咬牙撓了兩把,紅蚯蚓順著脖子流下也不擦,由

它染了衣領，說留給民警瞧。可那天一直等到打烊，黃小妹也沒再回來，大伙兒便你一言我一語誇贊葉丹英勇。葉丹耳根淺，紗布捂著脖子竟也得意起來，說了不少提氣壯膽的狠話。眾人紛紛附和，但私底下都說火頭這麼大，定是被黃小妹一句話戳中痛處，受了刺激罷。

兩人正說著，忽聽外頭嘈雜起來，原來是四五個售貨小姐圍在一起憤憤不平地議論著什麼。打聽之下，說是蔡襄理才剛巡場，撞見新來的售貨員誤了飯點又熬不住餓，蹲在櫃台後悄悄吃抄手。蔡襄理當場記了她的工號，說要罰款。那女孩也是嬌生慣養長大，當眾挨了罵，一時面子上下不來，便端起抄手接著吃，嘴裡嘟囔要罰就罰，反正也沒幾個錢，不值得餓死。這可惹毛了蔡襄理，飛身上前，奪過盅子，就著裡頭湯水潑了女孩一身。女孩扯住她袖子理論，臉上反挨了她一記耳光……蔡襄理走後，同事們才圍攏來七手八腳幫著擦拭。那女孩滿臉羞憤，跺腳說從小到大爹娘都沒捨得動她一根指頭，如今倒給人這樣欺負。說得眼淚直淌，泣不成聲。

駱陽不由恨道：「太平洋這幫台灣佬，本來臭規矩就多，這個要罰，那個也要罰，簡直想靠罰款發家致富，更不要說這巫婆，還敢動手！」雙城點頭說：「你不在那兩天，我也被她罰過。」接著又道：「到底同文同根，'潑婦'這個詞，看來出處一致，她倒是身體力行。」駱陽聽了一笑，笑完嘆道：「你倒好，不過是來玩票。我可慘了，天天沒處躲。」雙城便講不想穿小鞋，就得想法給自己換雙新鞋。駱陽問她怎麼換，雙城不答，只輕輕一拍她肩膀：「到時候換個男襄理，別告訴我你還搞不定！」

隔天蔡襄理例行巡場，經過二樓被櫃姐叫住簽單。蔡襄理簽完字，轉身看見前日被她責罰的女孩端著一口飯盅迎面而來，見了她，也不躲避，擦身之際，一聲冷笑直入耳里。蔡襄理何曾受過這挑釁，立刻虎了臉叫她站住。

那女孩尖聲便嚷：「我今天既沒吃又沒喝，哪裡又惹到你？」蔡襄理立時喝道：「你這是什麼態度？怎麼說話的！」女孩毫不相讓：「怎麼說話，我從小就這麼說話！難不成你台灣來的，就聽不懂人話？」蔡襄理氣血上行道：「把工號牌、制服留下，立刻給我走人！」女孩並不挪步，只壓低些嗓門罵道：「嚇唬誰啊你個老女人，去找

面鏡子照照，就你這醜八怪，台灣嫁不出去，到了大陸，只怕連牽到配種站都沒有豬肯騎！」蔡襄理聽得又驚又怒，一張臉扭曲得更加難看，只聽那女孩不依不饒繼續罵道：「活該背時，省得把你這王八尿過的怪模樣遺傳下去，世世代代做那沒人要的霸腳貨，憋得心理變態倒拿我們出氣……」蔡襄理大喊一聲「住嘴！」眾人聽到動靜，早圍了上來觀戰，那女孩見時機已到，便將手裡半盅白水朝她一遞，瞪眼道：「有種你再潑？再潑一個試試？」蔡襄理被她罵得失了理智，接過來才要潑時，卻被那女孩瞅准機會掄起臂膀來照准她面孔，左右開弓甩出兩個巴掌，清清脆脆響亮當場。

　　未等蔡襄理反應過來，女孩一把扯下工號牌，狠勁扔在地上道：「台灣人了不起啊？台灣人又不是貴族，我們也不是奴隸！想騎在老子頭上拉屎，你個哈婆娘找錯了地方！想打我，你做夢！告訴你，老子不幹了！現在就炒你魷魚！」話音一落，周圍響起一圈叫好，有人鼓掌歡呼，有人解說劇情，過節一般熱鬧。

　　雙城和駱陽遠遠觀望，臉上早笑開了花。「這成都妹兒厲害，一教就會，半個字也沒背錯。」「給她的兩千塊錢，沈小姐批了沒有？」「她不批，難道還讓我掏？這可是為‘陽光與海’除了一害。」「可你說，就這麼一巴掌，朱天祥確定會調她走？」「她今天栽這麼大一跟頭，不走，以後怎麼管人呢？」雙城眼珠子一溜，掩嘴笑說：「萬一有熱心市民目睹經過，給那新聞熱線提供條線索，題目就叫‘成都妹子和台灣襄理太平洋百貨比試武功’，那傳到朱天祥耳朵里，你說他該怎麼做？」駱陽轉過神來不禁嘆道：「都說最毒婦人心，我看你就是豆腐嘴，刀子心！」

　　除夕終於到了。這天一早起，雙城就在猜想江南會有怎樣的安排，到了中午，仍不見他來，又聽駱陽、許輝一幫人合計先去玉林路買兔腦殼做宵夜，待關了店門再去老碼頭燙火鍋當團年……雙城便叫：「算我一個！」許輝笑：「江先生准你假了？否則我們可不敢帶你走。」雙城作勢板起臉說：「勞動法上寫著，不用誰批准。」

　　下午四點光景，江南和沈小姐才一起出現。給店裡員工發了紅包拜了年，江南便過來招呼雙城下班。「走，跟我過年去。」這天成都尤其寒冷，預報接近零度，江南身上只一件皮夾克，人倒是很精神，

比雙城剛到時抖擻了許多。「已經說好跟大伙兒一起過，看晚會，燙火鍋……」江南打斷道：「你真以為我會放你自己過？」見雙城不語，只好又說：「走吧大小姐，沈小姐都來替班了，還有什麼丟不開的？要知道，找個人替我打工比找個人陪我過節容易多了。」一旁店員聽得直笑，江南也不介意，仍賠笑道：「真的要我當眾綁架你？」雙城只恨自己不爭氣，江南就這麼簡簡單單幾句，已叫她一整天的怨氣消失殆盡。

出得店來，溫度又降了幾分，天色比平日更為陰沈。對面大樓上，葉丹艷若冰霜的臉龐變得有些模糊，陰鬱的目光卻始終投射在他們身上，加重了一層寒意。江南抬頭看了看天道：「該不會有一場雪吧？」雙城說下雪才好，她長這麼大，還沒見過一場真正的雪。江南又說錦江賓館有一場台商晚宴，問雙城有沒有興趣參加。雙城緊了緊領口說沒帶合適的衣裳。江南笑道：「還真是來打工的！去買一身吧，來得及。」雙城仍是搖頭。江南便道：「不去也好，去了也是配角。不如安安靜靜陪陪你，燒兩個菜給你嘗嘗。」「你會做菜？」「否則怎麼開餐廳？既然你不稀罕錦江賓館，那就陪我逛菜市場去！」

這個時候，各家各戶的年夜飯早已採購完畢，菜農們正忙著收攤。江南逛了一圈，只拎回一條鯉魚，一棵冬筍，幾根大蔥。「可惜沒有桂花魚，做松鼠桂魚這肉質恐怕老了些。」再看雙城辦的年貨，裝在兩只薄薄的塑料袋裡，一邊是北方紅棗，一邊是糖皮花生。江南睒眼笑：「這是什麼？早生貴子？終於想好要跟我圓房了？」雙城一笑，便拿袋子打他。江南喜她笑容嬌美，不禁摟過她腰道：「果然女人的夢想都是嫁一位武林高手，然後廢了他全身武功，乖乖在家為她燒飯。」「武林高手，那是在別人面前，在我這裡，就得解甲歸田。」「說得好，解甲歸田，咱們這就歸隱去！」兩人說笑而去，儼然一對平凡夫妻。

宿舍裡空無一人，駱陽要下半夜才回來，孩子們在樓間空地上燃放鞭炮，爆炸聲此起彼伏，硫磺味四處彌散，別有焦香。江南脫去夾克，便開始剖魚刮鱗，雙城也束起頭髮，想幫忙打打下手。無奈她實在不諳家務，不是碰翻了碗，就是潑灑了湯，江南只好攆她出去：「把電視打開，音樂放上，再找兩只酒杯，等下陪我喝點紅酒。對了，還有你的早

生貴子，也都擺上，過節要有過節的樣！」

雙城在屋裡奔來跑去張羅著，從五桂橋下車到現在，她的心終於又蓬勃起來。電視里，春節聯歡晚會剛剛開場，一群小孩扮成卡通老鼠，拖著長長的尾巴跑來跑去……打開燈，雙城瞧見衣櫥鏡子里，自己滿臉堆笑，而江南正在廚房裡為她燒魚……這情形有點難以置信，今晚他們兩個，都變得不像自己。

「江南，來幫我開一下紅酒好嗎？我不會呃！」雙城聽見自己的聲音帶著撒嬌，有些傻氣，不由笑笑，隨即原諒了自己。無人答應，鍋鏟的聲音也已暫停。雙城走進廚房，油正滾著，一條雕琢如花的魚炸得金黃欲滴仍盛在鍋里，江南只著一件單衣，正背對自己站在涼台上講手機。雙城腳步很輕，走近時聽得他溫言細語：「……那你也好好照顧自己，在家休息休息，別叫我擔心……」之後的話說得更柔更輕，雙城聽不清，又好像故意閉上耳朵，給他的聲音打了馬賽克。一個沖天炮炸開在他們頭頂，砰的一聲巨響，江南回頭看見了她。雙城沒說話，轉身走回了客廳。

廚房裡飄來一股魚肉燒焦的味道，跟著是哐當一聲鍋鏟砸進水池的動靜。雙城在佈置妥當的飯桌旁坐下，電視里，幾個主持人穿得像一把喜糖，正拼著嗓門兒在給全國觀眾拜年，聲音高亢而激昂。好一陣，江南才從廚房出來：「松鼠桂魚吃不成了，被我燒焦了。」雙城盯著屏幕，並未轉頭：「沒關係，正好沒胃口了，做了也沒人吃。」「可我還挺有胃口的，要不出去吃吧？」雙城冷笑：「接個電話就這麼開胃？什麼靈丹妙藥？」「才叫我解甲歸田，你自己又穿上鎧甲了？」「那我還能穿什麼？皇帝的新衣？」江南無語，只聽得電視里歡歌笑語，窗外鞭炮震耳，填補著兩人之間的空虛。

走上街頭，鞭炮聲更加密集，空氣中彌散著濃重的火藥味，寒風一陣接一陣鑽進雙城身體……看她直哆嗦，江南顧不得挑剔，就近找了間清真火鍋，兩人忙打簾子鑽了進去。回族人不大過春節，店裡只得半滿，挨著土灶坐下，鍋子燒得旺旺的，羊肉下去一滾，雙城才發覺自己早餓了。埋頭吃了一陣，身上漸漸暖和，見牆上一副對子寫得龍飛鳳舞，雙城不禁吟哦：「風雲三尺劍，花鳥一床書。」江南停下筷子道：「其實我理想的生活，就像左光鬥這副對聯，既不是維多利

亞號，也不是騾馬市菜場。」他往雙城杯子裡斟了一點酒，又給自己倒滿說：「我也不覺得你會真的享受鍋碗瓢盆的生活。何必追求那些不合本性的俗套？等有一天你回頭再看，會發現最可惜的不是你的戀愛不完整，而是你總忙著患得患失，辜負了眼前這些光陰。」

雙城沈默了一會兒，忽然舉杯碰了他一下：「不如我們說定，從此以後山盟海誓，只講給當下助興！」她說完，心底抽搐一痛，江南似無知覺，只滿臉喜色將杯中余酒一飲而盡：「良辰美景奈何天！如此甚好！」

菜吃得差不多了，江南說他母親托沈小姐捎來一些舊照片，沈小姐細心，特意按年月貼成相簿交給他。順著這由頭，江南便邀雙城跟他回去同看。先前話既說開，兩人興致反倒好了起來，出門叫車便往人民東路而去。

到了酒店，雙城才發現租的原是一個套間，裡頭雙人床上，沈小姐穿著家常衣裳，正靠在床頭看書，見雙城來，微微有些詫異，但很快收了回去，只略欠身打了個招呼，便請江南帶上門，由他二人在外頭說話。外間寫字檯和沙發都已挪過位置，以便加塞一張單人床，床上被褥單薄，便是江南的棲身之所。雙城見一切簡陋倉促皆為省錢之故，剛進屋時那種尷尬便被一縷疼惜掩了過去。

江南的相貌更多遺傳自他父親，可下頰瘦削，嘴唇單薄，又源於母親。他母親年輕時算不得驚艷，但衣著考究，髮型精緻，旗袍、泳裝、晚禮服，無一不是那個年代最摩登的樣子。雙城正想江南的好品位果然有所出處，卻聽他講母親性格敏感倔強，家經難念，漸漸與父親生了嫌隙，一場接一場的冷風暴，一直延續到他父親去世，兩夫妻都沒再和好：「我對婚姻的悲觀，很大程度上來自他倆。」

天氣太冷，屋裡暖氣不足，雙城兩腳冰涼，蜷起腿縮在沙發上。江南從床上取過枕頭被褥替她鋪墊舒服，自己也脫鞋上來，同裹在被褥中，一頭翻看一頭解說：「這張是在陽明山上，背後就是台北，從前沒什麼高樓……還有這張，是我小時候第一次看見海，在淡水白沙灣，樣子很興奮，跟你在三亞差不多……」雙城聽他提到三亞，不禁將身偎近道：「這海很像亞龍灣。」江南笑：「傻瓜，地球上的海當

然都很像……你看這個，這是我們家的老房，日佔時期蓋的，前後十來間，當中是花園，我就出生在這兒。」雙城定睛看那光影模糊的像片上，隱約有迂迴的走廊、水池和松柏，想起楊學堅說過整座大宅已經抵給銀行，便不多問，只陪他凝視片刻，才翻了過去。

不知聊了多會兒，冷不防見沈小姐披衣立在門旁，頭髮凌亂，面有慍色，與平日態度判若兩樣。江南詢問一句，她也不答，只沈著臉掃了二人一眼便扭身回房，從裡頭喚道：「江先生，你過來一下，我有話講。」聲音又硬又冷，像扔出一塊石頭。雙城一時便有些坐不住，偏江南按著不讓走，也不應裡頭的話，堅持將相本講完，才跟雙城說了聲「你稍等等」，起身進去，順手帶上了串連門。

像在樓宇間行走，突然被人潑下一盆冷水，抬頭看時，毫無線索，只剩自己濕淋淋地站著，也不像是驚，也不像是怒，雙城呆了半分鐘，才慢慢起身。她原是該到樓下叫部車回騾馬市去，但她沒有，她覺得應該打個招呼再走……還打什麼招呼？這顯然是個藉口。雙城走到窗邊，凝望著除夕的成都。太冷，路上人和車都不多，因為過節，夾道的霓虹燈卻很隆重，空蕩中閃閃爍爍，像一場無人賞光的盛宴。這時分，周圍鞭炮聲已經響徹夜空，恰到好處地遮掩著裡間傳出的爭吵。只在炮聲的間隙，偶爾聽到沈小姐帶著哭腔的斷句：「……我什麼時候干涉過你……只有我沒有感受是不是……」江南的聲音很低，但十分用力，似乎在咆哮，卻模糊不清。

雙城像被釘子固定在原處，她也不懂自己在堅持什麼，她是想反抗，還是想用自傷來抵擋這一切予她的羞辱？那一刻，她有些恍惚，心思懸浮起來，像喝醉了酒，想笑，想叫，想奔跑，眼前卻沒有去處……前方的鐘樓突然敲響了大鐘，零點了，一下……兩下……三下……整整十二下都撞在她混沌的頭上。她像一隻被鐘聲、爆竹聲、怒罵聲驚嚇到的雀鳥，微顫著身體，縮在房間一角。

門開了，沈小姐紅腫著眼睛扶著門把手道：「不好意思雙城，讓你一個小孩子看我們兩個大人出洋相。今天沈姐真的要委屈你一次，你能不能回避一下，有些事我要跟江先生說說清楚。」雙城抓起外套，也不管江南叫她，就一言不發衝了出去。終於跑掉了！她心臟狂跳。

酒店門口沒有出租車，路上也沒有，雙城只好沿著大街往前走，任風一刀一刀刮在臉上，像冰冷的耳光。一隊年輕人騎著單車經過身旁，濺起的泥濘髒了褲腳，雙城往裡讓了讓，剛好撞在追過來的江南身上。「我送你回騾馬市。」「不用，我打車回去。」「讓沈小姐自己冷靜一下也好，她今天情緒不正常，不關你的事，大概除夕想家了，我留在那兒也沒用。」雙城沈默了一會兒，才抬起頭道：「江南，和你戀愛，我是不是太高估了自己？」

有出租車在身後按了一聲喇叭，兩人都沒有反應，繼續前行。空中飄的是什麼？細細密密，晶瑩發亮，在風裡漫卷飛揚，兜了一圈又一圈，才鋪撒到他們頭頂和肩上。「下雪了，真的下雪了。」江南往空中接了一把，攤開手給雙城看，那點晶瑩瞬間融化在他掌中，只剩下一小攤涸涸的水跡。人民廣場空空蕩蕩，只有展覽館前的巨人伸出手臂，孤零零地指向遠方。沿著他所指的方向，長街燈火在漫天飛舞的雪花中筆直地延伸。

「葉丹跟影樓老闆鬧掰了。她嘛，也不是給人當情婦的料。」「猜到了。」雙城想起晚飯前的電話，才覺得沈小姐的發作不單為自己。江南見她沈默，不由得心下空虛，想擁她入懷，手卻留在褲兜里。「我只想安排好她，她現在什麼準備都沒有，我也一樣，兩手空空，給不了她什麼。剛收到消息，太平洋要開分店，這是機會，我得跟上，所以無論從哪方面看，現在都不是時候讓她走。」雙城聽罷只有一句：「這些你都說過。」江南又道：「你是明年夏天畢業吧？那還有一年多，希望那個時候我能處理好，清清爽爽地迎接你。一年半，好嗎？」「好好做你的生意吧江南，這才是你最重要的事。至於未來，就像遇見葉丹，就像遇見我，你總是會不斷遇見的。也許到那個時候，我才是你需要解決的問題。」「何必這麼說。你當然知道，你永遠都是我想留住的那一個。」江南苦笑了一聲，又道，「或者，你覺得青春可貴，而如今的我，一年半都已經不值得？」

不知是因為寒冷還是酸楚，雙城感到整顆心臟緊扭在一起。她強忍著集結的眼淚，努力用平靜的聲音說：「答應你又能怎樣？我們不是才說好，話只講給此刻聽？將來，將來太遠了，它聽不到。」

「如果有那一天，我們還能做朋友嗎？至少讓我還能見到你？」

江南的聲音里有嘆息，為他們彷彿已經可見的結局。天冷得屬害，他身上仍舊只有那件夾克，雙城在他臂彎里，感覺到他從心房深處發出的戰慄。風聲鳴咽，零落的鞭炮變得很遠，雙城凝視著眼前這座空城，凝視著長街盡頭融成一片的燈火，突然下定了決心。她從他懷裡掙脫出來，好讓自己清清楚楚看著江南：「如果有一天我走了，就永不相見。」頓了幾秒，她接著又道：「永不相見，才對得起現在我這麼愛你。」

清早天剛亮，雙城敲了兩遍房門，隔壁駱陽哼哼唧唧起不來床，雙城估摸是昨夜喝了酒，只好讓她繼續睡著，自己去店裡幫忙收貨。初一大早，出工的的士很少，雙城招了輛人力三輪車。彼時的成都三輪，樣式和舊上海黃包車差不多，人造革的皮椅座，撐開一半的遮雨篷，只是車夫蹬一輛改造過的自行車代替了兩條腿跑路。

雪還在下，守歲的成都人打了一夜麻將，仍在酣眠中。街道冷清，房頂和樹上覆著白色的積雪，沿途皆不似平時模樣。雙城兩頰吹得冰涼，心裡卻格外透亮，想起昨夜擲在廣場上的一番話，體內萌動起一種清明的志向。她伸手探出篷外，去接那羽絨似的雪花。那花太嬌嫩，觸手即化，化在她耳邊、髮際和睫毛上，冰清玉潔的一滴，順著眼角慢淌。三輪車在薄薄的白雪上軋出幾道細長的車痕，迎著虛虛恍恍撲面而來的細雪，雙城孤身一車，穿過了成都空蕩蕩白茫茫的大街小巷。

典收才一半，許輝趕到店裡，謝了雙城，接手過去張羅。雙城只說不妨事，難得早起一次。許輝便笑：「江先生吩咐的，從新年開始，店裡的事不讓再勞動你，說了，你就好好歇著，多出去逛逛吧！」雙城不知他是否得了葉丹要回來的消息，心想也罷，便丟手出來，上了三輪車，想去青羊宮搶頭香湊個熱鬧。出得樓來，已是雪霽天晴，街頭陽光灑灑，人們四湧而出，忽地熙熙攘攘，十分熱鬧。喜慶中，唯有天橋上的葉丹仍舊面帶愁容，融化的雪水猶如淚痕，一道道掛在她臉上。

太陽一照，雙城渾身暖和起來，一時慵懶，便讓車夫避開大道，走染房街，經紅照壁，穿寬窄巷，過槐樹橋……揀老城廂巷子一條條穿行過去，自己倚在座椅上，享受那恰到好處的一點顛簸，歪著頭欣賞密密匝匝的店鋪民房、眾生肖像。每條街，每戶門口，都是一桌麻

將，嘩啦啦洗牌的聲音連綿不絕，像背景音，穿插了遠近呼應的自行車鈴，鮮活起來的城市與昨夜的淒清判若兩地。

不知從何處竄出一個西洋女子，踩輛半舊的自行車，打著鈴鐺從對面馳來。淺黃的頭髮亂蓬蓬地在空中飄揚，身上只一件輕薄的外套，雙頰卻熱騰騰地蒸出兩團紅霞。她嫻熟地穿行在行人、地攤和麻將桌之間，車技竟和本地人一樣靈巧。擦身之際，雙城見她海水般湛藍的眼裡，充盈著快樂和自信，臉上不施粉黛卻熠熠生光。雙城於是憐惜起了自己，這種神采飛揚的表情，已經多久不曾出現在她臉上——她幾乎遺失了那種力量。

到了青羊宮，山門前香客早已水洩不通，濃重的香火從後面三清殿一直鋪散到街前。車夫剛拉起閘，就聽殿內傳出一聲雄渾低回的鐘響。音波縈繞之中，雙城深深吸了口氣，抬頭向前道：「不進去了，我們走吧。」

第二天下午，雙城被沈小姐約到美領館旁一間酒吧。酒吧這個時候還很冷清，待雙城對面坐下，沈碧茵摘掉了墨鏡，右邊眼角連著顴骨拳頭大的一塊淤青嚇了雙城一跳。「江先生打的，身上還有，肋骨這裡一大片……」沈碧茵那晚的怒火已經平息，聲音里只有哀傷的餘燼。雙城驚得無話可說，她完全無法把江南和沈碧茵臉上的傷聯繫在一起。

「已經不是第一次動手了，他也打過葉丹，當著我的面。你跟他在一起的時候少，很多事都不知道，這一年多來，他整個人都變了，已經不是我認識的那個江南了。以前他也喝酒，可那是為了生意應酬，現在他常常自己一個人也喝到酩酊大醉，有回半夜裡就那麼倒在街邊，我叫不醒也搬不動他，出租車都不願意載，我只能蹲在他身邊等他醒來……」

「因為馬可波羅號？」

「不光是。還有他母親，這把年紀送到養老院裡，住了一輩子的房子也沒了。還有月兒要還錢給他的事，這個你還不知道，是他從前的未婚妻。再加上葉丹和你……他的感情生活永遠都那麼複雜……可這些跟我有什麼關係？憑什麼要我來一起承擔？我從來都不是他的

女朋友，我有老公，也有女兒，跟他東奔西跑到現在，沒有給足過工資，我拿什麼向家人交代？我從前只是他的會計，沒有參與過他的生意。現在他為了翻身，什麼事情都敢做。楊先生不說了，那是楊先生虧欠他在先，可太平洋的朱總，我的同學啊，回到台灣終究也是要見面的人，他為了拿下這間店，竟然讓羅軍找人攔路威脅，差點又出事，嚇得我心驚膽戰⋯⋯」

「動手了？」

「沒有，被我攔住了，他不想想真有事的話，他倒可以亡命天涯，我怎麼辦？怎麼回去和人交代？搞不好還得替他坐牢！」沈碧茵深吸了兩口氣，穩定了一下情緒，接著說道，「最後，找人守在停車場，遞了個信封給朱天祥。裡頭就一張照片，是朱天祥的老婆和孩子。聽說也是羅軍悄悄去拍的。」

「朱天祥知道是他嗎？」

「這很難說，太平洋這麼多店鋪，朱天祥吃的肯定不止一家，但他心裡有數，將來總歸報復，到時我如何脫得了干系？楊先生、馬小姐、朱經理，我在大陸能夠打打交道的人，都因為他，把我當成了仇人。我是該為他著想，可我也需要朋友！需要和人聊天喝茶看電影，需要過我自己的生活，除了談論他的生意，他的感情，他何曾關心過我？我就這麼陷在這裡，整天替他扛這個頂那個，我真的很累，很寂寞，真的撐不下去了⋯⋯」眼淚從沈碧茵的墨鏡後不斷流出，滑過她顫抖的下巴。

雙城遞上紙巾盒，聽她繼續訴說：「我跟他提辭職，我要回台灣去，我不是找不到工作。我也不指望他那些宏圖大計、東山再起，跟我有何關係，我現在這個年紀，需要的是安定，我要跟自己的女兒，跟自己的朋友在一起！可他根本聽不進去，每次我一說這話，他就大發雷霆喝到爛醉，好叫我不忍心，他這是拿我的感情挾持我，我當然知道，我看得清⋯⋯」說到痛處，沈碧茵支起雙肘，撐住自己的額頭，埋首沈默了十幾秒鐘，把慟哭的衝動壓制下去後，才又開口：「除夕那晚江先生送走你回來，我又向他請辭，這次我是認真考慮過的，'陽光與海'生意這麼好，一切都上了軌道，他現在有葉丹，還有

你，只要照此維持幾年，翻身不是問題。可他立刻就跟我大吼大叫，說我故意在他最危難的時候拿這個逼他，還有沒有一點公平，一點良心。這麼多年了，到底是誰在逼誰？我不能讓他再傷害我。雙城，我跟你說，我一早就上醫院開了驗傷證明，他必須放我走，否則我就報案去。」沈碧茵抽泣了幾聲，接著說：「想想看，大年初一，我站在醫院門口，手裡拿著驗傷報告，這就是我這些年辛辛苦苦得來的報酬，我連訴苦的人都沒有。雙城，你不知道，我女兒如今大了，連她都怨恨我，她考試、表演、得獎、生病、開心或者不開心，我這個做母親的，竟然通通缺席，我真是失敗，失敗透頂！」

雙城相信沈碧茵這回是真的傷透了心，否則也不會對自己傾吐這麼多難言之隱。她知道沈碧茵打心眼裡並不喜歡自己，她之所以袒露傷口，掏心掏肺，除了破壞，也是因為太過孤獨。雙城想說自己完全瞭解，才動了動嘴唇，就已覺得詞不達意。沈碧茵說著說著得不到回應，嘮叨和眼淚也就漸漸停息。兩個女人沈默相對，杯中茶已冰涼。

屋角有套無人光顧的卡拉OK機。雙城看了看，起身向沈碧茵道：「沈姐，你坐著，我唱首歌給你聽。」少頃，音樂響起。

> 四方屋裡什麼都沒有，只有被你關進來的落寞，
> 你在牆角獨坐，心情的起落我無法猜透。
> 握你的手卻被你推落，驚見你眼中翻飛的寂寞，
> 問你心想什麼，微揚的嘴角，有強顏的笑。
> 這樣的夜熱鬧的街，問你想到了誰緊緊鎖眉，
> 我的喜悲，隨你而飛，擦了又濕的淚與誰相對？

副歌反復多遍，雙城一絲不苟地唱完最後一句，才擱下話筒回到桌前。這裡沈碧茵早聽得五內俱痛，雙眼通紅：「謝謝你雙城，唱得太好了，怎麼會有這麼窩心的歌，句句都唱到我心裡。你是懂我的。可惜你太年輕，你要是長大些，我們或許真能成為朋友。不說我了，再說你得煩死了，兩個加起來快一百歲的人，這樣鬧，真是讓你看笑話。」沈碧茵緩了緩神道：「你和葉丹，都是相當出色的女孩，聰明，漂亮，重感情，對江先生也是真心。可江南那個人，多少次教訓也改不了任性，一輩子就是管不住自己的多情。說實話，看見你們倆

白白付出，我為你們不值，但也無能為力。江南我瞭解，在他心裡，兩個都愛，都怕失去，但捨一保一的決定卻永遠做不出來。我跟他說：你這樣牽扯下去，總是在一個身邊想著另一個，兩邊都會傷害，兩邊反過來都會傷到你自己，最後落得一身埋怨，手裡空空是個零。可他說他認了，如果到頭來孤身一人，那是他的命，而現在這樣，也是你們的命。」

「果然夠江南，」雙城淡淡一笑，「他不種瓜也不種豆，所以什麼也不求。他只要萬花叢中游一回，擬把疏狂圖一醉。」

從太平洋百貨正門出來，左手一拐便是春熙路夜市入口。彼時夜市開張不過三年，正是人氣最紅火的時候。天一黑，兩邊攤檔亮起通明的燈火，夾道向前數百米，裡外幾圈攤位，大多經營服裝皮具和雙城、駱陽她們最喜歡的成都小吃。白熾燈下，一排排刷了油的鹵水雞翅、麻辣鴨脖、泡椒鳳爪、燈影牛肉、五香胗肝、椒鹽里脊，還有碳烤的羊肉兔頭，乾煸的黃鱔泥鰍，香炒的洋芋田螺，油酥的苕餅糍粑，淋上辣油的豆乾藕片、海條魷魚……更不消說沿著春熙路一溜兒林立的老店：鐘水餃、龍抄手、沈米線、廖排骨、棒棒雞、擔擔麵、韓包子、賴湯圓……雙城、駱陽下班出來，買個雞片鍋魁墊墊底，再挨個攤子逛過去，這個來一兩，那個來五毛，油汪汪的塑料袋兒扎緊了往包裡一塞，宵夜、早餐也都齊了。

再往里走，人潮洶湧，擠得看不見路。每隔幾步，就有小販踩在塑料凳上，舉著電喇叭吆喝，聲音太大，很難聽清在說什麼，不過彼此鬥著嗓門兒吸引路人罷了。拐角攤子上，小山似的堆著包裝粗糙的電影光盤和流行卡帶。雙城停下腳步，拿起一張光碟說：「《陽光燦爛的日子》……要不買回去一塊兒看？宿舍的VCD我還沒用過。」駱陽瞄了一眼道：「這片子我看過。再說，這兒的碟質量太差，根本放不了，老卡。」雙城隨口問：「不是雞叫出，鬼叫回嗎？還有時間上電影院啊？」駱陽稍稍一愣，也不作答，順手拿了盒磁帶，走開付錢去了。

早過了飯點，龍抄手老店卻仍然滿座，幾口湯鍋熱氣騰騰地翻滾著，整個店堂都沈浸在霧氣蒙蒙的濃香之中。雙城要了一碗招牌抄手，湯濃而不膩，皮薄而透亮，肉餡松嫩而不結，撒上一把胡椒蔥花，連吃

帶喝，頃刻間飽足妥帖，渾身暖和。因說起即將開張的分店，駱陽道：「調我去驛馬市管新店，巴心不得，早上可以多睡會兒，又不用和葉丹杵一塊兒，只可惜吃不著夜市了。」講到這兒，她抽出紙巾抹了抹嘴：「那誰，倆人又和好了，你知道嗎？」雙城點點頭：「眼下人少事多，她也算個幫手。」「什麼幫手，到店裡來穿得像個白領，蹲都蹲不下去，還怎麼收秤，怎麼驗貨？跟老闆們開會，才兩次就露了馬腳，幾層樓的人都拿她當笑話講。喏，學給你看……」駱陽扳直了身子，翹起二郎腿，手往太陽穴那兒輕輕一扶，嘴裡解說：「這人也不近視吧，還弄了副平光鏡戴著。」說著她掏出圓珠筆，往桌沿兒上一敲，學著葉丹的腔調，作勢道：「我覺得現在這個階段吧，太平洋最關鍵的問題就是——控制老鼠！」

雙城一口湯差點笑噴出來：「她真在會上這麼說？」「那可不是麼！這就是人家琢磨了好久的提案，連朱天祥也笑場了，把'陽光與海'的面子都丟盡了。」聽駱陽這一說，雙城更覺江南對葉丹之用情早已超過了用人的藉口。

當晚睡前，兩人裹著棉被，再灌個湯婆子摟著，耳機一人戴一邊，並頭聽那新淘的磁帶。雙城自開了戀愛的先河，從前不以為然的情歌統統像到廟裡開了光，一句句直撞在心上，隔著錄音機，早和那李宗盛做了知己。駱陽竟也聽得十分安靜，剛洗過頭，她濕漉漉的長髮披散著，遮去了過於硬朗的下頜，側臉的線條愈發顯得精雕細刻。駱陽的眼眶微凹，聚著幽幽的光，沈默時顯出一種平素少有的惆悵。在雙城看來，正是這點惆悵放大了她的美貌，像掛在博物館牆上的油畫，無言中藏匿著憂傷……曾幾何時，沒心沒肺的駱陽也有了憂傷？

「駱陽，這份工你做得開心嗎？」「第一份工作嘛，要求不能太高，積累些經驗也好。」「江南呢？好相處嗎？」「他對我挺好，沈小姐也不錯，還教我做賬。江南其實挺年輕的，內心很愛玩，也會玩，有時候鬧起來，比我們都瘋。」雙城想起沈碧茵口中的江南，與駱陽的形容大相徑庭，嘴上便說：「看來我不在成都，錯過不少活動！」「你有什麼可惜的，你來日方長。」雙城不再接話，兩人復又沈默下來，傾聽那錄音機里傳出的歌聲，此時無聲勝有聲。

在成都的最後一天，雙城早起打掃了宿舍，收拾完行李方和江南

告辭說這就要回重慶。江南像是才想起這個冬天對她的虧欠，忙攔住說：「吃了晚飯再走，我送你去五桂橋。今年梅花開得遲，找地方看看去，當我送你一程。」

浣花溪畔百花潭，春節已過，公園裡人不多。隔著百花潭水，有座舊了顏色的仿古畫樓題著「晚香閣」的匾額，底層屏風門都敞開著，兩三桌老人就著瓜子飲茶聊天。樓前如虹臨水一彎馬鞍形拱橋，橋邊幾株楊柳，絲絲縷縷還掛著舊年的柳葉，在清冷的北風中看去一樹縹緲。沿河邊粉牆走了幾步，鑽進月洞門，是一處安靜的花圃，滿庭紅梅吐艷，開得正好。

雙城先前只見過校園裡花瓣單薄的蠟梅，而這紅梅枝幹遒勁，每一棵均有碗口粗細，梢頭花朵滿覆，皆吐著金絲般的花蕊，著實生機蓬勃。雙城低頭撥弄那繁復的花瓣說：「可惜雪融了，琉璃世界白雪紅梅，這花的美應該是白雪皚皚才能襯托出來，現在這麼看，倒和桃花差不多，次了一等。」說完她忽想起自己與葉丹之比，一念閃過，面上卻未露痕跡。江南只道：「你就是愛挑剔，也會挑剔，越來越像我母親。萬事萬物端到面前來，都逃不過你一個錯字。這梅花興興致致地開了等你來，竟然還是有錯，我都替它們鳴不平。」雙城知他是為自己抱屈，只淡淡一笑，也不分辯。

園中兩側抄手遊廊，圍攏中央三間廳堂。堂中朱漆圓柱，青磚鋪地，並無任何陳設，只牆壁上一路懸掛著書法和國畫捲軸，無外乎富貴牡丹、吉祥鯉魚之類俗套。雙城看不出門道，只隨江南一幅幅掠過，慢慢往裡間移步。忽而一幅墨跡濃重的意形篆書擋住去路，雙城見滿紙鬼畫桃符，一字不識，只覺無趣，江南卻停下腳步，細細辨認起來。不一會兒，他理出頭緒逐字念道：「無言獨上西樓，月如鈎，寂寞梧桐深院鎖清秋……原來是這首。」雙城想說這張牙舞爪的樣子與詞句實不相符，因想起江南才剛嫌自己掃興，只得換了口氣說：「這像甲骨文，畫圖記事。」

江南點頭：「比起上古人類結繩記事，到底進了一步。」雙城問：「結繩記事，時間一長，疙疙瘩瘩一大堆，哪裡記得清楚，半年記下來，就夠織一張大網了吧？」江南一笑，想了想道：「那時候的人類，日出而作，日落而息，每日只求生存，哪有我們現在這麼多

事，又要戀愛，又要吵架，吵了架就得慪氣，慪完氣還得和好……值得他們打個繩結的，大約都是天崩地裂的大變動，或者是一次令人恐懼的地震，大地開裂，瞬間吞噬了所有牲畜和族人；也或者是某個夏夜裡，突然星辰墜落，漫天隕石流星劃過，森林燃起熊熊大火；又或者是白晝裡，一場部落間的鏖戰剛剛拉開序幕，不料日食發生，整個世界墮入黑暗，殺戮全都停止下來，直到太陽復現，白日荒荒，眾生面面相覷，不知所措。這仗打不下去，只好化作一個繩結，當成對神詔的解讀……」

雙城聽得眼中一熱：「江南，有時候我都忘了為什麼喜歡你。」江南稍愣，等明白過來只得苦笑：「看來我得加緊做事了，再這麼落魄下去，你真的就不認識我了。」雙城垂下頭，輕聲道：「說的不是這個。」

出了西苑，又過慧園，突然耳中喧嘩，原來是前方幾蓬茂盛的楠竹下，成都人正擺開一桌桌麻將搓得稀裡嘩啦。雙城一眼望去，不下二十桌人馬，老的已是耄耋翁嫗，小的還是垂髫未笄，各自吆三喝四，其樂融融，不禁感嘆如此陣仗在重慶還未見過。江南也說：「這地方，真是一個閒字無所不在，難怪總說少不入川，不過此地待我不薄，成都成都，成事之都，我在重慶折損的運氣，來這兒倒是找回不少。」

順著這話，江南說起近來沒法陪她，概因忙著和太平洋擬定新約，兩個月之後，他將在南京開張新店，接著，更有計劃擠進生意爆棚的上海太平洋百貨。「未來上海必定成為東亞商業中心，底子在那兒擺著，位置也獨一無二，馬可波羅號沒能開到上海，搭乘太平洋這艘大船進去也不遲。一年半之後，希望能在上海做出點樣子。餐廳雖然是我擅長，可我不想把生意僅僅局限於此。將來我想往酒店業方向試試，當然不會是豪華酒店，而是那種快捷酒店、商務酒店、背包客酒店，甚至情人鐘點房。這些類型在國外非常普遍，但大陸還是空白。我預測中國經濟會持續發展，那麼市場需求勢必猛增，這是大趨勢，只是看到的人太少。我能看到，可惜缺乏財力，所以靠'陽光與海'累積資本對我來說非常重要，希望這次天能佑我，希望一切還來得及……只要每一步不出差錯，就一定來得及……」

　　江南說著說著，漸漸變成了自言自語。過了一陣，注意到雙城全無反應，才笑著攬住她道：「這兩年聽我這些發財夢聽膩了吧？沒辦法，你男朋友歸根結底只是販夫走卒，滿身銅臭是不是？」見雙城不答，江南又道：「如果一切順利，等你畢了業，直接去上海幫我好嗎？對了，南京和上海的店，我想用你的名字註冊，現在我已經沒了債務的問題，我這麼做，只是讓你安心。當個小老闆娘，感覺怎麼樣？」拿不准是好是壞，雙城便未置可否。聽到江南的安排，雙城猜想他是希望未來一處一座行宮，將自己安放到上海，才能保全葉丹在成都做個絕色驚艷的蜀夫人。她失望太多，已經習慣於懷疑江南口中的幸福。

　　「要真是那樣，我們將來就只剩下談生意了。」「生意做不大，才總是拴住人，等有了規模，我就能抽身。我也蠻想像小男生一樣，接你下班，吃個飯，再一起看場電影，替你補上那些沒人陪的日子。」雙城心中一動，接口道：「是啊，有部電影，想跟你一起看來著，始終沒有機會。」「什麼電影？」「《陽光燦爛的日子》，拿過獎。」「哦，那部我看過，女主角挺漂亮，鼻子高高眼窩深深的，像個印度人。」「漂亮嗎？我倒覺得樣子有點粗。」「還不錯啊，不過和你不是同一類型，有點像駱陽對不對？」雙城心中一顫，也不看他，只縮緊了身體道：「我們回去吧，時間不早了。」

　　凱斯鮑爾大客車漸漸駛出成都，晚班車人不滿，雙城戴著耳機坐在靠窗的座位上，歌詞鑽進心裡，反反復復，與她商量了一路。彼時成渝高速剛剛開通，路面上還有農民在懶散地行走，深冬的郊野望去霧氣蒙蒙，龍泉驛的桃花在阡陌間開成一片香雪海，粉色雲朵不斷閃現，她像乘著歌聲，從夢裡駛過。

　　在成都這些日子，身體上、精神上積壓的負荷，包括那雙始終如芒在背的葉丹的眼睛……所有這些此刻都已卸下，雙城感覺輕鬆了許多，而離開江南，前面又是幾個月沈沈不見光的等候，這讓她心中空茫，無所著落。矛盾交織在腦子裡，欲睡不能，欲醒也不能，昏昏沈沈朦朦朧朧之中遠離了成都。

　　突然一個急剎車，雙城猛地被一股巨大的力量拍到前面椅背上。車停了，昏暗中，乘客們發出口齒不清的咒罵和驚呼，接著聽到司機開門

下車的聲音，再一陣，他回到車上打開了照明燈，大聲宣佈：「前面撞車了！好幾部車懟到一起，稀巴爛，肯定死人了！救護車都來了，在等交警出現場，這下有的堵了！」不一會兒，雙城從看熱鬧回來的乘客口中得知了現場的慘烈。「好嚇人！也是個長途車，還不是成都出來的，半邊都撞癟了，就在前面一點，百米都不到哇！」

雙城想，如果早一點從五桂橋出發，她或許就會搭上那部車，或許已經受傷，或許更糟……如果是那樣，江南又會怎樣？會因此內疚嗎？那麼內疚又會持續多久？如果一切突然結束，她這短暫的一生不過談了場亂七八糟的戀愛，別的一無所獲，又怎會甘心？如果是那樣，葉丹會慶幸嗎？還有駱陽呢？她想起燈光下駱陽美麗的臉龐……「你現在這樣崇拜他，多半還是接觸的人太少……沒誰能真正吸引我，我可不像你這麼容易心動……有風就能放，江邊風大！」畫面飛閃而過，雙城胃里猛地翻湧了一下，她急忙捂住嘴，用圍巾把頭裹上，起身下了車。

堵塞的車隊綿延到看不見的地方，對面車道空空如也，沒有一輛車駛過。客車都開了門，好讓憋不住的乘客去路邊解決問題，也讓僵了腿的人下車走走。這像是靠近內江的一段郊野公路，四週一片漆黑，不見燈火。頭頂晴朗的夜空中，星河璀璨，閃閃如流。這一次，雙城仰望星空，難得沒有去懷念三峽的夜泊，而是想起天上每顆星照映世上一個人的說法，不知哪顆渺小而不被注意的星星才是屬於自己那一顆。

隨著稀稀拉拉散步的人群，雙城默默往前走，步伐越來越快，幾乎要在隊伍中奔跑起來。冷風刮在臉上，針刺般生痛，但這從頭到腳的清醒給了她新生的力量，好像又一次失而復得找著了她的北極星，那顆倔強不熄、百年孤獨的小星星。

第十六章 新娘子

　　校園之下盤桓著一個錯綜複雜的防空洞。最早的挖掘得追溯到抗戰時期，為躲避日本飛機轟炸，師生造穴避禍，規模其實有限。真正擴建成現在這樣龐大的體系，是在「深挖洞，廣積糧」大搞人民防空的六七十年代。轟轟烈烈的運動過去以後，工程漸漸無人問津，成了腳底下一片被遺忘的廢墟。兒童時代的雙城曾經牽著小夥伴的手，不顧大人警告，探尋過這陰森隱秘的所在。隨著腳步邁進，洞內光線越來越暗，溫度越來越低，四壁岩石越來越嶙峋，恐怖的傳說從看不見的深處無聲襲來……膽小的孩子忍不住一聲尖叫，掉頭就跑，大家一潰千里，都跟跟蹌蹌撲出洞來，生怕落在後頭，會被洞裡的妖怪一口叼走。

　　長大以後，雙城也進去過幾回。初中時與同學探險，打著手電走到了洞穴盡頭，岩頂變得低矮，四面愈發狹窄，一道上鎖的鐵門封住了去路。電筒的光柱在十來米的前方被黑暗吞沒，有男生逞能說可以從鐵門和洞頂的縫隙爬進去，女生攔著不讓，說洞裡迂迴曲折，萬一迷路，困死在裡頭都有可能。大家便不作聲，只貼著鐵門向內張望，任那地底深處傳來的寒氣和著一股潮濕、霉變的味道一陣陣拂在面上。與世隔絕的氣息像凝固的深淵，唬住了眾人，早戀的男孩女孩在鐵門後悄悄牽手。雙城瞟了一眼，只能回頭抓緊了靜融。

　　近些年來，世道變得活絡，大的防空洞口粉刷了牆壁，擺上桌椅，利用那點涼意開起了避暑茶座。三伏天進來打牌下棋復習功課的都有。而眼前這處洞口位置偏僻，正對著半壁草木蒼翠，一幅浩蕩江水，加之洞裡冷氣驅走了蚊蟲，洞外那排條石欄桿便成了雙城和靜融私語的雅座。寒來暑往，黑黝黝的洞口像只忠實的耳朵，不知聽了她倆多少豆蔻情懷的悄悄話去。

　　「結婚？怎麼可能？這才幾天呀？」此時雙城正抱膝而坐，面對

著靜融清秀的側臉，半張著嘴，滿臉的驚愕。「小鄧的主意。他要參加全日制的考前復習，只能辭職了。下船之前跟我提的，他說只有領了證，才能安安心心地上岸。」靜融說著挪了挪身體，將耳邊碎髮往後一別，含糊道，「其實扯不扯證都一樣，我們已經定了。」

「你怎麼……怎麼這樣！」雙城一驚，惱得一拳砸在靜融背上。靜融「哎呦」一聲躲閃道：「你不遲早也一樣？」雙城不理她，又恨恨地說：「他倒算得精，霸佔了你的人，還要你反過來養他？」靜融嘬嘬嘴，好聲道：「兩個人中間，總得保一個出頭吧？我是不行的，一見書就犯困，他雖說有點積蓄，也不敢手松，每天學到三更半夜那麼辛苦，我可不想他在伙食上省錢，虧了身體。我跑船，畢竟收入多一點。」雙城想起那張黝黑憨厚的笑臉，只怏怏不樂道：「最後財色兼收的，竟然是他。」

靜融笑著推她一把，跟著認真道：「兩個人走到一起，總歸是因為目標一致。我這兩年工資還算可以，但以後呢？年紀大了怎麼辦？新來的同事一個比一個年輕，一個比一個會來事兒，你是沒看到，爭風吃醋你死我活那叫個狠……我是鬥不過她們的，將來被排擠也是分分鐘的事。只能盼他進了銀行，再托他哥替我物色一份像樣的工作，運氣好，還能混進學校。你想想，不是自己人，人家怎麼肯動用關係？」

這洞口斜對著懸崖下藥廠家屬樓的房頂，頂層當中的一扇窗戶正是靜融家。在沒有電話的年代，雙城要找她，便來這裡喊她的名字。隔著十幾米，喚得三五聲，靜融便會打起窗簾來答應，可要走過來，卻得繞道十八梯，坡坎爬到氣喘吁吁。雙城總說要是有座天橋就好了，直接從樓頂過來多省事。可她們都明白，不修天橋是因為大學和工廠需要隔離。如今聽靜融說來，竟是用自己搭了那座橋，雙城一時不知該心疼，還是該佩服她的勇氣。

「我挺喜歡他的。」末了靜融露出一個安撫的微笑，「有了這層關係後，感覺更不一樣。特別親，真的，我不知道怎麼跟你形容，你將來一定會懂。那種親，就像把兩顆心攏在了一起，只要他爭氣，我做什麼都願意。」雙城聽了湊過來，下巴蹭著靜融問道：「意思就是，比跟我親？」靜融笑：「那是，你能跟我過一輩子不？」雙城揚起頭說能。靜融又問：「能跟我生孩子不？」雙城大叫：「你看你！

有了男人臉皮就變這麼厚！」兩人嬉鬧起來，歡笑傳進防空洞裡，聲聲回蕩。

靜融出嫁時沒有婚禮，沒有酒席，她家親戚都在縣城，身邊就一個雙城，還不大看得起她挑的男人。繁文縟節一概全免，只揀個輪休的日子，帶上戶口本同小鄧去了趟民政局。小鄧也同意，一方面他拿不出錢，另一方面靜融無意宣張，他心裡有數，只暗自發願，待日後揚眉吐氣，定叫自己的女人面上有光。天地可以不拜，洞房還是要圓的。小鄧嫂子出面，在沙坪壩正街一條偏巷里為小兩口租下兩間房，湊了幾樣舊傢具，就算新媳婦進門，開張過起了日子。

雙城去瞧靜融，見是五十年代的筒子樓，臨街一層還背光，窗戶貼著一根柱子，大白天也得開燈。屋裡隱隱約約能聞到外頭陰溝的味道，地面潮濕黏著鞋底，走起來踢踢踏踏很不乾脆。門外腳步聲近得像在耳根底下，靜融關好門說晚上十點過後就不吵了，不耽誤睡覺。新房外間極小，只能算個過道，灶台、飯桌、浴室全擠在一起，上大號得去公廁……只有裡間床頭上端端正正貼著一幅囍字，簇新的紅色，一筆一畫都閃著金光，照亮了整塊地方。

雙城知道靜融在意自己的反應，便活潑笑著，飛身往席夢思上一滾，彈了幾下，又手指著吊燈上一串風鈴叫道：「怎麼把我送的東西掛這裡？才不要天天看你倆在下頭幹那些勾當！」靜融笑：「這兒成天開不了窗，沒處掛，委屈了它。」那風鈴雖不值錢，卻也別緻，陶瓷上描畫著時令花草，意思是欣欣向榮四季逢春，竟是這陋室中唯一的奢侈。「以前你住在校醫室，還插瓶花兒呢，現在新婚燕爾，倒不考究了？」「我跑一趟船就一個多禮拜，回來這事兒那事兒還沒忙完，又該走了，我不在，他整天就是學習，佈置起來給誰看？再說了，這裡就是個過渡！」最後兩個字靜融說得格外用力，顯然是在激勵自己。

靜融打著爐子，熱了火鍋給雙城吃。冰箱里端出一碗嫩鴨血燙進去，拿漏勺輕輕舀了，一塊塊直往雙城碗里送：「知道你來，才去外頭買的，快吃，再燙就老了。」雙城燙得嘴直哆嗦，含混不清地說：「你也吃。」靜融又講：「湯里我擱了點海米，吃出來了嗎？特別鮮！小鄧教的。還有這個酥肉，沒嘗過吧，燙起來也特香，快試試！

」雙城見她嫁雞隨雞，竟連口味都被男人帶了過去。留了多年的獨辮，也打散成披肩，多半還是因為小鄧喜歡……小鄧熱衷的，總是塗抹改造從前的靜融。雙城有再多不服，也拗不過靜融心甘情願。

收拾好碗筷，雙城從背包裡掏出一隻扁扁的錦盒交到靜融手上：「送你一份嫁妝。」解開小巧的搭扣，裡面淺藍色的薄紙包著四方一疊。再打開，才是一條象牙白的絲巾，角上工筆細膩地繪著一枝玉蘭，花葉娉婷，嫵媚芬芳，一看便是樣名貴的禮物。靜融「哎呀」一聲，撫摸那柔滑的絲綢，滿眼都是歡喜與珍惜。「廣州白天鵝賓館買的，存著一次也沒用過，送給你，你比我更適合這花樣。」雙城逛遍整個山城，也找不出一樣雅致之物配得上新嫁的靜融，又恐那風鈴不夠珍重，只能割愛，犧牲了江南的心意。

兩人緊挨在一起，低頭細賞那朵秀麗的仙葩，微微笑著都不說話。高中她倆分在不同班級，隔著一條走廊，雙城也隔三岔五給靜融寫信，少年愁、金蘭契，幾年下來不知塗抹了多少傻話。靜融含蓄，讀完只是笑而不語……唯有一次雙城生病，十天沒去學校，靜融用了整整一個晚自習，給她寫了封長長的回信，字裡行間情真意切，把幾年的債都一償而清。那信滾燙得連她自己讀了都掉眼淚，疊作一隻紙鶴，還在背後畫了個張開雙臂的小人兒……擔心雙城認不出是自己，又給小人兒添了根長辮子。雙城把紙鶴藏在相冊裡倆人合影的背後，像一份秘密的證書──有了這證書，她們之間那些小小的競爭和算計便都不再作數。

傍晚的陽光從廚房窗戶外斜射進來，在屋子中央形成橢圓的一塊，門外腳步震起的灰塵繞著那金色光柱正盤旋起舞。雙城依偎著靜融，聲音越來越低，只顧將那些初嫁未嫁的私房話一路絮叨下去……多年以後回想起來，雙城方知那天下午的傾談竟是她和靜融最後一次青梅竹馬的交心。生活在前方彎曲分歧，她們渾然不覺，仍沈浸於孩童時代的相伴相依。

駱陽回重慶的事，雙城隔了好一陣才聽說。找她出來一問究竟，駱陽依然是滿不在乎的口氣：「不是辭職，也沒說解雇，就是讓我回來自己考慮。」事情的起因駱陽不肯詳說，聽上去是為與葉丹吵架之故。江南讓雙方停職反省，駱陽一氣之下便離開了成都。葉丹復職

後，店裡並沒有再給駱陽台階下，取而代之的新人接管了驛馬市分店。新來的店長名叫杜鵑。駱陽看懂了丟車保帥，至於保的那個帥是否是葉丹，她雖有數，卻不能言說。

「最近運氣不錯，找了份新工作，藥業公司銷售代表，主要跑醫院口，渠道都是現成的。」「送紅包？」「市場競爭嘛，又不是假藥，沒坑人就行。」「現在好像都這樣，行得通嗎？」「所以得建立交情，有事沒事上門聊幾句，否則日子久了，不要說醫生不認識你，連保安那關都過不去。我這人不適合坐班，受不了約束，這單打獨鬥的工作挺適合我。只要把藥賣出去，款收進來，什麼姨太太姑奶奶的臉色都不用看──自在！」

雙城想，駱陽縱然樣貌生得比人好，但得到這樣的機會也大不尋常，便問：「這麼好的差事咋就落到了你頭上？」駱陽一時得意，憋不住小聲相告：「還記得那次替健力寶做禮儀嗎？晚上應酬，在座的就有這家醫藥公司的老總。一早跟他聯繫過，不巧當時出國了，回話的時候我已經到了成都。這次硬著頭皮再聯繫，好在還記得我。」

「這行攢錢快，時間也自由，我想把從前的計劃撿起來，考個托福，有機會還是想出國。」駱陽說著，眼裡有光。那個年代，太平洋彼岸常常是少女們希望的歸宿，也是失望的轉機，無論那失望來自職場還是情場。「現在外頭有不少顧問公司，留學代辦一條龍，只要有錢，總有辦法出去……服務員，買單！」駱陽說著，堅定地一揮手裡鼓鼓的錢包：「這頓我請，別跟我搶！」

六月既去，雙城迎來了大學生涯的最後一個暑假。校園裡人群散去，只余寂靜。每日風吹蟬鳴，萬草千花，彷彿雙城一人之天下。又或逢淅淅瀝瀝的雨天，受了家裡差遣，去理學院旁文字齋取一封書信，又或穿過東方紅廣場，經寅初亭去圖書館借兩本小說。她一個人走在林蔭下，空氣里滿是泥土濕潤的微腥，聽雨滴敲打在傘上，任路面積水淌過腳背鑽過趾丫。沒有人經過，沒有人會看到她，雙城一腳踢在溪流上，水花飛濺到裙角、小腿和髮梢，化作點點滴滴的自由……那雨一直下，一直下，拋珠撒玉，從童年一直落到眼前，忽覺年華施然，隨水而去，隨風而去，隨小鳥翅膀上顫動的羽毛閃閃而去……「差不多要走了。」方向未定，去意已決，雙城環顧她生活了

二十餘年的校園，滿目碧樹無情，全不理她欲別的愁緒。

沒過多久，江南一個電話召她去了上海。為了配合這次旅行，雙城尋了間髮廊，讓理髮師將她及腰的直髮燙一燙。理髮師說燙髮劑傷頭髮，這麼好的髮質未免可惜。雙城笑笑，說自己的頭髮長得快，不久就能長回來。對方到底沒捨得大動干戈，只將耳朵以下的頭髮裹出些流雲般的疏鬆大卷。這讓雙城脫去了一層稚氣，更添幾分嫵媚，江南見了直贊：「每見你一次，就長大一點；每長大一點，就更漂亮幾分。我真是賺了！」

那一年的上海，東方明珠剛剛落成，浦東開發方興未艾。城市將醒未醒，卻已顯現出勃發的勢頭來。江南領著雙城逛了陸家嘴金融區、徐家匯太平洋、淮海路伊勢丹，以及開幕不到一年的浦東八佰伴……摩登都會的氣勢逼人而來，雙城挺胸提氣，繃緊了腰肢，高跟鞋踩得腰酸腿疼也不肯有絲毫懈怠，就這樣巡回在各個琳琅奪目的場合以及服務員猜度打量的目光中。她知道江南也在觀察她，觀察她和這座宮殿是否匹配、渾融。

江南的確在看她，更多時候，像在欣賞一幅私藏的圖畫。他發現雙城天生有一種本領，能隨衣裳裝扮的不同，將神色姿態也變得不同，這改變不著痕跡，悄悄把一身骨肉氣息調酒似的重兌過一遍，讓人以為這就是本尊無疑，等隔日換了造型，眉眼身段都跟著轉換，那新的樣子亦能十分妥帖，人與衣裳融合自如，不帶一丁半點的彆扭。他更驚訝於一個平日足不出校門的女學生居然能在這樣的場合表現得如此端莊、淡定，就好像她剛剛才走下從倫敦、巴黎飛來的航班，對所有奢華的物品都一視同仁，波瀾不驚。但她的平靜又是謙和得體、恰到好處的，並不會顯得傲慢，反讓人對她更添了愛慕之心。江南當然知道這都是雙城的伎倆，可這樣的年紀，能夠無師自通，將這套女人的把戲玩得如此不露痕跡，即便閱人無數，他也不得不佩服這其中的天賦。而這樣的天賦，就從來沒在葉丹身上閃現過，儘管他給了她多得多的機會去學習、領悟。

逛完一天，江南只在巴黎春天為她買了只小小的香奈兒粉餅，等於走馬觀花，帶回一樣紀念品。因說起隔天要見見他在上海新交的朋友，有一件「寶姿」連身裙便讓雙城留了意。柔和的粉色帶一點珠

灰——那種小說里描寫的玫瑰灰，領口和袖口點綴著小圈刺繡，細細地縫上了珍珠花蕾，線條娉婷而簡潔，再無別的累贅。穿上一照鏡，連雙城自己都挪不開眼睛。她在試衣間里悄悄翻了價錢牌，兩千八百塊，確實昂貴，但她還是以為江南會買下這件禮物，好讓自己光彩照人地出現在他朋友面前。等她走出試衣間，他卻去了別處。雙城面上一熱，怨恨自己怎可有這樣的期許，同時也抑制不住失落：都說台灣人吝嗇，她一直以為那是別人沒遇到江南。

兩人下榻在茂名南路的花園酒店。雙城見門口鑲嵌的五顆小星，一閃念想起了松林坡招待所的房間。走廊上遇到一位兩鬢斑白的酒店管理員，突然朝他們來了個九十度畢恭畢敬的大鞠躬。怕雙城訝異，江南輕聲解釋說，日本人的酒店多用經驗豐富的年長侍者，算是一種東瀛特色：「他鞠他的，你只管受著。」

雙城抬眼看那漆得黑亮、莊嚴沈重的格子大窗，被手掌摩擦得精光鋥亮的弧旋樓梯和羅馬柱外暮色籠罩的中庭花園，感覺此地之雍容與白天鵝又不相同，有一種蓄而不發的力量，很是讓她著迷。江南又恰到好處地為這富麗堂皇配上了畫外音，告訴她這建築原是租界的法國俱樂部，當年那些漂洋過海的探險者聚集在這裡，交際戀愛，飲酒作樂，尋找浪漫也排遣鄉愁。他們在花園的梧桐樹下玩著普羅旺斯的撞球遊戲，喝著波爾多紅酒，走廊里盡是長裙曳地的女子和出生於異國的兒童。

雙城來之前說要訂兩個房間，為此她只解釋了一句：「不是要等一年半嗎？」江南允了她，自己依舊出去應酬。她要擺架子，就得吃苦頭。房間並不大，仿古傢具、花紋壁紙和斜角的天花板讓她有種置身於電影的感覺。她盼著夜裡一牆之隔的江南會像範柳原那樣打通電話過來，邀她同賞窗外的月亮。可惜並沒有。

白天高跟鞋巡演累過了頭，夜深人靜，雙城卻睡意全無，想起行李中有一件帶給江南的禮物，便小心取了出來。十寸見方的水彩畫上是一處花木繁茂的村屋，夏日午後的小院，陽光灑滿，花草欣榮。晾曬的織物被風撩起，露出百葉窗後人影朦朧。建築學院的學生習作，也許來自名畫臨摹，在雙城小屋裡掛過一個時期，她想放到江南在上海的辦公室去，興許看得久了，那裡會變成兩個人共同的目的地。

放下畫框，她走到窗口，掀開層層簾幕，見月光皎潔，照得花園裡一個白色涼亭格外醒目。涼亭內一點火星搖晃閃爍，是另一個夜不能寐的人獨自在那兒抽煙出神。可惜不是江南，江南不抽煙。多希望是他，拿那一點火光，來晃她的窗，喚她出來一訴衷腸。他們沒有那樣的階段。怎麼就跨過了？那些空白從一開始就被華麗的焰火層層遮蓋，兩年了，焰火繽紛散落，她才看見缺口。

江南新交的朋友是一對台灣先生和上海太太的組合。邱太太剪了一個香奈兒女士的波波頭，短短的「一道彎」遮住右眼，說話時總得偏著頭，翹著尖尖的下巴，有點挑戰的味道。邱太太抽得一手好煙，一有機會便當眾點上一支，讓那香煙在纖細的手指間雀躍翻騰，像支小小的指揮棒，左右著一桌人的目光。雙城被那白色煙捲晃得眼花，聯想邱太太如何在家苦練，又記起《海上花列傳》寫倌人們點紙吹、燒鴉片手勢如何好看，不禁心笑原來花底滄桑，長三書寓的技藝於此地竟未失傳。

邱太太聽說來的是位重慶姑娘，先卸了一半武裝；再聽說還是女朋友，尚未修成正果，便存了幾分區別之心，猶如書寓先生見了小幺二來，就要起身離席，以免身價混淆。待見了真人，卻是位女學生，白色波希米亞棉裙裝飾著刺繡和鏤花，腰間松松地系著駝色流蘇，小燈籠袖和V字領襯托出纖細的手腕和脖頸，一頭雲捲雲舒的長髮在太陽下鍍上金色，使她整個人置身於淡淡的光暈中……邱太太這一比，憑空老了十歲，不得不換了過來人的腔調，一口一個「他們這些台灣男人」，不屑中亮出一種資格。

邱先生在上海開的是室內設計公司，邱太太當初便是他麾下員工。好上以後，邱先生主張工作和愛情分開，精明的邱太太可沒忘記他們戀情的由來，於是堅持要維護她職業婦女的尊嚴，在生下兒子以前，絕不肯退出陣地一步。誰知老天作弄，越是盼望就越沒結果，邱太太的擔心從邱先生身上轉移到自己的肚皮上，煙也抽得愈發厲害，從撩人的道具變成了慰藉的良藥。

邱先生念美術出身，自詡比一般台商風雅，難得遇到江南如許人物，自然喜歡。邱太太對江南的熱情絲毫不遜於她先生，好幾回張羅著要給江南介紹女朋友，聚會時總捎帶一位新面孔的小姐妹，分數

說得過去，又不會蓋過自己的風頭，對男人們來說，到底也算一點花頭。此等劇情世界通用，江南在台灣已經歷過太多，老被那些小姐妹煩擾，他只能乘此機會搬出雙城來，擋一擋邱太太的紅粉兵團。

這日夫婦二人邀請江南和雙城順路參觀他們在古北小區兩百平米的家宅。到底是家裝行業出身，一進門，玄關就做成蘇州園林月洞門的樣式，底下擱兩把烏油油的紫檀木太師椅，氣勢不凡卻只當換鞋的坐處。邱太太指著笑說：「去烏鎮吃個農家飯，一眼就看上了，強扭著人買，人家要兩百，他怕變卦硬給三百，你們說，哪有自己跟自己抬價的道理，贛度！」客廳里擺著一架古董描金屏風，繪的是紅樓十二釵「蘅蕪苑夜擬菊花題，秋爽齋偶結海棠社」，筆觸細膩，頗有看頭。雙城駐足欣賞時，卻被邱太太掩著笑，拉過一旁，繞到大屏風背後，用手一指，悄聲說：「兒童不宜的都藏在這裡。」雙城定睛一看，背面繪的全是風月春宮，男歡女愛刻畫得細節入微：有「潘金蓮醉鬧葡萄架」的名段，也有「蔣興哥重會珍珠衫」的典故。雙城看了一會兒，不知如何評說，剛一抬頭，見邱太太正拿眼角瞟自己，觀察她臉上的表情轉合……雙城看的舊書多，眼下情形正應了三巧兒被薛婆子引誘的段落，一念至此，她不禁面孔發熱，急忙掉頭。

這一轉頭，剛好又瞅見屏風後半掩的臥室，簾幕低垂，被褥凌亂，絲襪睡衣拖泥帶水扔了一屋，彷彿暗示著主人晝夜的歡娛。雙城正想邱太太為了早育男丁，果然日夜勤勞不遺餘力，卻被邱太太側身擋住，嬌嗔道：「給日本飛機炸過一樣。我們家，屏風以外，是給人看的，屏風以內……」她拖長了尾音，朝雙城一眨眼睛：「屏風以內嘛，就是動物世界！」

晚間邱先生做東，說好嘗嘗紅房子的滬式西餐，開車過去陝西南路才發現老店拆遷，只得轉去新錦江四十一樓的旋轉餐廳瞧夜景。彼時陸家嘴群樓景觀尚未成型，夜景並不比依山借勢的重慶好看，倒是周圍一圈玻璃幕牆，地毯又是藍黃兩色的星空圖案，在距離地面一百五十米的高處製造出星空約會的意境，讓雙城有那麼一瞬間想起了懸在空中的夕陽閣。

餐廳中西兼營，還有日料和印度菜可選。江南給自己叫了份拼盤刺身，知道雙城不慣生冷，便幫她要了金香炸豬排、奶油蘑菇湯和

一份海鮮意面。邱太太見狀道：「江先生平時聰明體貼一個人，最會照顧女孩子的，怎麼對自己女朋友反倒粗心起來？人家重慶小姑娘愛吃的是擔擔麵，你點這個意大利面，不是存心為難她嗎？」雙城被她一戳，正要開口，卻被江南攔截：「我們這位大小姐將來是要出國留學的，早點適應胃口也好；再說，這幾樣是我母親當年上紅房子的必點，那時候洋廚子按中國人的口味做了改良，味道比國外還要好。很多老上海後來去了香港台北舊金山，一輩子都抱怨吃不到紅房子的西餐。」邱太太接口道：「本來還有間德大，慢慢也不行了，龍蝦切也切不動，牛排總是熟過頭，你跟他講medium rare，永遠聽不懂的，次次給你搞成medium well，掃興！服務更不要講了，盤子直接從頭頂上遞過來，嚇死人，跟公社食堂一樣！」邱先生聽了便笑：「你什麼時候吃過公社食堂？」邱太太從頭髮簾兒後白他一眼：「沒吃過豬肉也見過豬跑呀！」邱先生便拿出長輩般的慈祥往她頭上一拍：「你呀，就是這幾年被我慣壞了，剛進公司那會兒，帶出去吃個肯德基不也歡天喜地？」邱太太一下被老公揭了底，索性撒起嬌來：「哎呀要死了，好不容易來個妹妹，今天不用當小字輩，邱老闆你又拆我台，討厭伐啦。」

江南熟練地調和起醬汁和芥末，將面前的三文魚北極貝吃掉大半，幾隻生蠔卻一動未動。邱先生看他一眼，再瞧了瞧旁邊的雙城，用台語說了句什麼，江南也用台語回了一句，兩人大聲笑了一回，也不向女賓解釋，便拿餐布抹了嘴，聊起快捷酒店的事來。邱先生說華山路那兒真是塊好地方，毗鄰徐家匯，又通了地鐵。衡山路這兩年冒出不少時髦會所，帶動整個街區都一下拔高了檔次。「不過價錢也不便宜吧？」「還好，跟交大簽了份合同，他們學校在華山路口有幾棟樓，這兩年也沒怎麼用……」江南說著轉頭朝雙城一笑：「說起來還得感謝你們校長舉薦，要不然交大這個門檻，我單槍匹馬未必跨得進去啊！」雙城忽想起有關胡校長千金的一段公案，但外人面前，自不便提。

這邊雙城正留神聽江南說事，不妨邱太太插嘴道：「最煩的就是聽他們男人聊生意，白天聊晚上聊，飯桌上還要聊，真有那麼多生意可聊，還是嫌我們乏味，不要跟我們說話呀？」大家只好停下來聽她講。邱太太便聊起了瑜伽課、下午茶，還有法國點心師傅教的烘焙蛋

糕：「什麼要拴住男人的心，得先拴住他的胃，這些鬼話，我是不要聽的，才懶得拴他呢，累都累死了！不過現在自覺自願喜歡起來，放著音樂，烤只蛋糕，心情不要太靚哦！我們禪修老師說得好，人要學會沈澱、靜心、放空……放空懂伐啦？很養顏的。不是做給他們吃，也不是養給他們看，就是自己對自己好一點……」見她沒完沒了，邱先生只得打斷道：「好啦好啦，你這麼鬧騰的人，一天都閒不住，還修什麼禪？」邱太太一嘟嘴：「小看人，大師說我有慧根，說不定哪天就修成正果得道成佛。」雙城笑說還有比佛更悶的麼？邱先生一擠眼：「你不知道，她天天修的是歡喜佛！」

隔天江南帶雙城去華山路看地方，租約已簽，近期便可動工。承接裝修的自然是邱先生的公司。江南問雙城要不要看看設計圖，雙城只說：「一個男人的太太能體現他終極的品位，我看邱太太就能猜出風格來。」搬遷後，樓內一片狼藉，大門緊閉，江南也不得進去，便只繞樓一圈，看了看周圍環境，再沿天平路往南，在衡山路上找了間咖啡館。這兒原是法租界的猶太人所建，赭紅色的磚牆，巨大的壁爐，油亮的地板……舊歸舊，卻透著一種考究。庭院裡飄來丁香的味道，樹牆隔離了馬路的喧囂，鄰座一桌外國人，嘰里咕嚕說的也不像英文。更多的則是三三兩兩的邱太太們，同樣打扮入時，同樣神情慵懶，同樣優雅嫻熟地夾著一支香煙。

像是受到周圍的暈染，江南又恢復了他在揚子江大堂裡的醺醺然。喝了一口冰咖啡，他讚許地點點頭，輕聲問雙城：「怎麼樣，喜歡上海嗎？畢了業來幫我，這兒還配得上你吧？」雙城自然羨慕上海的繁華精緻，但一想到落定於此，心裡又覺不安。具體欠缺什麼，她也不大清楚，原本只是模模糊糊的一小塊，自從見了邱太太，那一小塊變得刺目起來，像一塊斑禿，老在眼前晃。「那出國的事呢？」她忍不住開口。

實屬意料之中，江南微微一笑：「先做幾年事，各方面接觸一下再出國。這樣，你才知道自己到底喜歡什麼，適合什麼，需要學些什麼，也更清楚自己想過怎樣的生活。」雙城想起他們關於教育家的戲謔，心頭微黯，嘴上只說：「別又多一對邱生邱太才好。」「哦，他們有什麼不好？」江南敏感道。「沒什麼不好，挺好，男才女貌。上

海也很好。可即便我喜歡，也未必能得到……」雙城話音未落，就被江南打斷：「只要你喜歡，當然能得到。她有的你會有，她沒有的你也會有。」江南抬起雙城的下巴，柔聲道：「過段時間，我也去古北買套房，寫你名字好不好？等你一畢業，就可以住進自己的家。」雙城琢磨他的話，心裡無端有些緊張，囁嚅道：「不需要那麼大的房子吧，兩個人空蕩蕩的。」江南用手指滑弄著她的臉龐笑道：「一開始是兩個人，往後可未必哦！」雙城一驚，整個人往裡縮了縮，一種說不出的難受迅速從心臟溢出，幾乎讓她抬手將江南擋開。江南有所察覺，仔細盯著她的臉，眯縫了眼說：「這次見你，好像有些不同。這就是我們之間的不公。你已經一眼看完了我的劇本，就這樣了，不會再有多大改動。可你天天在變，在長大，讓我驚喜，也讓我擔憂。」雙城垂下眼簾捋一捋長髮說：「能有什麼不同？不就是髮型變了麼？」

　　盤桓幾日後，江南又帶雙城去了南京。當時鐵路尚未提速，滬寧兩地距離五個小時交通。進了軟座，江南將兩瓶飲料放到桌上，又拿出一本印刷精美的新書遞給雙城：「上次回台北，去逛誠品書店，一坐就大半天。臨走為你挑了這個，近來非常火的一本書，不曉得你現在讀會不會太早。」雙城見墨綠封面上獨一枝蒼白的馬蹄蓮，幽暗的底色中書名寫著：《生命中無法承受之輕》。後來她才發現書本末頁藏著一行清秀的字跡：「最喜歡的書給最喜歡的人。」她一直在想，他沒有用「愛」這個字。他當然是愛這本書的，配不上這個字的，是她這個人。

　　許多年以後，雙城還清楚地記得上海開往南京列車上的這一幕：在車廂恰到好處的搖晃中，江南坐在她對面，目不轉睛地讀著一本叫《成功屬於偏執狂》的著作。他用食指搭在嘴唇上方，感受鬍髭輕微的摩擦，眉頭緊蹙，更顯得輪廓深刻，長睫毛的陰影間，窄而高聳的鼻梁像一座冷峻的山峰……與此同時，他的褲腿卻在桌板底下和著火車的節奏，無意識地輕輕摩擦她裙擺下裸露的肌膚。江南的田野在窗外飛馳而過，綠意盎然卻略顯單調，餐車上傳來飯菜的味道，廣播裡播放著滬劇《羅漢錢》的音樂，還好聲量不大，隨著文字的展開，一切都逐漸隱去。

　　雙城鍾愛讀書，心潮跌宕自是常有，但從來沒有一次，從來沒

有任何一本書中的任何一個段落像此刻這樣突襲了她。一聲洪鐘在頭頂撞響，簡直就是炸開，轟的一聲，彈片四射，瓦礫紛紛從天空撒落下來：「我們都絕難以接受這種觀點：我們生活中的愛情是一種輕飄失重的東西，假定我們的愛情只能如此，那麼沒有它的話，我們的生活也將不復如此。」連上標點符號一共六十四個字，雙城記得非常清楚，她反反復復讀了許多次，直到把這兩行字深深刻進她二十二歲的身體。在以後很多個像貝多芬一樣陰鬱的日子裡，她無數次默寫這六十四個字，或者用鍵盤敲打出來，狠勁有力，像要砸破自己的手指。在那響亮的敲擊中，她聆聽內心對這一咒語的大聲宣讀，急急如律令，一針針扎在胸口，流血，刺痛，然後起死回生。每一次都像第一次在開往南京的火車上那樣，使她滾滾淚流。

車停蘇州，江南從閱讀中抬起頭，這才見雙城書本遮住半張臉，眼淚湾湾而落。她無聲無息，不停擦去下巴上的淚珠，柔美悲戚，全無半點做作。江南心嘆雙城果然穎悟，不由將她一隻手握在掌中輕揉。如果鐵路可以無限延伸，他希望這班車永遠沒有終點，至少，再多給他幾個相安無事的春天。雙城於專注中驚醒，朝他抱歉一笑，掛著兩行淚，只說：「好書！」在內心那些不可言說的境地，也只有江南，是她唯一的知己。

黑色蝴蝶盤旋在主人翁戛然而止的生命上空。雙城合上書頁，感覺列車正緩慢下來，徐徐駛入下關西站。她淚痕始乾，從魂夢中蘇醒過來，疲憊地望著江南，尋思了一會兒，才開口說：「你不該送我這本書。」江南笑得很無奈：「送不送都一樣，它屬於你，你終究會讀。」雙城將書本扣在胸前，交叉雙臂緊緊摟住，凝視著江南，再無一語。急不可待的旅客們未等車停穩，就吵吵嚷嚷地取下行李，擁擠著越過他們，朝車門湧去。

只有兩個人原地不動，像捨不得散場的觀眾。雙城忽然發現心有靈犀的感覺，竟是隱隱一痛。

「陽光與海」處處紅火，單開在新街口這家生意平淡，據說是風水欠佳，財源受阻。好在上海徐匯店盈利豐厚，總體算來仍相當可觀。既然不忙，江南便得空引雙城四處觀光，去完中山陵，再游玄武湖。這日天陰，褪了幾分暑氣，泛舟桑泊，水色天光，煙波浩渺，二

人一路談笑，不覺拋卻了身外之擾。尤其江南興致甚高，也是天道酬勤柳暗花明，不過一年多，雙城親見他從一敗塗地，發著高燒躺在招待所，卻抓住最後一根稻草，奮力游出漩渦，直到元氣恢復，又變回了當初那位江先生。雙城想起沈小姐說的話——「沒有什麼能真正困住他。」心忖這個男人身上蘊藏的堅韌早已超過了他浮在表面的瀟灑迷人。

棄舟登岸，便上了不遠處的古城牆。從玄武門到台城這一段，洪武年間始建，至今六百餘年，經歷戰亂無數，已青藤鋪地滿目瘡痍。「磚上有字！」雙城俯身指著腳底一塊殘破的青磚，上頭模糊不全地刻著大清朝某某年間某某州縣又某某瓦窯某人製造的繁寫字樣，「是古董！」話音剛落，她發現自己正踏著另一塊同樣的舊磚，忙抬起腳來，往後跳了一步。江南說當時留下憑據，是為了監督質量，層層追責，又說再怎麼固若金湯，也逃不過一次又一次城破人亡。於是撫著牆頭蒼苔，講起了曾國荃如何攻破太平天國，唐生智怎樣失守松井石根……雙城安安靜靜地聽著，眼含濕潤，神遊春秋，遂把那一腔兒女情愁都化在了六朝古都大江大河的滄桑之中。

一陣香火味遠遠飄來，雙城移步牆頭，去賞那依山疊嶂的古剎。雞鳴寺亭台秀美，屋宇玲瓏，像蓬萊仙閣般凌駕於南京綿延無盡的灰色城郭。微雲浮動，天色慾雨，江南將雙城擁入懷中，貼著她的耳朵吟了句「南朝四百八十寺，多少樓台煙雨中」。雙城觸癢，偏了頭笑說：「我倒在想另一首：白骨青灰長艾蕭，桃花扇底送南朝。不應重做興亡夢，兒女濃情何處消。」江南懷抱佳人，正值心動，忽聽她提起侯方域和李香君，又記得崑曲唱詞中有句「牽衣握手神前告，怎知道姻緣簿久已勾銷」，一時心情浮沈，言語難表。

下午又乘纜車上紫金山，俯瞰明孝陵巍巍朱牆，天文台銀色穹頂，紫霞湖一池碧波，靈谷寺萬頃松濤……高處嵐重，雙城在纜車上吹了風，不禁打了一串噴嚏，江南便說晚上吃炭烤鹿肉驅驅寒氣。雙城笑說哪有七月里驅寒的道理，三伏天進補，小心鼻血止不住。江南點道：「去火方法多的是，得看你肯不肯聽我傳授。」鹿肉經火慢烤，肥美鮮香，雙城忍不住多吃了幾口。她本就體弱，又著了風寒，這一夾擊，夜裡便胃痛起來，只覺磐石壓胸，五臟六腑全都緊在一

處，江南陪她折騰到半夜方才好些。日後她顛沛勞苦，積成炎症，回想起來，竟是這一口鹿肉埋下的病根。

第二天，江南取消了夫子廟的行程，午餐後餵雙城吃了藥，留她在酒店休息，自己則約了人談生意。也是年輕，雙城一覺醒來，身體已清爽無礙，耳聽得窗外鳥雀喧鬧，一叢樹影被日光搖晃在窗簾上，看來已是下午辰光。江南還沒回來，她懵懂了一陣，起來慢慢梳洗化妝，見浴室鏡子里自己單著一條白色睡裙，微微透明的縐紗底下，一天比一天鼓脹的乳房高高隆起，顯得出其不意。雙城每到夏天，會更單薄一點，這樣的豐滿與纖細的身體不甚相稱，卻格外撩人。她不禁暗想，眼前的畫面若給江南瞧見，又該作何反應？

七點前，酒店送來了晚餐。面孔稚嫩的服務生將小推車停在床跟前，揭開半球形的金屬蓋，說聲慢用，便退了出去。裡頭是一客澆上醬汁的煙薰三文魚、幾根烤蘆筍、一小份蔬菜湯和一小碟蜜瓜。鮮橙汁盛在高腳杯里，另有一朵黃玫瑰開得嬌艷欲滴。江南連她的胃口都計算得如此精細，看樣子，他今天是不會早回了。

床頭留了一摞書，顯然也是為她著想。雙城隨手拿起來，有名人傳記也有天文地理，跟著一本短篇小說，還有什麼禪宗揭秘。最底下是一本手掌大的冊子，封面艷麗，竟是一具半裸的女性胴體，旁邊兩行日文，夾雜著「少女、調教」的字樣。雙城一驚，待要放下，卻忍不住翻開讀了起來。其中淫穢又細緻的描寫像滾燙而滑膩的章魚觸角，伸出來纏住了她的身體。讀到一半，她突然意識到江南的故意，像導演預先給演員佈置的劇本，帶著一種旨意。

雙城緊張起來，丟下書，縮回被窩里……所有滋味復又浮現……天色已晚，房內一片昏暗，洗手間的射燈從半掩的門後照進來，在厚厚的地毯上燃起一團火苗似的光圈。雙城眼望著那團光，感覺內里開始腫脹、發燙。江南究竟是什麼人？怎會對自己布下圈套？在他優雅的面孔背後，到底藏著怎樣一顆她所不瞭解的內心？她懷疑自己有點發燒，也懷疑江南餵她的藥，她沒有喝酒，五臟六腑卻翻起熱浪，她想去茶几上取水喝，想站起來扣上兩間房當中的門鎖，卻因為某種預感而手足無措。與此同時，她又開始猛烈地盼望江南近在咫尺。這躁動讓她氣惱，但不管他有多麼狡猾多麼陰險，她只希望他立刻出現，

好得到他身上藏著的她的解藥。

　　江南摟住雙城的時間，也是計算得剛剛好。沒有任何過渡與鋪墊，她也不記得他進門後是否還說過別的話，他們就已經糾纏在一起了。壓抑了好多天，終於釋放。房間很暗，雙城無意識地抵擋，也無意識地歡樂。一切毫無準備就發生了，根本沒有商量的餘地，像行刑隊提拎著囚徒，直奔刑場。在他猛烈的進攻下，在那些暴風驟雨的間隙裡，雙城只模糊地意識到一點：決定權從來都不在她手上。

　　意識像沙灘上畫出的圖樣，尚未成形，就被下一波巨浪抹掉。沒有任何儀式，純粹只是一場突襲。雙城筋疲力盡，忍著不去看江南撕去面具後暴變的原形。那些有意無意的精心，繡有蕾絲的內衣，甚至沒來得及被江南看上一眼，就被遠遠地扔在了一邊。她平躺在斷頭台上，等待著命定的結局。

　　忽然，她感覺自己的身體被江南一把掀起，她看不到他的臉，恐懼再度來襲，她用力昂起頭，想釋放出嘴巴討饒或者呼救，但江南沒有理會，他不想跟她多說一句。這一時刻至關重要，對他來說，她沒有尊嚴沒有思想沒有任何發言的必要……他手上加了幾分力，將她的臉按進柔軟的枕頭裡，除了絕望的嗚嗚的聲音，再無任何嘈雜來分他的心。時間暫停了幾秒，緊接著，他匍匐下來，像是聚集了全身力氣，卻又小心翼翼地控制著速度，身體往前一次俯衝……雙城來不及反應，他就已經在她身體裡。

　　幻想破滅。她手裡還徒勞地攥著那張梅花Q，卻已全盤皆輸，一念至此，眼淚奪眶而出。

　　她不記得自己有沒有反抗，只記得耳邊滿是江南沈重的喘息和壓抑著極大舒暢的聲音：「噓……噓……別叫……寶貝別叫……噓……」雙城整個被掩埋在轟炸後的廢墟之下，淚水混合著黑色睫毛油和紅色唇膏，黏住了凌亂的頭髮，慘不忍睹，一塌糊塗。這是她一生到此為止，最最難看最最不堪的時候，她深埋著臉一動不動，再也不要看見那個變了卦，負了心，欺凌了她的男人。江南吐出的熱氣呵在她耳朵裡：「別怕，沒有關係，我這也是為了你。」那聲音柔得像唱歌，風停雨歇之後，他又變回了一個好情人：「你本就該是我的，遲早也是我的。捨

不得，也得要，不甘心，也得給。」

　　離開南京時，雙城脖子上多了一條項鍊，細細的金鍊墜著一把水晶鎖。鎖頭鼓鼓的，表面切割出複雜的稜角，日光一照，便反射出一道道彩虹般的光芒，在牆上來回搖晃。當著她的面，江南鄭重其事地將小鎖上的一把鑰匙取下，放進了錢包。意思不言而喻。雙城勉強笑笑，心裡只想一把扯斷鍊子，連著那鎖，砸到他得意揚揚的臉上去。她一直是錯綜複雜地愛著他，至此又多了一種洗不去的仇怨。

　　年底前，久不聯絡的駱陽突然找到雙城：「我懷孕了，得做人流。陪我去趟醫院，幫我簽個字。」雙城大驚：「是誰？」駱陽沒看她，不帶表情地回答：「我男朋友，你不認識。」雙城又問：「到底怎麼回事，你老老實實告訴我，否則我不去。」「本來就沒打算瞞你。是位腦科大夫，他們醫院最年輕的主任醫師。一個老客戶把他介紹給我們公司的銷售總監，後來就讓我負責跑他們醫院。他一直很照顧我，讓我在他們醫院做了不少業績。有一回總監請他吃飯，他原本是不出來應酬的，可是我去請，他就破例來了。那天領導有事先走，是他送我回的家。」雙城聽了冷笑：「這不明擺著拿你當紅包送？」

　　駱陽急道：「哪有那回事。那天什麼事都沒有，就是聊了一會兒。他雖然發展得不錯，但畢竟年資還淺，大醫院裡頭明裡暗裡鬥爭很多，壓力不小，偶爾有個局外人陪著說一說，發發牢騷，也算放鬆。他雖然比我大，但他覺得我很成熟，比跟他身邊的人更談得來。」「他追你了？」駱陽點點頭，閃過一絲笑容：「我也不知道那算不算追，反正在一起的時候，一切都很自然，總有許多話題聊不完。他懂的東西特別多，你沒見過他穿著白大褂帶著學生巡視病房的樣子……是個很有魅力的男人，也很懂愛，一切水到渠成吧，自然而然就發生了……我覺得也許這才是真愛，根本不用什麼表白。我們都控制不了自己的感情，他說他因為我，腦子亂得幾乎沒法做手術……」「控制？為什麼要控制？他結婚了？」雙城一語道破。

　　駱陽只得點點頭，嗯了一聲，補充說：「一畢業就結婚了，和一個護士。那護士倒追的他。他那時候年輕，感覺雖不到位，身體卻沒守住，現在兒子都五歲了。我也沒想到會陷這麼深，他和我認識的所有男的都不同。」「駱陽，這是你的初戀嗎？」駱陽抬起頭，斟字酌句

地說：「真正戀愛的，就他一個。以前那些，現在想想都不作數。」

「但他不想離婚是嗎？」駱陽眼睛一黯，素日光彩隱去不再：「不是不想，只是情況太複雜，他老婆就在同一個醫院，萬一鬧起來，他的事業會受牽連，他們又是軍醫院……很多事情得慢慢來。說老實話，不安排好他那邊，我們在一起也不會安心的。」

「離婚要慢慢來，別的倒是不耽誤。」雙城哼了一聲。駱陽咬了咬嘴唇：「是那天我跟他提分手，他那麼男子漢的一個人，眼圈都紅了。我們都以為是最後一次，誰知不小心……」「他不是醫生嗎？怎麼會不懂？是不是你提分手，他才故意下毒手？」「別瞎想了，部隊醫院紀律很嚴的，真鬧出事來，倒霉的是他自己。再說，你不認識他，他不是那種人，否則我也看不上……是我不讓他陪的，萬一被人看到，我不想影響他前途。我自己要愛的，我自己扛。」

雙城問她能不能做藥流，駱陽搖搖頭：「已經超過時間了，只能做人流，不過可以打麻藥，就像睡了一覺，不會痛，這些他比較懂。」雙城立刻又想挖苦，話到嘴邊才剎車：「那就趕緊吧，另外找一家醫院，我陪你。」駱陽拉了拉她的手，什麼也沒說。

婦產科在醫院五樓，走廊盡頭的房門口掛著「人工流產手術室」的牌子，門敞開著，只掛了一幅黑色門簾，方便出入。從早上到現在，雙城和駱陽坐在門口已經等了兩個鐘頭。為了抵禦長驅直入的穿堂風，她們緊挨著身體，都不大說話，目光偶爾掃過門牌上那行字，便會輕輕顫抖。走廊還算乾淨，四處瀰漫著刺鼻的消毒水味，以及其中稀釋了的血腥味，還有一種難以形容的淡淡的臭味……兩個鐘頭當中，她們目睹了好幾個女人面無表情地走進眼前這扇門，二十分鐘後，有的被一架手推車直挺挺地推出來，蓋著白布，像屍首；有的臉色蒼白，佝僂著身體腳步蹣跚，一手扶著牆一手摀著小腹……門簾後不時傳來斷續的呻吟，儘管壓抑著不很響亮，但明顯滲透著尖銳的痛楚。有一個女孩比她倆還要年輕，十八九歲的樣子，走出來對著門口的男朋友笑笑，男孩立刻伸手去扶，她卻變了臉，掄起拳頭就砸，眼淚撲簌落下。

「我運氣還不如她……」駱陽望著小情侶的背影道。跟著勸慰似的，又自言自語，「愛是不能比較的，種豆嘗到豆，種瓜得了瓜，很公

平。」門簾後又一聲哭喊，駱陽不寒而慄：「你說像不像渣滓洞犯人過堂？」雙城狠狠白了她一眼，只聽駱陽又道：「再這麼坐下去，我都想逃跑了。」雙城立刻摁住她的手：「別犯傻！跑去哪兒？你敢把孩子生下來嗎？」駱陽慘然道：「我有什麼不敢的……怕的是他。」「哪兒也不許去！你要是現在跑掉，一輩子就毀了。」

　　駱陽被一個面目肅殺的護士帶了進去，叫的是假名。寒氣從腳尖結冰上來，雙城站起身，走到窗台前。冬天的重慶又一次籠罩在霧蒙蒙的灰色里，混沌不明，看不到什麼有生命力的顏色，即便有，也被那灰色覆蓋了一遍又一遍，只剩深淺的差別而已。想著駱陽和自己的失去，這灰色就越發讓她窒息。在那一望無際的屋瓦下，無數個靜融無數個駱陽無數個她正在無知中長大，等著把自己交給某個男人，然後不得不面對生活的真相。還來不及開放，就凋零成殤……然而那灰色依舊無聲地滋長，用一種緩慢的力量將她們裹挾進去，變作那巨網的一部分，永無止境。

　　穿藍色套衫的護士端著一盒消毒完畢的器械從旁邊經過，雙城看了一眼那寒光閃閃的不鏽鋼工具，肚腹間掠過一陣冰涼。那護士佔著手，便用頭頂開簾子鑽了進去，身後留下巴掌寬的一道縫。雙城正要上前拉攏，目光卻透過那道縫，看到幾米遠的地方，駱陽正躺在一架鐵床上，赤裸的身體蓋著泛黃的床單，床單下沿捲起來堆在她的肚皮上，蜷曲的雙腿對著牆壁大大張開。沈睡中的她半張著嘴，頭歪向一旁。在她兩腿之間，一個戴著帽子、口罩和眼鏡，辨不出男女的醫生正埋首動作……在醫生的面前，駱陽身體的下方，擺著一隻骯髒的塑料桶，零碎而模糊的血肉正不斷地掉入桶中……雙城胃里一陣翻湧，慌忙拉上了門簾。

　　藍罩衫的護士再一次經過雙城身邊，手裡晃悠悠地拎著那只塑料桶。雙城避閃不及，撞到了椅子扶手，疼痛從膝蓋傳遞到心裡。躺在裡面的是駱陽，可她為什麼覺得受刑的是自己？

　　已近中午，手術室外等候的人大多散去，雙城孤零零地坐著，感覺每個動作都會發出咔咔的結冰的聲音。總有一股可疑的冷風在她四周穿流，腳趾在不太保暖的皮鞋里慢慢變得麻木。她對面坐著一個身材瘦小，下頜收縮，頭髮有些捲曲的男人，身上還穿著車間制服，像

從值班崗位上匆匆趕來的模樣。每一次當他撞上雙城的目光，都避閃得慌慌張張，繞一大圈之後，再悄悄兜回來，看她還有沒有在瞪他。雙城意識到自己表情凶狠，這才緩了緩眼神，低頭嘆息了一聲。那男子於是也嘆氣，臉上雖掛著無奈，細看卻是事不關己。

護士又叫了一遍駱陽的假名，將推車重重地往牆邊一靠，撞擊震動了駱陽身上的床單，一角滑落下來，露出了半邊赤裸的身體。雙城叫一聲：「駱陽！」撲上去掩蓋好她，護著那推車，眼淚大滴大滴落在床單上。駱陽像是聽見了她的呼喚，微微抬了一下腫脹的眼皮，動了動嘴唇又昏沈睡去，不再反應。雙城在床單下握緊她冰冷的手，感覺她再也不會醒來，心裡所有的悲愴和委屈都變成了雙份，撲在駱陽身上大哭不止，彷彿紫鵑摟著剛剛死去的林黛玉……「吼什麼吼？她又沒死，麻醉過一會兒才能醒，你叫著點她名字！」那個凶面孔的護士探出頭來朝她呵斥，「要哭出去哭，發什麼神經！要心疼啊，叫她下次記得戴套！」

直到把駱陽送回家，雙城的眼淚都沒止住，倒要駱陽反過來有氣無力地安慰她：「傻子，我養幾天就沒事了，別哭了，早知你對我這麼好，嫁給你算了。」回到學校，雙城又往沿江路上走了一遭，想等眼睛的紅腫平復一點。她低著頭，避開人，走到防空洞口的懸崖邊，望著靜融家的窗戶，想起她人已出嫁，以後無論叫多少遍她的名字，也不會再有人掀起窗簾應答了。

冷風從脖子那兒灌進來，雙城聳起肩，抓緊了衣領，同時觸到頸窩下那把小鎖。她用手指撫摸著精心打磨的水晶輪廓，她輸了自己不說，還背上了一把貞操鎖。雙城手上愈加用力，金屬鎖頭深深嵌入她的皮膚，她發現和所失去的相比，她更痛恨的，是無能為力。

幾天後，雙城從電視里看到王朝號游輪失火的消息。鏡頭裡的王朝號停靠在朝天門碼頭，大火撲滅後的餘煙被風吹著，在青灰色的江上拖出長長的一道軌跡。新聞沒有報道起火的原因，只說當時船已泊港，並無旅客，除一死一傷外，大部分工作人員得以安全撤離。

雙城忙趕去找靜融，果然在家，一問才知是機房電線短路引著了堆積的易燃品。傷的是一名趕去救火的船員，死的是一個剛上船不

久的女孩子，才十九歲，家在永川，到客房部實習還不滿三個月，都沒來得及轉正，不知能不能按正式員工賠償。「她家住得遠，想著再跑一趟便是枯水期停航，省得路上折騰，就沒回去。不知怎麼搞的，睡得那麼沈，就她沒醒，給煙薰死了。」靜融說著，深深嘆息，「你說奇怪不奇怪？我雖跟她不熟，但上上下下也常見面的，一聽說出事的是她，我一下子就忘記她長什麼樣兒了，真的，一點都想不起來了。」「你那是嚇著了，我昨天也嚇了一跳，跑船還是有風險……你沒事就好。」

王朝號被拖回船廠大修，靜融她們一干人則被「環宇」通知待命，工資也給停了，據說起碼得修三個月。雙城再一次見到靜融的時候，她正在小龍坎街邊一家服裝店跟另一個年紀稍小的姑娘一起埋頭點貨。倆人頭上都戴著紅色聖誕帽，身上卻穿著中式棉襖，樣子有幾分滑稽。王朝號一天不開船，靜融和小鄧就一天沒有經濟來源，兩人那點積蓄哪經得起坐吃山空。結婚就算分了戶，又不好意思向家裡伸手，小兩口一合計，決定由靜融出來打工，好歹賺出一份飯錢。小鄧於是更加發奮，恨不得一天擠出二十五個鐘頭來讀書，好早日報答靜融的供養之恩。

雙城來接靜融下班，到早了一點，便在櫃台邊坐下跟她說說話。偶爾有人信步進來，靜融就趕緊扔下手裡的東西，迎上前去招呼。大約是雙城在旁的緣故，她說話的樣子比先前更顯得覥腆。進來的女人並不瞧她，只盯著牆上掛的衣服，喉嚨里「嗯」了一聲，啥也不說。靜融追著她的腳步，隨她在店堂里走了一圈又一圈。那女人看完毫無表示，徑直出了門去，仍舊沒看靜融。靜融這才折了回來，衝雙城無奈一笑。

小鄧晚上有課，家裡不開火，兩人走去供電局門口一家砂鍋米線。靜融點了小份酸菜肉絲，雙城要了大份紅燒牛肉，怕靜融不夠，又叫了份三鮮說分著吃。靜融呼嚕著米線說：「下船歇歇也好，我在船上老是睡不穩當，容易犯頭痛。船員艙離輪機房太近，誰設計的，這麼缺德！」「馮志凡、何雲鵬呀，想多搞幾間客艙賺錢。」「聽說最後老馮讓何雲鵬背了鍋，也是活該，這老色鬼在‘環宇’不知禍害了多少女孩。大家都說馮總屬害，雖然船燒一窟窿，可眼中釘從此拔

了一顆，只可憐那姑娘，要不是船員艙離得那麼近，興許還能跑出來⋯⋯」靜融說著，停下筷子，努力想回憶起那個不幸女孩的模樣。雙城見狀，忙打斷她說：「現在睡眠好些沒有？男靠吃女靠睡，睡不好會變難看的。」「好些了，就是容易累，一天站下來，連個休息的地方都沒有。我和小妹實在熬不住，就乘人少的時候，輪流端個凳子進試衣間打盹兒⋯⋯老是腰酸背疼的，不曉得是不是進貨的時候扭傷了。老闆也是摳門兒，拿我們兩個當棒棒用，我長這麼大就沒扛過那麼重的包。」

雙城一邊聽她說，一邊將那份三鮮米線推到她面前。靜融也不客氣，接過來就繼續呼嚕，嘴裡還說中午小妹不在，她一個人頂著，午飯也沒吃上，後來一忙就給忘了。雙城想了想道：「江南的店開到上海，那邊招人不方便，尤其是店長，得要信得過，讓我幫忙在重慶物色一兩個。要不你跟小鄧商量商量，不如過去幹個一兩年，橫豎比你跑船掙得多。」靜融一聽要去外地，便有些膽怯，若說離開小鄧，又沒有雙城壯膽，她覺得自己還下不了這決心。對她而言，工作再不起眼，只要每天能回到那間小屋，能和小鄧躺在一塊兒，怎麼樣都是好的。雙城見她不言語，知道她心有牽掛，便隨口吟道：「謝公最小偏憐女，自嫁黔婁百事乖⋯⋯今日俸錢過十萬，與君營奠復營齋。」靜融笑：「說點老百姓能聽懂的好嗎？」雙城又嘆：「確實不能讓你倆分開，結婚才半年，還是個新娘子呢！」

第十七章 朝天門

「雙城！」米拉叫住她的時候，雙城正徘徊在行政樓前的花園裡。天暖後，校園裡第一撥迎春花已經轟轟烈烈地開過，到這個禮拜，正是櫻花盛放的季節，尤其這一處的八重櫻，粉嫩嬌柔，如雲似錦，又與坡下的廣場分隔開，偷了幾分清靜。雙城最近常泡在圖書館準備畢業論文，回家路上總是多繞幾步過來賞櫻，生怕辜負了一季花事。

忽聽得有人叫，隔著花枝繁茂，雙城看見一人體態臃腫、衣著花哨，正興衝衝地朝自己走來，定睛一瞧，竟是米拉。一別三年，乍一相見，竟比印象中那個顧盼生姿的小花旦整整膨脹了一倍，模樣也長了五六歲，直髮燙成小卷，還染了紅色，火焰似的一大團頂在頭上，甚是刺目。「好久不見，染頭髮啦？」「昨天剛染，沒弄好，額頭這兒一圈頭皮都給我染紅了，洗也洗不掉，他們都說跟挨了槍子兒似的！」雙城笑起來，感覺親近了一些。

「你真是越來越有氣質了，我遠遠看見就想除了雙城，沒誰有這個身段，哈！果然是你！」米拉說著拍了拍自己隆起的肚皮：「看我現在肥的，跟頭豬一樣……這裡面，四個月啦！」雙城忙問是男是女。米拉帶著幾分驕傲答道：「兒子！他們說我這性格，肯定生兒子。嘿！果然！」雙城想起米拉和何敬東在教室里打打鬧鬧的情景，彷彿只是昨天，如今她就要為人母，不免唏噓，但嘴上只管恭喜，問她孩子父親是誰。

「你知道的呀！」米拉這麼一說，雙城倒有些恍惚，脫口便問：「是黃董？」米拉愣了愣，隨即大笑：「莫要胡說，怎麼會是他！你聽誰嚼的舌根？」等止了笑，她又道：「也沒什麼好瞞你的，我是跟姓黃的談過一段，可那不是鬧著玩嘛，誰會當真呢？他是有老婆有孩子的人……再說那時候，我不是跟我們家那位鬧彆扭嘛……算了，不

說了，總之他終於離了，我也和黃董散了，兜一圈回來還是他，真沒勁！」「想起來了，是警察，送玩具熊那個，挺好的呀！」米拉呵呵一笑：「交警，交警，窮光蛋一個，有啥好的。不過，我命里該他的，這之前我還為他流過一個，疼不說，一刮完就拼命長肉。我跟你說，這事兒真得小心……」雙城聽著不對路，只好打斷她：「你們還都年輕，錢可以慢慢挣，日子長著呢。」

米拉依仗繼父的關係，如今在航空公司售賣機票。「也好，一起挣錢一起花，過起日子來，該吵就吵，該鬧就鬧，誰也別委屈誰，不像那班台灣人，媽的，特小氣，錢沒給幾個，架子倒擺得不小，真拿自己當大爺了……不過，有時候想起我們幾個在三峽游輪上的事來，那會兒真是開心，就跟做夢一樣。我現在講給同事聽，說我以前跟什麼老闆、什麼明星一塊兒吃飯，人家還以為我吹牛皮……唉，好漢不提當年勇，我就是那小老百姓的命，老老實實跟著家裡那位混吧。女人嘛，也就這麼幾年可以蹦躂蹦躂，運氣好，抓住一個興許就上去了；沒那狗屎運的，掉下來，生孩子結婚，該幹嗎幹嗎，各走各的一條道兒。」

雙城想說少年夫妻老來伴才是福分，卻被米拉搶斷道：「……不像有的人，天生就會傍。陶沙傍上了朱江渝你知不知道？」見雙城茫然，米拉來了勁：「'環宇'的朱胖子記得吧？總跟何雲鵬走一道的那個。馮志凡動手術那陣兒，何雲鵬搶班奪權……」雙城不解：「動什麼手術？」米拉叫道：「你怎麼什麼都不知道。馮總不一直是個病懨懨的藥罐子嗎？後來惡化了，說是半年就得掛，只能上北京做個什麼搭橋手術，成功的機會只有一半。他一走，何老頭就趁火打劫，拉上朱胖子想篡老馮的位。你說他惦記老馮的船也就罷了，這個老色鬼，還惦記老馮的女人！沒幾天，那朱麗就挎著何老頭的膀子到處走了，哎呦餵！看得'環宇'上上下下眼珠子都快掉出來了！何老頭到處跟人說：朱麗現在是我的女人了，你們要像以前一樣配合她。笑死人！猖狂了沒幾天，你猜怎麼著？馮總手術成功又殺回來了！他一到重慶，朱麗馬上就翻臉回到了老馮身邊，據說都是事先設好的局，猜到老東西肯定會背後捅刀子，留下朱麗穩著他，關鍵東西一樣都沒讓他撈著……幾個月工夫，當著大家面，朱麗來回倒騰了一輪！多好的戲，

你錯過了真可惜！」

　　咽了口唾沫，米拉接著又聊：「事情後來一掰開，不僅朱麗，連朱胖子也是馮總埋下的棋，現在船上燒死了人，馮總新賬舊賬一起算，讓何老頭背鍋去吃牢飯，這邊用朱胖子頂了‘環宇’的二把手。朱胖子這一提拔，就給陶沙盯上了，兩人從前就打情罵俏，如今一拍即合，搞到朱胖子老婆抓奸抓到‘重賓’，堵被窩裡了！陶沙那人你知道，見人就勾，先是吳社長，再是朱胖子……」

　　雙城曾與陶沙相舊，不便聽她貶損，便問朱江渝後來離婚了沒有。米拉搖頭說：「哪有那麼容易，人家老婆等了那麼久，好不容易熬出頭，怎麼肯放手。但陶沙也不介意，裡裡外外據說老闆傍了好幾個，撈得風生水起，啥也不耽誤！說實話，這方面我倒挺服她，的確有本事！對了雙城，你自己呢？還跟著那江先生？依我說，你跟我們又不同，何苦去跟葉丹爭？她就只有一張臉，可你看你，要文憑有文憑，要氣質有氣質，放眼一望，大把男人任你挑，真不用在一棵樹上吊死。再說，他不是被楊學堅賣了嗎？真搞不懂你們圖他啥。」

　　雙城沒法回答，只能往別處岔話：「你和葉丹還在一起玩嗎？」米拉一聲冷笑：「玩什麼玩？酒肉朋友玩不長的，我剛跟黃董分手那幾天，想找點事兒做，托她給介紹介紹，躲得那叫一個遠，避瘟神似的，說話也難聽，生怕我搶了她的江先生。噢不，你的江先生！哎嗨！我嘴笨不會說，雙城你別生氣！我也鬧不清你們是怎麼回事，我就覺得你素質這麼高，應該挑個更大的款才是！」

　　團結廣場東面的饒家院，咸豐、光緒年間的三進四合院，從沙坪壩的舉人老爺開始，住過無數文化名流，乃是全校最早的建築。從建校時的指揮部，到後來的教工宿舍，女生宿舍……直至雙城小時候，這裡已變作一處商業中心，生活百事五臟俱全，被學生們稱作校園解放碑，每日人來人往絡繹不絕。大門很窄，飛檐下懸著「一邱一壑」四字牌匾，雙城從小就會念，聽大人講取自漢書，大約是淡泊名利，歸隱修行之意。右手門房改作了一間小賣鋪，裡頭的青鳥汽水、雪花蛋糕、冰糖麻餅、奶油杏肉搜走了雙城童年好多的零花錢。第一進院落最大，環繞一圈開著日雜百貨、郵電局、副食店、文具店、飯菜票的售賣處和雙城最為著迷的新華書店。院子中央種著幾棵中國梧桐，

樹下有讀報欄，戴眼鏡的書生們背著手，一站就是半天。

第二進安靜許多，很長一段時期，只有角上一間冷飲店，掛著「搖搖冰」的牌子。雙城暑假里和靜融游完泳，總上那兒喝一杯冰鎮酸梅湯。手裡闊綽的時候，可以叫店家往里舀一個奶白色的冰淇淋小球。中間的大房總是空著，偶爾有校工會賣些打折的桌椅櫃樹，床單被褥⋯⋯

第三進更加冷清，雙城恍惚記得朱漆廊柱綠漆窗戶，雕梁畫棟很是古雅，聽說從前用來舉辦舞會，也曾衣香鬢影、歌舞昇平過，後來慢慢被棄用，人跡寥落，成了雙城她們小時候玩耍扮戲的場所。

整個大院以一帶黃泥牆圍住，門外一泓池塘，環種一圈黃桷樹，綠蔭垂垂，樹梢只差一線就要觸著水面，為了等它再長一點，雙城盼了許多年。如今就在這樹蔭底下，雙城仰著頭，正仔細閱讀著布告欄中最顯眼的一幅廣告。

畢業的大潮比想象中來得更加迅猛。最後一學期基本沒課，論文輔導一結束，同學們便四處活動，開始物色工作。雙城一早就決定離開重慶，所以按兵未動，等進了五月，果然開始有外地用人單位在饒家院的布告欄中張貼廣告。雙城細細留意，見招聘職位大多針對理工生，適合文科生的去處要麼待遇不理想，要麼不在她嚮往的城市名單上⋯⋯直到看見這則署名廣州鵬程集團的招聘。

廣告說這是一家以房地產開發為主，涵蓋物業管理、餐飲娛樂、出版廣告、涉外貿易的集團公司，註冊資金近五億，總部設在羊城廣州。此次專程來渝，在幾所高校的應屆畢業生中展開聯合招聘，物色房地產銷售及文秘公關方面的人才，廣告寫明只限女生，羅列了一堆身高、相貌方面的要求，末尾用加粗加大的黑體字標注著「薪資福利優厚，傲視行業群雄」。

「廣州⋯⋯南方。」雙城心頭湧過一陣悸動，馬上又被慌張攝住。江南正在上海等她，那裡十里洋場，錦繡繁花。換作四年前，她該有多麼渴望名正言順地回到江南身邊，回到宴席、酒店、游輪和一切水晶鞋的世界裡面⋯⋯然而，現在她有了新的打算，上海再好，她也不甘就範，那兒對於她，與其說是一個新鮮的開始，毋寧說是一

個還過得去的結局。她所聯想到的畫面里，滿臉寫著勝利的人，是江南，而不是自己。

鵬程公司的面試地點就設在饒家院第二進院裡。冷落已久的庭院忽然被聞訊趕來的學生們擠了個水洩不通。裡面一圈應聘的女生，外面一圈看熱鬧的男生，裡裡外外鬧成了一鍋粥。考官都聚在中間的堂屋裡，人事部的工作人員穿梭於門裡門外，手裡拿著厚厚一摞報名表，高聲喊著應聘者的姓名、編號，同時以電報文一般節省的措辭不耐煩地回答著學生們雜七雜八的問題。其中一名身材高挑的女子，三十來歲，濃眉大眼，妝容艷麗，面頰泛起的油光將脂粉浮托起來，額頭和鼻尖亮得有些刺目。儘管如此，雙城仍注意到她衣料的考究、皮鞋的品質，以及她一直保持筆挺，不帶絲毫松懈的身姿——「或許真是家大公司呢。」雙城這樣琢磨。

大學畢業理當隆重，兵馬未動糧草先行，雙城從自己小小的積蓄中拿出一筆，逛遍整棟富安百貨，選定了一套價格不菲的職業裝。裁剪合體，線條挺括，明艷的紅色最是她得心應手。此刻不時有人從旁打量她，待她一回頭，對方卻目光閃躲，雙城心下明白自己已經贏了第一場。

高個子女人再一次從門裡走出來，肩膀用力撥開迅速向她聚攏的人群，直到站定在院壩中央，才用凌厲的眼神迫使學生們後退幾步，清了清嗓子說：「時間已到，報名截止。我來念一下最後一批面試名單。聽到名字的同學請留下等候，沒聽到名字的同學，對不起，那表示你們已經被淘汰出局，請配合一下我們的工作，盡快離開。」「還沒見著人呢，怎麼決定哪些留下，哪些淘汰呢？」一個女生從人群後面發問。女人揚起了下巴，帶著嚴肅的表情說：「公司對各位的身高氣質有一定的要求，剛才大家遞交表格的時候，已經接受過第一輪的目測篩選了。」這話讓女生們面面相覷，氣氛立刻緊張了起來。女人見再無異議，便開始宣讀手上的名單：「一號，四川外語學院，孫婷婷；二號，西南師範大學，張珂；三號，重慶大學，鄭小琳……」雙城聽到了自己的名字，雖是意料之中，到底舒了口氣。

女人宣讀完畢，轉身又往屋裡走去，大伙兒回過神來，一下炸了鍋。素日滿懷自信今天卻不戰而敗的女生們一時承受不了競爭的殘

酷，紛紛質疑起選拔的公正性。一個為女朋友作陪的男生飛身過去搶在門口攔住那女人，急切地說：「麻煩您再給看看，是不是漏了什麼人？四川外語學院白雅琴有嗎？不可能沒有啊！」雙城聽那名字覺得耳熟，轉頭見一個皮膚白皙的女孩漲紅著臉，咬緊了嘴唇，站在那男生身後，娟秀的臉蛋窘得就要哭出來，卻是她一位高中同學，當年成績優異，人也驕矜，與雙城話不過三句，今日竟成了她手下敗將。

女人於是停下來，也不查看手裡的表格，只拿眼角將白雅琴上上下下掃了一回，便轉向她男朋友決然道：「不會弄錯，確實沒有她。很抱歉，她不符合我們的要求。」說完閃身進屋，扔下那位白同學眼淚奪眶而出，也不搭理男友的安慰，飛也似的衝出了人群。旁的人見她受此奚落，都不敢再自取其辱，紛紛散去，不再逗留。

叫到雙城的時候，已近中午。老建築沒裝空調，只靠兩把吊扇，幾位考官都熱得沒精打採，只等著收工，唯其中一位青年，自她走進房間，便精神為之一振，先笑著點了點頭。「請介紹一下你自己。」那青年二十七八歲年紀，一臉和善，又生著一雙漂亮的大眼睛，似乎很值得信賴。雙城侃侃而談，那青年聽得目不轉睛，竟似有些發呆。雙城暗暗好笑，眼中稍微發力，將那團火苗輕輕一撥，迎了上去。青年像被她灼到，佯看資料低了頭去。

當天下午雙城就收到了面試通過的好消息。鵬程集團果然豪氣，最後一輪總經理面試定在廣州總部進行。入圍決賽的十名女生將搭乘飛機前往廣州，第一天市區遊覽，第二天參觀樓盤，第三天接受高層面試，當場宣佈結果，只錄用前兩名。所有酒店交通、餐飲娛樂均由公司買單，簡直就是一次好吃好喝的免費旅行。可惜出發時間和雙城最後一門考試撞了車，她不得不放棄集體活動，一個人單獨前往廣州。

等到了酒店，參觀歸來的女孩子們正意猶未盡，熱情地拉了雙城一起聊天。雙城這才發現，入選的十人中，久不碰面的小童也在其列，兩人相見，自是歡喜。面試她們的青年名叫何唯，重慶建築工程學院土木系畢業，來廣州發展也不過三年，因為是重慶人的緣故，從工程部借調過來協助招聘工作。這兩天，他奉公司之命，同住酒店，好照應女生們的生活起居。

　　本來就不寬敞的房間，一下塞進十個姑娘，立刻顯得擁擠悶熱。何唯一邊調低溫度，一邊從冰箱里拿出飲料招呼大家。他人年輕，又生得秀氣，兩天下來，早和女孩子們混得十分親近。雙城新到，與眾人不熟，只含笑傾聽，旁觀他們聊得如火如荼。她細瞧這九位女生，雖說都是百裡挑一，但容貌、身段比起葉丹、駱陽大多還差著一段距離。若論起來，十人之中除開她和小童，得算川外的郝敏、孫婷婷，西師的施蕾，這三個略高一籌，競爭對手只在其中，余下都是陪跑的角色。郝敏高大艷麗，衣著前衛，那施蕾正好相反，生得十分清秀，說起話來也有幾分怯怯的嬌柔，兩排纖長的睫毛微微顫動，像是從瓊瑤小說里走出來的人物。

　　「何老師，你說我們十個當中明天誰最有戲？」「對！快說說吧，我們也好學習改進，興許還來得及！」「來得及什麼呀，十個裡頭只留倆，再怎麼進步也得淘汰八個！」「就是，不如直截了當問問何老師，覺得我們當中誰最優秀好不好！」「好！好！」女生們離了學校管束，又仗著人多，不免放肆起來，圍著何唯紛紛起哄，非要他點名不可。何唯臉色緋紅，愉快地答說：「我覺得好有什麼用？明天做主的是許總，他的眼光我可吃不透！」郝敏從床的另一頭一個翻滾蹦到他跟前，雙肘撐起下巴，仰著臉打趣說：「可我們這會兒不怎麼關心許總的胃口，我們今晚呀，就想知道何老師的心，對不對？」大伙兒又是一陣哄笑，齊齊點頭。何唯笑著說：「我一個打工的，能有什麼偏心？把你們好好地帶來，再好好地送走，完成任務就算了事。不過，人事部幾位女同事都覺得咱們施蕾不錯，很清純，就像……瓊瑤小說的女主角。」郝敏聽得不是自己，立刻嘟起嘴佯裝賭氣：「何老師不要拿女同事打掩護，喜歡施蕾就直說。施蕾，你還沒有男朋友吧？何老師快加油！」於是女生們一起喊：「何老師加油！何老師加油！」倒把施蕾鬧了個大紅臉，趕緊縮了頭，藏到孫婷婷身後。

　　何唯於是解圍說：「所謂公司高層，拍板的其實就許總一個，你們只要征服了他，就算贏。這次公司在重慶、大連、蕪湖共設三個招聘點，買的都是報紙整版，招聘頭條，聲勢如此浩大，的確是因為發展太快，人才供不應求。其他兩處的面試已經結束，重慶是最後一場，所以姑娘們，需要加油的是你們自己，早點休息吧，明天好好表現！」

坐落在越秀區東風路上的粵海大廈落成不到一年，巍巍三十多層，算是廣州當時屈指可數的地標之一，正處在高歌猛進上升期的鵬程集團就獨佔了其中兩層。公司在市區以西大坦沙島開發的珠江花園項目，以當時少有的環境配置、物業管理和近乎神話的建設速度、營銷方式轟動一時，首期工程同年開工、同年售罄、同年入住，佔盡了這一年國內的行業頭條。而這一切的領軍人物，日後富甲天下的集團總經理許家亨，此時還是位剛剛發跡的商人，才剛步入中年的臉上寫滿了精明和抱負。

走進二十六層寬大豪華的會客室，雙城面前呈半圓形圍坐著鵬程公司的五位領導，正中間一位西裝筆挺，氣度不凡，自然就是大名鼎鼎的許家亨。雙城今日在腦後妥帖地梳了一個髻，劉海斜斜地縮過前額，既清爽又伶俐，就像一位空中小姐。可又有誰不喜歡空中小姐呢？

雙城序號第九，排位並不理想，她走進來的時候，正見許家亨用筆往面前的表格上畫了兩下。眼前全是陌生面孔，派往重慶招聘的人都不在其中。雙城站定一笑，開始自我介紹。許家亨一抬頭，雙城得了機會，眼中星火閃爍，試圖抓住他的目光。對方卻只微微一笑，見慣不驚，謝絕了邀請，復又低頭研讀起面前的材料。雙城控制住自己小小的失望，目光掃視全場，將注意力聚集到演講的內容上。

聽了一上午的自我介紹，幾位領導已有些心不在焉，更不要說許總幾乎沒再抬頭，雙城甚至懷疑他面前的資料根本與自己毫無關係。一陣慌張襲來，她意識到這番表現如不奏效，就該當機立斷，另辟蹊徑，拋開既定的講稿。

於是她話題一轉，說起了自己打工的經歷，聊到「陽光與海」，也聊到中秋月餅，故事說得娓娓動聽，果然讓在座產生了興趣。其中一位順勢問道：「重慶也不錯嘛，為什麼還到廣州來？」雙城忙說：「因為渴望內地無法給予的機會。前沿的城市，新興的行業，還有共同成長的契機，對我都具有吸引力。除此之外，我也很欣賞貴公司招聘過程中展現出的理念和氣魄：機票酒店的價錢遠不及人才的價值。今天有幸站在各位面前，我相信我本人要比那一頁簡歷更為生動具體，更有說服力。」提問的領導笑著點頭，另有一位卻繼續發難：「優秀的不止你一個。你有什麼辦法能說服我們留下你而淘汰別人

呢？」雙城朗然一笑：「儘管競爭激烈，可我無意貶低他人。我能做的，是最充分的準備，盡最大的努力，表現最佳的自己，那就是我此行的勝利。至於最後結果……不知各位有沒有聽過這樣一個笑話，說一位公司老闆，收到成山的簡歷，實在讀不完，就隨機抽取一半送進了粉碎機，秘書不解，問他取捨的道理，老闆胸有成竹地說‘我從不雇用那些運氣差的人！’」話音一落，滿屋皆笑，見許家亨終於抬起了頭，雙城伺機問道：「不知許總用不用碎紙機？」眾人又笑。許家亨雙手抱臂往後一靠，一副「看你怎麼謅下去」的表情。

雙城見狀，心裡舒了口氣，微笑著繼續：「請原諒我的小聰明，這麼多人的面試，我必須讓各位對我印象深刻，讓我們的會談有一個愉快的氛圍。試想，今天如果不能說服你們接受我自己，那麼未來我該如何說服客戶接受公司的商品、理念和一切所要達到的目的……」雙城說著挺了挺胸：「我說完了，剩下就看許總是在紙上畫一筆還是畫兩筆了。我是雙城，請不要錯過明日之才。」許總好奇道：「什麼一筆兩筆，這又是什麼意思？」雙城此時已經完全恢復了從容自信，莞爾道：「打勾是一筆，打叉是兩筆，我剛進來的時候已經注意到這點了，所以十分好奇。」許家亨呵呵一樂，擲下了手中已經提起的金筆：「那我就給你留個懸念吧。」雙城眼珠一轉，迅速答道：「懸念好，我喜歡懸念，正是好奇心讓第一隻猴子站直身體，變成了人。我很樂意保持這份好奇，保持人類發展的源動力。」

笑聲再度響起。許家亨揮手道：「好啦好啦，還有一位同學在外頭候著呢，快去把下一隻猴子叫進來吧！」雙城欠了欠身，以她最好看的姿勢和表情讓自己定格了一秒，方才提氣走了出去。她克制著自己，才沒有立刻歡呼出來：她知道，她贏定了。

一待她走出去，主管宣傳的白總便朝許家亨笑道：「怎麼樣，這小姑娘有點意思吧？」見許總微笑不語，他又朝另一位經理道：「就這張嘴，放在張總你們售樓部，一天怎麼也得賣它個十來套！」對方應道：「只要許總捨得，這個，我就先要了！」許家亨這才發話：「擱在你們售樓部反倒浪費。眼下咱們是賣方市場，啞巴都能出業績，依我看進總經辦吧，帶出去做公關，鍛鍊鍛鍊能派上用場。」

接在雙城之後末一個進去的是施蕾。未到三分鐘，竟然垂頭喪氣

地走了出來。「我才講了兩句，秘書就過來提醒，說中午和市領導還有飯局，我一慌張卡詞兒了，那個什麼主任就說可以了，然後……就讓我出來了。」施蕾說著，聲音里有了哭腔，「這麼遠跑來，就說了兩句？我怎麼那麼倒霉？偏我抽到最後一個，時間根本不夠！」郝敏高聲說：「前一個佔用的時間太長，到你這兒可不就不夠了嗎？不過沒關係，說不定一眼就挑中了你，也不用廢話了！」大伙兒見淘汰了一位種子選手，皆暗自慶幸，圍攏去七嘴八舌地安慰她。雙城想，施蕾的不幸不是抽到了末位，而是抽到了自己的後一位。

領導離去後，人事部主任宣佈了面試結果。第一個名字便是雙城。聽到「去總經辦報到」的指令，她才感覺早汗濕了背脊。「童安琪，售樓部報到實習。」主任念到這裡頓了頓，望著一張張愕然的面孔，拖慢了腔調，「有個好消息告訴大家，因為公司選拔標準非常嚴格，上周從安徽來的同學最後只錄用了一位，也就是說，給你們這批勻出了一個多餘的機會，現在我就來宣佈一下這第三位入選的幸運兒……」連同雙城在內，所有人都屏住了呼吸，尤其郝敏，一雙手攏在胸前不由自主地攢成了拳頭。「她就是——孫婷婷同學，人事部報到實習，恭喜她！」主任帶頭鼓掌，卻無人響應，落選的女生們沮喪不已，特別是郝敏，本懷著勢在必得之心，聽到最後幾個字，才從雲端墜落，摔碎了一地。

更讓人難堪的還在後頭。主任接著宣佈，十人當中，除兩位自願離隊，余下八位同學，入選的三位由公司購買機票返回，其他五位則乘硬座火車返回。主任說完告辭離去，留下何唯左顧右勸，努力安撫眾人。那孫婷婷與郝敏同校，這幾日格外要好，見郝敏不忿，忙申請放棄機票，與大家同坐火車回渝。郝敏酸道：「那又何必？你們是鳳凰在天上飛，我們是田鼠在地下追，條條道路都能回。」小童心細，見狀也表態道：「我也和你們一起走，我本來就怕坐飛機。」這一來，眾人便把目光都投向了雙城。雙城略一沈吟，只向何唯問道：「何老師，如果我們三個都放棄機票，可否將省下的錢給大家升個級換成臥鋪票？」「對對對！何老師反映一下！別翻臉無情呀！」大家嚷嚷起來。

交涉結果，公司同意換臥鋪，但時間倉促，臥鋪票已經售罄，人事部便將差價折現發給每人做了差旅補助。離開那日，何唯買了站台

票，直到將人和行李安排妥當才肯離去。車一開動，又見他出現在月台上，追著正在加速的列車，抬手扔進一袋金黃的桔子。「謝謝何老師！」女生們高聲致意。何唯停下來，揮手說了句什麼，卻被火車的鳴笛淹沒了去。

九十年代的綠皮火車一排三人，對坐六人，走道另一邊則一排兩人，對坐四人。座位也包裹著綠皮，布滿了可疑的污跡，已經老化的人造革坐上去既不柔軟，也不透氣。車窗只能開到一半，還得左右兩人共同努力，才能費勁地抬上去。脫了漆的小桌板上擺滿魚皮花生五香瓜子，還有一堆揭了蓋兒的搪瓷盅，正冒著騰騰熱氣……車一啟動，人一起身，稍不留神就潑灑得到處都是，免不了又一輪兵荒馬亂。車廂未滿，女生們佔了一個整排。上車後，先是郝敏帶頭搶行李架跟人鬥嘴，後是施蕾混亂中被人吃了豆腐，大家同仇敵愾為她出頭……鬧騰半天才坐定，因早起趕車都沒睡夠，列車這一搖晃，便你靠著我肩，我挨著你頭，昏沈入夢。車進了廣西，窗外連綿的喀斯特地貌驚動了乘客，她們才懵懂醒來，一個個揉著眼睛擠到窗口，看得讚嘆不已。

除了逶迤起伏的山巒，還有近在咫尺的鄉村。阡陌縱橫的稻田，一閃而過的牛羊，覆滿鵝群的池塘，以及鐵道兩旁各式各樣鮮明扎眼的廣告：從肥皂牙膏到化肥農藥，從計劃生育政策到發家致富的口號。正看著，前方飄來盒飯跟方便面的味道，列車員推著餐車過來，嘴裡不停地嚷嚷：「瓜子花生茶葉蛋，啤酒飲料火腿腸，腿腳往里讓一讓！」大伙兒買來盒飯打開一看，糙米上澆了一勺豆豉洋蔥炒肉片，味道又膩又咸，這要擱平時，肯定難以下嚥，可飢腸轆轆的女生們也不再挑剔，拿起木筷一掰兩半，便大口扒拉起來。

火車一出廣州，女生們就把失敗的痛苦拋在了腦後。身體的親密拉近了心靈的距離，八個人打開話匣聊個不停，尤其郝敏，嗓門又高，語速又快，一邊搶著發言，一邊在盒飯中挑出肥肉，從打開一半的車窗裡用力拋出去……那滿不在乎的樣子讓雙城突然想到了葉丹，繼而又想到了江南。最近她想起他的時候似乎少了許多，尤其到廣州這些天來，竟一次也沒有。此刻和同學們在一起，彼此肌膚相親，窗外有飛馳的風景，望著眼前一張張朝氣蓬勃的臉，聽著她們活潑的聲

音，雙城心裡感到少有的輕快。終於畢業了，手裡多了一份自由。然而，這種輕快又讓她升起一陣內疚，還夾雜著一點擔憂，像只黑色的蛾子停在她眼前，間隔在她和別人中間。她只好甩甩頭，將它趕走，像對待飯盒裡的一塊肥肉，把它遠遠地拋到身後。

從打工經歷到前途憧憬，還有女生們熱愛的港台歌星小說電影⋯⋯直聊到天黑，話題才轉到了戀愛的主旋律。郝敏剛和男友分手，本想去廣州換換環境，這下又得從長計議；小童的男朋友在重慶有份不錯的工作，一直反對她去廣州。「可不知為什麼，他越是反對，我就越想試試再說，本以為出來玩玩，積攢一點面試經驗，誰知瞎貓撞著死老鼠，還不知道回去怎麼跟他說！婷婷你倒好，夫唱婦隨，雙宿雙飛，小兩口一起南下，真叫人羨慕呀！」原來孫婷婷早和男友同了居，此番蟾宮折桂，自是喜上眉梢，但她有意低調，敷衍兩句便轉移話題問道：「雙城呢？好想聽聽你的戀愛！」黑蛾又飛了回來，停在雙城身上趕拂不得。

「我男朋友在外地，幾個城市來回走⋯⋯所以我去哪兒都無所謂，反正也趕不上他的腳步。」「這麼說，是位成功人士咯？」郝敏十分機警。雙城便笑：「普通生意人，談不上什麼成功。」有小童在，雙城也不隱瞞。她不過是談了一段戀愛，雖說複雜些，但並沒有什麼不光彩。

「好羨慕你們啊，都談過戀愛了，就我還一片空白，大學四年都白過了！」施蕾抱怨著，將頭靠在雙城肩上。她是那種隨時隨地都得為自己找到依靠和偶像的女孩，這群人中，她一早就認定了雙城，比郝敏溫柔，比婷婷熱情，比小童成熟。「何老師那天可是點了你的名，依我看，這就算表白，要不要發展一下異地戀？」有人提議，大家一致通過。郝敏火上澆油：「這個法子好，做不了鵬程員工，就當鵬程家屬，曲線達標，一樣光榮！」

天色繼續暗下去，車裡熄了日光燈，剩下幾只黃黃的燈泡暗淡地照著。周圍旅客在搖晃的節奏中次第入夢⋯⋯不知誰帶頭，說了個人頭拖把綠牙齒的鬼故事，孫婷婷便壓低嗓門兒講起了老家一段「真事兒」。她祖上算是鄉下大戶，宅子都有上百年的歷史。後來漸漸遷去重慶，幾處偏院上了鎖，時間一長，荒草叢生，無人涉足。遇上戰

亂，有散兵游勇上門借住，老人便開了鎖，讓當兵的住了偏院。過了些天，有位連長前來打聽，說半夜裡總見一個年輕姑娘站在樓上，看打扮還沒出閣，珍珠項鍊，水紅旗袍，梳一條烏黑的辮子，模樣很是俊俏。朝她打招呼，姑娘一閃就不見了。連長問怎麼會有單身小姐住裡頭，當兵的進進出出怕是不方便。家裡人一聽都嚇著了，說偏院空了十幾年，怎麼會有小姐？一定是看見髒東西了。形容起來，像是從前老爺太太最小的閨女，名喚文鳳，自幼體弱多病，卻生得十分標緻。養到十六七歲，嫁妝都辦好了，不料生了一場病，把條小命沒了。家裡人心疼她，給她穿上嫁衣、戴著陪嫁首飾下了葬。入殮的時候，好多人都見過，千真萬確就是連長說的模樣。事隔多年，這文鳳小姐怎麼又鑽出來了？大家悄悄議論，都說文鳳可憐，沒來得及做新媳婦，估計年少多情，九泉之下輾轉難眠，見來了一群青壯男丁，才忍不住好奇現了身……這事說起來有失莊重，便請人做了法事，含混過去，不讓再提。

雙城聽得入神，念文鳳小姐芳魂寂寞，又經此打擾，後來不知漂泊何處，不禁唏噓。郝敏見施蕾膽怯，一味縮在雙城身後，忍不住笑說：「聽見沒施蕾，趕緊找個男朋友，千萬別當老處女，免得死了不甘心，還跑出來嚇唬群眾！」

接下去輪到雙城。她便說了箱根溫泉那樁情殺事件。講到碟仙在沙盤上慢慢畫出一個「冤」字，女生們都嚇得彼此抱緊，生怕有只手從窗外伸進來，拉了她們當中一個出去……聽到最後，施蕾忍不住小聲叫起來：「別講了雙城，別講了，我真的害怕了。你們不覺得車廂里越來越冷了嗎？好像有什麼不對勁！」小童也從旁附和：「講鬼故事就跟請碟仙一樣，據說講多了，鬼魂就會聚過來，聽聽看是不是和他們有關，順便找個替死鬼什麼的。」「是啊，陰氣這麼重，誰知道這裡究竟有幾只耳朵。」郝敏說著，故意睒起眼朝施蕾背後瞄去，嚇得施蕾尖叫一聲，摟緊了雙城直發抖。雙城忙道：「別鬧了，沒看出她是真的膽小嗎？萬一嚇病了，誰吃得消？」另有乘客被施蕾驚醒，憤憤然朝她們嚷道：「從早到晚鬧麻雀一樣，你們不累，大家還得睡！」郝敏聽了，這才吐著舌頭住了嘴。

緊張了半天，女生們紛紛尿急，剛聽完鬼故事，竟不敢單獨去

廁所。大伙兒只好分作兩撥，結伴去解手。蹲在裡頭那位甚至不敢關門，央求外面的女生替她堵著門口，謹防外人經過，看見自己光屁股，於是大家又忍不住咯咯笑起來，笑得裡頭那位又急又羞。施蕾又排在了最後，前面的女生都回了座，她只好一邊把著廁所門，一邊可憐兮兮地望著雙城，央她別走。雙城輕聲安慰著，擋嚴了門縫，並將目光移向窗外。火車已進入川湘交界的山野，山與樹的輪廓被拉成一道虛虛的屏風，什麼也瞧不清楚，只聽見車廂連接處的金屬鉎鋃作響，與外面車輪的節奏、呼嘯的夜風交織在一起，無情地重復……

雙城拉起拉鍊，扣上夾克的風帽，緊貼靠背合上雙眼。施蕾依舊挽著她的手臂，身體湊過來緊緊相依。「我們交朋友好嗎，雙城？」施蕾小聲問。雙城閉著眼微笑：「現在不就是嗎？」「我是說以後也要保持聯繫。」「沒問題。」過了一會兒，黑暗中再次傳來施蕾的聲音：「雙城，你什麼星座？」「天秤。」「我是射手，以後你就是我姐。」「別姐姐妹妹的，肉麻。」「我喜歡，我家就我一個，我一直想要個姐姐……」雙城聽她語音漸低，便不再回答，倆人依偎一處，不覺墮入夢鄉。夢裡列車飛速向前，夜幕中舉著橘色的燈火，經過了無數山長水闊

五月末的一天，江南收到一封厚厚的來信。已經好久不曾收到雙城的情書，那信在江南口袋裡待了整整一下午，好像散發著熱度，一直熨貼著那一小塊皮膚。等打發走幾位供貨商，又結束了與部下的會談，他才關上房門，如同享受一道甜點，帶著笑，拆開了信封。信卻不甜，只是一篇長長的讀後感，關於昆德拉的那本書。她分析人物，暢談感受，甚至將自己和葉丹一起帶入了角色中：「……她就是那個放在草籃裡順水漂來的嬰兒，你伸手撈起了她，出於取樂或者善意，可一旦她依附於你，這種信任就變成了責任，一種再也割捨不斷的關係，一種產生重量的東西，那東西縛住了你的手腳，即便你可以解除，也擺脫不了懸浮、空心、失重的痛苦。曾經最寶貴的自由，如今卻讓你拿捏不定，成為無法承受之輕……」

雙城在信中也剖析了自己，她說她感同身受特麗莎的不安恐懼、薩賓娜的憤世嫉俗，可她卻不得不服從於軟弱，循蹈於媚俗，以至於常常對自己痛恨不已。「都說愛一個人的本質，是愛上和他相處時的

自己，可是江南，為什麼我愛你，卻越來越討厭你面前的我自己？」

雙城的口吻讓江南陌生，他想她怎麼突然之間長成了一個他不認識的陌生女人，冷冷地盯著他看，剖析他的內心，似乎他們從未產生感情。他不喜歡這樣的感覺，過分的洞察近乎冒犯，但他又不得不驚嘆那份與她年齡毫不相符的深刻和理性。他突然生出一種奇怪的衝動，他想把這封信拿給沈小姐看，拿給邱先生看，拿給他所有認識的人去看，看看他江南擁有怎樣一個女人，他覺得是他塑造了她，把她打磨得如此鋒利，寒光凜凜。

信的最後，她才談起自己飛了一趟廣州，得到一份大公司的工作。她說她希望和他在一起，但未必是現在。誠如他所說，依舊不是好時機。當下，她更希望有機會出去磨煉一下自己，看看在他的蔭翳之外，她是否也能闖出一片天地。她希望江南相信他在她心中無可取代的分量，但這種分量最好不要和她的個人發展成為天平的兩端，讓她左右為難。她不知道她是否足夠幸運，能同時擁有世上最最寶貴的兩樣東西：自由和愛情。

末尾，她再次附上了一首小詩：

「讓我小心翼翼護著我這簇火，
在寒夜裡，在孤獨里，
我要舉著它，在天上走，在世間游，
我只怕辜負我自己，
我只怕餘生來不及。

江南合上信紙，走到辦公室的窗前。這是一間位於六樓頂層的橢圓形辦公室，落地的弧形玻璃窗外，一面望出去是交大梧桐掩映的老校園，另一面是徐家匯密密匝匝的弄堂區。桌邊牆上，掛著她送他的水彩畫。他很少有時間欣賞，卻能聞到畫里花園的芬芳。臥室就在隔壁，佈置得相當舒適，每一件傢具都由他親自挑選，想成為呈現給她的一份驚喜。他甚至預想到她可能希望擁有單獨的房間，那也沒有關係。只要在中間開一扇門，他就可以在徵得她同意或者她無力抗拒的

時候，和她在一起。這樣也許更好，更能保鮮。然而眼下，一封信將他的設計化為泡影。他想，她也許含著報復之心，畢竟這樣的泡影，過去幾年，他給的更多。她提到自由的時候，那樣的措辭和語氣，彷彿寫信的就是他自己。

他想起她上一次為他寫詩，還是「陽光與海」開業的時候，那時他幾乎一無所有，她為他跑遍山城推銷月餅；而現在他翻了身，總算走了好運，她卻向他央求自由。那個總是安安靜靜待在原處，等著他去找她，陪他風花雪月的雙城，突然間說要走。

江南沒有回信，也沒有回電，一周之後，他親自出現在雙城面前。上海的酒店顯然耗費了江南不少精力，他看上去瘦削得令人擔心，大約改了髮型的關係，發跡線似乎往後又退了一點。她才剛綻放，他卻已步入中年。雙城仍然渴望相見，但這種渴望已不同於過去的望穿秋水，每次臨著見面，她會突然生出一種抗拒之心，帶著輕微的厭惡感，想找個地方把自己隱藏起來，讓他尋不著她，或者一閉眼就跳過這幾天，等睜開眼睛，又只剩她一個人清清靜靜。她不去分析其中的原因，她只是樂於放縱這樣的消極，甚至希望自己不再從中汲取樂趣。愛上江南，她是情非得已，在她內心，每減去一絲依戀，都是遂了本意。

見面約在學校附近的麥香園火鍋店，本以為中午人少，結果碰上機械系畢業班在吃散伙宴，男生們興奮、憧憬加上離愁別緒，幾瓶啤酒下肚，爭相扯著喉嚨鬧翻了天。江南和雙城夾在中間，彼此動動嘴，卻什麼也聽不見。江南只好將椅子挪到雙城身邊，粗著喉嚨大聲道：「我只能逗留半天，明天一早春熙店續約，今晚就得趕過去。」兩人倏忽又是一月未見，但雙城已經不再為此抱怨。在江南的整張地圖上，她不過隅居一角，至於那些控制不了的領域，她早就放棄了興趣。幾年的經驗足夠讓她明白，關於江南，總是知道得越少就越少煩惱。所有能夠愉悅她的部分，他一早就織成糖衣披在了身上。

「信我看了！」他先揀緊要的說，「這次來，就是為了送送你！」

「這麼說你同意？」雙城也在大聲喊。

「你的任何決定都不需要我同意。我只是有點意外，我以為你和

我一樣，一直期待在一起。」

　　雙城預見到了她的歉意，但沒料到江南淡淡一句就讓她心如刀絞。他比她想象的，還要重要。可這更加堅定了她的叛逃。她想讓他痛，也讓自己痛。她恍惚意識到，自由也許只是藉口，懲罰彼此才是她一意孤行的理由。

　　她忍住不說話，聽他繼續為自己圓場：「也很正常，你最精彩的部分才剛剛開場，一腔鬥志，不經歷一遭，你不會甘心，我也不會放心。我猜想，房地產未來會成為大陸的支柱產業，廣東又是前沿，能躋身其中，結交人脈，的確是個好機會。學會粵語，生意場上也算多了一樣工具。」說完這句，江南停了停，換了一種溫柔的語氣：「我一直以為葉丹像我，總想給她機會，等於彌補我的過去。可看了你的信，我突然意識到，她像我，卻只會重復我的每一個錯，讓我憐憫。而你，也許才是我一直想成為的自己，那個半途而廢的自己。有時候已經精疲力盡，但我不敢停，我怕我跟不上你成長的速度，有一天會容納不下你的格局，那麼留你也無用，只會讓你更想逃走。」

　　雙城心裡的冰開始融化，涓涓水滴順著眼角流下。她努力穩定住聲音：「我從來，沒想過要逃。我只想沿著我自己的路線，走到你身邊。地球是圓的，我背向你的每一步，也是走向你的每一步。請你相信我。」江南笑著遞過紙巾：「不想撒謊，就別承諾。快把眼淚擦一擦，我們還沒到分手的時候，小心你這個樣子嚇著我，萬一我忍不住開口挽留，你可就要為難咯！去吧，好好享受你的人生，有緣的話，繼續愛我。」

　　身旁的餐桌傳來一陣碰杯的聲音，有人打翻了酒，亂成一片。江南舉杯說：「來，我們也乾一杯，恭喜你畢業。祝你展翅高飛，鵬程萬里！我會在你翅膀的陰影中仰頭目送你。」他說完哈哈一笑：「近朱者赤。你看，我也會寫詩！」

　　床上的江南總是輕車熟路，她只能被他引領著，本能地反應著，偽裝、鋪墊、成全，直至達成他的心願。每次在他呼嘯降落的瞬間，她總會有短暫的錯覺，以為那是他們兩個人共同的頂點。可惜不是，於是一次比一次，她更加失落。雙城突然掙扎起來，翻身一撑，脫

開了他的禁錮。江南停下來，半跪在床上，槍口帶著怒火直指向她。「怎麼啦？」「我想換一種方式，要，就拿去。」雙城沒有笑容，帶著一臉的視死如歸，放開了懷裡的枕頭，慢慢張開併攏的雙腿……在那裡，一顆鮮艷的心，在撲撲跳動。

江南有些震驚，隨即又緩和下來，他用膝蓋爬行，挪到雙城身邊，將她整個包裹入懷：「好酒沈甕底，我還捨不得。」雙城想他是不想解開那把鎖，他需要這種確鑿感，甚至超過了需要她本身。她也想到幾小時之後，葉丹會在五桂橋車站與他重逢，而他卻不必因為負疚破壞團圓的快樂……當她琢磨這些的時候，江南正伏在她身上縱馬揚鞭，馳騁於與她無關的遙遠。

菜園壩長途車站發往成都的客車每二十分鐘就有一班。車站人潮洶湧，拖著行李箱，扛著編織袋，從省內各個縣市鄉鎮集散於此的商販、零工、學生、農民……成千上萬來路不明、茫然無緒的人群在廣場和候車大廳裡擠來攘去，像一窩螞蟻，慌慌張張地奔向各自的目的地。馬上離站的一班車正好還有空位，司機迫不及待地從站台衝到售票口，熱切地催促人群：「馬上走！馬上開車！有的是座位，走嘛！走嘛！懶得等啊！」說著幾乎就要動手拉人。

雙城嫌這班車不是豪華型的凱斯鮑爾，便說：「等下一班吧，不急這二十分鐘。」江南一邊將鈔票遞進窗口，一邊笑說：「上去就睡覺，豪不豪華，對我沒差。」雙城還想說新車畢竟安全，但轉念一想，自從出了酒店，江南在重慶的任務就已圓滿結束，眼下他大概離心似箭，哪怕二十分鐘都不願讓另一個人多等了。她於是跟著他擠到進站口，任由他當著司機和檢票員的面，一一親吻了自己的額頭、鼻尖和嘴唇，然後揮揮手，將他送入了站台。

這是六月初一個炎熱的傍晚，久不下雨的重慶塵沙滾滾，籠罩著一層昏黃的煙霾，身邊一張張面孔晃來晃去全都顯得模糊。菜園壩西行方向堵了車，司機們明知無用，卻都拼命地按著喇叭，讓那刺耳的聲音代替他們伸出頭去罵街、罵娘。雙城出了車站，慢吞吞地走在街上，被喇叭聲震得頭皮發麻，一時不知該去往何處。她努力回想中午在麥香園江南所做的一番表白，可思路也跟著身邊的交通一起擁堵。回憶磕磕絆絆，腦中零碎的話語難以捕捉，像忽明忽暗的螢火蟲。正

糊塗著，突然一輛客車緩緩從身邊駛過，有人敲著車窗和她打招呼。一抬頭，見是江南隔著密封的玻璃朝她揮手。她猛然驚醒，加快腳步追了上去。這天，她穿著一條黑色的舊連衣裙，裙擺像金魚尾一樣片片撒開。那年在維多利亞號晚宴上穿過，他還記得。他想告訴她這點，她卻無法聽見，只睜大眼睛，帶著慌張的表情，徒勞地想要解讀他的唇語⋯⋯在迎面而來阻擋著她的人群中，跌跌撞撞一直追。

前面車隊開始疏通，車速快了一點，雙城只得邁開步子奔跑起來。長髮在身後飄舞，像風中綻放的黑色花朵。

「江南——！」她脫口而出他的名字，撕裂的聲音淹沒在巨大的喧囂中，沒有多少威力，而這一喊卻驚醒了她自己，眼淚奔湧而出，像一場傾盆大雨。她想起那次在武漢，在亞洲大酒店門前，江南也是這樣隨車而去，她被隔離在玻璃窗外，也是千言萬語卻無法言語。那一別之後，他一連數月杳無音信；而這一回，她又犯了同樣的錯誤，甚至都沒跟他商定一個無論真假的歸期。那至少可以安慰她的恐懼。

「江——南——！！」雙城又喊了一聲，用盡了全身力氣。這一次，江南聽到了她的聲音，他打著手勢讓她別追，眼睜睜望著她淚眼滂沱奔跑在車後，不加掩飾地失控。第一次，他對她的痛楚感同身受。他幾乎就要站起來，喊停整輛巴士，然後打開車門跳下去，飛奔到她面前，緊緊抱住她，像一出美好的偶像劇。可他分明又看見，在去往碧潭的公路上，騎著電單車追逐著月兒校車的自己。從一開始，他就看到了結局。車窗內，江南心底一聲嘆息：雙城，對不起，我無能為力。

巴士加速向前，往右一拐，消失在路的盡頭。雙城像是從這一分鐘起才真正意識到這一別之後的距離，這一揮手的含義。她氣喘吁吁地停下來，像目送他的靈車遠去，心臟跳得快要迸出胸口。剛才那一瞬間，她追在江南車後，所有的決心都被飛奔的腳步踏得粉碎。她知道只要他起身，跳下車來，她就會迎上去哭著抱緊他，哪兒都不去，再也不去，只求今生今世與他一起。可那一閃的機會，他們終究還是錯過了。

「在漫天風沙裡，望著你遠去，我竟悲傷得不能自已，多盼望送君千里，直到山窮水盡，一生和你相依。」許多年以後，每當雙城在

歌聲中回望這一幕，她多麼希望那就是江南與她故事的結局，就讓他那樣笑著揮手，漸漸遠去，就讓她長髮飛舞，追逐在滾滾紅塵里，多麼善良、唯美、意猶未盡，只可惜，他們都沒有這個福氣。

靜融要去上海了。回家一說，到底小鄧果決，替她拿定了主意。反正跑船也是三天兩頭不沾家，收入有限又有風險，不如集中精神，一個好好讀書，一個努力賺錢。效率越高，團圓的日子就越早。聽說是雙城的姐妹，江南便把工資許高了不少，這對坐吃山空的小兩口來說，實在難以抗拒。說到底，靜融已是小鄧進了門的媳婦，只要渡過難關，未來長相廝守，不在這朝朝暮暮。兩人在被窩里將各種事體計劃周全，另有海誓山盟，難分難捨，自不必提。

雙城知道他倆寅吃卯糧，恐墊付不起，讓江南先匯了機票錢。錢既到手，兩人便商議不如省了這筆，留給小鄧花銷。先前結識的一位江渝號上的大姐應承捎帶靜融去上海，路上可以同擠一鋪，吃喝都在船上，再無多的開銷。

這日靜融朝辭重慶，啓程赴滬，因小鄧有課，靜融便堅決讓他安心上課，不許送行。那些天，她整個人總是被一種大義凜然的情懷激蕩著，言行舉止既悲壯又自豪。早起趕來的雙城直笑她是「萬里赴戎機」「從此替夫徵」。小鄧聽了有些不自在，但想到靜融日後要在她男人手下討活，只好忽略不計，單牽著靜融千叮萬囑不肯鬆手。雙城在旁催促：「壯士兩年歸。放心吧，到時候你一招手，誰也留她不住。」晚兩天她自己也將啓程飛往廣州，所以今日無論如何要趕來相送。聽說小鄧不去，雙城暗暗欣喜，這種時刻，當然只應屬於她和靜融。

朝天門堵車，眼看時間逼近，兩人只得拎了行李，擠下車快步往前走。趕到三碼頭，那同鄉大姐早急得在躉船上招手，靜融喊了聲：「這就來！」回身緊握住雙城的手，「我送不成你了，」靜融一開口，聲音便帶著哽咽，「去了廣州一切當心，凡事讓人是福，別總那麼要強，收收脾氣，畢竟不是在家裡。萬一混得不好，趕緊回來，別硬撐著。」雙城笑：「我你是知道的，吃不了虧，放心吧！」見靜融眼中晶瑩閃爍，雙城趕緊轉移話題：「記得那年出差，也是在這兒，夜裡頭一回走跳板，你差點掉進江裡，現在一定走得比我穩多了！」靜融也嘆：「就一轉眼的事，這幾年變化真快。以前你讀書，我跑

船，還能見著幾面；現在你去廣州，我這又奔了上海，再聚可就難了……」正說著，船上有人朝她倆吼了一嗓子，催著要收跳板，雙城張開雙臂，緊緊一摟靜融，把臉埋在她柔軟的秀髮之中，深深一嗅那從小就熟悉的溫暖與潔淨的香味。「去吧靜融，後會有期！」雙城忍著淚，將手一推，她並不知道，眼前這張親切的臉龐，卻是她最後一次凝望。

長江汛期已至，寬闊渾黃的江面上，無數白色的泡沫打著漩渦奔流向前，早晨的江風帶著涼意，撩起雙城的秀髮。她站在長階最高處，環視朝天門碼頭一字排遠的泊船，熙熙攘攘行色匆忙的商賈旅客，以及背景處正在不知不覺中日新月異的古老山城。雙城想起從前和江南站在這裡的對話；想起她一襲風飄飄的白旗袍，打這裡登上了維多利亞號；也想起千百年來，無數她的同鄉，懷揣著宏大理想或者微不足道的營計，在此登舟，離鄉背井而去。出川，是她一直以來的夢想，此刻已近在眼前。

她還模糊記得四歲的時候，跟著父親搭乘東方紅號回重慶，船靠朝天門，遠遠看見母親牽著哥哥站在梯坎頂上迎接。父親歡喜起來，將雙城扛在肩上，用她的小手朝岸上揮舞。

「嘟──」突然驚天動地一聲鳴笛，驚得雙城一顫，回首見江渝號正調頭出港，在水面上劃出兩道長長的波浪。她目光搜尋了每層甲板，卻沒有找到靜融。她一定以為她已經走了。雙城仰望港務局大樓上觸目驚心的「重慶港」三個字，一腔敬畏油然而生。故鄉於她素來是青梅竹馬，只道尋常，在她離去之後，洶湧而來的時代洪流中，卻漸漸改變了模樣。無數記載著她童年、少年的畫面，隨城市變遷消失了蹤跡，從此無可追尋。

而眼下，世界之大，正張開懷抱呼喚著她。「重慶港」那三個朱漆大字，她看得目不轉睛，眼淚蜿蜒而下。有一種原始的力量，帶著泥土、岩石和江水的味道，從她奔湧的血液中滋生出來，強有力地撐住了她。

「嘟──嘟──」汽笛又響，笛聲沈悶而悠長，兩岸間回蕩不絕，像一聲依依不捨的道別。

─ 上冊完 ─

Milton Keynes UK
Ingram Content Group UK Ltd.
UKHW042003081024
449407UK00006B/79

9 781949 736939